Guenther Leifeld-Strikkeling

Pollmeiers Amp

Roman

© 2020 Guenther Leifeld-Strikkeling
1. Auflage
Lektorat: Susanna Wüstneck
Layout & Covergestaltung: Hermann-Josef Vieth

ISBN: 9783750419438

Musik ist ein weites Feld
und das will beackert werden.
Sei der Pflug auch noch so stumpf.

Vorwort

Mein Name ist Guenther Friederich Leifeld-Strikkeling.

Ich bin selbständiger Tischlermeister und leidenschaftlicher Musiker, denn irgendwie muss man ja schließlich sein Geld verdienen.

Ich muss zugeben, dass ich recht wenig gelesen und geschrieben habe in meinem Leben. Hauptsächlich waren es Angebote und Rechnungen. Na ja, hier und da hab ich mal einen Song geschrieben, der kein Hit wurde und an einen Liebesbrief kann ich mich auch noch erinnern.

Da könnte man sich zurecht fragen, was tue ich hier im Vorwort eines Buches und vor allem auf der falschen Seite. Nicht als Leser, sondern als Schreibender.

Der Grund ist er, dieser alte Gitarrenverstärker aus dem Jahre 1939. Auch wenn er noch gut erhalten ist, so ist er Zeitzeuge von mehr als 80 Jahren Musikgeschichte, die vor allem durch die Elektrifizierung der Instrumente so sehr geprägt wurde.

All seine Gebrauchsspuren, der leicht schmierige Belag, der sich durch die feuchte, rauchige Luft so vieler Musikclubs und Kneipen in seinem Inneren gebildet hat und vor allem dieser leicht süßliche, etwas moderige Geruch, den seine Bauteile verströmen, wenn sie sich erwärmen.

All das steckt voller Musik und Geschichten von Menschen, die er begleitet hat auf ihrer musikalischen Laufbahn.

Abseits vom großen Musikbusiness, denn er ist ja ein ganz kleiner Verstärker, nicht laut, ohne technische Raffinessen, oft belächelt, aber er war dabei. Mehr als 80 Jahre lang.

Wie eine Eingebung sah ich all diese Geschichten vor mir und ich wurde Teil dieser Geschichte seit ich ihn besitze und er mich begleitet.

Das musste ich aufschreiben und erzählen, auch wenn es sich manchmal holprig anhören mag.

Ich habe mir zunächst gewünscht, es würde jemand tun, der es gelernt hat Geschichten zu schreiben, die dann zu Bildern werden.

Aber es gab diesen Jemand nicht.

Diese Geschichten steckten in mir und waren nur mir zugänglich und es ist ein schönes Gefühl, jetzt ein Teil dieser gesamten Geschichte zu sein...

Nun, ich habe sie aufgeschrieben, die ganze Geschichte über diesen Verstärker. Von dem Tag an, an dem er gebaut wurde, bis zum heutigen Tag an dem er immer noch klingt und mich begleitet. Es geht vor allem um die Geschichten der Menschen, die ihn zum Klingen gebracht haben...

Und ich bin mir sicher, dass es so war und zwar genau so...

Hier und heute

„They furnished up an apartment with a two room roebuck sale", dröhnte es aus unseren Gesangsboxen.

Kerbel, der mit richtigem Namen Karl Heinz Erbol hieß, aber von allen nur Kerbel genannt wurde, war gut drauf und noch einen Meter nach vorn gegangen, an den Bühnenrand.

Die Bühne bestand aus einem alten, abgetretenen Teppich, der auf dem Rasen ausgelegt worden war. So konnte man zumindest nicht von der Bühne fallen, wie Kalle Mossman damals. Nun, das lag nun schon einige Jahre zurück und war eine andere Geschichte.

Im Moment zumindest hatten wir das Publikum auf unserer Seite und wir konnten uns auf eine Zugabe einstellen, was ja auch nicht immer der Fall war.

Kerbel hatte im richtigen Tempo angezählt und das Ganze hatte den richtigen „Fuck". So nannten wir es, wenn das Tempo saß, alle gut zusammen waren und das Ganze den nötigen Druck hatte.

Das hatte nichts mit dem Dauerbrenner der amerikanischen Umgangssprache zu tun und wurde auch nicht mit A wie Sack ausgesprochen, sondern mit U, wie Muckefuck. Fuck eben und ich konnte mir keinen besseren Ausdruck dafür vorstellen.

Mike's Bullenfiddle, so nannten wir seinen Kontrabass, donnerte in der Art und Weise, wie man sich einen Rockabilly-Bass nur wünschen kann.

Alles lief bestens und ich konnte mich ein wenig zurücklehnen, alles laufen lassen und gelegentlich einen Gitarrenlick einstreuen. Der Wechsel der zwei Akkorde dieses Stückes war kaum zu verfehlen. Alles lief rund.

Außerdem war das Kerbels Nummer. Er stand vorn als Sänger, führte das Stück und verteilte die Solos.

So hatte es sich in unserer Band eingespielt. Jeder war mal dran, mit dem Anteil der Songs, die er eingebracht hatte und die von den anderen Bandmitgliedern akzeptiert worden waren.

Ich mochte es nicht besonders, wenn Bands sich um einen Solisten gruppieren.

Schnell war mir langweilig, vor allem, wenn es nur einen Sänger oder eine Sängerin gab. Der oder die musste schon richtig gut sein, also richtig gut meine ich.

Bei uns war das anders. Wir wechselten die Rollen und manchmal sogar die Instrumente. Das brachte Abwechslung und jeder von uns führte die Band, indem er die Rolle des Frontmannes übernahm.

Jetzt war eben Kerbel dran und er machte es gut.

Und wo war ich, Frank Pollmeier, genannt Fränki, nun gelandet? Auf einem Teppich, der eine Bühne sein sollte, in einem Biergarten um ein Uhr nachts, vor einer Horde Endfünfziger, die gegen ihre guten Vorsätze noch ein paar getrunken hatten, obwohl sie genau wußten, dass sie Morgen darunter zu leiden haben.

Und das wegen uns und unserer Musik. Das ist doch was, worauf man stolz sein kann, oder?

„They baught a high fi phono, oh boy how they let it blast. 700 little records all of rock, rhythm and jazz"

Kerbel hatte sich zur dritten Strophe durchgerockt. Diese Passage mochte ich besonders, wahrscheinlich, weil die hier beschriebene Plattensammlung fast den gleichen Umfang hatte, wie meine eigene und da spürte ich was gemeint war. Zwar hatte sich meine Sammlung in den letzten Jahren deutlich zu Gunsten des CD-Formats verschoben, aber es gab doch eine beträchtliche Anzahl von Platten die noch nicht auf CD erschienen waren. Meine Bemühungen diese Platten in meinen Computer einzulesen waren aus Bequemlichkeit oder notorischem Zeitmangel im Sande verlaufen und beschränkte sich auf einige, wenige Sampler, die ich mir gebrannt hatte.

Ein kurzer Blick von Kerbel zeigte mir, dass ich ein Solo spielen durfte.

Irgendwo im Hinterkopf gab es eine ganze Reihe von Melodiefolgen, die abrufbereit waren und nur darauf warteten, aneinander gereiht, oder rhythmisch kombiniert zu werden.

Mit dem Einstieg war ich nicht so zufrieden, weil er etwas überraschend kam und somit etwas dahin gestoppelt wirkte. Im zweiten Takt lief es besser.

Ich hatte keine wirkliche musikalische Ausbildung genossen, mit Harmonielehre, Skalen oder anderen Zusammenhängen.

So basierten meine musikalischen Freiflüge auf Versuch und Irrtum.

Ich versuchte was und merkte mir, wenn es funktioniert hatte. Ich sehe noch heute die leidenden Blicke meiner damaligen Mitmusiker vor mir, als wir unsere erste Band gründeten.

Erstaunte und gequälte Blicke, oder ein ratloser Haufen, der verzweifelt versuchte, die Struktur des Stückes wiederzufinden oder zu halten, während ich ein Solo spielte.

Aber mit den Jahren war es deutlich besser geworden. Als die Wahrscheinlichkeit, im Schema zu bleiben und auch noch weitgehend schmerzfreie Tonfolgen zu spielen größer wurde, fing es an richtig Spaß zu machen.

Ich hatte mich durch den ersten Teil meines Solos gewühlt, wechselte zu G (Dur natürlich) und kramte aus der hintersten Ecke ein Riff, der dem Gitarrenstil von Chuck Berry ähnlich war.

Schaden konnte das nicht, denn schließlich war das Stück ja von ihm. Mein Ton gefiel mir heute besonders gut.

Oh man, da ist sie wieder. Diese alles bestimmende, immer im Raum stehende Frage eines jeden Musikers nach dem Ton.

Wenn ich die beantworten könnte, hätte ich wahrscheinlich ausgesorgt.

Eine Kette von Komponenten. Die Materialien, wie die Saiten, das Instrument, der Tonabnehmer, Kabel, die gesamte Elektronik, der Verstärker und der Lautsprecher. Dann der Raum. Die Schallgesetze mit den Reflexionen. Am Ende standen die Ohren mit der Frage ob sie auch vernünftig gewaschen waren und dann die Tatsache, ob die Masse zwischen den Ohren gut drauf war.

Zu Beginn jedoch stand das Wesen, das die Schwingungen auslöste. Ob, wie in diesem Fall, die Saiten grobmotorisch in Schwingung gebracht wurden oder gezielt und feinfühlig, genauestens berechnet, mit der wohl dosierten Kraft der Bewegung die Saite geschlenzt wurde, wohl wissend, dass genau dieser Ton entstehen würde.

Irgendwo dazwischen lag wahrscheinlich das Geheimnis.

Jedenfalls war ich in den Jahren zu der Erkenntnis gekommen, dass üben hilfreich war. Mehr als ein Kabel mit vergoldeten Steckern.

Natürlich hatte die Hardware ihren Anteil.

Anders als im HiFi Bereich, wo das Ziel, die naturgetreue Wiedergabe der Klangquelle war, sollten bei den Bands die Bauteile der Klangwiedergabe den Ton färben. Zunächst ging es wahrscheinlich um Lautstärke und dann wurde die, auf dem Weg entstehende Verzerrung, Mittel zum Zweck.

Deshalb hatten die Equipments unserer musikalischen Idole fast den gleichen Ruhm erlangt, wie sie selbst. Man kannte Marshall, Fender oder Gibson genauso gut, wie Hendrix,

B.B. King oder Heinz Erhard, wobei ich jetzt überfragt bin, welchen Verstärker Heinz Erhard gespielt hat.

Eine verrückte Welt, die dazu führte, dass billige Nachbauten dieser Marken den Markt überschwemmten, da jeder Musiker dachte, wenn ich so gut sein will wie mein Idol muss ich erst mal, ääääähhh die gleiche Unterwäsche tragen und den gleichen Verstärker spielen.

Klappt aber nicht. Hätte ich dir gleich sagen können.

Aber, man kann sich in Verstärker verlieben. Man kann mit Ihnen spielen, im Sinne von herumspielen. Im Einklang sein. Ein wunderbares Wort. Einklang!

Ein geben und nehmen, auch Feedback genannt.

Da stand er, mein kleiner Verstärker. Aufgebockt auf der Haube, die ich für ihn gebaut hatte. Eine Haube aus dünnem Sperrholz, die einfach als Schutz über den Verstärker gestülpt werden konnte. Sie hatte oben einen Schlitz, durch den der Tragegriff des Verstärkers heraus ragte. Abgenommen diente die Haube als Bock, um den eher kleinen Verstärker etwas höher zu stellen und besser hören zu können. Ich besaß diesen Amp nun schon seit einigen Jahren und hatte meinen Spaß daran. Die Narbe, die er hinterlassen hatte, brannte schon lange nicht mehr und es war eine wahre Freude, ihn zu spielen.

Was ich eben mit Ton meine, ist dieses nölige, singende Geräusch, das dieses Ding verbreitete.

Es war nicht die naturgetreue Wiedergabe des Tons der schwingenden Saite, sondern ein Ton, der mit unzähligen Obertönen und leichten harmonischen Verzerrungen angereichert war. Nicht etwa ein Bratsound, sondern nur ganz leichte Verzerrungen, die eine gewisse Wärme im Klang erzeugten.

Dieses leichte Wuckern, wenn sich die Pappe des Lautsprechers in Bewegung setzte, oder zurück schnellte, was die

Anschlagdynamik unterstützte. Alles in allem, eine Freude, nicht laut, aber schön.

Mir gefiel es, wie dieser Amp den Ton verfärbte und modellierte und ich betrachtete ihn wie ein eigenständiges Instrument, mit einer eigenen Klangfarbe.

Herbert hatte ganze Arbeit geleistet. Herbert ist der beste Ampdoktor, den ich kenne und über den ich gerne später mehr berichten möchte. Er hatte meinen kleinen Verstärker wieder zum Leben erweckt. Es hatte zwar nicht auf Anhieb geklappt, aber schließlich ging es dann doch. Herbert ist nämlich ein ganz Großer.

Wir hatten *Ces't la vie* bravourös zu Ende gebracht, in einer Endlosschleife die Musiker nochmals vorgestellt und mit einem kurzen Solo die Applausphasen untermalt. Der lang anhaltende Beifall hatte uns noch zwei Zugaben abverlangt, die wir bereitwillig ableisteten und die Stimmung der etwa vierzig, kurz vor der Rente stehenden Zuschauer, war im Vergleich zur sonstigen westfälischen Zurückhaltung geradezu euphorisch.

Wir hatten anstandslos unsere Kohle kassiert und noch ein Hefeteilchen im Glas in gemeinsamer Runde gelehrt. Alle waren recht zufrieden, wenn auch zum umfallen müde.

Wir waren außerdem gut versorgt worden. In der Pause gab es Bratwurst mit Kartoffelsalat und ich dachte, für Bratwurst mit Kartoffelsalat würde ich glatt was schlechteres stehen lassen.

Kerbel sagte noch, jeden Tag könne er das auch nicht essen, aber so fünf bis sechs mal die Woche sei ok.

Die Anlage war bereits abgebaut und in meinem Auto verstaut und Mike hatte seinen riesigen, schwarzen, mit weißen Flammen verzierten Bass im Sack und in seinen Golf gestopft.

Wie das geht ist mir immer noch ein Rätsel, aber es guckte nirgends was raus und ausgebeult war die Karre auch nicht.

Es war bereits nach zwei. Ab nach hause, alles ausladen und noch in den Keller tragen. Gesangsboxen, Endstufe, Mischpult, Ständer und Kabelkoffer und jede Menge sonstiger Brocken.

Den kleinen Verstärker brachte ich ins Wohnzimmer. Er hatte dort einen besonderen Platz in der Ecke am Fenster. Kurz in die Küche, ein kleines Bier zum absacken und ab ins Bett. Gottseidank war Sonntag und ich konnte auspennen.

Der nächste Tag begann mit wach werden und das konnte dauern. Bei der dritten Tasse Kaffee gelang mir der Durchbruch und die vierte nahm ich mit nach draußen vor die Tür. Super Wetter und die erste Zigarette tat's auch.

Ich ließ den Job noch mal Revue passieren und war alles in allem zufrieden. Hier und da hatte es gehakt, aber im Großen und Ganzen war alles gut gelaufen.

Thomas hatte ein paar witzige Ansagen gebracht und wenn auch nicht von allen verstanden, so hatten sie uns doch den Zugang zum Publikum erleichtert.

Der Amp hatte mir wieder Spaß gemacht. Im Prinzip konnte es so weiter laufen.

Wie unbewusst strich ich mit dem Finger über die Narbe auf meiner Stirn, aber nichts war. Seit einiger Zeit hatte ich Ruhe und die Schwindelanfälle waren auch weg. Auch gut, dachte ich, lehnte mich zurück, blinzelte in die Sonne, zog an der selbst gedrehten Zigarette und musste grinsen, als ich daran dachte, wie ich den kleinen Amp vor langer Zeit gekauft hatte.

Der Totengräber

Es lag wohl so ungefähr vier Jahre zurück. Ich traf Georg Raspe, oder besser er traf mich, in einer Kellerkneipe, wo sich regelmäßig Musiker trafen und wo an den Wochenenden oftmals Bands aus der Gegend spielten. Wir hatten dort auch einige Male gespielt, aber die Gage war so klein, dass man sie weder sehen noch spüren konnte. Der Club war jedoch ein begehrter Treffpunkt und lief gut.

Es kursierte das Gerücht, dass die Gagen für die Bands nach einem Punktesystem gestaffelt werden sollten. Man beginnt mit Minuspunkten und spielt so oft auf lau, bis man in den Pluspunkte Bereich kommt und dann heißt es. „Ne lass mal ihr wart schon so oft hier." Guter Trick eigentlich, ist aber nichts draus geworden.

Aber guten Kaffee hatten sie dort und einen davon hatte ich in der Hand. „Hey Fränki, wie siehts aus?". Gefolgt von einem kräftigen Schlag auf die Schulter und der gute Kaffee schlug Wellen auf der Untertasse. „Hab einen guten Amp für dich, Original National, uraltes Teil. Klingt mit deiner Dobro bestimmt gut. Is authentisch weißte. Was panscht du denn mit deinem Kaffe rum?" „War zu heiß", sagte ich. „Und außerdem entfaltet sich das Aroma so besser". „Ah, verstehe."

„Is'n das für'n Amp?" „Original National Dobro, muss uralt sein, so wie der aussieht, Tweed bespannt, so groß". Raspe, so nannten ihn eigentlich alle, zeichnete mit den Händen die Umrisse einer Aktentasche nach. „Hab ich draußen im Auto. Stockmann hatte wohl Interesse, aber er is nich gekommen. Woll's ma eben gucken?"Wenn Georg Raspe einen Amp verkaufte, hatte er ihn natürlich getestet und für untauglich befunden. Das war mir auch klar, aber ansehen wollte ich mir das Teil schon gern.

Ich schüttete meinen Kaffee in Richtung Mandeln und wir gingen raus auf den schwach beleuchteten Parkplatz.

Raspe öffnete die Heckklappe seines Kombi's und schob die Sichtabdeckung zurück. Eigentlich war es da schon passiert. Ich durfte mir nur nichts anmerken lassen, von wegen:"Boah is der geil", oder so was in der Art. Da hätte ich auch gleich sagen können: „Ich leg noch einen hunderter drauf". Also sagte ich „Sieht interessant aus, müsste man mal antesten." Zugegeben, der Spruch war nicht originell, aber neutral. Ich hob das Teil, dass aussah wie ein tapezierter Volksempfänger aus Vorkriegszeiten aus dem Wagen, hielt es unter das Licht der Straßenlaterne und wusste ich wollte ihn haben.

Schien alles alt und original zu sein. Vorne prangte ein rundes Schild mit dem schüppenförmigen Emblem von Dobro und hinten auf dem Typenschild stand- National-Dobro Corp. Chicago. Ill.

„Er ist nicht sehr laut, aber funktioniert einwandfrei. Für meine Sachen ist er nicht so der richtige, aber für Dich ist er ideal. Echt authentisch",hörte ich Raspe sagen. Der immer mit seinem authentisch. Wahrscheinlich meint er autistisch dachte ich.

„Und, wieviel?"Die Hausnummer, die Raspe nannte war in Ordnung und da wir am Wochenende erst gespielt hatten, war ich sogar flüssig. Ich gab ihm das Geld und verstaute den Amp unter einer Decke in meinem Auto, das am anderen Ende des Parkplatzes stand. „Komm wir nehmen noch einen, wa?"

 Wir trotteten wieder die Stufen runter und bestellten uns ein Bier.

„Wo hast'n den Amp her?"wollte ich wissen. „Hab ihn letzte Woche in Olpe gekauft", grinste Georg. „Alles klar, warste wieder auf Tour?" „Jau, das war echt ne Nummer".

Georg Raspe hatte bei uns den Spitznamen „der Toten-gräber". Nicht, was man normalerweise unter Totengräber verstand.

Er kaufte von alten Witwen, deren verstorbene Männer Musiker waren, die zurückgebliebenen Musikanlagen auf. Dabei hatte er sich zu einem wahren Spezialisten entwickelt. Angefangen hatte es mit seiner Leidenschaft alte Mikro-phone zu sammeln. Seine Sammlung umfasste mittlerweile über fünfhundert Mikrophone. Sowohl die Produkte der namhaften deutschen Hersteller glänzten in den Vitrinen und Regalen seiner Wohnung, wie auch die gesamte Palette der begehrten amerikanischen Rundfunk und Studio-mikrophone. Die Formenvielfalt dieser, meistens glanz-verchromten Sprechdosen reichte von Phallussymbol bis Ufo. Was an Technik gefehlt hatte, wurde durch die Form wieder wett gemacht. Mehrere Male war er mit einem Freund, der ebenfalls Mikrophone sammelte, nach Amerika geflogen. Hatte verkauft, was er doppelt hatte und eingekauft, was er kriegen konnte.

Hier in Deutschland versuchte er es mit Zeitungsinseraten. Zunächst etwa in der Art wie:"Hey Mucker, kaufe eure alten Mike's."Das brachte aber nur ausgelutschte SM 58 Teile, wo der Schmant noch in den Drahtkörben saß. Schließlich wurden die Anzeigen seriöser und es funktionierte. „Ehren-hafter Sammler sucht alte Verstärker und Mikrofone. Zahle bar". Und es lief.

Hallo? hallo?, Guten Tag, hier is Annemarie Klüsener. Sind sie derjenige der in der Zeitung stand? Wissen sie, mein Mann is verstorben, ach und der hat doch damals immer gespielt, mit dieser Kapelle da in diesem Dings da, na wie heißt dat noch, ach jetzt komm ich doch nicht drauf und das ganze Zeug steht ja noch im Keller. Ach Mensch wie hieß denn dat noch wo der immer war. Meistens Samstags und ab und zu auch Sonntags. Fällt mir doch nich ein. Und so Verstärker hatten die auch und ihre Gitarren, so richtig tolle Dinger woll. Und jetzt steht dat im Keller. Ach, man hat ja sowieso so wenig Platz und ich kann dat ja auch gar nicht mehr alles. Allet muss ich getz allein in Schuss halten, getz wo Hans-Herbert nicht mehr da ist. Also wenn sie da mal vorbei kommen wollen, aber eins sach ich sie gleich, verschenken tu ich dat nicht. Mein Hans-Herbert hat da so dran gehangen, dat war sein ein und alles. Er und seine Jungens. Also kommen se doch und schauen sich dat mal an. Bei Klüsener, woll, Annemarie Klüsener. Tschöö dann und kommen se doch ruhig. Tschöö.

„Halt"schrie Georg in den Telefonhörer, „Ich brauch noch ihre Adresse und ihre Telefon Nummer". Das wäre bald schief gegangen.

So oder so ähnlich war es oft und was dabei zu Tage kam, reichte von Sondermüll bis komplette Gesangsanlagen aus den fünfziger Jahren, mit Originalverpackung, Schutzhüllen und Bandfotos im Postkartenformat. Die vier Tornados mit Babsie als Sängerin. Die Männer im Glitzersacko und Babsie mit Petticoat und hoch toupierten, blonden Haaren. Ob es Babsie war, die ihm nun alles verscherbelte, konnte er beim besten Willen nicht sagen. Möglich war's. Die Haare waren nicht mehr blond sondern aschfahl und alles, was auf dem Foto hoch toupiert und Prall erschien war der Erdanziehung zum Opfer gefallen. Das war sowieso eine von unseren Theorien. Mit zunehmendem Alter nimmt die Erdanziehung zu. Erst hängt alles nach unten und irgendwann wird die Erdanziehung so groß, dass sie einen komplett verschluckt. Zack, das wars und man kann gar nichts dagegen tun. Die Grabsteine, die dann auf einem stehen waren nur zur Sicherheit, falls die Theorie doch nicht stimmen sollte. Na-ja, Georg zahlte bar und sackte alles ein.

Ich kannte schon einige Geschichten dieser Art und auf seine neue war ich echt gespannt.

„Und? Wie war's in Olpe".

„Au man, ich hab ne Anzeige gelesen -Alter Fender zu verkaufen-. Hab da angerufen, aber die Oma wusste nicht Bescheid und sagte ihr Sohn wäre um Fünf wieder da. Dann hat sie mir die Adresse gegeben und ich bin direkt nach der Arbeit über Olpe gefahren. Weisste, bevor mir da einer zwischen funkt. Himmelreichallee, oder wie das hieß, total versteckt.

Dann hab ich geschellt, einen anständigen Diener gemacht und gesagt, ich käme wegen dem Fender Verstärker. „Welcher Verstärker?" Steht son Typ mit nem Blaumann vor mir, völlig irritiert. Ich sag „Die Zeitungsanzeige heute mit dem alten Fender Verstärker." „Der Fender liegt in der Garage, vom Verstärker weiß ich nix." Zeigt der mir son Gummischlauch für'n Boot, was er nich mehr hat. Das war total peinlich, aber irgendwie war der ganz nett. Hab ihm dann erklärt, dass Fender eine bekannte Verstärker Marke ist und er war ganz interessiert und meinte dann, es wären bestimmt Brüder. Der eine baut eben Verstärker und der andere Gummipuffer für Boote. Kann doch sein, oder? Klar, sach ich, so wird's sein.

Naja, weißt ja wie das so ist. Wollte schon abhauen, aber meine Nase sagte mir warte noch, weiß nicht wie so.

Haben dann noch etwas darüber gelabert wie ich so über Anzeigen so manche alten Verstärker gefunden hatte, die natürlich keinen Wert mehr hätten. Eben, weil sie schon so alt sind. Raspe grinste verschlagen und plötzlich hätte der Typ in seinem Blaumann gesagt, dass auf seinem Dachboden wohl noch son Ding stehen würde."Kär, dat is ne Schtorry für sich", hätte er ausgeholt.

Er hätte letztes Jahr einen Mieter gehabt, der oben ein möbliertes Zimmer bewohnt hat. Frank Bauer. Wäre ein komischer Typ gewesen. Lange Haare, immer zum Zopf zusammengebunden. Wäre immer viel unterwegs gewesen, irgendwas mit Bühnenaufbau. Raspe schob ein, dass die einzige Bühne die der Blaumann wohl gesehen hätte, die vom Schützenfestzelt gewesen sein müsste. Jedenfalls sei der Typ plötzlich weg gewesen. Hals über Kopf abgehauen. Der Blaumann hätte sich erst nix dabei gedacht, da der Typ ja dauernd unterwegs war. Bis die Bullen gekommen wären mit

Durchsuchungsbefehl. Die hätten das Zimmer durchsucht, weil der Typ wohl in Geldschwierigkeiten gesteckt hätte und irgendwelche Steuern nicht bezahlt hätte. Jedenfalls sei der abgehauen und dann hat der Blaumann wohl in einer Abstellkammer den Amp entdeckt, den wohl alle übersehen hatten.

„Ich sach dir, solche Ohren hatte ich plötzlich. Erst wollte er ihn mir gar nicht zeigen, wegen den Bullen und so, aber ich hab nicht locker gelassen, bis wir auf den Dachboden sind.

Jede Menge Gerümpel, alte Möbel, Bilder, Klamotten und der ganze Schrott und in son'em alten Kleiderschrank, in ein Kopfkissenbezug eingewickelt, stand dieser alte Amp. Ich dachte, ich trau meinen Augen nicht. Ne alte Musiktruhe aus den Fünfzigern stand da auch noch rum, aber bevor der misstrauisch wird, hab ich lieber meine Schnauze gehalten.

Ich hatte ihn gerade überredet, da kam seine Frau dazu."

„Albert, den kannste doch nicht verkaufen, dat gibt bestimmt noch mehr Ärger". Albert sagte aber nur, Mutti lass man, das geht schon in Ordnung, schließlich hat der Vogel ja seine Miete nicht bezahlt. „Und wenn er wiederkommt", imitierte Raspe die hohe, ängstliche Stimme der Frau, dass ich lachen musste. „Der kommt bestimmt nicht wieder", vertonte er den Blaumann. Dann wieder die hohe Fistelstimme der Frau. „Das will ich hoffen, hatte immer so ein komisches Gefühl. Wie der schon aussah mit seinen langen Haaren und dieser Tätowierung aufm Arm. Sah aus wie ne Leiter. Wer macht denn so was? Sich ne Leiter aufn Arm zu tätowieren. Aber sie, junger Mann, sie machen ja einen ganz vernünftigen Eindruck. Wir wollen nämlich keinen Ärger wissen sie". Ich musste schrecklich Lachen. Raspe war immer schon ein guter Schauspieler gewesen und konnte die verschiedensten Charaktere nachmachen,

Im Großen und Ganzen war das die Geschichte.

„Das gibts doch gar nicht", warf ich ein. „Doch, das gibts. Und ich möchte nicht wissen, wo noch überall die heißesten Dinger rum stehen".

Wir tranken unser Bier auf, denn auf der Bühne machte sich eine Band bereit, die sich bereits in die Pluspunkte gespielt hatte und nochmal musste ich das auch nicht haben. Außerdem wollte ich den Amp antesten.

Georg und ich spielten seit einigen Jahren in einer dreier Formation und das mit zunehmendem Erfolg. Wir nannten

uns The Blue Buskers. Daher sprachen wir noch einige Termine ab wegen anstehender Musikjobs und schließlich begab ich mich auf den Heimweg.

Richtig glauben konnte ich die Geschichte noch nicht, aber ich wusste, dass es so was gab.

Testphase 1

Zuhause angekommen, bin ich gleich in den Keller und hab meine neueste Errungenschaft erst mal abgefingert. Der Verstärker hatte die Größe einer hochkant stehenden Bierkiste. Ich ließ meine Hände über das rundum mit Tweed bespannte Gehäuse streichen. Dieser, aus hellbraunen und dunkelbraunen Fäden bestehende, im Fischgrätmuster gewebte, diagonal verlaufende Bespannstoff war etwas gröber, als bei den neuen Verstärkern. Er war auch nicht so gelb sondern eher mittel braun und fleckig verfärbt. Bis auf einige kleine Stoßstellen und einer Macke in der Front, war er gut erhalten.

Vorn auf der Frontseite oben links war, groß wie ein Tennisball, das runde, leicht nach außen gewölbte Schild mit dem wappenförmigen Logo und der Aufschrift: National Trade Mark.

Dort wo der Lautsprecher saß hatte man eine Runde Öffnung in das Gehäuse gefräst und zwei Streben als Schutzgitter stehen gelassen. Auch die waren sorgfältig mit Tweed umklebt. Dahinter war ein dunkelbrauner Leinenstoff gespannt. Der Lautsprecher war mit vier sternförmig verzierten Schrauben in der Frontplatte befestigt.

Ein dicker, wulstiger und abgewetzter Ledergriff war oben mit zwei Metalllaschen auf das Gehäuse geschraubt.

Ich hatte ähnliche Verstärker gesehen auf den Covern meiner alten Platten oder auf den Fotos in manchen der CD-Inlays. Wie oft hatte ich diese Fotos akribisch nach versteckten Kleinigkeiten abgesucht aber diesen Amp hatte ich noch nie gesehen, wenigstens nicht bewusst.

Von hinten war das obere drittel abgeschrägt und bestand aus einer beigebraunen, militärfarbenen Metallplatte, die eingeschraubt war. In der oberen Hälfte dieser Metallplatte befand sich eine Öffnung, etwa groß wie ein Briefschlitz. Ein

Gitter in gleicher, beigebrauner Farbe deckte die Öffnung ab und wurde durch zwei Rändelschrauben gehalten. Durch das Gitter konnte man zwei kleine und eine große, silbern beschichtete Röhre schimmern sehen.

Unter dem Gitterblech war das alu-silberne Bedienpaneel mit drei Klinkenbuchsen angebracht. Darüber stand in eingeprägten Buchstaben „Instruments". Drei Stück dachte ich und sah vor meinen Augen wie sich eine ganze Band auf diesen kleinen Verstärker stürzt um ihre Gitarren einzustöpseln. Bei dem Gedanken tat der Kleine mir richtig leid.

Sonst war auf dem Paneel nur noch ein Kippschalter mit der Bezeichnung „ON/OFF". Daneben eine Kontrollleuchte mit einer, wie ein Diamant geschliffenen Abdeckkappe, eine Sicherung und ein einziger Drehknopf mit der Bezeichnung „Volume".

Schwarz eingeätzt stand auf dem Paneel: National Dobro Corp. Chicago Ill. Model 75, Serial Nr. 1607.

Der untere Bereich bestand aus einer angeschraubten, ebenfalls mit Tweed bespannten Rückwand. In diese Rückwand waren vier Schlitze gefräst als Lüftung, die von der Innenseite wieder mit dem gleichen braunen Leinenstoff bespannt waren.

So, dachte ich, jetzt lass mal was hören.

Ich steckte das weiße Plastikkabel welches unten aus der Rückwand geführt wurde in die Steckdose und dachte sofort, dass ich das als erstes auswechseln würde. Das war ein echter Stilbruch. Wenn es wenigstens ein schwarzes Kabel gewesen wäre. Ich würde mir ein, mit Stoff umwebtes Bügeleisenkabel besorgen. Das würde schon eher passen. Irgendjemand musste den Verstärker ja schon umgerüstet haben von 110 Volt der amerikanischen Netzspannung auf unsere 240 Volt. Dann hatte er eben ein Kabel genommen, das man heutzutage so hat und die sind eben weiß.

Kippschalter ON und die Kontrollleuchte brannte. Naja, Georg hatte ja gesagt, er würde tadellos funktionieren, und so richtig beschissen hatte er mich eigentlich nie in den ganzen Jahren, die wir uns kannten.

Ein leichtes Brummen setzte ein. Is normal, dachte ich, wenns nicht lauter wird. Alte Röhrenverstärker brummen immer etwas. Also, Klinkenkabel rein und die Testphase begann.

Mit verschiedenen Gitarren wie Strat, Dobro und was sonst noch so herumstand, betrug die Testphase ganze zehn Minuten. Nachdem meine erste Euphorie vorüber war, musste ich eingestehen, dass dieser Verstärker nicht die Bohne taugte und einfach beschissen klang.

Er war leise, zerrte auf unnatürliche Weise und entsprach nicht im geringsten dem Klangbild, dass ich von alten Plattenaufnahmen gewohnt war.

Ich hatte ja nicht erwartet, dass mich der Verstärker gleich umbläst, aber son kleines bisschen nach Röhrenamp hätte er ja schon klingen können.

Ich stöpselte meinen Vox-AC-30 ein, der sofort meine Hosenbeine zum flattern brachte und wie ein Bewegungsmelder funktionierte. Durch das Kellerfenster sah man die Lichter im Nachbarhaus aufflackern. 30 Watt sind beim Vox eben 30 Watt. Dieser Verstärker war mir meistens zu groß und ich benutzte ihn selten. Ich wollte nur mal eben einen Vergleich hören, auch wenn der Größenunterschied unfair war, aber das war eben Röhre.

Letztendlich musste ich nach weiteren zehn Minuten eingestehen, dass sogar mein 8 Watt, Vox-Escort Transistoramp im Batteriebetrieb noch besser klang, als diese neue, tweedbespannte Hutschachtel.

Ich war ratlos und zugegebenermaßen enttäuscht. Was tun sprach Beuys. Er war ja nicht kaputt (den Verstärker mein ich). Jedenfalls tat's alles. Und alles, was er hatte war: An-Aus, Laut-Leise. Mehr war nicht. Aber, dass er im Original so geklungen haben sollte, konnte ich mir beim besten Willen nicht vorstellen. Er hätte jeden Musiker blass aussehen lassen und wenn ich mir vorstellte, dass ein schwarzer Musiker den Amp gespielt hat, wusste ich gar nicht, ob das überhaupt geht, blass auszusehen meine ich.

Ich versuchte es am nächsten Tag wieder, aber das Ergebnis war das gleiche. An dem Ding herumzuschrauben hatte ich mir von vorn herein untersagt. Stecker löten, Potis anschließen oder einen Pickup anklemmen, das war Ok aber an einen Röhrenamp hätte ich mich nie rangetraut.

Diese Geräte hatten was geheimnisvolles. Plötzlich britzelte was, oder es rausche und fauchte wie ein altes Radio, dass sich nicht zwischen zwei Sendern entscheiden kann. Aber Röhrenamps hatten leider keine Sendersuchwahl, mit der man das Programm klar einstellen konnte. Ich drehte dann wahllos an den Potis herum, was meistens noch ein ohrenbetäubendes Knacken hinzufügte und schlug leicht mit der Faust aufs Gehäuse. Nochmal und wie durch ein Wunder war alles wieder auf das leichte fünfzig-Hertz Grundbrummen, an das ich mich schon gewöhnt hatte, reduziert.

Das sind die Röhren hieß es dann immer. Und wenn ein leichtes Klopfen widererwartend nicht ausreichte, half auch schon mal ein leichter Tritt mit dem Fuß, dessen Stärke durch die aufkommende Wut und durch die Ehrfurcht vor dem heiligen Gehäuse bestimmt wurde. Half das auch nicht, war die Probe gelaufen und man war froh, dass das nicht auf einem Gig passiert war.

Klar hatte ich schon mal die Rückplatte eines Röhrenamps abgenommen und die Grundplatte mit den Bauteilen herausgezogen. Diese Bauteile, die mit verschiedenfarbigen kleinen Drähten verbunden waren und in anscheinend zufälliger Anordnung auf der Metallplatte saßen, sahen für mich immer aus, wie die Miniaturausgabe einer riesigen Industrieanlage. Kleine silberne Zylinder, die wie Flüssigkeitstanks auf drei Beinen standen. Mehrfarbige, kleine Plastikröhrchen, nicht größer, als abgeknickte Streichhölzer und die, je nach Größe und Typ des Verstärkers unterschiedliche Anzahl von Glühbirnen mit silbrigem Überzug, oft von der großen Hitze geschwärzt. Dort, wo der quecksilberfarbige Überzug endete, konnte man im Innern dieser Röhren die gitterförmigen Drahtgebilde sehen, die bei Inbetriebnahme erst langsam und dann immer intensiver zu glühen begannen. Anders als bei herkömmlichen Glühbirnen war es ein gelbliches, rotes, warmes Schimmern. Diese Röhren waren das Herzstück dieser alten Amps.

Ich wagte höchstens mal diese Röhren auf ihren richtigen Sitz im Sockel zu prüfen, indem ich sie mit einem Taschentuch vorsichtig anfasste, an ihnen wackelte, um sie dann herunter zu drücken, natürlich bei abgeschaltetem Verstärker und nachdem sie sich abgekühlt hatten, Sie hatten unten einen Kranz von vielen Drahtstiften, die genau in die Löcher des Plastiksockels passten und den Strom leiteten.

Früher waren in jedem Radio solche Röhren, aber dann hatte man den Transistor erfunden und die durchaus anfälligen und vor allem großen Röhrenbauteile wurden vom Markt verdrängt.

Da stand ich also vor meiner Tweedkiste und wusste nicht weiter. Ich schraubte vorsichtig die Gitterplatte hinten ab und konnte durch die kleine Öffnung die drei Röhren sehen. Sie schimmerten hell und gleichmäßig. Mehr viel mir nicht mehr ein. Also, Deckel wieder drauf, Stecker raus und ab ins Regal. Dann holte ich ihn doch nochmal raus und öffnete die rückseitige Abdeckung. Einige Schrauben waren alt und noch mit Schlitz. Zwei, drei Schrauben hatten einen Kreuzschlitz und waren erneuert worden. Die obere, rechte Schraube hatte keinen richtigen Halt. Ich nahm die Platte ab und sah, dass die Leiste, die die Platte halten sollte, gesplittert war. Es war ein alter Bruch, der schon mit Flusen, Staub und Dreck überzogen war.

In der linken Ecke hatte man den Umspanntrafo angeschraubt mit dem weißen Netzkabel. Das andere Ende mit
der niedrigen 110 Volt Spannung war an den alten, amerikanischen Stecker angeschlossen worden. Das freute mich. So
war alles noch original.

Ansonsten konnte ich nichts feststellen. Kein loses Kabel und
der Speaker war nicht beschädigt. Nur, dass in allen Ecken
Staubfussel saßen und ein altes Plektrum schon verhungert
und abgemagert auf dem Boden kauerte. Ich fischte es auf
und dachte sofort, dass es vielleicht Robert Johnson gehört
haben könnte. Als ich die Aufschrift „Peavey"las verwarf ich
den Gedanken.

Doch plötzlich überkam mich ein merkwürdiges Gefühl.
Ich starrte in die alte Kiste und spürte, wie nah ich meinen
großen musikalischen Vorbildern war. Das alte Holz mit der
Patina aus Schmutz und alten Kleberesten. Der alte Speaker.
Die waren dabei gewesen. Echte Zeitzeugen. Wer hatte auf
diesem Amp gespielt. Welche Musik war aus dem Lautsprecher gekommen und vor allem, wo war dieser Amp überall
gewesen. Ich versuchte mir vorzustellen, wie die Clubs ausge-
sehen haben mögen, wo dieser Verstärker auf der Bühne
stand. Gute Gigs, scheiß Gigs. Wie hatte er geklungen?

Das brachte mich wieder zurück. So wie jetzt bestimmt nicht,
dachte ich und schraubte mit einer gewissen Ehrfurcht den
Deckel wieder zu. Schade dass die eine Schraube nicht mehr
zog. Wegen dieser ge- oder beknackten Leiste. Ich stellte ihn
zurück in das Regal und würde ihn reparieren lassen. Nicht
irgendwo, sondern es gab nur eine Adresse und die hieß
Herbert Lohmeier.

Mittlerweile war es ein Problem, jemanden zu finden, der
sich mit dieser fast veralteten Technik auskannte und dazu
auch noch eine Vorstellung davon hatte, wie diese Verstärker
klingen mussten. Denn natürlich konnte man mit verschiedenen Bauteilen den Klang derart beeinflussen, dass nur das

Gehäuse des Verstärkers ihn überhaupt als solchen erkennen ließen.

In meinem Bekanntenkreis gab es so jemanden. Eben Herbert Lohmeier.

Es eilte ja nicht und bei der nächsten Gelegenheit würde ich den Amp zu Herbert bringen. Bis dahin stand er als Ausstellungsstück in meinem Kellerregal neben unzähligem anderen Equipment, das sich in so einem Musikerdasein ansammelt.

Herbert Lohmeier

Es waren einige Wochen ins Land gegangen und wir hatten ein paar Jobs gespielt. Diesmal im Trio mit Georg Rapse, der mir den Amp verkauft hatte, Klaus Oppermann und ich. Wie schon erwähnt nannten wir uns Blue Buskers und spielten Country Blues in akustischer Besetzung. Georg mit Mundharmonika, Klaus mit Akustik Gitarre und ich mit Dobro, Banjo und Mandoline. Akustische Besetzung hieß hier aber nicht Zimmerlautstärke, sondern nur, dass die Töne durch akustische Instrumente erzeugt wurden und dann das gesamte Potential einer Aufbereitungsanlage durchliefen, von Vorverstärkern bis zum Powermixer und satten JBL Speakern, die weder vor einem Marktplatz noch vor einer Bigband Angst hatten. Unser größtes Potential war jedoch Klaus, der mit seiner Rhythmustechnik aus einer sechs saitigen Gitarre einen Teppich legte, der weder Schlagzeug noch Bass vermissen ließ. Ok, es war nicht immer authentisch, aber wirksam, und der Aspekt von Gage im Zusammenhang mit Aufwand an Musikern war hier nicht mehr zu toppen.

Georg und ich hatten im Duo 1989 angefangen und kurz darauf Klaus mit ins Boot genommen. Seit dem waren wir eine feste Formation und hatten jede Menge Jobs hinter uns gebracht.

Ich kam gerade von einem Stadtfest zurück, auf dem wir im Abendprogramm gespielt hatten. Auch wenn ich mich noch so anstrengen würde, gäbe es über diesen Job nicht viel zu erzählen. Waffelbude, Kinderkarussell, Bühne, Waffelbude, Kinderkarussell und Bühne 2, und dann Würstchenbude, wieder Kinderkarussell, dann keine Waffelbude, sondern Modeschmuck, Raupe, Pizzabude, Elternkindgruppe mit Waffeln und Bühne 3. Sollte ich was vergessen haben, so habe ich es wohl verdrängt, ist mir auch egal, jedenfalls hatten wir untereinander unseren Spaß und das hatte den Leuten wohl auch gefallen. Es hatte sich zumindest eine

Traube vor Bühne 3 (die Bühne neben der Kindergruppe mit Waffelbude) gebildet.

Wir hatten zwar eine Genehmigung, mit der wir in die Nähe der Bühne fahren konnten, aber trotzdem trägt man Gitarren, Verstärker, Ständer und jegliches Zubehör durch eine Traube von Menschen, die von allem anderen fasziniert sind, außer von Musikern die Equipment schleppen. Entschuldigung, Achtung, kann ich mal vorbei, tut mir leid, Verzeihung, bitte Platz machen, einmal noch, können Sie einen Schritt zu Seite gehen, Danke schön…

Ich war jedenfalls froh zuhause angekommen zu sein und freute mich die verschwitzten Klamotten ausziehen zu können, oder glaubst du, wir hätten da eine Umkleidekabine gehabt? Und ich freute mich auf das erste Bier als Absacker.

Aber! Auch wenn ich mich wiederhole. Erst musste der ganze Kram in den Keller. Warum soll man sich nicht wiederholen, wenn sich in Wirklichkeit auch alles immer wiederholt. Mischpult, Boxen, Ständer, Kabelkiste und der ganze Kram in den Keller, wie immer. Naja, so ganz wie immer war es nicht gelaufen. Dieses mal war es nämlich besonders schön. Nachdem ich zum sechsten mal, voll bepackt die Stufen runter geeiert war, hatte ich alles unten und löschte das Licht. Oben angekommen sah ich die Kabeltrommel, die ich vergessen hatte und das Bier hatte ich auch nicht mit hoch gebracht.

Also, noch mal runter. Kein Licht gemacht, den Weg kenne ich ja. Durch den Vorkeller, wo das Bier steht, dann um die Ecke, Tür auf und ich befand mich im Musikkeller. Der war nur noch etwa einen Meter tief zu begehen, da alles, aber auch wirklich alles rum stand und nach aufräumen schrie und im Dunkeln konnte man das besonders laut hören. Ich hatte die Kabeltrommel gerade abgestellt, als ich hörte, wie etwas hinter mir ins Rutschen geriet und mit schepperndem Geräusch zu Boden knallte. Irgend so'n Mikroständer dachte ich und war schon wieder auf dem Weg in den Vorkeller, als

sich plötzlich der gesamte Sternenhimmel mit samt Milch-
straße in meinem Keller versammelt hatte. Ein stechender
Schmerz, genau zwischen den Augen. Mein Kopf schlug
zurück und ich taumelte rückwärts. Suchte, mit den Armen
rudernd, irgendwo Halt. Bekam etwas zu fassen, was nachgab
und fiel, wie ich viel später feststellte, über den Kabelkoffer
in das Equipment einiger Provinzkapellen und landete mit
dem Rücken auf der Kugelecke eines Vox-AC 30 Flightcase.
Dann gab es einen dumpfen Ruck und?...

Ich mach hier mal ne Pause, denn erstmal war lange gar
nichts mehr.

Ich wagte nicht die Augen zu öffnen und spürte einen starken
Druck im Gesicht. Meine linke Gesichtshälfte schien wie
gelähmt.

   Langsam bewegte ich meinen Rücken und mir schossen
Gedanken durch den Kopf wie, welches Instrument man
im Rollstuhl am besten spielen konnte. Als erstes fiel mir
Keyboard ein. Oh nee dachte ich, das ist es nicht. Dann eher
Steelgitarre. Das gefiel mir schon besser. Ich fand es bemer-
kenswert, auf welche Gedanken man in solch einer Situation
kommt. Meine Arme konnte ich bewegen. Ich versuchte mich
aufzurichten und dann geriet ich mit den Fingern der linken
Hand zwischen Standbein und Mittelstrebe eines Boxenstän-
ders. Je fester ich zudrückte, umso größer der Klemmeffekt.
Im Vergleich zum Rest war das nur Spaß. Schließlich bewegte
ich die Arme in Richtung Gesicht und fühlte, einen kistenar-
tigen Gegenstand. Es roch nach Alt und Muff, leicht süßlich
und ein bisschen nach Märklin Eisenbahn. Ich hob die Kiste
zur Seite und spürte, wie mir eine warme Flüssigkeit auf den
Nasenrücken zu lief und dann die Kurve in Richtung Augen-
höhle nahm. Das brummen im Schädel würde ich im Nach-
hinein so um die 40 Herz einstufen, aber ich konnte mich
bewegen. Vorsichtig stemmte ich mich aus meinem Zubehör
und tastete mich zum Lichtschalter. Viel sehen konnte ich
noch nicht, aber langsam wurde mir klar, was passiert war.

Ein Mikrofonständer war hinter der Tür umgefallen und hatte die Tür genau so gestellt, dass sie mit der Falzkante zwischen meine Augen gepasst hatte. Maßarbeit, und ich war, auf dem Weg nach draußen, drauf reingefallen. Ich war voll gegen die Türkante gesemmelt und zurückgeschlagen.

Dabei musste ich im Fallen den verdammten Tweedamp aus dem Regal geholt haben und hatte ihn auf die Rübe gekriegt.

Während ich, noch völlig benommen, den Raum verließ, hörte ich wie hunderte von Teilen schrieen: Aufräumen, aufräumen, aufräumen.

Auf dem Weg nach oben, nahm ich im Vorraum noch drei Flaschen Bier mit. Mein Gedächtnis funktionierte also noch.

Oben im Spiegel sah ich die Platzwunde auf der Stirn. Eine breite Blutspur war mir durchs Gesicht gelaufen. Das musste von der Tür stammen.

Und was war das? Ich hatte ein Tweedmuster auf der Backe. Oh nee, eindeutig. Ein fischgrätartiger Abdruck auf der Backe und einen üblen Kratzer über der rechten Schläfe. Eine richtige Klinke. Verdammte Scheiße.

Das kalte Wasser tat gut. Schließlich ging's einigermaßen und die drei Absacker taten den Rest dazu.

Morgen, falls ich aufwachen sollte, würde ich den ganzen Krempel aufräumen, und zwar picobello. Das war mal klar.

Die Kopfschmerzen waren noch nicht ganz weg, oder hatten sich mit weiteren Absackern gefestigt.

Gegen Mittag wälzte ich mich aus dem Bett und fand, dass der Typ im Spiegel beschissen aussah. Außerdem hatte er ein gewaltiges Hörnchen zwischen den Augen mit einer länglichen Platzwunde und eine eiternde Bratze auf der Stirn. Eis war alle, hatte ich am Abend schon aufgebraucht, also musste es ein kalter Lappen tun. Irgendwann war ich es dann auch leid mit dem Gejammer und begab mich an den Ort des Geschehens.

Ich wusste einfach nicht, wie ich anfangen sollte. Es gab eben Sammler und Jäger und vom Jagen hielt ich nicht viel. Also hatte ich gesammelt, weil man eben nicht weiß wozu es mal gut sein konnte.

Das Regal an der rechten Wand war voll. Zwei Meter mit Gitarrenkoffern, der Rest mit Kleinteilen, wie Pick-ups, Schnallen, Stecker, Schräubchen, Potis und allen anderen Bauteilen, die sonst noch an Gitarren und Koffern dran waren. Alles sorgfältig in Stapelkisten sortiert, denn ich bin ja kein Chaot. Kisten mit Effektgeräten aus der Rubrik Sondermüll oder Elektroschrott. Kisten mit Kabeln, Adaptern, Kupplungen und ein Regal mit alten Kassettenrekordern, ausrangierten Phonoteilen, Lampen, ein alter Boss 6-Kanal Mischer und so weiter.

Andere Seite. Ein Regal mit Fachzeitschriften, Songbüchern, Katalogen. Eine Ecke mit original Kartons der Geräte, die ich in zwanzig Jahren gekauft hatte.

Eine Seite mit einer Arbeitsplatte, die zugestellt war mit Teilen, die sich in der Reparaturphase befanden.

In der Mitte des Raumes stand ein Schlagzeug, oder besser gesagt ein Haufen von Tonnen, die auf den ersten Blick so aussahen.

Das war schon eine Geschichte für sich.

Ich hatte vor Jahren die ersten Teile auf Flohmärkten zusammengesucht. Eine kleine Basedrum und ein HiHat. Diese Teile hatte ich damals umgebaut und mit einem Tragegestell versehen. Die Hi-Hat Mechanik war durch die Basedrum geführt. Mit zwei Bändern, die mit Ösen an die Hacken von meinen alten Wanderschuhen befestigt worden waren, konnte man das Ganze bedienen. Hatte man das Gestell auf dem Rücken, konnten die Bänder eingestellt werden. Trat man mit dem linken Fuß auf, straffte das Band den Fußhebel der Basedrum und es machte Bumm. Trat der rechte Fuß auf machte es Tsching, indem die beiden Hi-Hat Becken zusammenfuhren.

Es brauchte etwas Übung, aber funktionierte. Bumm, Tsching, Bumm Tsching, oder auch Bumm Bumm, Tsching.

Da ich jedoch ein geselliger Typ bin, kam das Teil nicht oft zum Einsatz. Eine One-man Band ist doch etwas für Einzelgänger.

Eines Tages kam ein Typ zu Besuch der zwei Straßen weiter in einer Wohngemeinschaft wohnte und wir hatten uns schon gut die Kante gegeben mit selbst gemachtem Pflaumenwein. Er erzählte, wie er früher mal Schlagzeug gespielt hatte und ich zeigte ihm meine Höllenmaschine.

Er war total begeistert und wollte sich das Ding unbedingt ausleihen. Ich willigte schließlich ein. Noch ein paar Gläser Wein und gegen drei Uhr morgens schulterte er schwankend meine Schießbude. Die Schuhe waren ihm etwas zu groß, aber er bestand darauf, sie gleich auszuprobieren und zwar mit Bändern. Mit lautem BuTschimmTschingbuBumm polterte er durch den Flur und konnte sich gerade noch an der Garderobe festhalten.

„Haahatte im immer sch'n ne Vo'liebe mitte Fills", lallte er und ich schob ihn vorsichtig zur Haustür. Er versuchte, mich mit einer Umarmung zu verabschieden, die mit einem lauten Tsching Bumm Bumm untermalt wurde und dann schob er ganz langsam und konzentriert ab. Rechter Fuß, linker Fuß, Tsching Bumm, Tsching Bumm. Es war zwar nicht so ganz in der Time aber schön im Wechsel.

Ich blieb in der Haustür stehen und lauschte lachend der Schützenfest Kapelle, die grölend durch die Straße zog. Der Rhythmus wurde schneller, eierte zunehmend, wurde wieder langsamer und entfernte sich hallend zwischen den Häuserblöcken. Dann kam der erwartete Fill, nahezu akrobatisch. Ich hätte nicht gedacht, dass man mit zwei Schlagzeugteilen so einen Wirbel hinbekommt. Direkt danach kam der Break und es war totenstill in unserem Wohngebiet. Es dauerte eine Weile, bis man das leise Gescheppere eines vor sich her getragenen Schlagzeugs hörte, ohne Gegröle.

Irgendwann hab ich die Teile wieder bei ihm abgeholt und noch ne Snaredrum dazu gekauft. Becken hab ich geschenkt bekommen und auf einen alten Mikroständer geschraubt. Die Basedrum und das Hi-Hat wurden wieder in den ursprünglichen Zustand versetzt. So stand es nun im Keller und ab und zu wurde drauf rum gehauen. Nur so aus Spaß.

Dadurch räumte sich der Keller aber auch nicht weiter auf.

Drei Verstärker standen noch da rum, unter anderem der bereits erwähnte AC-30 mit den mordlustigen Kugelecken, und natürlich das was ich regelmäßig rauf und runter schleppte.

Ich fing an, alles erst mal rauszustellen in den Vorraum und dann systematisch zu stapeln.

Irgendwann hatte ich auch die alte Tweed Kiste, die mir den Stempel verpasst hatte, in der Hand. Der Abdruck auf der Backe war fast weg. Das hätte mir noch gefehlt, mit dem ganzen Spott der Anderen. Tweedbacke war ja nicht gerade ein Spitzname, den man sich wünscht.

Die Bratze auf der Stirn brannte jedoch wie verrückt und hatte sich entzündet. Als ich die Kiste näher untersuchte, fand ich heraus, dass mir eine von den verzierten Nieten, mit denen der Speaker eingeschraubt war, diese Klinke verpasst haben musste. Das Scheißteil sollte sowieso zu Herbert.

Ich brachte den Verstärker nach oben und stapelte weiter meine Schätze. Nach einer guten Stunde hatte ich mehr als drei Quadratmeter Freiraum und eine Eingangstür die neunzig Grad aufging und dort blieb. Suuper.

Ich kochte Kaffee und rief Herbert an, der erst noch zur Kinder-Kommunion musste, aber abends wieder zuhause wäre. Es war also noch Zeit mich zu pflegen, und das ging am besten mit schlafen. Sofa, Hängematte, Sessel, in den Dingen war ich bescheiden und nicht wählerisch. Lieber im Stuhl einschlafen als im Schlaf einstuhlen, dachte ich.

Bevor ich los fuhr, versuchte ich meine entstellte Frontpartie noch etwas zu kaschieren. Das Stirnband sah albern aus und mochte bei Jimmy Hendriks oder diesen japanischen Kampffuchtlern funktionieren aber nicht bei mir. Die Kappe verursachte starke Schmerzen und ich musste sie dermaßen tief ins Gesicht ziehen, um die Delle zu verdecken, dass ich Angst hatte sofort gegen die nächste Tür zu rammeln. Also klassisch, mit Hansaplast, hautfarben und ohne Mickymäuse. So ging's. Nur die Entzündung bereitete mir einige Sorgen. Mit einer Blutvergiftung war nun mal nicht zu spaßen, aber soweit war's ja noch nicht.

Es war kurz vor sechs abends, als ich an den kleinen Reihenhäusern im Eulengraben entlang fuhr. Gepflegte Häuser, die alle vor etwa fünfzig Jahren gebaut worden waren und in ihrer Bauart und Vorgartenkultur dermaßen gleich aussahen, dass ich jedes mal Mühe hatte das richtige zu finden. Die Hausnummer fiel mir auch erst dann wieder ein, wenn ich davor stand. Hier musste es sein. Nr. 24. Kleine Mauer, zwei Meter Rasen, mit Buchsbaum eingefasst. Waschbetonplatten, zum Teil etwas eingesackt, führten auf eine dreistufige Betontreppe mit Terrazzobelag zu. Eine eichene Haustür mit gelbgrüner Bleiverglasung, schmiedeeisernem Gitter und einem abgewetzten Posthorngriff aus brüniertem Alu.

Kaum war der schnarrende Ton der Schelle verklungen, öffnete eine kleine untersetzte Frau um die fünfzig in einem ballonseidenem Jogginganzug die Tür.

„Hallo, ist Herbert da", sagte ich mit freundlichem Lächeln, um die Tür nicht vor die Nase geknallt zu bekommen. Ich weiß bis heute noch nicht, ob es die Schwester, Frau oder Schwägerin von Herbert ist und bevor sie kurz, „Is im Keller", sagen konnte, war der Flur erfüllt von lautem Gekläff und dem Gekratze von etwa 30 Hundepfoten, die sich auf der glatten, eichenen Treppe rechts neben der Eingangstür den Weg nach unten bahnten. Nachdem mir jetzt die Tür wirklich vor die Nase geknallt wurde, sah ich durch die Scheibe ein weiß, graues Knäul durch den Flur toben und hörte die Frau keifend: „Ronnie, Ronnie, kommst du wohl hierher". Die Tür unter dem Treppenaufgang, da wo immer die Kellertüren sind, öffnete sich und ich sah durch die grüne Bleiverglasung die Umrisse von Herbert auftauchen."Ja was hat er denn, willst du wohl artig sein, Ronnielein", hörte ich ihn säuseln. Erst nachdem das wuselige Wollknäul beherzt gepackt worden war und unter dem Arm der Frau eingeklemmt weiter kläffte, wurde die Tür wieder geöffnet und ein gedehntes „Hallooo, komm rein", von Herbert brachte mich dem Keller von Herbert etwas näher. Denn da wollte ich schließlich hin. Aber erst musste man diese Hürde überwinden. Ich schluckte ein genervtes „Oh man"runter und sagte nur kurz: „Hi Herbert, brauche mal wieder deine Hilfe". „Oh, bis'de wo gegen gelaufen", deutete er auf meine Stirn. „Meistens hasse's am Kopf, is bei mir auch immer", sagte er noch und für mich hieß das, dass meine Macke doch auffälliger war als der Amp, den ich in der Hand hielt. Und das bei Herbert. Doch schließlich kam das erwartete:"Hey, was haste denn da Schönes", oder so ähnlich, denn es ging durch das laute Gekläff des Zwergpudels unter. Herbert trug den gleichen ballonseidenen Jogginganzug mit blau-rosa Querstreifen, wie die Frau, die jetzt, nachdem die Haustür zu war, den Hund absetzte. Auch das noch und ehe ich mich versah hatte ich ihn erst am linken Bein und dann am rechten hängen, worauf hin er mit lautem Gekläff die Eichentreppe hoch wuselte, auf halbem Weg kehrt machte und mir plötzlich zwischen die Beine geriet, als ich gerade Herbert in den Keller folgen wollte. Ich wäre um Haaresbreite die extrem steile, gefliese Kellertreppe mit samt Amp heruntergeschossen und bekam gerade noch das Geländer zu fassen. „Ronnie, kommst du wohl her"rief Herbert und sagte dann noch: „Das macht er gerne, der alte Racker, da muss man aufpassen".

Ich stellte fest, dass Ronnie so gut wie keine Beine hatte. Jedenfalls waren sie so kurz, dass ich ahnte woher der Spruch kam „Komm, lass uns um die Häuser ziehen". Das kam wohl vom vielen herumschleppen aufm Arm. Da bildet sich sowas zurück.

Dong! Ich war mit dem Kopf von unten gegen die nach oben führende Holztreppe geknallt, unter der sich der Kellerabgang nach unten wendelte. Direkt über mein Hörnchen. Zwar nicht so wie gestern Nacht, aber für ein lautes"Scheiße"reichte es allemal.

„Lecker, lecker", rief die Frau im ballonseidenen Jogging-anzug und Ronnie verschwand unter lautem Kläffen nach oben.

Herbert war schon fasst unten und hatte es nicht mitbe-kommen, was mir eine Bemerkung seinerseits ersparte.

Der Vorraum, in den die Kellertreppe führte, war zum Teil mit Hifi- Phonoanlagen und Fernsehern neuerer Bauzeit zugestellt, neben den Wäscheständern, Getränkekisten und anderen Haushaltsgeräten, die sich in fast allen Haushalten in den Kellerräumen befanden.

Herbert schlängelte sich behände auf seinen Gummischlappen, die bei jedem Schritt das Geräusch von spärlichem Applaus machten, durch die Gänge. Klatsch, klatsch, klatsch, und ich folgte ihm in demütiger, stark nach vorn geneigter Haltung, immer darauf bedacht den Amp nicht gegen eine Waschma-schine oder sonstige Geräte knallen zu lassen. „Haben sie Flipflops?" „Nein leider nicht. Wir haben nur noch ein Paar Klatsch Klatsch". „Na gut, dann nehm ich die", schoss es mir durch den Kopf.

Der Keller hatte eine Stehhöhe von ca. Einsneunzig, abzüg-lich der kreuz und quer unter der Decke verlaufenden Versor-gungsleitungen. Herbert war etwa Einsachtzig groß und ging fast immer aufrecht. Er zog nur gelegentlich den Kopf ein, wenn ein größeres Abwasserrohr kam oder, als er durch den Vorhang in seinen Arbeitskeller schlüpfte.

Ich war etwa Einsvierundneunzig groß und solange ich gebückt nach vorn geneigt ging, konnte ich nur sehen was auf dem Boden stand.

Um in die Regale zu schauen, die sich an den Wänden seines Arbeitsraumes befanden, musste ich den Kopf quer legen oder in die Hocke gehen.

Ich stellte den Verstärker auf eine kleine freie Fläche auf der mit Verstärkerteilen zugepflasterten Arbeitsfläche. Die Arbeitsfläche bestand aus einem alten Türblatt, dass mit einer Gummimatte belegt war. (man kombiniere: Türblatt-Vorhang)

Herbert räumte hastig einige Sachen weg, indem er sie auf andere Bauteile stapelte, die wiederum auf zum Teil zerlegten Verstärkergehäusen lagen.

„Ist ja ein ganz altes Schätzchen", sagte er zu meinem Verstärker. „Was hat er denn, will er nicht mehr?" „Weiß auch nicht recht", sagte ich. „Klingt dünn und farblos, tut's wohl alles, aber hat einfach keinen Ton". „Die alten Dinger hatten ja meistens auch nicht viel Power, höchstens zwölf bis fünfzehn Watt, mehr kann der auch nicht haben", sagte Herbert, während er den Stecker in eine Dreiersteckdose steckte, die er erst unter all den Teilen auf der Arbeitsfläche suchen musste.

„Ist nicht die Lautstärke", erwiderte ich, „es ist der Ton ansich".

Der Verstärker gab ein leichtes Brummen von sich, das mit „is normal", kommentiert wurde. Herbert fingerte ein kurzes Klinkenkabel von einem Nagel an der Wand und steckte es in eine der drei Buchsen hinten am Amp. Dann tippte er mit dem Daumen auf den Kugelstecker am anderen Ende des Kabels und drehte am Lautstärkeregler. Der Amp knackte und brummte lauter wenn er das Kabel berührte. Er holte

eine hässliche Kaufhausgitarre mit sensenförmiger Kopf-
platte aus einer Ecke und steckte das Klinkenkabel in den
schwarz, grün, glitzernd lackierten Korpus. Dann setzte er
die Finger zu einem A-Moll Akkord auf das Griffbrett und
strich mit der anderen Hand über die Saiten (ich schätze
009er). Der Amp ließ schaurig und etwas schüchtern den
Anfang einer traurigen Ballade erahnen. „Kling nicht schön.
Etwas dünn"sagte Herbert. „Ganz in Ordnung ist der nicht.
Vielleicht die Elkus oder..."Er zählte noch ein paar Dinge
auf, die vielleicht nicht ganz einwandfrei arbeiteten. „Muss
ich nachsehen, dauert aber, vor nächste Woche schaffe ich
das nicht. Schwägerin hat Geburtstag und morgen muss ich
noch zum Amt". Damit war seine Woche um. Nie hätte ich
Druck gemacht. Ich war froh überhaupt jemanden zu haben,
zu dem man gehen konnte.

Während Herbert über seinen arbeitsreichen Alltag in
Arbeitslosigkeit stöhnte, schweifte mein Blick mit schräg
gelegtem Kopf durch die Regale.

Dagegen war mein Keller geradezu übersichtlich. Auf der
Hälfte, der mir zur Verfügung stehenden Quadratmeter
stapelte sich ein Querschnitt der gesamten Elektroerzeug-
nisse der Musikindustrie vergangener Epochen.

Die Schriftzüge von Gibson, Fender, Dynacord, Vox, Wem,
Grundig, Siemens, Framus, Sennheiser, Selmer, um nur einige
zu nennen, prangten auf den glitzernden Bespannstoffen, der
mit Kunstleder bezogenen Gehäuse. Die Designer der damaligen Zeit hatten sich echt was einfallen lassen und so wie ich
die phantasievollen Formen der alten Autos mochte, zogen
mich diese Verstärker, Hallgeräte, Echoeffekte, einzelne
Lautsprecher oder Mikrophone in ihren Bann.

Ich spürte meinen Nackenwirbel bereits deutlich und hatte
aus dem Blickwinkel einer Tiefseescholle etwas entdeckt,
was meine Neugier besonders erregte. Es war aber kaum
möglich, an die Regale näher heran zu kommen, da sich

davor auf dem Fußboden Verstärkergehäuse, Pappkartons und immer wieder die Innereien von Verstärkern türmten.

Die wirklich guten Verstärker waren fast alle zur Reparatur abgegeben worden. Auf meine Frage, von wem, musste Herbert immer nach irgendwelchen Zetteln von einem Kneipenblock suchen, auf dem meistens nur eine Telefonnummer stand. Die Namen wusste er nicht oder wollte sie nicht nennen. „Die werden sich schon melden"sagte er.

Alle schienen sich nicht gemeldet zu haben, zumindest sah es hier so aus.

Für die meisten Sachen hätte ich zwar keine Verwendung gehabt, was jedoch meiner Begeisterung keinen Abbruch tat. Allein die Vorstellung, wer mit diesen Teilen, wo, auf welchen Gig gezogen war, versetzte mich ins träumen aus dem ich jäh erwachte, denn Ronnie war wieder aufgetaucht. Er hing mir am Hosenbein und strauchelnd, auf einem Bein stehend, mit dem anderen Bein den Hund abwehrend, mit steifem Nacken und schief liegendem Kopf, wäre ich beinahe mit der Hand in die nach oben offen stehende Kalotte eines alten Jensen Speakers getaucht. Ich konnte mich mit meinem Standbein gegen die vier mal zehner Box einer alten Farfisa Orgel stemmen und das Gleichgewicht wiedererlangen.

„Bist du wohl artig", rief Herbert und er schien nicht mich zu meinen.

Bei meinem Rundflug durch die Regale hatte er mich mit Ausdrücken wie: „Der tut's auch wohl"oder"so schlecht ist der gar nicht"oder auch „Du, der hat richtig Saunt", begleitet.

Schließlich versprach er meinen Verstärker so schnell wie möglich nachzusehen, aber nicht vor nächster Woche weil, du weißt schon und so weiter.

Trotz schmerzendem Nacken, kaufte ich auf dem Weg nach draußen noch zwei Hifi-Boxen für'n Zwanziger. Ich hatte sie schon beim Eintreffen gesehen und konnte sie gut in meinem Arbeitszimmer gebrauchen. Dort standen nämlich zwei selbstgebaute Holzkisten, die ich mit den Speakern eines nicht gerade in gutem Ruf stehenden Elektroversandes bestückt hatte.

Ein letztes „Jau, dann bis die Tage"an der Haustür, Ronnie war unter Verschluss und ich saß mit immer noch leicht schief gehaltenem Kopf im Auto und wollte gerade die Karre starten, als mir schwindelig wurde. Es dauerte nicht lange, aber mir schossen wirre Gedanken durch den Kopf. Ich sah den Amp vor mir und das Bild verschwomm und wandelte sich in ein altes, sepia-braunes Foto. Das Gesicht einer Frau tauchte auf. Sie hatte langes, braunes Haar und genauso unerwartet wie dieser Schwindelanfall kam, ging er vorüber. Etwas verwundert fuhr ich nach Hause.

Testphase 2

Es war nicht viel los. Die Tage kleckerten so vor sich hin. Jobs lagen erst in weiter Ferne an. Meine Kabel hatte ich schon zum dritten mal durchgecheckt. Kein Wackelkontakt weit und breit.

Tagsüber jobbte ich in einer kleinen Möbelklitsche und meine Hauptbeschäftigung lag darin, Staub zu schlucken und davon gab's reichlich. Schleifen, einatmen, schleifen, husten, schleifen, einatmen.

Einen großen Vorteil hatte das allerdings. In der Nase zu popeln war die wahre Freude. Ich hatte sogar überlegt, alles nach Schleifstaubfarben geordnet, in kleine Dosen zu füllen und einen Vertrieb für Holzkittmasse aufzumachen. Als Nebenverdienst sozusagen. Aber dazu fehlte mir die Logistik.

Wir waren zu dritt und Nasen waren in dem Beruf durchaus ein zentraler Punkt. Es gab unendlich viel zu riechen, von Lackbeizen über alle Arten von Lacken, Klebern, Holzarten und manchmal, wenn jemand einen gewaltigen Furz gelassen hatte hieß es: „Stell dich nicht so an, mit drei Nasen ist der schnell weg geschnüffelt". Oder man wurde einfach nur an der Nase rumgeführt. So vergingen die Tage.

Abends pickte ich zur Entspannung auf irgendeinem Instrument herum, die alle in einem großen, selbstgebauten Ständer standen. Auch ein Vorteil dieses Jobs, wenn man etwas selbst bauen kann.

Ich hatte zwei Holzseiten mit Rohren verbunden, über die ich eine Isolierung aus dem Heizungsbau geschoben hatte. In diesem Ständer hatten nebeneinander bis zu acht Instrumente Platz.

Mal war das five-string Banjo dran, dann die Mandoline oder eine Gitarre, deren Saiten ich mit einem größeren Nutklotz erhöht hatte und somit als Steelgitarre auf den Knien spielte.

Nicht wie bei den Rockbands wo der Gitarrist auf den Knien liegt und Gitarre spielt. Ich hatte die Gitarre im Sitzen auf den Knien liegen und spielte die Saiten mit einem Steelbar.

Ich mochte die unterschiedlichen Klangfarben der Instrumente und versuchte, die für bestimmte Instrumente typischen Stilrichtungen zu vermischen. Rock&Roll aufm Banjo oder Reggae auf der Mandoline.

Dabei konnte man die scheiß Maloche vergessen und manchmal gab es einen kleinen Energieschub und nach einigen Telefonaten wurde ein bisschen gejammt. Mal bei mir oder bei Kerbel oder sonst wo. Nix dolles aber ganz nett.

Was mich allerdings etwas beunruhigte war, dass meine Wunde auf der Stirn einfach nicht heilen wollte. Tagsüber klebte ich schon mal ein Pflaster darüber, damit nicht noch mehr Dreck rein kam, aber die Entzündung wollte nicht weggehen.

Zwischendurch hatte ich bei Herbert angerufen und nach dem Amp gefragt, weil ich irgendwie beängstigt war, dass er schlecht behandelt würde. Obwohl man sich bei Herbert überhaupt keine Sorgen zu machen brauchte.

Er hatte ihn liebevoll durchgecheckt, herausgefunden, dass der Trafo an dem elektrodynamischen Speaker durchgebrannt war, was ihn wiederum gewundert hatte. Er hatte diesen Fehler auch nicht gleich auf Anhieb gefunden, weil sowas selten vorkam. Meistens halten die ewig, hatte er gemeint. Müsste schon unter Dauerbelastung gestanden haben.

„Vielleicht haben irgendwelche Idioten den Amp bei Volllast brennen lassen", sagte ich so vor mich hin ohne nachzudenken.

„Na ja, die Teile sind ja auch schon alt"gab er zu bedenken. „Bin einfach nicht drauf gekommen, dass es daran gelegen hat. Habe die Röhrenspannung noch eingestellt und einige

Lötstellen erneuert. Ist schon viel lauter als vorher und zerrt auch schön."

Ich hatte sicherheitshalber ein Instrument mitgenommen, um den Amp zu testen, weil ich Herberts Säbelgitarre nicht einschätzen konnte.

Dieses Zerren war mir etwas zu stark. Klang wie eine Minniausgabe eines aufgedrehten Marschall-Amps. Das war nicht so nach meinem Geschmack.

Das wäre jedoch überhaupt kein Problem, sagte Herbert. Hat mit der Röhrenspannung zu tun. Er würde irgendwas umlöten und das Zerren würde weggehen. Allerdings wäre der Amp auch leiser.

Das fand ich nicht so tragisch. Schließlich war er ja kein Großer.

Wir vereinbarten einen neuen Termin in etwa drei Tagen und ich fuhr wieder zurück, ohne Zwischenfälle.

Es war Sonntag und ich war mit dem Fahrrad ins Nachbardorf gefahren. Man, da gibt's nix zu lachen. Warum denn nicht. Ich hatte einen alten Drahtesel, den ich mit einem Lenker eines amerikanischen Beach-crusers aufgepimpt hatte. Den Lenker hatte ich bei Ebay gefunden. Breite ca achtzig Zentimeter und in der Höhe hatte das was von einem Chopper. Das war arschbequem.

Außerdem hatten Claudia und Heike angerufen, ob ich Lust auf einen Kaffee hätte. Da sach ich doch nich nee.

Unser Treffpunkt war eine größere Behinderteneinrichtung, die einen Tag der offenen Tür hatten mit Kaffee und Kuchen und sonstigen Angeboten.

Am Ziel angekommen, betrat ich das große Kaffeezelt und sah Pommeskappe an einer kleinen Bühne stehen, die sich am Kopfende des Zeltes befand.

Eigentlich hieß er Friedhelm und Pommeskappe war einfach die direkte Übersetzung. Er war der dienstälteste Musiker, den ich kannte. Woher ich ihn kannte, weiß ich selbst nicht mehr.

Er bezeichnete sich als Jazz-Gitarrist, obwohl er mehr als Unterhaltungsmusiker mit einigen Bekannten in verschiedenen Alteneinrichtungen oder auf Pfarrfesten auftrat.

Oft musste er für einen der vielen Musikerwitze herhalten, wie: „Seine Band nannte sich Brausetabletten aber die haben sich aufgelöst". War nicht besonders geistreich aber lustig.

„Hey mach's du denn hier?" „Na? Auch unterwegs, so trifft man sich wieder." „Und wie gehts." „Och, geht so, und selbst". „Auch so, eigentlich ganz gut, und wie läuft's?" „Tja, siesse ja, mach hier son bisschen die Koordination, weisse, damit nich alles drunter und drüber geht." „Und du?, habt ihr noch viel Gigs? Du bist doch bestimmt ständig unterwegs, ich kenn dich doch?" „Och, geht so, könnte immer mehr sein, man nimmt was man kriegt." „Ja, wen sach'se dat, haben auch nicht mehr so viel wie früher. Walter, kennste doch, der Keyboarder. Hat auch manchmal Schifferklavier gespielt. Der hat's im Rücken und macht kaum noch was und wir war'n so gut eingespielt, weisste. Ein richtiges Team der Walter und ich, aber was will'ste machen. Ja und mit Erwin, das geht wohl, aber is nicht so wie mit Walter. Aber hier, das machen wir immer zusammen, der Erwin und ich. Ist ja schon bald Tradition."

„Spielst du hier?" „Machen wir doch jedes Jahr, der Erwin und ich. Wir machen son Beschäftigungsprogramm mit unseren Kandidaten hier, so einmal die Woche. Der Erwin hatte mich damals mal gefragt und das ist ganz töffte. Also kein Jazz, das geht nicht, aber Hauptsache man macht was. Du ich muss los, können ja gleich noch ein bisschen quatschen oder willst du gleich weiter?"

„Nee, ich bin hier verabredet aufn Kaffee, also dann mal viel Spaß".

Er marschierte Richtung Bühne, wo Erwin schon winkte.

In dem Moment tauchten Claudia und Heike auf. Wir begrüßten uns mit einer Umarmung und holten uns Pflaumenkuchen mit Sahne und Kaffee am Buffet.

Auf der Bühne stand eine ganze Gruppe und machte die Instrumente klar.

Erwin mit Keyboard, Pommeskappe mit seiner Jazzgitarre, Ibanez mit Cutaway.

Blockflöten, Akkordeon, Schlagzeug, Wandergitarren, Schlaginstrumente im Allgemeinen.

Erwin platzierte die Musiker der Einrichtung in unterschiedlichen Abständen zu den beiden Mikrofonen und dann ging's los.

Drei, Vier, buffta, buffta, bufftata. Lustig ist das Zigeunerleben, faria, faria ho.

Einfach klasse.

Ich musste sofort an den Film „Deliverance"denken. Die Szene mit dem Jungen und seinem Banjo auf dem Dach des Schuppens.

Die Fröhlichkeit dieser Menschen mit Down Syndrom oder anderen Behinderungen wirkte ansteckend.

Es kamen noch andere Volkslieder, dann wechselte der Schlagzeuger und es wurde ein Walzer gespielt.

Erwin steuerte das Ganze, indem er jeweils die besser vorbereiteten Musiker näher an die Mikrofone rückte und die anderen etwas in den Hintergrund platzierte. Spielen taten alle und wie.

Wieder wechselte der Schlagzeuger und ein Marsch ertönte. Langsam begriff ich das System. Es gab zwei Schlagzeuger. Einen für vier/viertel und einen für drei/viertel.

Ich hatte völlig vergessen, meinen Kuchen zu essen und als meine beiden Begleiterinnen sagten, sie wollten sich draußen noch einige Stände ansehen, entschied ich mich, noch zu bleiben.

Es gab eine Pause und als alle die Bühne verlassen hatten, ging Pommeskappe zurück und sprach mit Erwin und dem vier/viertel Schlagzeuger.

Sie gingen zu dritt auf die Bühne und Pommeskappe ging mit Gitarre zum Mikro, legte sich einige Effekttreter zurecht und ich glaubte meinen Ohren nicht trauen zu können.

Eine gewaltige Hallblase machte sich im Zelt breit und drohte zu platzen.

Pommeskappe hatte ein neues Effektgerät und nach dem Motto, bezahlt ist bezahlt, holte er raus, was rauszuholen war.

Er spielte, wie ich sehen konnte C, F und G, aber die Akkordwechsel hallten wie ein ping-pong Spiel zu einem einzigen CFG durch das Zelt.

Dann sang er: „Hellow Josefine, ai laik te to je to". Helge war dagegen ein Waisenknabe.

Danach hatte ich mit Claudia und Heike noch einige Gläser Wein getrunken, aber mehr ergab sich nicht. Is ja auch nich immer Frühling.

Wir fuhren gegen Abend mit dem Fahrrad noch ein kleines Stück gemeinsam, bis sich unsere Wege trennten. Ich war so vergnügt und aufgekratzt, wie schon lange nicht mehr und dabei wollte ich erst zuhause bleiben.

Ein wunderbarer Sonntag Nachmittag.

Anfang der Woche hatte ich meinen Amp wieder. So hatte ich es mir vorgestellt. Ein leicht nöliges Gesinge und bei Volllast ein leichtes, warmes, harmonisches Zerren, das nach Röhre klang.

Alles nicht laut aber nett. So könnte er geklungen haben.

Für große Jobs wahrscheinlich nicht zu gebrauchen, da er am besten klang, wenn er zu etwa drei-viertel aufgedreht war. Da hatte er aber höchstens acht bis zehn Watt.

Ich betrachtete die Macke in der Front und murmelte, „diese Arschlöcher. Destruktive Grobmotoriker, ohne einen Funken Ahnung von Musik"und wunderte mich kurz über meine eigenen Worte.

Der Amp sollte einen Sonderplatz im Wohnzimmer bekommen, aber vorher wollte ich noch das weiße Kabel austauschen und bei der Gelegenheit die Leiste im Gehäuse leimen.

Ein Kabel mit Stecker hatte ich mir in einem kleinen Elektroladen besorgt. Ein, mit Stoff ummanteltes Bügeleisenkabel, mit schwarzem Stecker.

Ich ging in den Keller und freute mich über die große, freie Fläche auf meiner Arbeitsplatte. Lötkolben angeschmissen und die Rückwand vom Amp abgeschraubt.

Alles schön sauber von innen. Ich sah einige neue Lötstellen glänzen. Tja, auf Herbert ist Verlass.

Ich untersuchte die Leiste. Ein glatter Bruch. Einfach geplatzt. „Jenny, Jenny", faselte ich vor mich hin und suchte die Leimflasche als sich plötzlich alles drehte. Schon wieder so ein Schwindelanfall und diese Kopfschmerzen, wie aus heiterem Himmel. Ich stützte mich auf die Arbeitsplatte und als der Schwindel nicht nachließ, setzte ich mich auf das Flightcase von meinem Vox AC-30, schloss die Augen und vergrub das Gesicht zwischen meinen Händen. Ich spürte ein leichtes Pochen in der Narbe über meiner rechten Schläfe.

1939 Chicago, Illinois

Jenny Warrings hob das letzte Holzgehäuse von der Palette auf Ihren Werktisch. Es war bereits nach Fünf und sie wusste, dass die Zeit knapp bemessen war. Sie hätte um Fünf Feierabend gehabt, aber Robert hatte ihr in seiner netten, aber unmissverständlichen Art gesagt, dass heute noch alles raus müsste. Sie schaute kurz auf die große Wanduhr über der Tür zur Werkstatt, schob das Gehäuse etwas zur Seite und bereitete ein zugeschnittenes Stück Tweed auf ihrem Arbeitstisch aus. Dann zog sie den alten Blechtopf, der von außen über und über mit abtropfenden Kleberspuren bedeckt war und aussah wie eine Tropfkerze, zu sich. Der Pinsel lag quer, auf einer kleinen Holzleiste gestützt, auf dem Topfrand. Sie tauchte den Pinsel ein und bestrich vorsichtig die Tweedbahn von der Rückseite mit dem Kleber. Vorher hatte sie peinlichst darauf geachtet, dass der Arbeitstisch sauber war und der Bespannstoff von der guten Seite keine Flecken bekam. Als der Stoff vollständig, bis auf den Rand mit Klebstoff bedeckt war, legte sie das Gehäuse genau zentriert auf die Bahn, maß mit einem verschmierten Maßstab die seitlichen Überstände nochmals nach, wischte sich die Hände kurz an ihrer steifen Schürze ab und begann den Stoffbezug sorgfältig und langsam an das Gehäuse anzulegen. Immer wieder strich sie den Stoff glatt, zog ihn leicht ab, um Falten und Blasen herauszuziehen und drückte ihn erneut an.

An den Ecken schnitt sie den Stoff mit einer großen Schere ein, drückte die entstandenen Laschen geschickt um die Ecken und bearbeitete die Fugen mit einer kleinen Holzrolle, sodass sie so gut wie unsichtbar wurden.

Sie benötigte etwa zwanzig Minuten, um das Gehäuse rundum zu bearbeiten. Auf der geschlossenen Vorderseite des Gehäuses war eine kreisrunde Öffnung eingefräst, in der zwei Streben stehen gelassen worden waren. Diese Öffnung war nun mit dem Stoff überspannt. Sie pikste mit der Schere in die Öffnung und schnitt den Stoff so aus, dass er etwa drei Zentimeter über den Rand stand. Sie machte kleine, radiale Einschnitte in den Überstand und konnte die kleinen Lappen nach innen umfalten. Noch etwas Kleber nachstreichen und die Ausfräsung war wieder frei. Von der anderen Seite war das Gehäuse offen und der Stoff lediglich um die Kante geklebt worden.

Sie hatte noch eine Menge Handgriffe vor sich und wusste, dass sie sich hoffnungslos verspäten würde, und das ausgerechnet heute, wo sie eine Verabredung hatte.

Sie würde eine halbe Stunde für den Weg nach Hause brauchen, da sie am Stadtrand lebte, sich frisch machen, umziehen und die meiste Zeit würde sie benötigen die Kleberreste von Ihren Fingerkuppen zu entfernen. Ihre Fingerkuppen waren rissig und schwarz und kaum noch sauber zu kriegen. So tief war der Kleber innerhalb eines halben Jahres, seit sie diesen Job hatte, in die Haut gezogen.

Erst hatte sie sich das Nägelkauen abgewöhnt, weil der bittere Geschmack nicht weg zu kriegen war.

Selbst wenn sie etwas mit den Fingern aß, glaubte sie den Kleber zu schmecken.

Trotzdem war sie froh, diesen Job bekommen zu haben.

So konnte sie sich die kleine Zweizimmerwohnung in der Nähe der South Branch of Chicago River im Süden der Stadt leisten und da sie sparsam war, kam sie mit den paar Dollar, die sie bekam über die Runden und konnte sogar noch einen kleinen Betrag zurücklegen.

Sie lebte allein und fühlte sich mit ihren dreiundzwanzig Jahren noch viel zu jung, um zu heiraten. Außerdem war ihr der richtige noch nicht über den Weg gelaufen.

Aber für heute hatte sie eine Verabredung. Er hieß Dan und hatte sie gefragt, ob sie mit ihm aufs Land raus fahren wolle. Es gäbe Barbecue und eine Band würde spielen. Dan war zwar nicht gerade das, was sie sich unter einem Traumprinzen vorstellte, aber er war nett und arbeitete in dem kleinen Gemüseladen um die Ecke, wo sie oft einkaufen ging.

Dan fuhr oft aufs Land, um dort frische Ware einzukaufen. Die Preise waren besser, als auf dem Großmarkt und er konnte sich die Ware aussuchen. Mittlerweile hatte er einige gute Einkaufsmöglichkeiten ausfindig gemacht.

Er hatte gute Kontakte und nette Leute kennengelernt.

Sie würde auf dem Weg nach Hause kurz bei ihm im Laden vorbeischauen und ihm sagen, dass sie etwas länger brauchen würde und er sie etwas später abholen sollte.

Das Gehäuse war nun vollständig mit dem Stoff überzogen. Sie überprüfte nochmals die Bereiche, an denen der Stoff endete. Hier und da trug sie etwas Kleber nach und drückte den Stoff nochmals fest an, damit er sich nicht lösen konnte.

Nochmals reinigte sie ihren Arbeitsplatz und stopfte die Stoffreste in eine große Papptonne.

Sie nahm einen anderen Stoffballen aus dem Regal an der Wand und schnitt mit der großen Schere zwei quadratische Stücke ab. Dieser Stoff war gröber gewebt, aus Leinen und mit einem rautenförmigen Muster durchwebt.

Sie legte das Gehäuse auf die Frontseite und strich etwas Kleber um den Rand der Öffnung, drückte den Stoff hinein, straffte ihn nach allen Seiten, strich ihn glatt, dass er ohne Falten das Loch von innen bespannte.

Sie kontrollierte nochmals, dass das Rautenmuster genau Aufrecht verlief und bestrich den Rand des Stoffs nochmals dick mit Kleber. Es gab noch vier kleine Löcher, die im Quadrat um die große Ausfräsung angeordnet waren und nun mit überklebt waren. Sie stach sie mit der Spitze der Schere frei und holte vier Schrauben mit sternförmig verzierten Köpfen aus einer Schachtel, steckte sie von außen durch die Löcher und legte das Gehäuse wieder auf die Frontseite. Ein kurzer

Blick auf die Uhr. Jetzt kam der weitaus kniffeligere Teil ihrer Arbeit.

Auf der Palette, in der anderen Ecke ihres Arbeitsraumes, standen mehrere Kartons mit der Aufschrift. Dobro Electro Dynamic Speaker. Sie öffnete einen der Kartons, nahm die Papierknäuel raus, die als Schutz dienen sollten und hob das schwere Teil aus dem Karton.

Ein metallener Gitterkorb mit einer trichterförmigen Pappe und einem dicken Metallklotz, der außen an den Korb montiert war, kam zum Vorschein.

Sie wusste, dass sie vorsichtig sein musste und man hatte ihr die Handgriffe genau erklärt. Die Pappe durfte auf keinen Fall beschädigt werden. Sie hatte es schon einige Male gemacht und wuchtete das schwere Teil zu ihrem Arbeitstisch, senkte es von oben vorsichtig in das Gehäuse und ließ den Korb langsam über die vier Schrauben gleiten. Der Abstand der Schrauben passte genau zu den vier Bohrungen, die sich im Rand des Metallkorbes befanden. Sie zog die Muttern, die sie auf die Schrauben gedreht hatte sorgfältig mit einem Schraubenschlüssel fest.

Dann ging sie mit schnellen Schritten auf die Schiebetür zu, schob sie zur Seite und betrat einen anderen Werkraum. Dies war Roberts Reich. Ein Raum, vollgestopft mit elektrischen Messgeräten, Kabeln und Schränken, die eine Menge an Kleinteilen enthielten.

An dem, ansonsten durch vier Lampen hell erleuchteten Arbeitsplatz, der aus einem mit einer Gummimatte belegten, schweren Tisch bestand, brannte nur noch eine Lampe.

Robert war nicht da.

Wahrscheinlich aß er eine Kleinigkeit oder er war vorn im Büro, denn er hatte ihr gesagt, dass er heute Abend noch Kundschaft erwartete und die bestellten Sachen abgeholt würden.

Auf einem Rollwagen, der seitlich neben seiner Werkbank stand, hatte er alles bereitgelegt.

Jenny verglich die Nummern und Bezeichnungen auf ihrem Arbeitszettel mit denen der Metallgehäuse auf dem Rollwagen, schnappte sich das Teil und ging zurück an ihren Arbeitsplatz.

Es war eine winkelförmige Metallplatte, die mit einer großen Anzahl kleiner Röhrchen, Drähten und Kästchen bestückt war. Ein großer Eisenklotz saß in einer Ecke und in der Mitte standen drei flaschenartige Glasbirnen. Dieses Gebilde erinnerte sie jedesmal an das große Industriegebiet in der Southside, das sie von dem Fenster ihrer Wohnung aus sehen konnte, wenn es nachts hell erleuchtet war.

Seitlich hingen zwei dicke, mit braunem Stoff umwebte Kabel, sorgfältig aufgewickelt aus dem Metallteil heraus.

 Sie war äußerst vorsichtig, weil sie wusste, dass es das Herzstück des Gerätes war, das sie zusammenbaute.

Sie löste die Schleife der beiden braunen Kabel, die unterschiedlich lang waren. Langsam schob sie das gewinkelte Blech von hinten in den oberen Teil des Holzgehäuses. Dort befanden sich zwei Leisten, auf denen der untere Teil des Bleches ruhte. Sie schob das Bauteil ganz in die Kiste, sodass der abgewinkelte Teil des Bleches an der Gehäuserückseite anlag, die im gleichen Winkel geschrägt war.

Die beiden braunen Kabel hingen im unteren Bereich dort, wo sie den Lautsprecher eingebaut hatte.

Den Stecker des kurzen Kabels steckte sie in einen passenden Anschluss, der sich am Korb des Lautsprechers befand. Das längere Kabel ließ sie nach draußen heraushängen.

Jetzt würde sie nur noch wenige Handgriffe benötigen und schaute nochmals auf die Uhr.

Viertel nach sechs, bloß nicht nervös werden, dachte sie. Wie oft hatte sie schon einen Handgriff vergessen und musste etwas wieder ausbauen. Sie überprüfte nochmals ihre bisherige Arbeit und schraubte schließlich das Winkelblech mit vier Schrauben durch die vorgesehenen Löcher von innen an die Leisten.

Jetzt nur noch die rückseitige Abdeckung, die Gott sei Dank schon fertig mit Stoff bespannt im Regal lag. Diese, mit Querschlitzen versehene Abdeckung aus Holz hatte sie schon vor einigen Tagen bespannt. Das war eine kniffelige Arbeit und wenn sie etwas Zeit hatte, machte sie gleich mehrere von den Teilen fertig. Da alle Teile in den Maßen gleich waren, passten sie an jedes Gehäuse.

Verdammt, sie hatte den Griff vergessen. Ausgerechnet jetzt, wo sie so unter Zeitdruck war, musste das passieren.

Die Ledergriffe lagen in einem Karton im Regal und wurden mit Metalllaschen oben in den Deckel des Gehäuses geschraubt. Das bedeutete, dass Blech musste noch mal raus. Sie löste die Befestigungsschrauben, zog den Blechwinkel raus und stellte ihn zur Seite. Dann schraubte sie den Griff durch die vorgesehenen Löcher im Deckel an, nachdem sie sie mit der Scherenspitze freigepiekt hatte.

Das Blechteil wieder rein. Die Schrauben gingen leichter beim zweiten mal. Die Kabel neu gesteckt und das Rückteil von hinten angeschraubt.

Gerade hatte sie die letzte Schraube angesetzt und fast rein gedreht, als sie das Knacken hörte. Ein leises knistern von splitterndem, trockenem Holz. Sie hatte die Schraube etwas schräg angesetzt und die Leiste war auseinander gedrückt und gespalten. Das durfte nicht wahr sein. Nicht, dass das nicht schon mal passiert wäre. Das kam schon mal vor und sie hatte genaue Anweisungen und die lauteten. Alles ausbauen, Gehäuse in die Holzwerkstatt, wo die Leiste ausgewechselt wurde, mit Leim und Holzstiften.

Den Termin heute Abend konnte sie vergessen. Sie strich sich das lange braune Haar aus dem Gesicht und schaute nochmals verzweifelt auf die Uhr.

Joe, der in der Holzwerkstatt arbeitete und die Kisten fertigte, war sicherlich schon weg, um diese Zeit...

Sie würde jemand anderes bemühen müssen und das würde mindestens eine Stunde dauern.

Sie war gern in Joes Werkstatt. Es roch dort gut nach Holz und den vielen Spänen, die neben den großen Maschinen lagen. Die Maschinen wurden angetrieben durch dicke Lederriemen, die unter der Decke über große Räder geführt wurden und zu einem riesigen Motor führten, der in einem Nebenraum stand. Je nach Maschine, die Joe brauchte, wurde der Riemen über andere Räder gelegt. Joe war ein netter Typ und zu gern alberte Jenny mit ihm herum und verschaffte sich etwas Abwechslung, wenn es die Zeit erlaubte.

Aber heute hatte sie eben keine Zeit und er würde sowieso nicht da sein. Dann fasste sie einen Entschluss.

Sie würde alles so lassen und wenn Robert den Verstärker nochmals prüfen würde und alles funktionierte, würde er ihn auch nicht öffnen und nichts bemerken.

Es war zwar riskant, aber sie wollte das Risiko auf sich nehmen. Wenn es raus käme, würde sie Ärger bekommen, denn so etwas durfte nicht vorkommen.

Sie stellte den fertigen Verstärker auf den Rollwagen in Roberts Raum und füllte ihren Arbeitszettel aus.

Model 75 Serial Nr. 1607

Wenn das kein gutes Zeichen war. Es war ihr Geburtsdatum 16.07. und in zwei Monaten würde sie vierundzwanzig Jahre alt sein.

Jenny stand vor ihrem Spiegel, drehte sich und betrachtete sich von allen Seiten. Sie öffnete ihre Haarspange zum vierten Mal und steckte die langen, braunen Haare hoch zu einer anderen Frisur. Sie war nervös und hektisch und am meisten beunruhigte sie, dass das so war. Dan hatte sie eingeladen, na und? So aufregend war das nun auch wieder nicht, schließlich kannte sie ihn, wenn auch nur flüchtig. Sie hatte ihm gesagt, dass er sie etwas später abholen solle, aber sie fühlte sich unter Zeitdruck und war aufgedreht.

Während sie sich nochmals prüfend im Spiegel betrachtete, wechselte in der South Morgan Street ein großer, hagerer Mann die Straßenseite und ging auf die Tür mit der Aufschrift: National Dobro Corp. zu. Obwohl es sehr heiß war an diesem Abend, trug er einen schwarzen Anzug, der durchaus gepflegt war, aber schon bessere Zeiten gesehen hatte. Er trug ein weißes Hemd mit einer breiten, quer gestreiften Krawatte und hohe, schwarze, geschnürte Boots. Sein Haar war schwarz, glatt zurück gekämmt und trotz seiner etwa fünfzig Jahre, dicht und voll. In der rechten Hand schleppte er einen großen, abgewetzten Gitarrenkoffer mit sich. Kurz bevor er die Tür erreicht hatte, blieb er plötzlich stehen, holte mit einer hastigen Bewegung ein Taschentuch aus seiner Hosentasche und hustete stark. Er hielt das Taschentuch vor den Mund und krümmte sich leicht. Als der Hustenanfall vorüber war betrachtete er sein Taschentuch, faltete es zusammen und steckte es zurück in die Tasche.

Er öffnete die Tür und das schnarrende Geräusch einer Feder, die gegen eine Glocke rattert, erfüllte den Raum. Er stellte den Gitarrenkoffer auf den Boden und blickte sich um. Sein Blick fiel auf einige Patente und Zertifikate, die gerahmt an der Wand hingen, als Robert Dunner den Raum betrat.

„Hi Buck, ich dachte schon, Du hättest es dir anders überlegt. Komm rein, er wartet bereits auf dich.“

„Tut mir Leid, wenn ich zu spät komme, aber ich hatte noch was zu erledigen“erwiderte Buck.

Er nahm seinen Koffer und folgte Robert durch eine schmale Tür mit einer Milchglasscheibe nach hinten.

Sie gingen durch einen schmalen Flur an einigen Bürotüren vorbei und gelangten in Roberts Werkraum.

„Na schon nervös"grinste Robert und legte das Tuch, dass er über den kleinen Tweed-Amp gedeckt hatte, nachdem er ihn durchgeprüft hatte, zur Seite. „Da steht er und ist ganz wild darauf, dir den großen Durchbruch zu verschaffen."Er kannte Buck Withemore gut und wusste, dass er ein guter Musiker war. Er hatte ihn oft spielen gesehen und immer wieder versucht ihn davon zu überzeugen, seine Gitarre zu verstärken. Buck spielte in einer Band mit Piano, mehreren Bläsern, Schlagzeug und Bass. Sie spielten den typischen Jazz der damaligen Zeit. Stücke von Fats Waller, Albert Ammons, Pete Johnson. Obwohl Buck eine gute Melodiegitarre spielte, war seine Rolle auf die rhythmische Akkordbegleitung begrenzt. Er kam einfach nicht durch, wenn er Melodie spielte. Auch wenn sich die Band zurücknahm und ihm Freiräume gab, gingen Einzeltöne unter und er hatte sich schnelle, rhythmische Akkordwechsel als solistische Einlagen zurechtgelegt. Letztendlich hatte er eingewilligt, unter der Bedingung, den Verstärker zurückgeben zu können, wenn es nicht funktioniert. Robert und er hatten sich für heute verabredet. Er hatte zwar schon Verstärker gesehen und wusste, dass Bob Dunn und andere mit verstärkten Gitarren spielten, aber die Sache mit dem Pickup war ihm etwas ungeheuer. Zumindest wollte er seine Gitarre, eine Stromberg Deluxe, nicht ruinieren.

„Und du meinst, das funktioniert"fragte er etwas misstrauisch. „Klar, ich zeig's dir"sagte Robert und holte einen selbst gewickelten Pickup aus dem Regal. Er hatte den Draht sauber um den Magnetkern gewickelt, die Endpunkte akkurat mit dem Anschlusskabel verlötet und das ganze in flüssiges Harz eingebettet. Mit einer speziellen Halterung sollte der Pickup am Schlagbrett befestigt werden, um keine Löcher in die Gitarre bohren zu müssen. Das Kabel wurde unterm Schlagbrett zur hinteren Saitenbefestigung geführt und dort festgezurrt. So sollte es zumindest vorerst den Test überstehen. Buck hatte seine Gitarre aus dem Koffer geholt. Sie war sehr gut verarbeitet und hatte schon als akustische Gitarre einen lauten, vollen Ton. Robert hatte mehrfach versucht, Buck zu

erklären, wie die Schwingungen der Saiten durch das Magnet-
feld in den Wicklungen der Spule einen Strom erzeugen, der
zum Verstärker führt und dort, eben verstärkt, durch den
Lautsprecher wiedergegeben wird. Buck konnte es sich nicht
vorstellen oder wollte es nicht verstehen. Ihm machte nur die
Vorstellung Angst, seine Gitarre unter Strom zu stellen, aber er
hatte sich entschlossen es zu probieren und die Aussicht seine
Rolle in der Band zu verändern war letztendlich ausschlagge-
bend, es zu versuchen.

Robert befestigte den Pickup an der Gitarre und setzte nochmals an, alles zu erklären, doch Buck winkte ab und sagte
nur:"Lass gut sein, ich hab gleich einen Gig und dann werde
ich sehen was passiert. Entweder reiße ich dir morgen den
Kopf ab, oder wir machen einen drauf, aber jetzt beeil dich."

Robert schaltete den Verstärker ein, wartete bis er leicht zu
brummen begann, drehte den Lautstärkeregler kurz etwas
auf und wieder auf Null. Dann steckte er das Kabel in die
Buchse, gab Buck die Gitarre und sagte: „Zeig mal was du
kannst."Während Buck einige Akkorde anspielte, drehte er
den Lautstärkeregler langsam hoch. Buck grinste und ein
grooviger Swingrhythmus erfüllte den Raum. Robert drehte
den Regler weiter hoch und der Klang wurde ohrenbetäubend laut. „Whow", schrie Buck gegen sein eigenes Spielen
an, „du willst mich umbringen". Der Klang war etwas hart
und schräpig. Robert veränderte die Position des Pickups und
drehte wieder an dem Regler. Es war besser. Etwas weicher.
Buck spielte einige schnelle Melodien und arbeitete sich über
das ganze Griffbrett seiner Gitarre bis in die hohen Lagen.

„Klingt anders, weiß nicht so recht, aber es ist laut. Erkläre
mir bitte nicht, wie das geht, aber es scheint zu funktionieren.
Außerdem muss ich los, sonst werden die anderen ohne mich
anfangen und du weißt ja, ich brauch die Gage."

Robert zeigte ihm kurz den Lautstärkeregler und den Schalter
für On/Off. „Hier muss das Kabel rein"Buck schaute nur

flüchtig hin und verstaute hastig seine Gitarre mit dem Kabel in seinem Koffer.

„Wo spielt ihr heute?"fragte Robert. „Im Broonze" „Hey, das ist doch auf der State Street. Habt euch ja ganz schön gemacht. Solche Jobs hat nicht jede Band und Bands gibt hier ne Menge. Vielleicht komme ich später noch vorbei. Wenn ich mir das leisten kann. Hab noch einiges zu tun."

Sie gingen nach vorn. Buck hielt seinen Gitarrenkoffer und Robert trug den Amp durch den engen Flur als Buck plötzlich stark hustete. Er stellte den Koffer ab und stützt sich an der Wand ab. „Verdammter Husten, geht nicht weg, keuchte er nach einer Weile. „Haben viele", sagte Robert. Vorn im Eingangsraum füllte Robert einen Zettel aus und Buck sagte:"Du weißt, dass ich dir das Ding wieder vor die Tür stelle, wenns nicht funktioniert". „Im Gegenteil, du wirst einen zweiten kaufen", antwortete Robert. Buck holte ein selbst gemachtes Kuvert aus seiner Jacke und blätterte daraus achtundvierzig Dollar auf den Ladentisch. „Das ist wirklich ein guter Deal", sagte Robert.

Er hatte wirklich einen guten Preis gemacht, denn der Katalogpreis lag immerhin bei fünfundsiebzig Dollar. Auch wenn er den nicht immer bekam, so verkaufte er diesen Amp normalerweise nicht unter sechzig Dollar. Aber er wusste, dass Gitarristen wie Buck Withemore andere Gitarristen überzeugen würden, Amps zu benutzen. Er öffnete die Ladentür und Buck wackelte schwer bepackt mit Gitarrenkoffer und Amp auf die Straße. „Wir sehen uns"rief er ihm nach. Er verschloss das Geld in der Kasse und sah durch die Scheibe, wie Buck seinen Gitarrenkoffer und seinen Amp abgestellt hatte und in sein Taschentuch hustete.

Sie fuhren stadtauswärts. Dan hatte den alten Ford- Pickup seines Onkels ausgeliehen, dem der Gemüse und Obst-Laden gehörte, in dem er arbeitete. Jenny saß auf dem Beifahrersitz und betrachtete die Blumen, die Dan ihr mitgebracht hatte. Er war wirklich nett. Er hatte sogar das Auto von innen sauber gemacht und mit einzelnen Blumen geschmückt und nun fuhren sie mit einem Tempo, dass das alte Auto so gerade noch verkraften konnte nach Südwesten in Richtung Joliet.

Dan erzählte begeistert von den Leuten, zu denen sie fahren würden und dem großartigen Barbecue, das es dort gäbe. Er hatte sich, soweit es sein Kleiderschrank, der nur ein Fach hatte, hergab, in Schale geschmissen und frisch rasiert. Sein krauses Haar war mit Pomade gebändigt und er roch nach Rasierwasser. Er war so sehr bemüht aufmerksam und charmant zu sein, dass es etwas steif und gekünstelt wirkte. Er war eben nicht richtig in Übung und hatte auch nicht oft die Gelegenheiten dazu. Der Job war anstrengend genug und außerdem war er etwas schüchtern. Aber dann hatte er damals seinen ganzen Mut zusammengenommen und ! Jetzt saß er mit Jenny Warrings in einem Auto.

Als er sie im Laden das erste Mal sah, hatte er sie so angestarrt, dass er mit einer ganzen Kiste Tomaten in der Hand über das Gewicht der Gemüsewaage stolperte und einen Abflug ins Gemüselager gemacht hatte. Er hatte sich mit den Tomaten damals dermaßen eingesaut, dass er sich nicht getraut hatte in den Laden zurück zu gehen. Hatte sich den Saft mit der Schürze aus dem Gesicht gewischt und sie durch den Türspalt beobachtet, wie sie bei seinem Onkel eine frische Melone gekauft hatte.

Kurz vor Joliet bogen sie rechts ab in Richtung Plainfield. Sie fuhren noch einige Meilen über eine holperige Landstraße, die ihre Unterhaltung zwangsweise zum erliegen brachte, weil Dan seine ganze Konzentration brauchte, um nicht von der Straße abzukommen, wenn er den Schlaglöchern ausweichen wollte.

Schließlich tauchte eine kleine Häusergruppe auf. Einige größere Farmhäuser lagen in Sichtweite. Es war ein weites, flaches und fruchtbares Land, das gute Erträge brachte.

Einige Kinder liefen ihnen entgegen und winkten. Dan winkte zurück und sie schienen ihn zu kennen. Dan grüßte einen

Farmer, der mit einem Pferdewagen auf dem Feld unterwegs war. Dann führte sie der Weg durch zwei, aus Brettern gefertigten Lagerscheunen auf das Gelände einer kleinen Farm.

Das Haupthaus lag quer und war ebenfalls aus Holz gebaut. Eine breite Veranda zog sich über die gesamte Front. Vor der Veranda war eine etwa fünf mal fünf Meter große Holzfläche auf den Boden ausgelegt und mit einem Geländer umgeben, dass wiederum mit Girlanden und Lampions geschmückt war. Seitlich gab es ein weiteres Nebengebäude mit weitem Dachüberstand, unter dem lange Tische mit Bänken standen. Etwas abseits brannte ein großes Feuer, um das eine johlende Horde von Kindern rannte. Etwa zwanzig bis dreißig Gäste standen in kleineren Gruppen umher und schienen sich bereits gut zu amüsieren. Die Frauen in prächtigen langen Kleidern und die Männer mit großen Hüten und Lederstiefeln.

Auf der rechten Seite des Geländes standen im Wechsel einige alte Autos und ein- oder zweispännige Kutschwagen. Die Pferde grasten auf der dahinter liegenden Koppel, die im Licht der untergehenden Sonne goldig leuchtete.

„Hi Dan, da seid ihr ja endlich" rief ihnen einer der Männer zu und ging mit großen Schritten in ihre Richtung, während Dan den Wagen neben einem Einspänner mit Faltverdeck parkte.

„Schön dass ihr da seid und wie ich sehe hast du noch jemanden mitgebracht."

Dan machte Jenny mit Steve Forset bekannt. Steve gehörte die kleine Farm. Er baute Gemüse an und hatte einen kleinen Viehbestand. Er lebte hier mit seiner Frau und seinen drei Kindern. Dan kaufte regelmäßig bei ihm und es hatte sich mittlerweile zu einer echten Freundschaft zwischen ihnen entwickelt. Einige Male, wenn es spät geworden war, hatte er hier übernachtet und war erst am frühen morgen nach Chicago zurückgefahren. Sie hatten die Abende am Feuer verbracht und über die harten Zeiten geredet. Trotz der wirtschaftlichen Not, die auf dem Lande zwar ein anderes Gesicht hatte, als in den großen Städten, war Steve ein fröhlicher Mensch und liebte *die Geselligkeit. Jedes Jahr im Sommer feierte er mit seinen Nachbarn und Freunden den Gründungstag seiner kleinen Farm, die schon sein Großvater erbaut hatte. Auch wenn es in den langen Jahren der Depression kaum einen Grund zum feiern gab, hielt er an der Tradition fest. Zur Zeit lief es etwas besser, da sich die Wirtschaft langsam erholte und ihm der große Moloch Chicago einen guten Absatzmarkt bot.*

Heute hatten sie sogar eine Band, es gab Bier, Wein und für die Verhältnisse reichlich zu essen.

„Kommt, ich stelle euch die Gäste vor. Einige kennst du ja schon. Die Band ist auch schon da. Kennst du die -Hoe Buggs-? Die spielen alles. Das wird ein großartiges Fest, sag ich dir."

Sie gingen auf die Gruppe der Gäste zu und Steve stellte sie vor. Es waren freundliche, nette Leute und sie wurden herzlich aufgenommen in der Runde. Einige Männer machten grobe Späße, aber insgesamt war es eine herzliche Atmosphäre und Jennie fühlte sich sichtlich wohl.

Sie hatte zu Anfang einige Bedenken gehabt, zumal sie außer Dan niemanden kannte, aber schnell war sie mit den Frauen ins Gespräch gekommen, die sie immer wieder nach dem für sie so aufregend erscheinenden Leben der Großstadt ausfragten.

Auf der großen Veranda vor dem Haupthaus versammelte sich unterdessen eine bunte Gruppe von Musikern mit Fiddle, Banjo, Gitarren und Kontrabass.

Einige von ihnen sahen etwas zerlumpt aus, wenn auch nicht dreckig, so zeugte ihr Aussehen jedoch nicht gerade von großem Reichtum. Sie alberten rum, lachten und spielten, während sie zwischendurch ihre Instrumente stimmten, einige kurze Melodien an.

Dan hatte Getränke und etwas zu essen geholt und sie saßen in ausgelassener Stimmung zwischen den anderen Gästen, knabberten an den gegrillten Maiskolben mit Buttersoße, aßen gebackene Tomaten und etwas von dem gut gewürzten

Fleisch. Jenny spürte bereits das erste Glas Wein, dass sie getrunken hatte und nahm sich vor, langsamer zu trinken. Sie wollte auf keinen Fall einen schlechten Eindruck hinterlassen und war es nicht gewohnt, Alkohol zu trinken.

Mittlerweile hatten sich weitere Musiker auf der Veranda eingefunden, die sich vorher wohl zwischen den Gästen aufgehalten hatten.

Plötzlich, wie aus heiterem Himmel, schrie einer der Musiker, der eine Fiddle in der Hand hielt, aus voller Kehle eine Art Kinderreim in schnellem viertel Takt. Es war ein Vierzeiler, dessen Inhalt Jenny nicht verstand. Es war ein Kauderwelsch aus polnisch und amerikanisch und am Ende des Reims schrie er mit kehliger Stimme ein lautes Yiiihiii. Im gleichen Moment setzte die gesamte Band ein. Zwei Fiddler, zwei Gitarren, Bass, Akkordeon, Waschbrett und Banjo.

Die Gäste stimmten ein lautes Gejohle an und klatschten im Takt. Während die beiden Geigen zweistimmig die Melodie spielten, übernahm der Rest der Gruppe den Rhythmus. Die ersten Gäste gingen auf den hölzernen Tanzboden. Die Männer stampften mit den schweren Lederstiefeln auf den Holzboden und klatschten in die Hände, während die Frauen die Hände in die Hüften gestemmt hatten und sich mit kurzen rhythmischen Schritten drehten und die Männer umkreisten.

Mehrere Paare folgten und bald wurde in Formationen getanzt. Square- Dance, Round-Dance wechselten und die Band spielte einen Tanz nach dem anderen.

Auch Dan und Jenny hatten sich unter die Tanzenden gemischt. Nach anfänglichem zögern und kleinen Unsicherheiten entpuppte Dan sich als guter Tänzer. Er führte Jenny sicher und blieb gut im Rhythmus. Jenny hatte sichtlich Spaß. Die Band spielte Brownies Stomp von Milton Brown in atemberaubendem Tempo und die beiden gerieten sichtlich aus der Puste. Direkt danach noch ein Hit von Milton Brown: Oh you pretty woman und Dan sang den Refrain lauthals mit. Die Band wechselte sich im Gesang ab. Mal sang einer der beiden

Gitarristen oder einer der Fiddler. Auch der Akkordeonspieler hatte eine gute Stimme und oftmals sangen sie mehrstimmig im Chorus.

Während die Band einen Fiddle Tune spielte, reihte sich einer der schwarzen Landarbeiter ein. Er hatte eine Mundharmonika und spielte die Melodie mit. Während er mit der rechten Hand, mit gespreizten Fingern eine kreisende Bewegung machte, die an eine Minstrel Show erinnerte, hielt er die Mundharmonika zwischen Daumen und Zeigefinger der linken Hand und spreizte die restlichen drei Finger fächerartig ab. Mit weit nach hinten gebogenem Körper stampfte er mit zu großen Schuhen und zerlumpten Kleidern quer über die Veranda vor der Band auf und ab. Er spielte mit der Melodie, variierte sie und überblies schließlich die hohen Töne mit einer Lautstärke, die man dem kleinen Instrument nicht zugetraut hätte. Dann fiel er zurück in eine rhythmische Begleitung, klopfte mit der rechten Hand auf seinen Schenkel, den er mit dem Fuß stampfend auf und ab bewegte. Am Ende des zweiten Durchgangs der Melodiefolge kniete er mit dem linken Bein nieder, verneigte sich und zeigte mit beiden Händen auf die Band.

Es wurde nicht gern gesehen, wenn sich die schwarzen Arbeiter unter die weißen Gäste mischten, aber es war eine großartige Show und die Band war sichtlich angetan von der Einlage.

Wegen der guten Stimmung sah man von einer Bestrafung ab. Es war durchaus nicht unüblich, dass Schwarze, die sich zu viel heraus nahmen einfach ausgepeitscht wurde. Die Gäste spendeten Beifall und hielten es für eine gelungene Überraschung.

Die Band übernahm wieder das Konzept und spielte einen langsamen Drei/Viertel. Dan nahm Jenny in den Arm und während sie ruhig über den Tanzboden kreisten sah er sie verliebt an. Die Lampions spiegelten sich in ihren Augen „Blue moon, blue moon".

Sie tanzten und feierten noch bis in die frühen Morgenstunden und obwohl Steve ihnen anbot zu bleiben, bestand Jenny darauf, zurückzufahren. Durch das viele Tanzen und das gute Essen fühlte sich Dan zwar fahrtauglich, aber er willigte nur zögerlich ein.

Natürlich hatte er sich ausgemalt, mit Jenny bei den Forsets zu übernachten und er glaubte sich seinem Ziel schon sehr nahe zu sein. Nichts wünschte er sich mehr, als endlich ihren Körper, den er unter der Kleidung nur erahnen konnte, an sich zu pressen und mit ihr zu schlafen.

Schließlich verabschiedeten sie sich herzlich von den Gästen und versprachen bald wiederzukommen.

Obwohl Dan enttäuscht war, ließ er sich nichts anmerken und gab sich fröhlich. Anders als der Farmer, der neben seinem Auto würgend über der Koppel hing, als sie einstiegen. Der Farmer erschrak, als der Motor ansprang, sackte in die Knie und versuchte lallend einen Kommentar abzugeben. Schaukelnd rollte der Wagen von der Farm auf die Straße und die Scheinwerfer erleuchteten gespenstisch den Straßenrand. Nachdem Dan die Gänge durchgeschaltet hatte und der Wagen dahin rollte, suchte er nach Jennies Hand, die sie nicht zurückzog. Schweigend fuhren sie in Richtung Chicago.

Zur gleichen Zeit saß Buck Whitemore auf der Bettkante in seinem Hotelzimmer und starrte auf den kleinen Verstärker. Er konnte nicht schlafen. Zu aufregend war der Abend verlaufen. Er saß dort in dem kleinen Zimmer, das er als Dauergast gemietet hatte und dachte über den Verlauf des Abends nach.

Er hatte sich von Robert auf direktem Weg zum Club begeben, zunächst den Verstärker und die Gitarre getragen, dann aber doch ein Taxi genommen. Mehrfach musste er husten und letztendlich wollte er auf keinen Fall zu spät kommen. Er verdiente gar nicht schlecht als Musiker, anders als die meisten, aber nachdem er den Verstärker bezahlt hatte, hieß es etwas sparsamer zu sein.

Im Club angekommen, hastete er direkt zur Bühne. Bill, Al und Doug waren schon da und brachten ihre Instrumente in Position. „Hi, Buck, was schleppst du denn da. Hast du uns einen Picknickkorb mitgebracht?"rief ihm Al entgegen. Er war Schlagzeuger und sortierte gerade seine Trommeln. Doug zog die große Stoffhülle von seinem Bass und schaute sich um. „Hi, Buck, du hast es wirklich wahr gemacht. Ich glaub's nicht. Lass mal sehen, wow."Buck hatte ihm erzählt, dass er mit dem Gedanken spielte, einen Verstärker zu kaufen und Doug hatte ihm gut zugeredet. Sie verstanden sich gut und Doug war für Experimente immer zu haben, vor allem wenn sie Spaß brachten. Andere Bandmitglieder waren da eher skeptisch. Vor allem Ted, der Sänger der Band, hielt nichts von Verstärkern, obwohl gerade er durch die neue Mikrofontechnik profitierte. Früher hatte er mit einem Papptrichter singen müssen, um überhaupt gehört zu werden. Jetzt hatte er ein Mikrophon und wollte aber keinesfalls, dass andere Musiker ebenfalls verstärkt würden. Er behauptete, das würde den Klang verfälschen und hätte nichts mit der Musik zu tun, die sie machten.

Buck hatte eine starke Position in der Band und mit Unterstützung von Doug und einigen anderen, die Neuerungen gegenüber auch aufgeschlossener waren, würde er den Amp einfach spielen. Man würde ja sehen, wie es ankommt.

Er stellte den Verstärker seitlich neben seinen Stuhl. Er saß rechts außen, wie immer neben Doug. Al mit seinem Schlagzeug in der Mitte, hinten. Vorn die Bläser, links das Piano und Ted stand in der Mitte mit seinem Mikrophonständer.

Seinen Gitarrenkoffer legte er hinter seinen Stuhl. Als er das Kabel in den Verstärker stecken wollte, fiel ihm ein, dass der Verstärker ja Strom brauchte. Das hatte er ganz außer Acht gelassen. Verzweifelt schaute er sich um. Das konnte doch nicht war sein und er merkte, wie er nervös wurde. Wo sollte er Strom her bekommen. Das Kabel war etwa zwei Meter lang und weit und breit kein Anschluss. Dann bemerkte er die große Jukebox in der Ecke. Die müsste auch Strom haben, aber sie war zu weit weg. Er musste weiter nach hinten und nach links. Das hieß Al musste mit samt Schlagzeug etwas rüber rücken und auch Doug musste seinen Platz ändern. Al war gleich sauer. Er hatte gerade alles eingerichtet und jetzt sollte er den ganzen Kram woanders aufbauen. Erst durch das Argument von Doug, dass er dann auch nicht mehr so leise und zurückhaltend spielen müsse, wenn das mit dem Amp funktioniert, ließ er sich mürrisch drauf ein, etwas zu rücken.

Die ersten Gäste kamen und die Jukebox wurde angeworfen. Das war's dann wohl, dachte Buck. Mittlerweile standen diese Dinger zum Leitwesen der meisten Musiker überall in den Clubs und übernahmen häufig deren Aufgabe.

Hier sollte sie in den Pausen und bis zum Auftritt der Band für Unterhaltung sorgen.

Eine Chance bestand noch. Wenn er alles vorbereitete, konnte er kurz vor dem Konzert den Stecker auswechseln. Das bedeutete aber, dass er nichts ausprobieren konnte.

Er stellte alles an seinem neuen Platz so zurecht, dass er es erreichen konnte, steckte das Kabel von der Gitarre in den Verstärker und drehte zum Test den Drehregler hinten am Verstärker auf zehn und kippte den Schalter auf ON.

Dann stimmte er seine Gitarre und spielte sich etwas ein, indem er die Jukebox begleitete.

Der Raum füllte sich und alle Mitglieder der Band waren da. Die anderen hatten den Amp gar nicht bemerkt. Buck ging noch mal zur Toilette, weil er einen starken Hustenreiz spürte und holte sich ein Getränk, das extra für die Musiker bereitgestellt war.

Sie hatten noch einige Minuten Zeit, bis schließlich der Clubbesitzer die Jukebox ausschaltete und die Band ansagte. Er redete eine ganze Zeit und lobte seinen Club und die Band und die Gäste und wieder den Club und sich und nochmals die Gäste und dann nochmals die Band. Genug Zeit um den

Stecker der Jukebox rauszuziehen und den Verstärker einzustecken.

Gerade als der Clubbesitzer mit ausgestrecktem Arm auf die Band zeigte, die sich mittlerweile auf der Bühne aufgestellt hatte, bis auf Buck, der hinter dem Vorhang den Stecker umsteckte, setzte ein ohrenbetäubendes, pfeifendes, jaulendes Geräusch ein. Buck erschrak und hastete hinter dem Vorhang vor. Die Gäste hielten sich die Ohren zu, schrieen und alle suchten die Quelle des Übels. Die gesamte Band drehte sich um und starrte auf den Verstärker, der in der Ecke neben Bucks Stuhl stand und beinahe von der Bühne zu hüpfen drohte. Aus dem Schreien wurde Gejohle, der Clubbesitzer lief aufgeregt hin und her und Buck hatte sich auf den Amp gestürzt und suchte hastig nach einer Möglichkeit, das Jaulen abzustellen. Mehr zufällig kam er an den Drehregler hinten und das Geräusch veränderte sich. Er drehte weiter und es erstarb. Einige Gäste Pfiffen und die gesamte Band starrte ihn schweigend an.

„Anfangen", rief der Clubbesitzer, „los, fangt an zu spielen, damit die Gäste sich beruhigen."

Al zählte aus versehen bis fünf und bei sechs stolperte die Band in den vier/viertel Rhythmus und spielte einen Standard. Obwohl Buck das Stück hundert Mal gespielt hatte, musste er überlegen welche Tonart.

Das war gründlich daneben gegangen. Beim dritten Stück hatte sich die Band gefangen und obwohl Buck immer noch befürchtete, der Amp könnte wieder losgehen, spielte er die gewohnte Rolle. Rhythmussektion mit Bass und Schlagzeug, ohne Amp.

Er war verärgert, hatte sich vor allen anderen blamiert und hatte sein gesamtes Vermögen dafür investiert. Er würde die Kiste Rob vor die Tür knallen und sein Geld zurückverlangen. Dann spiele ich eben weiter den Rhythmusknecht für die großen Solisten, dachte er, als er aus dem Augenwinkel bemerkte, dass Doug ins wanken geriet. Er schaute zu ihm rüber und sah, dass Doug die Tränen über die Wangen liefen und er sich kaum auf den Beinen halten konnte. Doug war genau so groß wie er, aber von ganz anderer Statur. Er war kräftig, hatte einen gewaltigen Bauch, breite Schultern und ein kugelförmiger Kopf saß auf seinem kurzen Hals. Der große Kontrabass wirkte neben ihm beinahe zierlich und trotz seiner kurzen, dicken Finger arbeitete er behende auf dem langen Griffbrett. Aber jetzt schien er sich förmlich an seinem Bass festzuhalten und krümmte sich.

Nicht vor Schmerzen, wie Buck zunächst glaubte. Doug konnte sich vor lachen kaum noch auf den Beinen halten. Als er Bucks Blicke spürte, hätte er beinahe laut los geprustet, aber er hielt sich zurück und nahm dreimal Anlauf, immer wieder von Lachanfällen geschüttelt, die er unterdrückte, um nicht aus dem Takt zu kommen, bis er schließlich Buck zuraunte: „Hauling Buck, the Jukebox-killer". Dabei verdrehte er seine großen Augen und dann war an eine stabile Bassbegleitung nicht mehr zu denken. Er bekam gerade noch die Eins geregelt und schlug mit der flachen Hand auf die Saiten. Boom, chuck. Dass das rhythmisch perfekt war, bekam er gar nicht mit. Er hielt den Bass mit der linken Hand und wischte sich mit der rechten Hand die Tränen aus den Augen. Kurz darauf nochmals, Boom, chuck, dann nochmals die Eins, Boom und der Song war zu Ende.

Ted kündigte die erste Pause an und Buck war tödlich beleidigt. „Hey Doug, guter Bass am Schluss"rief Mel, der Trompete spielte. „Klasse Akzente". Doug kriegte sich langsam wieder ein und hörte nicht, was Mel ihm zurief. Er klopfte Buck auf die Schulter und sagte. „Man, nimm's nicht persönlich, man. Aber das war echt das Größte. Huiiii, huiiiii. Ne Polizeisirene ist nix dagegen und die verdammte Jukebox ist auch ruhig". Der Clubbesitzer hatte sie nicht mehr anstellen wollen, da er das Geräusch zu Anfang mit ihr in Verbindung gebracht hatte.

„Was war denn los, Buck? Haste was falsch gemacht oder zu wenig bezahlt für die Kiste?"Buck ahnte, dass es was mit dem Drehregler zu tun haben musste, aber er war verunsichert.

„Versuchs gleich noch mal. Das funktioniert bei anderen doch auch. Hab ich echt schon gesehen."Doug meinte es ernst und außerdem bewahrheitete sich sein Wahlspruch, dass neue Experimente meistens Spaß brachten und den hatte er gehabt.

Buck drehte vorsichtig an dem Regler, während er über die Saiten der Gitarre strich und er hörte leise Töne aus dem Lautsprecher kommen. Er beugte sich etwas vor und bekam wieder einen Hustenanfall.

Nachdem er das Taschentuch wieder in die Tasche gesteckt hatte stimmte er nochmals seine Gitarre und die Musiker versammelten sich wieder auf der Bühne.

Ted klopfte an sein Mikrophon und sagte den nächsten Song an.

Sie eröffneten das zweite Set mit „Goody, Goody". Das war perfekt, da das lange Intro im Wechselspiel zwischen Piano und Bläsern, der Band genug Zeit gab, sich einzugrooven, bis Ted mit seinem Gesang einsetzte. „You told me there was no lesson in loving that you have learned." Ted endete diese Zeile mit einem gekünstelt und etwas übertriebenem Lachen, dass dem Inhalt sofort die gemeinte ironische Bedeutung gab. Das kam immer gut.

Buck hatte den Verstärker auf kleinster Lautstärke stehen und spielte die gewohnte rhythmische zwei und vier. Der Verstärker war kaum wahrzunehmen bei der Lautstärke, die die Band erzeugte. Er drehte den Regler in den rhythmischen Pausen vorsichtig höher, bis er seine Gitarre deutlich hören konnte. Den Klang seines Instruments plötzlich aus einer anderen Ecke zu hören irritierte ihn. Es war wie ein Echo und er überlegte, ob der Weg, den die Töne durch die Kabel und das Gerät zurücklegen mussten, wohl zu einer Verzögerung führten. Das würde bedeuten, dass er immer etwas vor dem Beat spielen müsste. Er merkte, wie er rhythmisch leicht ins Schwanken geriet und die Blicke von Al und Doug bestätigten sein Gefühl. Er konzentrierte sich und nach einiger Zeit hatte sich sein Gehör an die neue Situation gewöhnt. Jetzt versuchte er durch wechseln der Anschlagposition den Ton zu variieren. Das war wie bei der akustischen Spielweise. Weiter zum Griffbrett klang es weicher und hinten am Steg wurde der Ton lauter und auch schärfer. Es klang eher schräpig und er entschied sich für eine mittlere bis vordere Position. Während der nächsten Stücke behielt er seine gewohnte Spielart bei und korrigierte lediglich noch ein wenig den Lautstärkeregler, den er mittlerweile mit sicherem Griff fand.

Es hatte sich nicht viel verändert. Al hatte ihn mehrfach ange-grinst und das Zusammenspiel war deutlicher. Er hörte ihn besser und sie waren rhythmisch dichter zusammen. Auch Doug schien es zu gefallen und er bewegte seinen massigen Körper swingend im Rhythmus.

Der Rest der Band spürte wohl einen gewissen Schub, war aber zu sehr nach vorn zum Publikum gerichtet, um genau zu merken, was sich verändert hatte.

Schließlich spielten sie „Mamma don't allow no music playing in here". Ein beliebtes Stück, in dem in jeder Strophe ein neues Instrument vorgestellt wurde, welches dann ein Solo zum Besten gab.

Buck hatte sich immer mit einigen schnellen Akkorden gerettet, die ihm aber selten einen Szenenapplaus einbrachten, weil sie kaum wahrgenommen wurden.

Die anderen Bandmitglieder konnten sich eben besser darstellen und obwohl es bei den Solopassagen einen Break gab und der Solist allein spielte, war Bucks Gitarre in einem überfüllten Saal eher optisch wirksam und das im Hinter-grund.

Heute wartete er auf seine Strophe. „Mama don't allow no guitar playing in here". Er hatte den Amp etwas lauter gestellt und spielte statt der Akkorde einen ausgefuchsten Lauf mit einigen synkopierten Doppeltönen. Mit Applaus wurde er vom Publikum belohnt. Häufig hatte er diese Läufe gespielt, wenn er das Programm in seinem kleinen Hotelzimmer studierte und jetzt waren sie abrufbereit.

Anerkennende Blicke von Ted und den Anderen und Buck merkte, dass ihm das Herz etwas schneller schlug.

Im weiteren Verlauf des Abends bekam er von Ted einige Male ein Solo zugeteilt. Zum Beispiel bei „Keep on knocking"und „You Rascal you".

Er hatte manchmal mit der Technik zu kämpfen, aber eigentlich hatte er das erreicht, was er erhofft hatte. Seine Rolle in der Band hatte sich verändert. Und jetzt hieß es arbeiten, arbeiten und nochmals arbeiten.

Er hatte die Vision von Stücken, die auf dem Spiel seiner Gitarre aufbauten und wo die Band ihn begleitete. Natürlich nicht nur, aber das ein oder andere Mal. Er war auf dem richtigen Weg.

So saß er nun auf der Bettkante und betrachtete den kleinen Verstärker. Nicht nur der Auftritt hatte ihn sichtlich aufgewühlt. Er hatte auf dem Weg zum Hotel Blut in seinem Taschentuch. Das war früher schon mal vorgekommen, aber in geringen Mengen. Heute war es deutlich und viel. Alles war viel zu viel. Und obwohl er bis zum Umfallen müde war, konnte er keinen Schlaf finden.

Ruckartig fuhr ich hoch. Der Kopf war mir aus den Händen gerutscht und nach vorn geruckt. Wo war ich? Mein Bein war eingeschlafen und ich vernahm einen brenzligen Geruch. Der Lötkolben. Es war zwar nichts angebrannt aber es roch etwas verschmort. Langsam fand ich die Orientierung wieder. Ich war in meinem Musikkeller und hatte an meinem Amp gebastelt. Die Kopfschmerzen waren nicht mehr ganz so stark und obwohl ich mich noch ein wenig wackelig auf den Beinen fühlte, war das Schwindelgefühl weg.

Ich nahm die Leimflasche, spreizte die Bruchstelle der Leiste etwas auseinander und rieb mit dem Finger etwas Leim in die Fuge. Mit einer kleinen Klemmzwinge presste ich die Fuge zusammen und wischte den herausquellenden Leim ab.

Dann klemmte ich das neue Kabel an und stellte fest, dass ich den Lötkolben nicht brauchte. Um so besser.

Ich schaute noch mal in das geöffnete Verstärkergehäuse und mir fiel auf, dass der Stoff vor der Lautsprecheröffnung und vor den Lüftungsschlitzen nicht original war. Es war ein braunes, zeltstoffartiges Canvas Gewebe. Im Original war der Stoff mit aufrechten Rauten durchwebt gewesen. Ich wusste zwar nicht, wieso ich das wusste, war mir aber vollkommen sicher.

The Blue Buskers.

Ich war mal wieder mit den Blue Buskers unterwegs. Dieses mal im Süden unserer schönen Republik. Es war gegen vier nachmittags und wir verließen die Autobahn, um uns noch etwa 60 km über Landstrassen zu unserem Auftrittsort zu begeben.

Die Kulturinitiative „Kultur für alle" hatte uns gebucht. Wir wussten noch nicht, was wir davon halten sollten. War das jetzt ne Auszeichnung, als Kulturgut für alle gehandelt zu werden oder eher ne Ablache. Anscheinend gab es dort jemanden, der entscheidet. So... jetzt seid ihr Kultur, ob ihr wollt oder nicht und wir waren auf dem direkten Weg zum Weltkulturerbe ernannt zu werden. Dann konnte uns niemand mehr abreißen oder uns ersetzen durch was Modernes. Der Gedanke gefiel mir.

Aber Hauptsache erst mal einen Job, der Rest würde sich schon ergeben.

Am Abend zuvor hatten wir auf einer Autohauseröffnung gespielt. Das ist sicher wohl mit die übelste Form von Gig und nur durch eine einträgliche Gage zu ertragen. Die meisten Musiker, die wir unterwegs getroffen hatten, hatten diese Erfahrung ebenfalls schon gemacht und in diesem Punkt waren sich alle einig.

Man betritt die Autoverkaufshalle, klatscht in die Hände und sagt: „Klingt wie ein Eimer". Dann kommt ein wuseliger Auto-verkäufer auf einen zu, der Musik nur hört, weil die Autos, die er verkauft ein Autoradio haben. Dunkelgrauer Anzug, gestreifter Schlips, etwas übergewichtig und sooo gut drauf, sooo unglaublich gut drauf, dass einem Angst und Bange wird.

„Hallo Jungs, da seid ihr ja schon, toll, klasse, kommt rein, am besten hier, wollt ihr was trinken, haha, was ne Frage, so rich-tige Blueser trinken ja immer gern einen, kenn ich doch, war doch auch mal jung, was? Hier könnt ihr euch aufbauen und hier steht unser neuestes Modell. Der Invisioner G4 Injection mit blue ray Technik, das Neueste vom Neusten...blah, blaah, blah..."

„Ich hol dann mal die Sachen", sagte ich und verpisste mich erst mal nach draußen, um Luft zu holen.

Die Jobs verlaufen dann auch immer gleich. Kunden, die dem Verkäufer nicht trauen, feiern mit Verkäufern, die um das Vertrauen der Kunden trauern, eine Party mit Musik im Hintergrund. Die Musik ist schon ohne Anlage viel zu laut, soll aber von allen gehört werden und nicht aufdringlich sein, aber auch Schwung in die ganze Sache bringen. Ist ja ne Kleinigkeit.

Dann der große Moment, wo das neue Modell enthüllt wird. Die Band spielt einen Tusch und das große, weiße Tuch wird von den beiden Auszubildenden, Jennifer und Natalie, etwa 17, blond und gestylt wie die ganz Großen, gelüftet. Ein großes Aaaah und mäßiger Applaus und da steht wieder so'ne Karre vor einem, die sich so gut wie gar nicht von dem öden Angebot der Mittelklassewagen der Jetztzeit unterscheidet.

Ich stelle mir dann immer vor, das Tuch würde von Debbie und Mary gelüftet und vor mir steht ein Ford V8 von 1948 oder ein Buick dessen Glanz und Kurven der Natalie und der Jennifer zeigen wo die Glocken hängen könnten.

Aber das ist reine Nostalgie, obwohl ich schon meine, dass sich die Autodesigner etwas mehr einfallen lassen könnten.

So wie bei meinem Auto. Drei Sitzplätze vorn. Für ein Trio wie gemacht. Da hat mal jemand mitgedacht. Ladefläche hinten ausreichend für Instrumente, Anlage und ein kleines Übernachtungsbesteck. Ich nenne jetzt mal keine Automarke, aber Autos waren immer schon der Spiegel der Gesellschaft.

Nun, wir hatten den Gig überstanden. Haben sogar unser Musikprogramm weitgehend auf das Thema Auto abgestimmt mit Stücken wie... Crazy about an Automobile, Crazy about a

Mercury, Route 66, Pink Cadillac... Material gibt's da ja reichlich. Das gelingt nicht immer.

Damals bei der Fahrradrallye durch die benachbarten Dorfgemeinden, einer Veranstaltung der grünlichen Partei, war es nicht so einfach gewesen, Songs übers Fahrradfahren zu finden. Oppermann schlug vor anstatt By By Love, By By Happiness könnten wir ja By By Bycycle singen. Die Antwort war ein eindeutiges Nein, mit der Begründung das sei schließlich kein Blues. „Ja, ja, ist ja schon gut, war ja nur ne Idee", gab Oppermann mürrisch zurück um dann völlig geistesabwesend mit offenem Mund in Richtung der Teilnehmer der Rallye zu starren. „Ich wollte ich wäre ein Fahrradsattel", stammelte er schließlich. Dann hatten auch Raspe und ich entdeckt was er entdeckt hatte.

So standen drei Musiker nebeneinander mit offenem Mund und starrten auf ein gelbes Rennrad, das von einem Naturwunder bewegt wurde. Das Naturwunder bestand aus einer Mischung aus Herzigova, Pamela Anderson und Armstrong (nicht der Trompeter) und zwar alles so, wie man es sich wünscht. Und dieser Traum von Schönheit glitt nun leicht bekleidet, bei jeder Bewegung über ein schmales, pinkfarbenes Etwas. Dieses Etwas bestand nur aus einem filigranen Titangestänge, bespannt mit hauchdünnem Kunstleder, in dem sich eine geschmeidige Geelfüllung befand. Das Geel gab dem sanften Druck nach und folgte den rhythmischen Bewegungen.

Ein kleines Schild mit dem Aufdruck Salvea Lady Edition verzierte diesen beneidenswerten Fahrradsattel.

Da konnte man schon neidisch werden.

Raspe fing sich als erster und raunte Oppermann an, er solle seine Nase nicht überall reinstecken.

Nach dem Job, der einer Grünflächenunterhaltung glich, wollte Oppermann nicht mit uns zurück fahren. Nun, das kam schon mal vor, dass einer von uns andere Wege ging und es war nie ein Problem. Wir nahmen dann sein Zeug mit und es wurde in den nächsten Tagen wieder verteilt.

Gewundert hat mich nur, dass ich einige Monate später, als ich Oppermann wiedermal abholen musste, weil seine Karre kaputt war, einen pinkfarbenen Fahrradsattel in seinem Zimmer fand.

„Ist das de…"weiter kam ich nicht. Oppermann hielt sich den Zeigefinger vor den Mund und zischte „der Schweigende genießt".

Wir waren da. Ein kleiner Kultursaal im alten, umgebauten Feuerwehrhaus, direkt am Gemeindeplatz.

Frau Mehrfeld-Remscheid begrüßte uns mit, „Guten Tag, Guten Tag, Guten Tag". Eben so wie man ein Trio begrüßt. „Tasse Kaffee, die Herren?"

„Tschuldigung, gibt's bei ihnen eine Toilette?". „Oh ja, das Klöchen ist hinten links die Treppe runter."

Alle drei im Gänsemarsch ließen wir Frau Mehrfeld-Remscheid erst einmal allein, um nach 6,5 Stunden Fahrt stramm ins Klöchen zu strullen.

Kaffee, Schnittchen, alles vom Feinsten. Eine Umkleide in der ersten Etage, die als Galerie von ortsansässigen Malerinnen genutzt wurde. Landschaften in Aquarell.

Um Acht sollte das Konzert beginnen. Um viertel vor Acht waren alle Stühle besetzt. Ausverkauft.

Da sah man es mal wieder. Die waren nicht wegen uns da, kannte uns doch keiner, sondern weil der Kulturverein funktionierte. Das rege Vereinsleben mit Dauerkartenabonnenten, die immer da sind, auch wenn ein unkenntlich verkleideter Hape Kerkeling von Schnurz, Schranz, Hurtz gesungen hätte.

Da standen wir nun als Kulturgut. Genauso fing es dann auch an. Raspe sagte als erstes zu Oppermann, so, dass alle es hören konnten,"Na, wie fühlst du dich denn so als Kultur?" „Von

Kulturbeuteln umgeben", konterte Oppermann und hatte die ersten Lacher auf seiner Seite. Wir fingen an zu spielen und alberten weiter herum. Die Stimmung lockerte sich zunehmend und das Publikum schien dankbar dafür zu sein, einen leichten, fast „kulturfreien"Abend erleben zu dürfen.

Einige eingefleischte Kulturdiener konnten es jedoch nicht lassen und fragten in der Pause nach der Herkunft und den Hintergründen der vielen Musikinstrumente, die wir hatten oder nach den Texten der Songs, im Zusammenhang mit der Sklaverei. Besonders hart traf es Oppermann mit der Frage einer älteren Dame nach dem Unterschied zwischen Country- und Jazzmusik.

Nach dem Amp fragte niemand, er hatte ja auch nicht viel zu tun gehabt, bei so einer konzertanten Veranstaltung.

Ich ging nach draußen, um eine zu rauchen. Drinnen war rauchen natürlich verboten. War ja mal ein Feuerwehrhaus. Unter Rauchern geht's meistens. Die geben höchstens ein, „na, auch süchtig", von sich.

Zwei Sets a 45 min und der ganze Zauber war vorbei. Umziehen, einpacken, noch die Reste der Schnittchenplatte essen, sich höflich verabschieden, während Raspe die Abrechnung machte. Barkasse am Abend der Veranstaltung stand in unserem Vertrag. Schnell noch einen Job fürs nächste Jahr abmachen oder wenigstens einzustilen, dann ab ins Hotel. Raspe musste am nächsten Tag gegen Mittag schon wieder auf einem Stadtfest mit einer anderen Formation spielen. Er trieb es noch etwas ausgiebiger, als wir und spielte wirklich alles und jeden Job, den er kriegen konnte.

Ein kleines, aber gutes Hotel am Ortsrand mit drei Einzelzimmern. Dann trafen wir uns jedoch auf meinem Zimmer zum Absacker.

Im Kleidersack hatten wir noch drei Flaschen Bier mitgenommen. Die Glotze lief damit man besser abschalten konnte. Ist ja auch logisch, erst einschalten, um dann abzuschalten.

Ich lag auf meinem Bett, als die anderen rein kamen. Oppermann hatte schon seinen Pyjama aus Mischgewebe an mit Teddybärenmuster. Ganz großes Kino.

Die beiden suchten sich einen Platz und dann „Prost Job, war doch ganz gut heute, wa?". „Ja, gut gespielt heute, fand ich auch, das tat's wohl". Oppermanns Pyjama verrutschte etwas, sodass man seine Unterwäsche sehen konnte. „Ey Karl, was hast du denn für'ne Plinte an?". „Wieso?. Was ist denn?"Er zog den Pyjama etwas herunter und zeigte uns seine Boxershorts mit Weihnachtsmännern und Christbäumen drauf. Schallendes Gelächter! „Wieso, was habt ihr denn, sieht doch gut aus." „Jau, vor allem dein Christbaumständer mit den Weihnachtskugeln und dem braunen Lametta". Jetzt musste auch Karl lachen.

Nach einer weiteren Flasche aus der Minibar verzogen sich die beiden in ihr Zimmer. Ich wollte es mir gemütlich machen und noch etwas TV-zappen.

Verdammte Chipsfresserei im Bett. Raspe, du Arsch, dachte ich und versuchte mein Bett zur krümelfreien Zone zu machen. Im Fernsehen, Aktion, Kochsendungen, Aktion, blöde guckende Frauen, die an ihrem Finger lutschten und oh,oh,oh,oh,oh,oh von sich gaben, ein alter Krimi mit Joachim Fuchsberger. Da freut man sich aufs Abschalten.

Um 9.00 Uhr Frühstück. „Moin Jungs". Als ich vom Buffet zurück kam, hatte jemand den Ärmel meiner Jacke an den Heizkörper geknotet und meine Kaffeetasse versteckt. Kinderkram.

Um 9.30 Uhr auf der Bahn. Ich fuhr und die anderen machten noch ne kleine Ablage.

Wir hatten gerade die Autobahn erreicht, als Raspe, der in der Mitte von uns dreien saß, tief und fest schlief. In den gekreuzten Armen hatte er eine Wasserflasche.

Ein beliebter Gag war, eine CD einzulegen, das Rockigste was so im Auto herumflog, den CD-Spieler auf Pause zu stellen, die Lautstärke auf Maximum und dann die Pausentaste drücken.

Der CD-Spieler brauchte etwa drei Sekunden, als Ladezeit, um dann alle senkrecht stehen zu lassen, zumindest die, die gerade eingeduselt waren. Aber das hatten wir schon einige Male und somit fuhr ich still weiter, durch das trübe, regennasse Wetter in Richtung Westfalen.

Ich fingerte einen Kaugummi aus der Ablage und beobachtete Raspe fast mitleidig, da er in ein paar Stunden schon wieder auf der Bühne stehen würde, während wir uns ausruhen konnten.

Mein Blick fiel auf die Wasserflasche, die er wie ein Kleinkind in den Armen wog.

Da kam mir eine Idee. Ich kramte wieder in meiner Ablage, bis ich etwas brauchbares fand. Eine Büroklammer. Bog sie gerade und erhitzte das eine Ende mit meinem Feuerzeug. Oppermann, der aufmerksam wurde und schon ahnte was ich vorhatte, fing an zu grinsen.

Als die Büroklammer heiß genug schien, führte ich sie vorsichtig an die Wasserflasche. Oppermann gestikulierte und machte mir mit Zeichen deutlich, dass ich zunächst oben ein Loch piksen müsse und dann unten. Ich verstand, was er meinte und machte den Draht nochmals heiß. Ein leichtes Zischen war aus dem Flaschenhals zu hören, als ich den Draht ansetzte. Nochmal heiß gemacht und das gleiche nochmal unten. Ein dünner aber steter Strahl frischen Quellwassers pieselte aus der Flasche und Raspes Jeans färbte sich im Schritt dunkel.

„Ey man, verdammte Scheiße, was ist das denn."Ich hatte Mühe, den Wagen in der Spur zu halten, da mir die Tränen bald in die Augen schossen und Raspe im engen Fond meines Wagens versuchte aufzustehen und hin und her zu laufen.

Oppermann grinste und sagte:"Inkontinenz im Alter ist keine Seltenheit", um dann ebenfalls loszuprusten.

Raspe war hellwach, stammelte was von „ihr seid Bluesschweine"und trank einen großen Schluck aus der Flasche indem er beide Löcher zuhielt. Der Versuch auf der Flasche zu flöten endete indem er sich verschluckte und ich die Scheibe von innen sauber putzen musste.

Er legte die Flasche waagerecht, mit den Löchern nach oben, nach hinten und trommelte auf dem Armaturenbrett herum. Dann holte er eine Mundharmonika aus der Tasche und fing an zu spielen.

„Muss das sein?","ja, das muss sein", war die Antwort.

Nach ein paar Tönen sagte er:"Klang gut, der kleine Amp gestern Abend. Hab auch schon mal überlegt mit nem Amp zu spielen. Das geht zwar so mit dem Gesangsmikro, aber mit nem Verstärker hat man schon noch ganz andere Möglichkeiten. Muss ja nicht so laut sein."

Ich überlegte, wie das wohl klingen mochte in unserer Besetzung.

Der Mittelstreifen der Fahrbahn fing leicht an zu schlängeln und die Fahrbahn verschwamm vor meinen Augen.

Vielleicht der Kreislauf dachte ich und verringerte die Geschwindigkeit. Ich hielt nach einem Parkplatz Ausschau.

„Kann jemand von euch weiterfahren, bin nicht so ganz fit heute Morgen". „Ich fahr wohl", sagte Oppermann und der Wagen rollte auf den nächsten Parkplatz, wo wir die Plätze tauschten.

Ich hatte Schweißperlen auf der Stirn und leichte Kopfschmerzen und kaum war der Wagen wieder auf der Bahn, hörte ich die Stimmen der beiden nur noch aus der Ferne.

Ich versuchte tief durchzuatmen und schloss die Augen. Vor mir sah ich verschwommen, wie eine Gestalt mit verschränkten Armen und hochgeschlagenem Kragen eine Straße entlang lief...

Jack Allan and Sam Brokes

Er hatte den Kragen hochgestellt und seine abgewetzte Jacke vorn soweit wie möglich übereinander geschlagen. Die Arme eng an den Körper gelegt, die Hände tief in die Taschen seiner ausgebeulten und mehrfach geflickten Hose gesteckt, kickte er eine Pappkiste mit den klobigen Schuhen zur Seite. Es war mittlerweile Spätsommer und die Nächte waren bereits kalt. Jack Allan strich durch die dunklen Gassen in der Westside und war erst heute in Chicago angekommen. Ohne eigentliches Ziel, ohne jemanden zu kennen und völlig ohne Orientierung.

Er hatte auf einer Farm gearbeitet und als die Maschine kam, ist sein Job gegangen. Er wusste nur nicht wohin sein Job abgehauen war und jetzt suchte er ihn, ohne zu wissen wo.

Ganz ungelegen kam die Veränderung nicht. Er hatte sowieso vor, irgendwann abzuhauen und sein Glück woanders zu versuchen, aber er hätte sich einen besseren Start gewünscht. Zwei Dollar und fünfundzwanzig Cent und zwei Mundharmonikas waren sein ganzer Besitz, wenn man die alltäglichen Dinge, wie das Messer, einen löcherigen Pullover, ein bisschen Waschzeug und die paar Utensilien in seinem Beutel nicht mitzählte.

Einen Teil der Strecke war er zu Fuß gelaufen, einige Meilen auf der Ladefläche eines Lastwagens mitgefahren und dann mit einem Güterzug bis in den Vorort gelangt. Von dort war er ziellos, immer tiefer in die Stadt gelaufen.

Er war neugierig und wusste, dass er irgendwie schon seinen Weg finden würde und die Stadt, das wusste er, bot die gesamte Bandbreite, von Ruhm und Reichtum bis Untergang, aber er hatte nicht einmal eine Idee, wie oder wo er die erste Nacht verbringen sollte.

So in Gedanken vertieft, hielt er plötzlich inne. Das, was er hörte, war ihm vertraut und löste gleich ein Glücksgefühl bei *ihm aus, und doch war es fremd und anders, als er es kannte. Er lauschte und vernahm deutlich den Klang einer Mundharmonika. Er versuchte die Richtung auszumachen, aus der diese Musik kam. Er bog in eine Seitenstraße ab und folgte der nächsten Biegung.*

Nun war es deutlich zu hören. Es war eine ganze Band, die spielte, nur das der Klang ungewöhnlich war. Vielleicht war es eine dieser Jukeboxen, aber er konnte heraushören, dass es live gespielt wurde. Plötzlich hörte die Musik auf und er mußte einen Moment ausharren, bis sie wieder einsetzte.

Er stieg über ein paar alte Bretter, die mal ein Zaun gewesen waren und gelangte in einen Hinterhof.

Mülltonnen standen herum, Kisten und Pappkartons und es stank nach Abfall.

Er sah die schwach beleuchteten Fenster der unteren Etage eines alten Backsteingebäudes, mit den gespenstigen Eisenverstrebungen der Feuerleitern.

Die unteren Fenster ragten nur halb aus dem Boden und waren von einem Schacht umgeben.

Gerade, als er sich aus dem Schatten einer Mauer auf die Fenster zubewegen wollte, hörte er eine Tür, die in den Angeln quietschte. Er drückte sich an die Mauer und sah jemanden aus dem Schacht die Treppe hochkommen, mit einer Kiste leerer Flaschen und einem Abfalleimer.

Das laute Gejohle einer vollen Kneipe, gemischt mit dem schweren Rhythmus einer Bluesband quoll aus der Tür und erfüllte den Hinterhof.

Der Mann stellte die Kiste neben die Treppe und leerte den Abfalleimer in eine der Tonnen. Er hatte ebenfalls eine schwarze Hautfarbe, wie er und trug eine weiße Schürze und eine Mütze, die nach Küchenarbeit aussahen.

Auch er fröstelte mit seinem dünnen Hemd und verzog sich schnell wieder nach unten, wo er die Tür hinter sich zuzog.

Jack Allan stand noch eine Weile regungslos an der Mauer, bis er schließlich zu einem der Fenster schlich.

Das Glas war milchig, verschmiert und an einer Stelle in der Ecke konnte er in das Innere des Kellerraumes spähen.

In dichtem Gedränge standen die Menschen herum, lachten, schrien sich gegenseitig was zu, tranken und tanzten. Es war eine ausgelassene Stimmung. In der Ecke war eine kleine Bühne, auf der eine Band spielte. Was ihm sofort aufgefallen war, es waren ausnahmslos Schwarze, wie er, sowohl auf der Bühne, wie auch die Gäste.

Die Band spielte mit Schlagzeug, Bass, Gitarre und einem Harpspieler, der auch sang. Das konnte nicht sein, das er eine Straße weiter die Harp aus einer Band herausgehört hatte, die in einem Keller spielte, aber er wusste, das er genau diesem Klang gefolgt war.

Und jetzt sah er, dass der Harpspieler seine Mundharmonika mit beiden Händen hielt und noch etwas in der Hand hatte, das mit einem Kabel verbunden war. Er spielte und Jack erkannte die Phrasen, kannte die Tonfolgen, so wie er sie selbst oft spielte, aber der Ton war anders. Laut und kräftig, leicht verzerrt, aber machtvoll. Er hörte die rhythmischen Ansätze, die er mit der Zunge und den Lippen formte. Diese Effekte kannte Jack, aber sie waren nur zu hören, wenn er leise spielte, für sich. Immer, wenn er mit anderen, oder laut, vor anderen spielte, waren diese Ansätze nicht mehr zu hören, weil sie zu leise waren. Hier waren sie klar und deutlich und wurden bewusst eingesetzt, als rhythmische Varianten. Jack war fasziniert. So hatte er sein Instrument noch nie gehört. Er wollte wissen, wie das ging, wie das funktionierte, er traute sich jedoch nicht, um den Häuserblock zu gehen und vorn in den Club. Er war zerlumpt und dreckig von der Reise und außerdem musste er das wenige Geld zusammenhalten.

Er kauerte noch eine ganze Stunde vor dem Fenster, hinter einigen Kisten, die er sich zusammengesucht hatte, um den kalten Wind abzuhalten und vor allem um nicht gesehen zu werden, denn, Ärger am ersten Tag wollte er nicht.

Schließlich fühlte er sich steif und durchgefroren.

Der Hinterhof war zu lebhaft, um dort die Nacht zu verbringen, aber er nahm noch einige Pappen mit. Letztendlich fand er auf einem leer stehenden Fabrikgelände ein einigermaßen ruhiges Plätzchen für seine erste Nacht in Chicago.

Er war durchaus zufrieden mit den Erfahrungen des ersten Tages und alles schien abenteuerlich und vielversprechend zu werden.

Lautes Geschrei und Hundegebell riss ihn jäh aus seinem Halbschlaf. Er sprang auf und sah, wie einige Männer, in ebenfalls zerlumpter Kleidung, hastig das Gelände verließen, gefolgt von Polizisten mit Hunden. Er hatte nicht bemerkt, dass er nicht allein gewesen war, auf der Suche nach einem Schlafplatz. Er packte sein Bündel, dass ihm als Kopfkissen gedient hatte und rannte, so schnell es seine ausgelatschten und viel zu großen Schuhe zuließen, in gebückter Haltung an dem leer stehenden Gebäude entlang. „Halt",hörte er jemanden schreien. Man hatte ihn entdeckt. Er sprang über einen Steinhaufen, stolperte über ein paar alte Bretter und suchte verzweifelt nach einem Ausgang oder Versteck. Hätte er sich das Gelände doch vorher genauer angesehen, aber es war keine Zeit um nachzudenken und für ein „hätte", war jetzt nicht der richtige Zeitpunkt. Er kletterte durch ein einge-schlagenes Fenster in das Innere eines Gebäudes. Hoffentlich war das keine Sackgasse, denn er konnte die Hunde bereits hören, die seine Spur aufgenommen hatten. Verdammt, wo ist der Ausgang. Es war stockfinster. Er hastete durch den Raum und versuchte sich zu orientieren, stieß mit der Schulter hart gegen ein schweres Metallgerät. Schepperndes Blech mischte sich mit Hundegebell. Er stolperte und schlug der Länge nach hin. Ein stechender Schmerz durchfuhr seine linke Hand, doch er raffte sich auf, blieb mit dem Hosenbein hängen und hörte das Reißen des alten Baumwollstoffes. Er stieß gegen eine Wand, wandte sich nach links und fühlte einen Bretterverschlag. Heftig stieß er mit den klobigen Lederschuhen dagegen. Einmal, zweimal, schließlich gaben die Bretter nach und er sah ein kleines Loch, dass nach draußen führte. Schnell zwängte er sich hindurch, klappte die Bretter zurück und ergriff intuitiv einen Balken, der an der Mauer lehnte. Gerade als er die Bretter mit dem Balken sicherte, hörte er das Kratzen der Hunde auf der anderen Seite und das Gekläff.

Er war draußen. In einigen Metern Entfernung sah er einen Zaun. Er rannte darauf zu und versuchte darüber zu klettern. Seine Hand schmerzte höllisch, aber es gelang ihm, sich hoch zu ziehen, das Bündel, dass er zu keiner Zeit losgelassen hatte, auf die andere Seite zu werfen und abzuspringen.

Scheinwerfer hatten das Gelände hell erleuchtet. Jetzt lief er die kleine Straße entlang und verschwand zwischen den Häuserblöcken. Er lief noch so lange er konnte, bis er sich schließlich am Rande eines kleinen parkähnlichen Platzes befand und sich hinter einer Hecke nieder kauerte. Völlig außer Atem sackte er zusammen und verfluchte die Stadt und wünschte sich, nie hergekommen zu sein.

Seine linke Hand war blutverschmiert und eine große Wunde klaffte längs auf der Innenseite seines Daumens.

Er holte ein ebenso altes Hemd, wie das, was er trug, aus dem Beutel und schnitt mit seinem Messer einen Teil des unteren Saumes ab. Vorsichtig versuchte er die Wunde zu reinigen und zu verbinden. Die Wunde hätte genäht werden müssen, aber daran war nicht zu denken. Der Schmerz war unerträglich und er hielt die Hand dicht unter seiner Jacke an die Brust. So blieb er eine ganze Weile hocken, bis ihm die Kälte so zu schaffen machte, dass er sich entschloss, aufzustehen und sich zu bewegen.

Wohin? Er wusste ja nicht einmal, wo er war.

Ziellos streunte er durch die Straßen, immer darauf bedacht, Menschen aus dem Wege zu gehen, abseits der bereits belebten Plätze, einer im Morgengrauen erwachenden Großstadt.

Cullerton Street, entzifferte er mühselig das Straßenschild und versuchte sich irgendwie zu orientieren. Das Licht der Dämmerung sagte ihm, dass er in Richtung Osten unterwegs war, aber sicher war er sich nicht. Er brauchte irgendjemanden, der ihm diese verdammte Stadt erklärt, damit er sich zurechtfinden konnte. Allein war er verloren.

Er passierte Preoria Street und merkte, dass er sich etwas wohler und auch sicherer fühlte. Es dauerte einige Zeit, bis ihm klar wurde, woran das lag.

Er war nicht der Einzige, der in abgerissener Kleidung herumlief und was ihm deutlich auffiel, es waren fast nur Schwarze, die ihm begegneten.

Er wandte sich nach links und folgte dem ständig zunehmenden Treiben.

Schließlich gelangte er über die schon recht belebte Halsted Street in ein Viertel, das von Markständen und Straßenverkauf geprägt war.

Staunend lief er durch den Maxwell Street Market. Kleidung, Haushaltsartikel, alles erdenkliche an Lebensmitteln, medizinische Allheilmittel und die Dinge des täglichen Bedarfs, sowohl gebraucht oder neu. Der Duft von frischen Backwaren erinnerte ihn schmerzlich daran, dass er seit langem nichts mehr gegessen hatte. Er tastete nach den zwei Dollar, die in seinem Hosenbund eingenäht waren und suchte die 25 Cent in seiner Tasche.

Doch etwas hielt ihn ab, das Geld auszugeben. Klar wollte er das wenige Geld, das er hatte, zusammenhalten, aber es war die Musik, die er hörte.

Unweigerlich zog es ihn in die Richtung, aus der die Stimme kam. Er drängte sich durch die kleine Traube von Zuhörern, bis er den Sänger sehen konnte. Es war ein schmächtiger kleiner Man mit einer geschirmten Mütze aus Baumwollstoff. Er hatte eine Stella Gitarre und sang mit monotoner Stimme einen Blues über die Baumwollpflücker.

An seinem Akzent erkannte er, dass er aus dem Süden kam. Der abgerissene Koffer seiner Gitarre stand offen vor ihm und es lagen einige Geldstücke darin. Nicht viel, aber für ein Frühstück hätte es gereicht.

Jack hörte eine Weile zu, bis er das Gefühl hatte etwas zu verpassen. Es gab zu viel zu entdecken hier und schon nach einigen Metern traf er wieder auf Musiker, die am Straßenrand spielten. Diesmal in der Form einer Jugband, mit Waschbrett, Gitarre und einer Trompete.

Er überlegte kurz, ob er sich einfach dazustellen sollte, mit seiner Mundharmonika.

Dann entschied er sich anders. Er lief noch eine Weile durch die, mit Ständen gefüllten Straßen, bis er eine Ecke fand, die ihm geeignet schien. Er wollte es einfach versuchen, holte die Mundharmonika raus und fing an zu spielen.

Zunächst mit lang gezogenen Tönen, dann in rhythmischen Phrasen, zwischen denen er sang. Er kannte das Lied von seinem Onkel, der ihm kurz vor seinem Tod eine der beiden Mundharmonikas geschenkt hatte. Damals war er gerade mal zehn Jahre alt. „I feel so broke, down and lonesome, oh Lord too mean to cry". Es dauerte eine Zeit, bis er wahr genommen wurde, außerdem machte ihm seine Hand zu schaffen. Der Verband störte ihn, sodaß er die gewohnte Handhaltung ändern musste. Schließlich rief ihm eine untersetzte, rundliche Frau zu: „Na Kleiner, du bist nicht der Einzige, dem es hier dreckig geht, aber du scheinst es ernst zu meinen, so wie du aussiehst und außerdem spielst du nicht schlecht". Sie warf ihm ein paar Pennies auf die gefaltete Decke, die er vor sich liegen hatte. Das wiederum brachte noch etwas mehr Aufmerksamkeit und weitere Geldstücke folgten.

Er begann die Geschichte der letzten Nacht in einer zusätzlichen Strophe mit einzubeziehen und sang mit wehleidiger Stimme, „no place to hide, no place to stay, police gonna find me, dogs on my trail". Dann spielte er andere Stücke, lustige Hokum Nummern und machte seine typischen Verrenkungen mit abgespreizten Fingern der rechten Hand. Die linke schmerzte zunehmend, aber das war jetzt nicht wichtig. Einige Zuschauer klatschten im Rhythmus und sangen mit.

Nach einer Stunde hatte er genug Geld in seiner Decke, um sich ein Frühstück mit frischem Maisbrot zu leisten, für mehr reichte es nicht, aber er war zufrieden.

Er beschloss, es später nochmal zu versuchen, immerhin war es ein Anfang.

Er verbrachte den ganzen Tag auf dem Maxwell Street Market. Spielte, sah den anderen beim spielen zu, spielte wieder oder lief einfach rum. Mittlerweile kannte er das Viertel und die Plätze, wo man gut stehen konnte. Gut waren die Orte mit Gebäuden im Hintergrund, die die Akustik verbesserten, aber das war natürlich nicht nur ihm aufgefallen. Meistens waren diese Plätze besetzt, von anderen Musikern, mit denen er sich jedoch nicht anlegen wollte.

Es war bereits später Nachmittag, als er sich entschloss nochmal zu spielen und dann einen Platz für die Nacht zu suchen mit etwas mehr Umsicht.

Er hatte einen guten Platz gefunden, der gerade nicht besetzt war und erst ein paar Minuten gespielt, als ein kleiner, aber kräftiger Typ mit einem Gitarrenkoffer vor ihm stehen blieb. „Hey, dies hier ist meine Nummer, wie wär's, wenn du die Biege machst."Jack lies sich nicht beirren und machte weiter seine Faxen, während er die gesamte Bandbreite seines kleinen Instruments ausspielte. So schnell ließ er sich nicht verjagen. Er führte ein kleines Tänzchen auf, spielte munter weiter und zwischendurch raunte er dem Typen mit dem Gitarrenkoffer zu:"Da musst du erst mal zeigen, ob du was drauf hast, bevor ich dir Platz mache".

Die Leute, die um sie herumstanden, hatten sichtlich ihren Spaß und der Typ tat das einzig Richtige. Er öffnete den Koffer, holte eine National Steel Gitarre hervor, suchte kurz nach der Tonart und den passenden Akkorden, stimmte die Gitarre, während Jack spielte, und stieg ein.

Die Menschen klatschten Beifall, johlten und das Ganze bekam einen Schub, der besser nicht hätte sein können.

Bereits nach ein paar Takten hatten sie ihren Groove gefunden und Sam Brokes sang mit kräftiger Stimme: "I'm an old pipeliner, lying my line allday", während Jack sein Gitarrenspiel rhythmisch mit der Harp begleitete.

Sam Brokes spielte einen druckvollen Rhythmus, wobei er die Akkorde mit kurzen Melodieläufen verband und wenn er Jack zunickte und ihm das Solo gab, spielte dieser sich die Seele aus dem Leib, stampfte mit seinen klobigen Schuhen vor Sam auf und ab, verrenkte sich und verdrehte seine großen Augen.

Den Leuten gefiel das und der Gitarrenkoffer mit den Münzen zeigte, dass sie sich das nicht nur einbildeten.

Nach fast einer Stunde machten sie eine Pause und Sam reichte Jack die Hand und sagte:"Nicht schlecht fürs erste, ich heiße übrigens Sam, Sam Brokes". „Jack Allan"erwiderte Jack und nahm glücklich seine Hand. „Wie wärs mit nem Bier?"sagte Sam, während er die Münzen zählte. „Ok"antwortete Jack und dachte darüber nach, was jetzt wohl geschehen würde. Schließlich hatten sie das Geld gemeinsam eingespielt. Wie würde Sam das sehen? Teilen, ihm einen geringeren Teil abgeben, oder sogar alles einsacken und ihn mit dem Bier abspeisen? Wie sollte er reagieren? Erstmal war er froh, jemanden gefunden zu haben. Es würde sich schon zeigen. Er folgte Sam um die nächste Ecke und sie betraten eine muffige Kneipe, die bald aus den Nähten platzte. Jack stapfte hinter Sam her, der bekannt zu sein schien, wie ein bunter Hund."Hy Sam, wen haste denn da im Schlepptau, hast du den so zugerichtet?" Erst jetzt erinnerte sich Jack an sein herunter gekommenes Äußeres. Die Klinke in seiner Hose, der mittlerweile *blutverschmierte Verband an seiner linken Hand und wie sein Gesicht aussah, konnte er nur anhand der verstörten Blicke, die ihn trafen, ahnen.*

Sam ging bis in die hintere Ecke, wo noch ein Platz in der, ausnahmslos von Schwarzen besuchten Kneipe, frei war. Dann ging er zurück und legte ein paar Cent auf den Tresen und holte zwei Bier. Als er wieder zum Tisch zurückkam gab er Jack das Bier, sagte „Howdy"und stieß mit ihm an. „Du spielst gut, bist du neu hier in der Stadt?"Jack erzählte ihm seine Geschichte und wie er schließlich letzte Nacht, von Hunden gejagt, sich die Hand aufgerissen hatte. Er erzählte auch, wie er den Harpspieler gesehen hatte und während er erzählte, wurde ihm klar, dass er ein Ziel hatte. Genau das wollte er, einen Verstärker und so spielen, wie der Harpspieler, den er durch die dreckige Scheibe des Clubs beobachtet hatte.

Er wusste zwar noch nicht, wie das technisch funktionierte, aber das ließ sich bestimmt herausfinden.

Das Blut war bereits durch den Verband gesickert und bildete einen rotbraunen, schmutzigen Rand. „Du musst zum Doc", sagte Sam und schaute auf den Stofffetzen an Jacks Hand. „Wie soll das gehen, ohne Geld, vergiss es?"antwortete Jack, „hab schon Schlimmeres überlebt". Sam holte noch zwei Bier und wischte sich den Schaum von der Oberlippe. „Ist doch gar nicht schlecht gelaufen heute, immerhin fast einen Dollar und wenn ich erst meine Schallplatte gemacht habe, spielt das Geld keine Rolle mehr.

Als er Jack's staunende Blicke sah, erzählte er ihm, dass er schon seit anderthalb Jahren in Chicago sei und bald eine Platte aufnehmen würde.

Er wußte, dass die großen Plattenfirmen, wie Vocalion und Bluebird, sogenannte Talent Sucher auf die Märkte schickten um gute Nachwuchskünstler ausfindig zu machen und eines Tages würde seine Chance kommen, das war so sicher, wie das Amen in der Kirche. Man müsste nur zum richtigen Zeitpunkt am richtigen Ort sein und er würde da sein, darauf könnte man sich verlassen. Das sei auch der Grund, weshalb er lieber allein spielen würde, weil man in einer Gruppe nicht so schnell auffiel, aber er musste zugeben, dass es ihm heute gut gefallen hatte.

„Wie wärs. wenn du mal zur Abwechslung ein Bier für uns holst", fragte er schließlich. „Wovon?"antwortete Jack. „Ach so, hätte ich fast vergessen, fifty- fifty?"Jack fiel ein Stein vom Herzen. Er hatte gewartet, auch wenn er sich dieses Pokerspiel eigentlich nicht hatte leisten können, aber er wollte warten, bis Sam die Entscheidung über das eingespielte Geld traf. Sam zählte die Münzen auf dem Tisch, und achtete darauf, nicht zu viel Aufmerksamkeit der anderen Gäste zu erzeugen. Man musste immer wachsam sein.

Jack nahm das Geld und holte noch zwei Bier.

Nachdem sie angetrunken hatten, sagte er, dass er sich gleich auf den Weg machen wollte, da er noch nicht wisse, wo er die Nacht verbringen würde und son Ding, wie letzte Nacht, brauchte er nicht nochmal.

„Kannst mit zu mir kommen", sagte Sam, „ist nicht sehr komfortabel, aber wird schon gehen, aber nur, wenn wir morgen nochmal die gleiche Nummer durchziehen."

Jack grinste, er hatte nicht gewagt, daran zu denken, um so größer war die Freude.

Auf dem Weg kauften sie noch ein Stück Brot und Wurst und nach gut zwanzig Minuten Fußweg, folgte Jack Sam in einen schäbigen, heruntergekommenen Hinterhof.

Er hatte ein kleines Zimmer im hinteren Teil eines fast verfallenen Hauses. Die Einrichtung war spärlich und bestand eigentlich nur aus einem Bett, einer kleinen Kommode mit einer Waschschüssel und einem Tisch mit zwei Stühlen. Eine alte Holzkiste diente als Schrank für ein paar Teller und Tassen und der Rest lag einfach rum. Es war nicht viel, ein paar Kleidungsstücke, unter anderem ein abgetragener Anzug, Zeitschriften und ein Beutel mit Waschzeug.

Sam holte von draußen einen Krug voll Wasser und Jack wusch sich erstmal gründlich, bevor er seine Wunde neu verbannt. Sam gab ihm ein sauberes Tuch und half ihm dabei. „Sieht nicht gut aus", sagte er, "hoffentlich entzündet es sich nicht".

Beim Essen redeten sie noch lange, ohne zu wissen, dass sie am Anfang einer langen, gemeinsamen Geschichte waren.

Dan stand in seinem Gemüseladen und sortierte die Auslagen. Die frische Ware nach vorn und die etwas älteren Sachen, die er billiger verkaufte, oder manchmal auch verschenkte, nach hinten.

Irgendwas musste passiert sein, denn vor seinem Schaufenster hörte er laute Stimmen und einige Menschen drängten sich vor seinem Laden.

Er ging hinaus und sah einen älteren Mann auf dem Bürgersteig liegen.

Er schob einige der Schaulustigen zur Seite und bückte sich über den Mann. Er war zusammengebrochen und lag auf dem Bauch, Blut tropfte aus seinem Mund und das Taschentuch in seiner Hand war ebenfalls blutverschmiert.

Ein Gitarrenkoffer lag, umgekippt neben ihm und eine Kiste mit einem Stoffüberzug stand am Straßenrand. Der Mann röchelte leicht. Dan hob vorsichtig seinen Kopf und drehte ihn zur Seite.

„Machen sie Platz", rief er, „ich bringe ihn ins Hospital". Schnell öffnete er das Tor zum Hinterhof und holte den alten Pickup aus der Einfahrt. Eine alte Plane diente als Unterlage und mit der Hilfe einiger Passanten legten sie den Mann auf die Ladefläche. Den Gitarrenkoffer und die Kiste stellte er in seinen Laden, hängte das Schild -Gleich zurück- ins Fenster und verschloss die Tür.

Er sprang in sein Auto und fuhr in Richtung Lexington Street zum St. Cabrini Hospital.

Dort wurde der alte Mann auf eine Trage gehoben und von Sanitätern ins Hospital gebracht.

An der Pforte musste Dan seine Adresse hinterlassen, obwohl er mehrfach beteuerte, den Verletzten nicht zu kennen und ihn nur hergebracht zu haben, da er ihn auf der Straße gefunden hatte. Mehr Angaben konnte er nicht machen. Schließlich fuhr er zurück zu seinem Laden und drehte das Schild an der Tür um. -Geöffnet-.

Sein Blick fiel auf den Gitarrenkoffer und die alte Kiste. Das hatte er ganz vergessen. Er würde morgen nochmal ins Hospital fahren, um die Sachen abzugeben. Solange stellte er sie ins Lager.

Der Rest des Tages verlief ohne besondere Vorkommnisse und abends war er mit Jenny verabredet. Sie waren jetzt bereits seit mehr als einem Jahr zusammen, seit er mit ihr auf Steve's Party war. Sie waren glücklich und wollten heiraten und zwar möglichst bald. Er führte den Laden, da sein Onkel es nicht mehr allein schaffte. Es lief nicht schlecht, auch, wenn er nicht reich werden konnte, so hatte er ein gutes Auskommen und vor allem liebte er den Umgang mit den Kunden, die er freundlich und zuvorkommend bediente.

Am nächsten Tag fuhr er nochmals zum Hospital, mit den Sachen, die er ins Lager gestellt hatte. Er hatte unter den Überzug der Kiste geschaut und den Verstärker gesehen und bemerkt, dass es einer der Verstärker war, die Jenny zusammenbaute. Sie hatte ihm von ihrer Arbeit erzählt und nun wollte er die Sachen abgeben und sich nach dem Zustand des Mannes erkundigen.

An der Pforte konnte man ihm zunächst nicht weiter helfen. Er wartete, bis endlich jemand zu ihm kam und ihm mitteilte, dass der Mann noch in der Nacht verstorben sei und fragte, ob er ein Angehöriger sei.

Dan fragte nach einer Adresse der Familie und was jetzt mit der Gitarre und dem Verstärker werden sollte. Der Mann beteuerte, dass er ihm nicht helfen könne. Die Sache sei bereits der Polizei übergeben worden, aber auch die hätten keinerlei Hinweise über den Mann. Wahrscheinlich gäbe es keine Angehörigen, wie bei unzähligen anderen, die sich in der Stadt herumtreiben und die Suche würde doch meistens im Sande verlaufen und schnell eingestellt. Es sind einfach zu viele.

Übrigens ist der Mann an TB gestorben, im fortgeschrittenen Stadium, da war nichts mehr zu machen.

Dan verabschiedete sich und wollte zurück zu seinem Laden fahren, als er draußen mit einem Schwarzen zusammen stieß. Er trug einen Verband an der linken Hand.

Der Mann schien übel gelaunt und fluchte vor sich hin. Zudem schien er Schmerzen zu haben und hielt die verbundene Hand an seine Brust gedrückt. Dan wollte sich entschuldigen und ihm war, als hätte er den Mann schon mal gesehen. Dann erkannte er ihn wieder. Es war der Mundharmonikaspieler, den er bei Steve gesehen hatte und dessen Darbietung ihm und Jenny so gut gefallen hatte.

Dan sprach ihn an und sagte, er könne sich gut an seinen Auftritt erinnern und fragte, wieso er hier in Chicago sei und nicht bei Steve auf der Farm.

Jack Allan war etwas verlegen, sie wechselten ein paar Worte und Jacks Blick fiel auf den Gitarrenkoffer und die Kiste. Dan erkundigte sich nach der Band, die damals gespielt hatte und deren Namen er vergessen hatte. Jack fragte ihn, ob er auch Musiker sei und Dan erzählte kurz die Geschichte mit dem verstorbenen Passanten. Jack, der zunächst misstrauisch, zurückhaltend und sogar ein wenig abweisend war, wurde plötzlich redselig. Schließlich bot Dan ihm an, ihn ein Stück im Auto, auf dem Weg zum Laden mitzunehmen und obwohl Jack eigentlich anderes vorhatte, willigte er gern ein. Er erzählte Dan von dem Harpspieler, den er gesehen hatte und von der Platte, die er mit Sam Brokes aufnehmen würde und dass er einen Verstärker kaufen wolle, sobald er genügend

Geld hätte. Er sei jetzt seit ein paar Tagen in Chicago und verdiene sein Geld als Musiker im Duo, eben mit Sam Brokes, leider hätte sich seine Verletzung an der Hand entzündet und er wollte eigentlich zum Hospital, um sich behandeln zu lassen, aber dort würden keine Schwarzen behandelt und, naja, ob das wirklich ein Verstärker sei, da in der Kiste.

Dan sagte, dass er zwar nicht viel Ahnung davon hätte, aber er glaube schon, dass es sich um genau so einen Verstärker handelt, wie er ihn suche.

Dann kam ihm eine Idee.

Im Laden angekommen, bat er Jack mit ins Lager, stellte die Sachen ab und nahm den Überzug von der Kiste.

Jack war begeistert, genau so einen Amp suchte er, aber er hatte nicht genügend Geld, im Gegenteil. Sie hatten zwar die ganze letzte Woche gespielt, aber es reichte gerade um zu leben und bei Sam konnte er nicht bleiben, das Zimmer war zu klein. Einen Plattenvertrag gab's natürlich auch nicht, obwohl Sam und mittlerweile auch er, fest daran glaubten. Aber sie waren nicht die einzigen, die solche Hoffnungen hatten. Es gab unzählige Musiker in Chicago, die genau aus dem gleichen Grund hier waren. Viele hatte er bereits kennengelernt, da Sam die meisten kannte und einige hatten es wirklich geschafft, aber eben nur wenige.

Dan nahm Jack beiseite und redete mit ihm. Schließlich zeigte Jack mit beiden Händen auf sich mit fragendem Gesichtsausdruck, zuckte die Schultern, ging auf und ab und schüttelte den Kopf. Dann ging er auf Dan zu und fragte,"wie soll das gehen". „Überleg es dir, dir fällt bestimmt etwas ein",sagte Dan, zeigte auf den Verstärker und fügte hinzu, „du willst ihn doch haben, oder? Ich gebe dir zwei Wochen, wenn du mehr brauchst, sage mir Bescheid, aber in spätestens vier Wochen muss alles klar sein, sonst muss ich mir was anderes einfallen lassen und das wäre wirklich schade."Dan grinste und Jack verließ missmutig den Laden.

Verdammt, so nah war er dem Verstärker und jetzt?

Es schien einfacher, eine Bank zu überfallen, als diese Aufgabe zu lösen. Seine Hand pochte und er wusste nicht, ob er sich mehr ärgerte, weil man ihn nicht behandeln wollte, oder wegen Dan und seiner Wahnvorstellung.

Am nächsten Morgen wachte er mit Fieber auf und Sam holte einen Arzt, der vorwiegend die Schwarzen in dem Viertel behandelte. Eigentlich hätte Jack ins Krankenhaus gemusst und vielleicht würde er die Hand verlieren. Der Arzt kam täglich und obwohl er ein geringes Endgeld verlangte, ging alles drauf, was sie mühselig eingespielt hatten. Es dauerte anderthalb Wochen, bis sich eine leichte Besserung einstellte und Sam spielte währenddessen allein. Viele fragten nach Jack und Sam wusste, dass es zu zweit besser und leichter war.

Schließlich kam Jack langsam wieder auf die Beine und erholte sich zunehmend. Seine linke Hand jedoch blieb verkrüppelt und an Arbeit, die zwei geschickte Hände verlangte, war nicht mehr zu denken. Sie gingen eines Abends beim Doc vorbei und spielten für ihn.

Plötzlich fiel Jack ein, dass die zwei Wochen um waren und er Dan nicht Bescheid gegeben hatte. Er lief zu seinem Laden und sagte nur kurz, es laufe alles bestens bisher, aber er brauche noch etwas mehr Zeit. Dan sagte er müsste in der übernächsten Woche definitiv das Ergebnis haben, sonst bliebe ihm selbst zu wenig Zeit alles zu regeln.

Dan wußte, dass er in diesem Fall zur Polizei hätte gehen müssen mit dem Verstärker und der Gitarre, aber wem hätte das genützt. Außerdem konnte er das immer noch tun, wenn Jack nicht zurückkommen würde, was er nicht hoffte.

Als Jack abends mit Sam zusammentraf, erzählte er ihm von dem Verstärker und was er vorhatte. „Was?"schrie Sam ihn an, „bist du jetzt völlig durchgeknallt? Was soll denn diese Scheiße? Du willst dich als Vorzeigenigger mit einer weißen Hillbilly Band zum Affen machen lassen? Das ist nicht dein

Ernst? Und das alles wegen einem scheiß Verstärker? Was ist, wenn der Typ sein Versprechen dann doch nicht hält, wenn der dich nur verarschen will, um seinen Spaß zu haben, mit nem Nigger wie du?" „Sam, der ist in Ordnung, er mag unsere Musik. Das ist eine einmalige Chance. Ich habe Jerremy von den Hoe Bucks zufällig getroffen. Auch er ist ok. Er ist polnischer Abstammung und wohnt mit seinem Bruder im jüdischen Viertel. Er ist ein guter Musiker".

„Na prima, die denken sowieso, sie wären was Besseres und ausgerechnet mit denen willst du spielen. Das gibt Ärger, Jack, und wenn du Ärger willst, hättest du dich damals gleich von den Bullen schnappen lassen sollen, dann hättest du deine Hand wenigstens behalten, wenn du schon im Knast landen willst." „Sam, das ist eine private Hochzeit, auf der wir spielen, was soll schon passieren. Der Typ will es so und ich bekomme den Verstärker. Wenn ich den Amp habe, Sam, werden wir die Platte machen und dann haben wir es geschafft, man". Sam schien sich etwas zu beruhigen, aber er hielt die Idee immernoch für eine breiige Scheiße, und das sagte er genau so. Letztendlich ging es ihn ja auch nichts an, was Jack machte, aber sie waren ein Duo und wenn einer Scheiße baut fällt das auf beide zurück. Wenn man in der Szene erst gemieden wird, hat man absolut keine Chance mehr in dieser Stadt.

Jack hatte verschwiegen, dass er mit Jerremy noch gar nicht gesprochen hatte. Er war ihm nur begegnet, aber er hatte ihn ja nicht mal wiedererkannt.

.Aber ein Schritt nach dem anderen und den ersten hatte er gemacht. Er wusste auch nur ungefähr, wo er wohnte, auch das hatte er verschwiegen, aber er würde es schon herausfinden, nur musste er sich beeilen.

Er fragte unter den Musikern herum und fand einige Hinweise, aber nichts Genaues. Angeblich wohnte er in der Chestnut Street. Jack trieb sich so oft er konnte dort herum, wurde einige Male angepöbelt, aber letztendlich traf er Jerremy, der zunächst etwas erstaunt war, als Jack vor ihm stand.

Jack fiel gleich mit der Tür ins Haus und sagte, er hätte einen Job für ihn. Jerremy lachte laut los und fragte Jack, ob er einen Sklaven brauche.

Jack blieb ruhig, denn es stand zu Viel auf dem Spiel, um einen Streit vom Zaun zu brechen. Er fragte, ob Jerremy sich noch an den Auftritt bei Steve Fosset erinnern könne und dass eben einer der Gäste genau das nochmal haben wolle.

„Und du brauchst ne Back up Band, was?", fragte Jerremy, der sich jetzt an ihn erinnern konnte, spöttisch.

Jack erklärte Jerremy die Geschichte von Dan, der seine Frau auf seiner Hochzeit damit überraschen wolle, weil sie sich so kennengelernt hatten. Er, Jack, schuldete diesem Dan noch einen Gefallen und wolle ihm eben helfen, seine Frau zu überraschen und so weiter. Er verschwieg natürlich die Sache mit dem Amp. Das ging niemanden was an.

Jerremy gefiel die Geschichte und ein paar Dollar würden auch noch dabei rausspringen. Jack hatte ihm gleich angeboten, natürlich umsonst zu spielen und Jerremy hatte sowieso nichts anderes erwartet.

Sie waren jedoch nicht vollzählig und Jack sagte, er kenne einen guten Gitarristen, der bestimmt einspringen würde und dass natürlich ohne Gage.

Jerremy, der das Ganze sowieso für einen Gag hielt, zeigte auf Jacks Hand und sagte nur:"Du bist aber hoffentlich nicht dieser Gitarrist, oder?", dann willigte er schließlich mit einem lauten Lachen ein. „Aber eins ist klar", sagte er am Schluß,"gespielt wird, was wir ansagen, Albert und ich. Das wird keine Minstrel Show, klar".

„Ja, ja, ist schon gut", antwortete Jack und verschwand.

Das wäre geschafft, auch wenns ein Arschloch ist, dachte Jack. Er war seinem Amp einen großen Schritt näher gekommen.

Jetzt musste er noch Sam davon überzeugen, mitzuspielen. Der war ja davon ausgegangen, das Jack allein diesen Mist bauen wollte. Schließlich würde er genauso von dem Amp profitieren. Das würde ihnen den Durchbruch bringen.

Dan war in Hochstimmung und Jenny schob das auf die bevorstehende Hochzeit. Er hatte das Lager ausgeräumt, die Wände neu gestrichen, Tische aufgestellt und alles war geradezu festlich geschmückt.

Sie hatte sich um das Essen gekümmert und er um die Räumlichkeiten, Getränke und die Band. Darauf hatte er bestanden.

Morgen wollten sie heiraten und es gab noch genug zu tun. Sie erwarteten gut achtzig Gäste. Die ganze Verwandtschaft und auch einige Kunden waren geladen. Jenny hatte auch Robert eingeladen und Joe aus der Holzwerkstatt. Joe war zuerst etwas enttäuscht, als er von der Hochzeit erfuhr, denn auch er hatte sich, was Jenny betraf, Hoffnungen gemacht. Er würde darüber wegkommen.

Es war ein wunderschöner Tag im Spätherbst mit prächtigen Farben und strahlender Sonne. Jenny und Dan waren glücklich und hatten den Tag im Kreise ihrer Verwandten und Bekannten verbracht.

Am Nachmittag sollte es ein Festessen geben und abends würde die Band zum Tanz spielen.

Jenny war etwas beunruhigt, da noch niemand von der Band aufgetaucht war, denn sie hatte damit gerechnet, dass sie bereits zum Essen dabei sein würden. Die Gäste waren ausgelassen und alle schienen zufrieden und Jenny dachte, wird schon gut gehen.

Dan hatte sich mehrfach im Laden zu schaffen gemacht, obwohl der natürlich geschlossen hatte und mehr oder weniger zu einem Abstellraum umfunktioniert worden war. Er war einige Male durch die große Schiebetür verschwunden und nach einiger Zeit wieder aufgetaucht.

Jetzt holte er seine Frau zu sich und hielt eine kleine Rede vor den Gästen. Sie standen auf der kleinen freien Fläche, die als

Tanzfläche dienen sollte, aber ohne Band war es eben nur eine freie Fläche.

Er war gerade zum Schluss gekommen, als die Schiebetür zur Seite geschoben wurde und die Band in den zum Festsaal geschmückten Lagerraum marschierte.

Ein rhythmischer Vierzeiler ertönte und die Fiddle setzte ein. Jenny erkannte sofort die Musiker und den Vierzeiler wieder. Sie umarmte Dan und küsste ihn. Die Überraschung war gelungen.

Es waren fünf Musiker. Jerremy mit der Fiddle, sein Bruder Albert mit Banjo und Jake mit seinem Kontrabass. Dann Sam Brokes mit seiner Gitarre, der sich sichtlich unwohl fühlte und Jack mit der Mundharmonika.

Einige der Gäste klatschten Beifall, aber nicht alle. Einige wenige, unter anderem Jennie's Bruder entrüsteten sich über die ungewöhnliche Zusammensetzung. Die Stimmung schien zu schwanken, aber die Band spielte weiter.

Schließlich rief Jennie's Bruder in den Saal: „Was haben die Nigger hier zu suchen". Jenny war wütend. Mit großen Schritten durchquerte sie den Raum und ging auf ihren Bruder zu. Die Band verstummte und sie sagte laut und deutlich: „Dies ist mein Hochzeitsgeschenk von Dan, und wenn dir das nicht passt, kannst du jederzeit gehen, aber dann brauchst du nicht wieder herzukommen. Und jetzt möchte ich, dass die Band spielt, und zwar genau diese Band."Jennie's Bruder errötete leicht und es war totenstill im Raum. „Also was ist,"rief Jenny, „ich möchte tanzen".

Sam hatte als erster die Situation erfasst. Er fing an, eine leichte Hokum Nummer zu spielen, mit unverfänglichem Text. Zwischendurch raunte er den anderen die Tonart zu, und Jake stieg mit seinem Bass gleich mit ein. Auch Jack übernahm die Melodie auf seiner Mundharmonica. Nur Jerremy und Albert zögerten kurz, dann aber waren auch sie dabei.

Dan und Jenny tanzten und die ersten Gäste folgten. Nach zwei weiteren Songs hatte Jerremy sich wieder gefunden und begann mit: „You are my sunshine, my only sunshine"und so sollte es bleiben. Sie hatten es geschafft. Die Stimmung war gerettet und die Party verlief zur Zufriedenheit der Gäste, mit einigen Ausnahmen. Einige Gäste ließen sich nicht auf der Tanzfläche blicken, unter anderem Jennie's Bruder, obwohl er bis zum Schluß blieb.

Dan und Jenny waren verliebt, wie am ersten Tag und am frühen Morgen bekam Jerremy die ausgehandelten zwei Dollar für seinen Bruder und Jake. Jack zog Sam beiseite und fauchte ihn an, sich um Gottes Willen zusammenzureißen. Nur dieses eine Mal. Er sah es als Erniedrigung an, dass er umsonst gespielt hatte und die anderen das Geld bekamen und Jack hatte alles an Überzeugung aufgeboten, ihn hierher zu schleppen. Jetzt, wo sie es fast geschafft hatten wollte er nicht noch verlieren.

Er hatte mit Dan ausgemacht, den Verstärker erst am nächsten Tag zu holen und kein Wort darüber zu verlieren.

Als Jerremy Sam schließlich auf die Schultern klopfte und großmütig sagte, dass er, wenn er noch etwas üben würde, durchaus ne Chance hätte, sah Jack seinen Amp bereits in Flammen aufgehen. Sam kochte innerlich, blieb aber auffällig gefasst. Erst als sie den Laden verlassen hatten und er mit Sam allein und völlig aufgedreht in der Vorfreude über den Verstärker durch die Straßen zogen, blieb Sam plötzlich stehen, stellte seinen Gitarrenkoffer ab und schlug Jack die Faust mit voller Kraft ins Gesicht. Jack taumelte rückwärts gegen die Häuserwand und hörte nur noch benommen, wie Sam sagte: „So, jetzt gehts besser. Halt einfach die Klappe und komm."

Jack hielt sich dran, mit schmerzender Backe.

Am nächsten Morgen wachte Jack früh auf. Seine Kinnlade fühlte sich taub an und die, von Natur aus wulstigen Lippen, sahen aus, wie aufgepumpte Fahrradschläuche, außerdem glaubte er, dass ein Zahn sich gelockert hatte, aber sicher war er sich nicht, da er kein Gefühl in der Backe hatte. Er schaufelte sich etwas Wasser ins Gesicht und machte sich auf den Weg.

Dan und Jenny waren damit beschäftigt den Laden aufzuräumen und begrüßten ihn freundlich. Auf den zweiten Blick, kamen die Fragen:"Na Ärger gehabt, wie heißt sie denn"? Jack wiegelte nur ab und sagte: „Is nix, kommt vor." Auch die Einladung zum Frühstück lehnte er ab, schließlich überreichten sie ihm den Verstärker und bedankten sich nochmals für den wunderschönen Abend. Jenny erzählte ihm, dass sie den Verstärker wiedererkannt hätte. Die Seriennummer sei ihr Geburtsdatum und sie habe den Verstärker genau an dem Tag zusammengesetzt, an dem sie sich zum ersten Mal begegnet seien. Sie wünschten ihm viel Glück und Jenny entschuldigte sich noch für das Verhalten ihres Bruders. Er war, ohne sich zu verabschieden, am frühen Morgen abgereist.

Jack fragte noch nach der Gitarre und Dan zwinkerte ihm zu, dass er es selbst vielleicht versuchen würde darauf zu spielen.

Obwohl er die schwere Kiste nur mit der rechten Hand tragen konnte, lief Jack den Weg zurück fast im Laufschritt. Als er ankam rief er aufgeregt:"Sam,Sam ich hab ihn". Sam lag noch im Bett und drehte sich nur mürrisch auf die andere Seite. Er hatte gestern Abend seinen Ärger noch mit einer Flasche Whiskey heruntergespült und genau die Gage versoffen, die ihm seiner Meinung nach zugestanden hatte und das war mehr als Jerremy bekommen hatte.

Jack betrachtete den Amp von allen Seiten. Jetzt brauchte er noch ein Mikrofon und er wusste auch, wo er eins gesehen hatte. Er hatte zwar noch keine Ahnung, wie er darankommen sollte, aber auch da würde ihm schon noch was einfallen.

Erst gegen Mittag erwachte Sam aus seinem Koma. Er hatte mörderische Kopfschmerzen und wusste nicht, ob das vom Whiskey, oder von der Grübelei kam. Er dachte die ganze Zeit über den verdammten Job nach, den sie abgeliefert hatten. Nichts hatte geklappt, diese Weißen hatten einfach keinen

Groove, sie spielen alles gerade, wie Polka. Er hatte immer das Gefühl gehabt, hinterherzuhinken, bremsen zu müssen. Wenn er versucht hatte, etwas anzuspielen, waren sie mit ihrer Eisenbahnmentalität darüber hinweggerattert und hatten alles glattgebügelt. Das trieb ihn zum Wahnsinn und was ihn am meisten verärgert hatte, war, dass Jack es nicht bemerkt hatte. Von den Gästen hatte es ebenfalls niemand bemerkt, aber er hatte sich unwohl gefühlt. Seine Musik war anders. Und dann ist da jetzt noch dieser Amp. Wie wird das werden, fragte er sich. Sollte er sich von jetzt an gegen eine laute Plärrkiste durchsetzen und sich in den Hintergrund drängen lassen? Es lief doch ganz gut und jetzt dieser Mist. Er war schlecht gelaunt und dabei würde es heute bleiben. Soll Jack doch mit seinem verdammten Amp allein spielen, ihm wars egal und er drehte sich um und zog sich die Decke über den Kopf.

Jack pfiff eine Melodie vor sich hin und sang leise den Refrain: „Now after all my traveling days, things about comming my way". Er verschwand kurz, kam wieder, ging nochmals und brachte einen Pappkarton mit, an dem er sich zu schaffen machte. Er füllte ihn mit Steinen, die er in einen alten Lappen gewickelt hatte, verschloss den Karton sorgfältig und verschnürte ihn mit einem Bindfaden. Dann beschriftete er ihn mühselig und stellte ihn zur Seite.

Bis zum Abend lief er durch die Straßen und hielt nach unterschiedlichen Dingen Ausschau. Dann, als es dunkel war, nahm er den Karton und machte sich auf den Weg.

Nach einer halben Stunde stand er vor dem Portal des Hospital's, die ihn abgewiesen hatten. Er wartete und beobachtete den erleuchteten Eingangsbereich. Als der Betrieb nachließ und der Mann an der Pforte gelangweilt in einer Zeitung blätterte, ging auf den Eingang zu.

Er blieb schüchtern an der leicht geöffneten Tür stehen und wartete, bis der Mann ihn anblaffte, was er wolle.

«Äh, ich habe ein Paket für Dr. Holbord, äh, von seiner Frau, er wartet darauf, ich soll es ihm geben." „Stell's dahin"deutete der Mann auf die zweite Tür zum Inneren des Hospitals. "Äh, ich, äh, ich meine, er wartet darauf", stammelte Jack. „Ja, ja, ich bring's ihm gleich, und jetzt mach, dass du wegkommst." Jack stellte das Paket, das er selbst verpackt hatte, auf den Boden und ging hinaus. Die Tür fiel ohne Geräusch zu und er wartete im Schatten des Eingangs.

Als der Mann endlich aufstand und das Paket nahm, um damit durch die Zwischentür zu verschwinden, hastete Jack auf die Eingangstür zu und huschte hinein. Sorgfältig hatte er beim rausgehen darauf geachtet, dass die Tür nicht ins Schoss fiel und hatte zur Sicherheit ein kleines Steinchen mit dem Fuß in den Türfalz geschoben. Mit einem Satz war er im Pförtner-häuschen, schnappte sich den kleinen Ständer vom Tisch mit dem Sprechmikrofon, schnitt das Kabel mit seinem Messer durch und zuckte zusammen. Er hatte mit einem Stromschlag gerechnet, der aber ausblieb. Hastig stopfte er das Mikrofon unter seine Jacke und verschwand nach draußen, wo er eilig das Dunkel der nächsten Seitenstraße aufsuchte und den Heimweg antrat.

Geschafft, jawoll, jetzt gehts los. Things about comming my way!

Die Sache mit dem Kabel war nicht ganz so gut gelaufen, aber er hatte es in der Eile nicht geschafft, nach dem Stecker zu suchen. Das ließ sich bestimmt reparieren, nur wo? Noch ne Hürde und Geld hatte er keins mehr. Sie hatten seit einigen Tagen wenig, oder gar nicht gespielt.

Er polterte ins Zimmer und rief einen Schlachtruf, aber Sam war nicht da.

Vorsichtig untersuchte er das Mikrofon. Es war ein kleiner, runder Zylinder mit einem leicht gerundetem Deckel. Dieser Deckel hatte drei, in Sternform angeordnete, schmale, wie Flügel aussehende Streben und dazwischen war der Deckel mit kleinen Löchern versehen. Der Zylinder war silbrig, matt und die Flügel glänzend poliert. Den Fuß mit dem Gelenk konnte man abschrauben und er hielt das Mikrofon, aus dem *das abgeschnittene Kabel heraushing, in der Hand. Dann versuchte er seine Mundharmonika und das Mikro mit den Händen zu halten. Es war schwierig mit der verkrüppelten Hand und brauchte etwas Übung und genau die praktizierte er und zwar den ganzen Abend.*

Er spielte und spielte, immer mit dem Mikro, und träumte sich zu Ruhm und Reichtum.

Plötzlich kam Sam hereingepoltert und war wieder betrunken, was seine Laune nicht gebessert hatte, im Gegenteil. Er nörgelte gleich rum, dass die Bude zu klein sei für zwei und Jack sich endlich was Eigenes suchen sollte, jetzt, wo er doch der große Star sei mit seinem Amp. Es ging noch eine ganze Zeit weiter so, bis Jack sagte: „Sam, was ist los, was soll die Scheiße, ich denke wir machen das Ding gemeinsam. Wenn wir es schaffen, dann zu zweit. Du nicht und ich nicht, aber wir. Jetzt mit dem Amp sind wir was Besonderes, man. Das ist einzigartig und du fängst an hier rumzuzicken. Was ist los man?"

„Was los ist? Nix ist los, ich spiel wie immer, aber du meinst doch, du müsstest was Besonderes sein mit deinem bescheuerten Amp. Dieses ganze Theater geht mir auf die Nerven und dann dieser bekackte Job mit diesen überheblichen Spinnern von den Hoe-Buggs. Merkst du überhaupt noch was los ist? Du hast nichts anderes im Schädel als diese Kiste. Du machst mich zum Affen und fragst, was los ist?"

Jack war genervt. Alles lief in die richtige Richtung und jetzt fing Sam an, alles kurz und klein zu schlagen. Von dem Mikrofon sagte es nichts, hätte sowieso nichts gebracht. Er war sauer und würde sich so schnell wie möglich eine eigene Bude suchen, aber wovon? Jetzt hatte er endlich einen Verstärker, aber kein Dach über dem Kopf. Hastig suchte er seine Sachen zusammen und schnürte sein Bündel. Das Mikrofon wickelte er sorgfältig in seine Decke, packte den Verstärker und schaute sich kurz um, ob er etwas vergessen hatte. Er zog seine Jacke über, verließ den Raum und knallte die Tür hinter sich zu, ohne noch irgendetwas zu sagen.

Er lief durch die Straßen und überlegte, wo er unterkommen konnte. Ohne dass es ihm bewusst war, lief er einen vertrauten Weg und war selbst einigermaßen überrascht, als er plötzlich vor Dans Laden stand. Obwohl es schon spät war, brannte im Lager noch Licht. Jack ging einfach durch die seitliche Toreinfahrt, wo der Pickup stand, von hinten ins Lager.

Dan wunderte sich über den späten Besuch. Er war gerade erst zurückgekommen und hatte das Auto noch voll mit Kisten, in denen das frische Gemüse, das er eingekauft hatte, gestapelt war.

Jack stellte seine Sachen ab und packte sich eine Kiste, die er zu den anderen ins Lager stellte. Auch wenn er mit seiner verkrüppelten Hand nicht so zufassen konnte, war er stark und geschickt genug, die Kisten zu packen. „Was führt dich denn so spät hierher", fragte Dan, „ist der Verstärker nicht in Ordnung, oder hast du es dir anders überlegt?" „Nee, reiner Zufall, alles ok", murmelte Jack zurück. „Niemand steht mitten in der Nacht rein zufällig vor meinem Laden, also raus damit, was ist los". Dann erzählte Jack schließlich von seinem Ärger mit Sam und dem Mikrofon, ohne Kabel. Er sagte natürlich nicht, woher er es hatte.

Nachdem der Pickup abgeladen war, sagte Dan: „Kannst hier im Lager schlafen und morgen sehen wir weiter. Ich bin hundemüde und muss morgen früh raus." Er gab Jack ein paar Decken und verschwand in seiner Wohnung, oberhalb des Ladens.

Obwohl Jack sich zwischen Kartoffelsäcken und Gemüsekisten, den Decken und einer alten Plane, ein gemütliches Plätzchen gemacht hatte, fand er keinen richtigen Schlaf. Der Verstärker stand neben ihm, das Bündel unter seinem Kopf und er wälzte sich unruhig hin und her. Die Geschichte mit Sam ließ ihm keine Ruhe, Jetzt hatte er den Amp und sogar ein Mikrofon, aber wußte nicht, wie er beides zusammenkriegen *sollte, ohne Kabel. Was, wenn es nicht mal funktionierte. Er hatte keine Bleibe und war blank.*

Nachdem er eine weitere Stunde vergeblich versucht hatte, Schlaf zu finden, stand er auf und machte sich im Lager zu schaffen. Er schaltete die spärliche Beleuchtung an und fing wahllos an, Kisten zu stapeln, auszurichten, sodass sie enger zusammenstanden und Platz frei wurde. Er zupfte welk gewordene Blätter von den Gemüsestauden und stopfte sie zu den anderen in die Tonne am Eingang des Lagers. Dann fand er einen Besen und fegte das Lager, dass es beinahe so aussah, wie während der Hochzeit. Schließlich setzte er sich auf eine alte Holzkiste und spielte auf seiner Harmonika.

Er wusste nicht, wie lange er so gesessen hatte, als Dan die Schiebetür öffnete und seinen Kopf ins Lager steckte.

„Morgen Jack", sagte er kurz, und dann schwenkte sein Blick durch das aufgeräumte Lager. Er lächelte kurz und ging auf Jack zu. „Jack, das ist wirklich nett gemeint, aber hör mal, ich kann mir keinen Angestellten leisten, selbst wenn ich wollte. Der Laden wirft gerade mal genug ab für Onkel John und mich. Wenn du einen Job suchst, kann ich dir nicht helfen, ich möchte nur, dass du dir keine falschen Hoffnungen machst und jetzt mach ich uns ein Frühstück, das hast du dir verdient."

Jack sagte nichts, er hatte gar nicht darüber nachgedacht, Dan nach einem Job zu fragen, egal was Dan dachte.

Er hielt einen starken Kaffee in der Hand und sagte zu Dan. „Kannst du mir nicht sagen, wie ich den verdammten Amp ans Laufen bekomme. Wenn das Teil funktioniert, dann habe ich Jobs, so viel mir lieb ist und Geld und ich werde eine Platte aufnehmen." „Ich verstehe nichts von diesen Dingern", antwortete Dan,"aber vielleicht kann Robert dir helfen. Er war auf unserer Hochzeit hier, und es hat ihm gefallen. Er ist Techniker und baut diese Verstärker. Jenny arbeitet für ihn. Ich könnte sie fragen". „Ich habe aber erst Geld, wenn ich wieder spiele". „Fragen, kostet kein Geld, Jack, und jetzt muss ich an die Arbeit. Ich mache dir einen Vorschlag, komm heute Abend wieder, dann habe ich mit Jenny und Robert gesprochen und wenn du willst, kannst du noch eine Nacht hier bleiben."Jack bedankte sich, packte seine Sachen und trottete davon.

Er hätte wieder auf der Maxwell Street spielen können, aber jetzt, wo er den Amp hatte, hatte er absolut keine Lust, zu spielen und den Verstärker ungenutzt neben sich stehen zu haben. Weit laufen konnte er mit dem Teil auch nicht. Er machte sich mit einigen Verschnaufpausen auf den Weg zum Chicago River. Plötzlich kam ihm etwas bekannt vor. Hier war er schon mal. Der Hinterhof. Hier war der Club, an dem er zufällig an seinem ersten Abend vorbeigekommen war. Er lief um den Häuserblock und kam an die Frontseite. Miner,s Inn, stand auf einer Tafel über dem Eingang. Der Club war noch geschlossen, aber die Tür stand einen Spalt auf und jemand machte sich an den Gläsern zu schaffen. Jack ging hinein und schaute sich um. „Is noch zu" hörte er jemanden murmeln. „Habt ihr Livemusik heute?" fragte Jack. „Wir haben immer Livemusik", sagte der Typ mürrisch, und putzte weiter die Gläser mit einem gelangweilten Blick auf Jack. „Wir würden gern hier spielen. Ich meine Sam Brokes und ich," sagte Jack. „Und was soll das werden"? sagte der Keeper. „Wir sind gut, Sam spielt National Gitarre und ich Harp und einen Verstärker haben wir auch. Wir spielen Blues, so wie ihn die Leute hören wollen". Jack versuchte überzeugend zu wirken, aber eine leichte Unsicherheit war deutlich zu spüren. Der Blick des Mannes fiel auf den Verstärker und dann sagte er: „Ihr könnt von neunzehn bis zwanzig Uhr dreißig spielen. Nur zur Probe. Wenn ihr gut seid, sehen wir weiter, wenn nicht, zieht ihr weiter. Geld gibts nicht. Ein, zwei Bier sind drin, den Rest müßt ihr euch vom Publikum holen." Im gleichen Moment fiel Jack die Kinnlade runter. „Äh, is klar, man, klar, neunzehn Uhr, ok dann, bis später." Er drehte sich um und stieß gegen einen Pfeiler, als er den Weg nach draußen suchte.

Er hätte am liebsten laut losgeschrien, als er draußen ankam. Wo war Sam, er mußte ihn suchen. Was war, wenn Rob, oder wie der hieß, den Amp nicht ans Laufen bekam. Oh man, er hatte einen Clubjob abgemacht.

Er hastete in Richtung Maxwell Street, um Sam zu suchen.

Sam hatte versucht zu spielen, aber allein war es einfach anstrengend und seine Laune war so, dass er innigst hoffte, dass nicht ausgerechnet jetzt einer dieser Talentsucher unterwegs war. Das wäre, wie eine Wette gewinnen, ohne einen Einsatz gemacht zu haben.

Nach einer Stunde gab er es auf und suchte eine Kneipe auf. Es war schon kalt und es würde noch lausiger werden. Ihm graute vor dem Winter. Die Wintermonate waren die härteste Zeit für Musiker wie ihn und davon gab es viele.

Jack war der Verzweiflung nahe. Er konnte den Verstärker nicht mehr schleppen, aber wagte nicht ihn irgendwo unterzustellen. Auf dem Maxwell Street Market konnte er Sam nicht finden. Er hatte nach ihm gefragt und man hatte ihn auch gesehen, aber niemand wußte, wo er war. In seinem Zimmer war er auch nicht. Ihm stand der Schweiß auf der Stirn und seine rechte Hand fühlte sich fast genauso taub an, wie die linke, mit der er den Verstärker nicht tragen konnte.

Als er von Bob Hole, einem Fiddler, den Tip bekam, Sam sei in dieser Eckkneipe, war es fast schon zu spät, denn als er völlig verschwitzt vor ihm stand und ihm von dem Job erzählte, merkte er, dass er bereits einige Biere gehabt hatte. Sam war launisch und abweisend, aber letztendlich bereit, diesen Probejob zu machen. Er kannte den Club und als Jack nicht aufhörte zu reden sagte er:"Ja, ja, verdammt, ich werde da sein, pünktlich. Scheißdreck, nochmal."

Jack machte sich auf den Weg. Er musste zu Dan und dann noch zu diesem Rob und von da noch bis zum Club.

Völlig aus der Puste stolperte er in Dan's Laden. Dan hatte Kundschaft und Jack wurde dermaßen angestarrt, dass er draußen wartete. Endlich kam Dan raus und sagte, er habe mit Jenny gesprochen und Robert würde um acht-

zehn Uhr in seiner Werkstatt auf ihn warten. „Um achtzehn Uhr"stammelte Jack. „Wir müssen um neunzehn Uhr spielen und zwar mit Amp." Jetzt war es viertel nach. in einer halben Stunde würde er da sein können, aber bis zum Club. Wie sollte er das schaffen. Er ließ sich die Adresse geben und hastete los. Ohne sich umzudrehen rief er noch „Danke"und bog um die Ecke in Richtung Morgan Street.

Er klopfte sich den Staub aus den Klamotten und öffnete die Tür. Schnarrend ratterte die Feder gegen die Glocke.

Jack hatte keinen Blick für die Bilder und Patente, die an den Wänden hingen. Er wartete ungeduldig, von einem Fuß auf den anderen wippend. Den Verstärker hatte er abgesetzt. Er überlegte gerade, ob er die Tür nochmals öffnen sollte, um die Glocke zu betätigen, als Robert durch die Zwischentür kam.

„Sie sind Jack, richtig?" „Rob", stellte er sich vor und streckte Jack die Hand entgegen. Ihre Musik hat mir gefallen, auf der Hochzeit. Jenny hat mir erzählt, dass sie ein Mikrofon suchen". „Äh, nein, ich habe ein Mikrofon", sagte Jack,"nur, es hat kein Kabel." „Welches Mikrofon?"fragte Rob und Jack holte den kleinen Zylinder aus seinem Bündel, dass er mit einem Riemen um die Schulter trug. „Ah, Western Electric, ein Saltshaker, und wieso ist das Kabel abgeschnitten?, fragte Rob. „Keine Ahnung, hab es so gekauft", antwortete Jack. „Wahrscheinlich geklaut", sagte Rob vor sich hin. „Das ist ein niedrigohmiges, dynamisches Mikrofon und wird so mit dem Verstärker nicht funktionieren. Die Impedanz muss ange-passt werden. Er wollte Jack erklären, wie das zusammenhing, merkte aber bald, dass er damit in einer Fremdsprache gegen ein Fragezeichen mit zwei großen, weißen, runden Augen und einem, offenstehenden Mund anredete. Er ließ es bleiben und bemerkte Jacks Unruhe. „Ja, ja, gleich ein Gig", sagte er, „das kenn ich schon". Er schüttelte auf dem Weg in die Werk-statt nur seinen Kopf und fragte sich, warum alle Musiker irgendwie Chaoten sein müssen.

Er lötete ein neues Kabel an und klemmte ein kleines Trafo-bauteil als Impedanzwandler zwischen Mikrofon und Kabel.

Der Amp brauchte ein paar Sekunden, um warm zu werden und Rob steckte die Klinke des Mikrofonkabels in die Verstär-kerbuchse, drehte an dem Lautstärkeregler und sprach in das Mikrofon. Es war laut und deutlich, aber etwas schnarrend. „Ich hoffe, es geht so. Die Anpassung könnte man noch verän-dern, aber dafür müsste ich erst einige Messungen machen." „Ist gut, ist wirklich gut", rief Jack, „ich glaube, besser geht es auch gar nicht, das ist bestimmt die beste Einstellung, die es überhaupt gibt, ganz bestimmt." Dann wurde er etwas stiller und fragte, was er bezahlen müsse. Seine rechte Hand umklammerte fest sein Messer, dass er in der Jackentasche trug. Er wollte es schon herausziehen, als Rob sagte: „Ich habe mit Jenny und mit Dan gesprochen. Sie haben mir erzählt, wie es bei dir aussieht und das du in Ordnung bist. Außerdem habe ich dich spielen gesehen. Jeder braucht ne Chance. Komm wieder, wenn es läuft und viel Erfolg heute Abend."

Jack lockerte den Griff. Er brauchte das Messer doch nicht, um den Saum an seinem Hosenbund aufzutrennen. Er war bereit auch seine letzte Reserve zu opfern, aber so war es besser und er würde wiederkommen. Nicht morgen, aber bald. Er blickte auf die Uhr über der Werkstatttür. Zwanzig nach sechs. Scheiße, das war nicht zu schaffen. Er bedankte sich, packte die Sachen und hastete zum Ausgang, während Rob mit dem Kopf schüttelte.

Draußen rannte er los, als er das hupen eines Autos hörte. Noch im laufen schaute er sich um und sah den Pickup. „Los spring rein", rief Dan und hielt neben ihm. Er hatte gewartet. Jack war kaum eingestiegen, als er wieder anfuhr und in hohem Tempo in Richtung Chicago River fuhr.

Jack konnte nichts sagen, er war echt gerührt und lächelte nur.

Als sie am Club ankamen, stand Sam bereits draußen und wartete. „Kommst du mit", fragte Jack, aber Dan winkte ab,

„Ist nicht meine Gegend, aber viel Glück heute Abend und bis bald mal".

Die Kneipe war mäßig voll und der Typ hinterm Tresen sagte nur: „Ich dachte schon, ihr würdet kneifen, also beeilt euch."

Sie gingen auf die Bühne und Jack baute den Amp auf. Eine Steckdose war vorhanden. Er steckte das Mikro ein und spielte mit geringer Lautstärke. Es war ungewohnt, aber es machte ihm gleich Spaß.

Sam stimmte die Gitarre und Jack ging kurz zum Tresen. „Kann ich schon mal ein Bier haben", sagte er, da sein Mund völlig ausgetrocknet war. „Ist eigentlich nicht üblich", brummte der Wirt und schob ihm ein mäßig volles Bier rüber.

Jack nahm einen großen Schluck und hielt Sam das Glas hin. „Danke, hatte schon genug, heute,"sagte der und stellte sich auf. Ok? - Ok, dann los.

Sie begannen mit Old Pipeliner,s blues. Dann folgten weitere Nummern, die sie schon mehrere Male gemeinsam gespielt hatten und die sicher saßen. Zwischendurch warf Sam Jack böse Blicke zu, da er das Gefühl hatte, der Amp wäre zu laut. Jack korrigierte die Lautstärke, oder drehte den Amp etwas in die andere Richtung. Schließlich ging's. Sie kamen gut an. Die Gäste applaudierten und sie wuchsen mit steigendem Selbstbewusstsein an ihrem Job. Jack probierte, während der Solopassagen, neue Techniken und setzte irgendwann die Geräusche des Tonansatzes beim Spiel bewusst, rhythmisch ein. Langgezogene Töne modulierte er durch Veränderung der Mikroposition und, was er am meisten auskostete, er konnte leise spielen, ohne gleich unterzugehen. Sein Dynamikumfang hatte sich vergrößert.Als sie die erste Pause machten, war der Wirt gleich freundlicher und stellte beiden, ohne danach gefragt zu werden, ein volles Glas Bier hin.

Nach ihrem zweiten Set wollten die Gäste noch mehr hören und verlangten Zugaben. Zwei wurden gewährt, dann mussten sie Platz machen, für die Band des Abends.

Die Musiker der Band waren freundlich und behandelten sie mit Respekt.

„Hey war klasse, guter Job", und so weiter.

Die Band spielte mit Piano, Schlagzeug, Bass, Rhythmus-gitarre und Trompete. Der Sänger, ein großer, bulliger Typ mit mächtiger Stimme hatte ebenfalls einen Verstärker mit einem Mikrofon, obwohl er fast ohne ausgekommen wäre. Sie spielten eine Art Jump Blues, der so gewaltig rüber kam, das Sam und Jack etwas kleinlaut wurden, obwohl sie wirklich gut gewesen waren. Sie tranken noch ein paar Bier und fühlten sich wohl unter den Gästen.

Als sie aufbrechen wollten ging Jack zum Wirt. Der wartete erst gar nicht ab, bis Jack seine Frage gestellt hatte, sondern sagte nur: „War nicht schlecht, Jungs. Wenn ihr wollt, könnt ihr zweimal im Monat hier spielen. N'n halben Dollar pro Abend,"Jack schluckte und dachte nur, besser als in der Kälte stehen, als der Wirt hinzufügte , „für jeden von euch." Jack willigte ein und sie machten die Termine ab.

Gemeinsam trotteten sie durch die Straßen und Jack brauchte nicht mehr bis zu Dan's Laden laufen. Er ging mit zu Sam's Bude und sie schmiedeten Pläne, wie es weitergehen könnte.

Wenn es hier geklappt hatte, so müsste es in anderen Clubs auch gehen. Sie mussten es versuchen und wenn sie erst drin waren, würden sie sich schon behaupten, aber sie brauchten noch mehr Druck. Der Verstärker war der richtige Weg und das gab schließlich auch Sam zu, obwohl er sich heute einige Male benachteiligt gefühlt hatte. Jack hatte es jedoch verstanden, den Amp nicht auszureizen, sondern dem gemein-samen Klangbild anzupassen, auch wenn es machmal mit ihm durchgegangen war.

Die nächsten Wochen verbrachten sie damit, sich in Clubs zu bewerben. Zuerst war es wenig erfolgreich, aber mit zuneh-menden Referenzen, nahmen die Jobs zu. Sie spielten einige Male mit dem Verstärker auf dem Maxwell Street Market, indem sie sich Strom mit einem Verlängerungskabel aus einem der Shops holten. Sie mußten den Strom teuer bezahlen, aber der Erfolg war groß. Trotz klirrender Kälte stand eine Traube von Menschen um sie herum und die Einnahmen waren beachtlich. Das waren die Momente, wo Sam Jack beneidete, da er glaubte, das Jack sich beim Harpspielen schön die Finger wärmen konnte, im Gegensatz zu ihm. Er wusste jedoch nicht, wie kalt so ein Mikrofongehäuse bei minus drei Grad werden kann. Auch da bekamen sie weitere Auftrittsmöglichkeiten.

Jack hatte als erstes bei Robert seine Schulden bezahlt. Robert freute sich, nicht nur, dass Jack vorbeigekommen war, sondern, dass sein Amp maßgeblich an dem Erfolg beteiligt war. Dann hatte Jack sich neu eingekleidet, ohne die zwei Dollar in seinem Hosenbund zu vergessen. Im Gegenteil, er nähte sie gleich in seine neue Hose ein.

Er fand ein kleines Zimmer im fünften Stock in der Nähe von Sam, der ebenfalls ein etwas komfortableres Zimmer gefunden hatte. Auch wenn er die Schlepperei mit dem Amp bis unters Dach hasste, so war er froh, endlich sein eigenes Zimmer zu haben und er genoss die neue Eigenständigkeit. Erst jetzt wurde ihm klar, wie schön die Frauen in dieser Stadt waren. Er konnte fünf an jeder Hand haben, und das auch an der verkrüppelten.

Sie waren an fast allen Plätzen in der Stadt, nur nicht an einem. Nämlich zum richtigen Zeitpunkt am richtigen Platz. Sie sollten nie die Gelegenheit zu einer Plattenaufnahme erhalten.

Als der zweite Weltkrieg 1941 auch Amerika erfasste, ging die Möglichkeit, eine Aufnahme zu machen für die meisten Bluesmusiker gegen Null.

Sam spielte mittlerweile ebenfalls elektrisch verstärkt. Er hatte es zunächst mit einem Pickup an seiner National versucht, mochte den Ton aber überhaupt nicht. Auch die neu aufkommenden Elektrogitarren mochte er nicht. Schließlich kaufte er eine Gibson Akustik mit Pickup und gleich einen

Gibson Verstärker dazu, zum Leidwesen von Robert, den sie regelmäßig besuchten.

Am liebsten spielte er jedoch nach wie vor auf seiner National Steel und wenn die Größe des Club's es zuließ, blieb es dabei.

Bevor der Winter 1941 die Stadt in seinen eisigen Griff nahm, machten sich die beiden auf den Weg in den Süden. Sie hatten genug von der Stadt und zwar so viel, dass sie es mit ihrem Blues übers ganze Land verteilen konnten.

Sie spielten überall, wo sie Jobs bekommen konnten und auch, wenn die Gagen etwas geringer waren und ein Teil für die Reise und Übernachtungen draufgingen, kamen sie durch. Jack spielte sogar mit dem Gedanken, sich einen neuen Verstärker zu kaufen. Die Musikläden waren immer eine gute Adresse, um an die Clubs ranzukommen. Er wollte einen größeren Amp, mit diesen Tonreglern. Er hatte schon mal auf so einem Verstärker gespielt und ihm gefiel die Möglichkeit mit diesen zusätzlichen Reglern den Klang zu beeinflussen.

  Sam wollte ihn davon abhalten und Jack sagte nur: „Du warst damals schon gegen den Amp und wo wären wir ohne gelandet? Wahrscheinlich wärst du auf der Maxwell Street erfroren.“

Sie waren in Jackson/Mississippi gelandet auf ihrem Weg über St. Louis und Memphis, weiter, Richtung Süden. In den großen Städten hatten sie sich nur kurz aufgehalten, oder sie sogar gemieden. Die Clubs waren überlaufen und die Preise kaputt. Schnell hatten sie herausgefunden, dass das Publikum in den kleineren und mittleren Städten, dankbarer war.

Jack schleppte seinen National Amp in dem Gehäuse, dass Joe für ihn zum Abschied angefertigt hatte, die zwei Stufen hoch und öffnete mit seiner verkrüppelten Hand die Ladentür.

Schrääääiing. Das laute Geräusch einer verstimmten Gitarre erschreckte ihn.

Zögerlich betrat er den Laden und wurde, wider Erwartend von einem etwas schüchtern wirkenden, jungen Mann hervorragend bedient.

Während er verschiedene Verstärker ausprobierte und auch einige Mikrophone testen konnte, überprüfte der Verkäufer den National Amp. Der Verkäufer riet ihm zu einem Asthetik Mikro und er probierte einen Epiphone Verstärker mit Tonregler aus.

Jack war begeistert und es dauerte nur zwanzig Minuten, bis er alles geregelt hatte. Sein restliches Geld war weg. Für den National Amp bekam er ganze zweiundzwanzig Dollar, obwohl er gut gepflegt war. Robert hatte ihm damals einen Vinyl Überzug geschenkt und dann war Joe mit dem Gehäuse um die Ecke gekommen. Eine kleine Kiste mit leichten Verschlüssen und Metallbeschlägen an den Ecken.

 Sie hatten rumgealbert, von wegen Flightcase, wo niemand an fliegen dachte und der Zug das normale Transportmittel war, ohne zu wissen, das sie den Grundstein für einen durchaus gewichtigen Zweig der Musikindustrie gelegt hatten.

Der National sah jedenfalls top aus, aber er brachte nur zweiundzwanzig Dollar auf die Waage.

Für die Transportkiste konnte er nochmal zwei Dollar und fünfzig Cent heraushandeln.

Jack konnte eben seine Begeisterung über den neuen Amp nicht verbergen und das war eine schlechte Voraussetzung um zu handeln.

Jack verließ, pleite, aber mit Stolz und neuem Amp, den Laden.

Er konnte ihn kaum tragen und torkelte etwas am Straßenrand entlang, bis er sich entschlossen hatte, sie zu überqueren.

Er drehte sich auf die Straße und im gleichen Moment donnerte der neue Amp gegen den Kotflügel eines alten Ford. Er stützte sich mit seiner verkrüppelten Hand auf der Motorhaube ab *und starrte durch die Frontscheibe in die entsetzten Gesichter von zwei, etwas heruntergekommenen, weißen Typen.*

Er hatte den Wagen einfach nicht gesehen. Sein erster Gedanke war, „man, der neue Amp", dann sah er die finsteren Gestalten aus dem Auto steigen.

Einer hatte ein geschwollenes Auge und sie gingen um das Auto herum, um sich die Beule anzusehen. Jack rechnete mit allem und war reichlich verdutzt, als sich die beiden lachend nach dem Verstärkertyp erkundigten. Das kam ihm merkwürdig vor und er machte sich so schnell er konnte aus dem Staub.

Als Jack mit dem neuen Amp und dem neuen Mikro ins Hotel kam, war Sam nicht da.

Sie trafen sich erst abends in dem Club, in dem sie spielen sollten. Jack freute sich auf die Überraschung mit dem neuen Amp, aber Sam hatte die größere Überraschung auf Lager.

Es sollte ihr letzter gemeinsamer Auftritt werden. Sam würde am nächsten Tag zur Armee gehen.

Jack erfuhr nie, ob Sam sich freiwillig gemeldet hatte, oder, ob er rekrutiert worden war. Er hatte auch irgendwann aufgegeben, auf Sam einzureden, als dieser immer schweigsamer wurde.

Am nächsten Tag verschwand Sam und Jack sollte nie mehr was von ihm hören. Er wusste nicht, ob er im Krieg gefallen war, oder wo er geblieben war. Er wusste nur, dass man im Krieg nicht einfach fiel, sondern umgebracht wurde.

Jack spielte bis an sein Lebensende mit vielen verschiedenen Bands und genau so vielen verschiedenen Verstärkern, aber nichts berührte ihn mehr so, wie die Jahre mit Sam Brokes.

Ich schoss aus meiner Sitzposition nach vorn. Ein ohrenbetäubender Lärm umgab mich, aber es dauerte nur Sekunden, bis ich die Situation erfasst hatte.

„Oh man, Oppermann, lass dir doch mal was Neues einfallen".

Während ich den CD-Spieler stoppte, rollte der Wagen auf den Park- and Ride Parkplatz, auf dem wir uns bei der Abreise getroffen hatten.

Ich musste einige Stunden geschlafen haben und fühlte mich völlig benebelt. Die frische Luft beim umladen der Sachen tat gut.

In Gedanken versunken, sagte ich zu Raspe: „Mach das ruhig, die Idee ist nicht schlecht". „Was soll ich machen?", fragte Raspe verwundert.

„Na das mit dem Amp, was du vorhattest". „Ach so, nee, Karl meint, das sei noch mehr zu schleppen und der Gesamtsound wäre vielleicht nicht mehr so ausgewogen. War nur so eine Idee, glaub nicht, dass das was bringt."

"Naja, mir egal, hörte sich jedenfalls gut an", brummte ich etwas mürrisch.

Kurz die nächsten Termine gecheckt und ich fuhr allein die letzten Kilometer nach Hause.

Konnte mir das ganz gut vorstellen und sah Raspe mit dem kleinen Tweedamp auf der Bühne stehen.

Oh man, da hätte ich abbiegen müssen. Verdammt, musste mich mehr konzentrieren.

Schließlich bog ich in die kleine Straße, an deren Ende die kleine Wohnung lag, die ich zärtlich mein Zuhause nannte.

Wieder die endlose Prozedur mit Ausladen und ab in den Keller mit den Sachen.

Es gibt eben Dinge, die man im Leben mehrmals tun muss.

Nur gegen die Tür laufen und mich von einem Verstärker bespringen lassen, dass wollte ich nicht nochmal erleben müssen.

Die Steel Gitarre

„Ey, das ist mein Verstärker", ich sprang auf und zeigte auf die große Leinwand.

„Hast du gesehen, da war mein Amp", schaute ich zurück auf Andrea, die genervt mit den Augen rollte. „Hinsetzen, bist du bescheuert-- Halts Maul-- Ruhe". Ich musste zur Kenntnis nehmen, das ich im Kino zwischen den Sitzreihen stand und die etwas aufgebrachten Gemüter um mich herum, vor allem hinter mir, durchaus im Recht waren.

Etwas kleinlaut setzte ich mich wieder und raunte Andrea zu: „Hast du gesehen, der Typ da hatte meinen Verstärker, der Steelgitarrist. Hast du das auch gesehen?".

„Ja, ja, du bekommst ihn bestimmt zurück, nach der Vorstellung", bemerkte Andrea, deutlich genervt.

Es interessierte niemanden. Wir waren in dem Film über Ray Charles mit Jamie Foxx in der Hauptrolle. Ein großartiger Film.

Eigentlich wollte ich mit Karl ins Kino. Dann habe ich aber Andrea angerufen, da sie doch viel schöner ist als Karl. Im Moment war ich mir aber sicher, dass der Steelgitarrist in der Szene wo Ray Charles, beziehungsweise sein Darsteller nach Seattle fährt um in einer Hillbilly Band Piano zu spielen, unter seiner Steelgitarre meinen Verstärker stehen hatte.

Ich meine, meiner konnte es ja nicht sein. Der war ja bei mir zu Hause und der Film war gerade erst angelaufen. Es war also auch keine alte Aufnahme. Also nicht meiner aber ein gleicher. Welch ein Zufall und ausgerechnet der Steelgitarrist wo ich mich seit einiger Zeit verstärkt dieser Gitarrenspielart zugewandt hatte. Zufall, gibt es überhaupt Zufälle?

Nun, diese Art einer Gitarre Töne zu entlocken war uralt. Das Instrument lag waagerecht vor einem auf dem Schoß. In der linken Hand hielt man ein Stahlstück und setzte es auf die Saiten. Mit der rechten Hand zupfte man die Saiten an und rutschte mit dem Stahl nach rechts oder links.

Der singende Ton, der dabei entstand veränderte sich stufenlos.

Leider ratterte der Stahl dabei immer gegen die Bundstäbchen des Griffbrettes. Aber da gab es Abhilfe.

Durch Austauschen des Nutklotzes oben, am Halsende wurde die Saitenlage erhöht, sodass sie etwa 8 bis 10mm über dem Griffbrett lagen. Das war ein leichter Eingriff und konnte ja auch wieder rückgängig gemacht werden. Es gab sogar fertige Sets für diese kleine Operation.

Ich hatte eine alte Gitarre dafür genommen um nicht ständig alles umbauen zu müssen. So konnte ich immer mal wieder diese Spielart probieren.

Ich weiß letztendlich auch nicht mehr, was mich dazu gebracht hat. Da hat man sich mühevoll das Gitarrespielen beigebracht und dann nimmt man ein klobiges Eisenteil als Hindernis in die Hand um das Spielen nahezu unmöglich zu machen. Dann übt man wie besessen unter erschwerten Bedingungen das zu spielen, was man vorher schon konnte. Das schien verrückt. Aber es ergaben sich neue Möglichkeiten. Während bei der normalen Gitarre die Tonhöhe durch die Bundstäbchen vorgegeben waren , vom verziehen der Saiten mal abgesehen, waren die Tonabstände hier uneingeschränkt und gingen nahtlos ineinander über. Man konnte jede Tonhöhe erzeugen und die Schwierigkeit lag darin, die richtige zu treffen. Die so genannte Intonation. Bei einem gestimmten Klavier ist jeder Ton einer Taste erst einmal richtig auch wenn er nicht in die gewünschte Melodie passt. Bei der Steelgitarre konnte man prima daneben liegen, wie bei der Geige. Wenn man es jedoch raushatte den Ton zu treffen, war man auf dem Weg dahin völlig frei von jeden Einschränkungen. Man konnte zwischen den Tönen gleiten.

Ich nutzte eine offene Stimmung. Meistens G-Dur, sodass die offenen Saiten einen klingenden Akkord ergaben. D-G-D-G-H-D. Rutschte ich jetzt mit dem Stahlteil über die Saiten, verschob sich dieser Akkord einfach. Nur waren es alles wieder Dur Akkorde und ich fragte mich wie man Moll oder andere Ableitungen spielen könnte. So einfach war das nicht. Der Stahl war starr und ließ sich höchstens quer über die Saiten legen, was aber zunächst eher schaurig klang.

So ein richtiges Rhythmusinstrument war die Steel also nicht. Man konnte wohl die Akkorde umspielen und durch einen Melodielick auf die passende Klangfarbe hinweisen. Das funktionierte am besten mit Begleitung anderer Musiker.

Klar konnte man das Instrument auch in Moll stimmen aber dann fehlten die Dur Akkorde.

Eine Kombination beider Stimmungen wäre hilfreich. Entweder mehr Saiten oder gleich mehrere Steelgitarren in einer mit unterschiedlichen Stimmungen. Ich wusste, dass es das gab aber ich wusste noch nicht genau wie das funktionierte.

Nun war ich ja nicht allein und unzählige Gitarristen vor mir hatten das auch schon so gemacht.

Von denen besorgte ich mir soviel Aufnahmen wie ich mir leisten konnte. Hillbilly, Hawaiian, Western Swing, eben alle Stilrichtungen, in denen diese Gitarren gespielt wurden.

Je nach Musikrichtung wurde die Steelguitar unterschiedlich eingesetzt.

Manchmal entlockte man ihr süßliche, weiche Klänge, die sich in unendliche Höhen schrauben konnten, vor Sehnsucht wimmernd.

Dann gab es alte Hillbilly Aufnahmen wo die Steelguitar schräge, treibende Riffs spielte die rhythmisch vertrackt gesetzt waren und sich für damalige Verhältnisse nahezu futuristisch anhörten. Der große Meister dieser Technik war ein

Musiker Namens Speedy West. Er spielte bereits eine elektrische Steelguitar und nutzte neben ausgebufften Tonfolgen auch die gesamte Bandbreite der elektrischen Modifikation. Die bestand aber nur aus laut, leise, hell und dunkel oder an und aus. Nur ist hier aber relativ.

Ich traute meinen Ohren nicht, als ich zum ersten Mal hörte was dieser Mann da spielte. Dooohaa, chuckata doo, dooooiiiää.

Ich besorgte mir nahezu alle Aufnahmen von Speedy. Es gab zwar einige Beschreibungen mit welchen Tricks er diese Töne erzeugte aber zu wissen, wie es geht heißt lange nicht es nachmachen zu können.

Ich fand heraus, dass in den 30er und 40er Jahren die Steelguitar überaus populär war und erfuhr, dass die erste, rein elektrische Brettgitarre, die überhaupt gebaut wurde, eine Steelguitar war. Rickenbackers Frying Pan.

Selbst Bill Haley hatte eine Version seines Hits „*Rock Around The Clock*", zunächst mit einer Steelguitar aufgenommen.

Dann musste ich feststellen, dass die Steelguitar auch hier bei uns in der Nachkriegszeit sehr beliebt war in der Unterhaltungsmusik.

Fast alle Instrumentenhersteller wie Framus oder Höfner hatten auch Steelgitarren gebaut.

Je mehr ich mich dafür interessierte, je öfter fiel mir son Teil in die Hände. Fand sie auf Flohmärkten oder sie hingen zur Dekoration an den Wänden von Musikläden.

Ich stieß auf mir vorher unbekannte Namen wie Herrnsdorf und Otwin. Marken aus der ehemaligen DDR. Auch dort hatte es anscheinend vermehrt diese Spielart gegeben. Einige dieser Instrumente hatten einen Pickup mit der Aufschrift Rellog. Ein flacher, grob gewickelter Pickup mit kräftigem Output, dessen Oberseite immer dieses Pappschild mit dem schräg gestellen Schriftzug „Rellog" trug.

Irgendjemand erzählte mir, dass es einfach der rückwärts geschriebene Name des Herstellers war. Der Mann hieß nämlich Goller und daraus wurde Rellog. Guter Trick, fand ich.

Ein Glück für ihn, dass er nicht Lese hieß oder sogar Cholschra. Das hätte ihm wohl Probleme bereitet.

Eine solche Steelgitarre mit 8 Saiten und dem Rellog Pickup hatte ich auf einem Musikerflohmarkt in unserer Nähe erstanden.

Dieser Flohmarkt fand zweimal im Jahr statt. Ein großer Musikladen stellte seine Parkplätze und Zufahrtswege zur Verfügung und die Leute kamen von weit her um ihre Stände aufzubauen und mit allem zu handeln, was auch nur im Entferntesten mit Musik zu tun hatte.

Es gab Würstchenbuden, Getränkestände und so zogen Horden von Menschen, bepackt mit günstig erstandenen Blockflöten, HiHat-Becken, Gitarren, Verstärkern oder einer Lichttrass, durch die engen Reihen.

Auch ich zog mit meinem saitenbespannten Bügelbrett im Koffer aus Krokodillederimitat von Stand zu Stand... drehte alte Effektgeräte um, begutachtete Gitarren oder Reste davon und wühlte in Kisten von Kleinteilen. Ich suchte nichts Bestimmtes, fand aber immer irgendetwas Brauchbares. Nur einen 8-saitigen Satz Gitarrensaiten fand ich nicht.

Allein wegen der Typen die dort rumliefen lohnte es sich schon. Ab und an traf man ein bekanntes Gesicht, tauschte ein paar nette Worte, wie: „Na du alte Rocknase", oder „guck mal an, hast wohl auch keinen Gig heute, wa?".

Dann schnell noch ne Frikadelle reingeschoben, ne Dose Bier dabei und an den endlosen Reihen geparkter Autos lang zum eigenen Fahrzeug. Das stand auf einer schlammigen Wiese für 2,50 Parkgebühr. Nicht ärgern, nur wundern.

Ich war zufrieden. Meine neue Errungenschaft war, bis auf die Saiten, in einem guten Zustand. Anstelle einer Klinkenbuchse gab es eine Buchse für einen doppelten Bananenstecker. Einen Adapter hierfür lag sogar im Seitenfach des Koffers. Am einen Ende befand sich eine Klinkenbuchse, am anderen Ende ein kleiner Doppelstecker, wie ihn die alten Radios als Antennenstecker hatten.

Den hätte man ohne Weiteres in eine Steckdose stecken können. Das hätte aus der Steelgitarre im Handumdrehen einen 8 saitigen Würstchengrill gemacht und mir ne Naturkrause verpasst.

Ich wollte es lieber nicht drauf ankommen lassen und steckte das ganze lieber in meinen kleinen Verstärker.

Schräng...es tat's. Der Poti kratzte ein wenig aber der Pickup hatte gut Dampf. Glück gehabt.

So, und jetzt stimmen, aber wie? Neue Saiten wären auch fällig gewesen aber welche?

Den PC angeschmissen und ab ins Zwischennetz. Auf der Seite der Hawaiian Steelguitar Association wurde ich fündig.

Alles über 6 Saiten, 8 Saiten, 10 Saiten, verschiedene Stimmungen, Saitenstärken und jede Menge Tips und Links. Großartig. Das wohlige Gefühl mit einem exotischen Instrument auf der Welt nicht allein zu sein machte sich breit.

Ich entschied mich für eine C6 Stimmung und suchte mir die passenden Saitenstärken aus Resten alter Gitarrensätze zusammen. A-C-E-G-A-C-E-G. Das machte Hoffnung. Es war zweimal das Gleiche hintereinander.

Mein erster Versuch über die Saiten zu rutschen klang gleich nach Western Swing oder Hillbilly.

Ich suchte Tonleitern, suchte die Positionen wo sich die Töne in den Lagen wiederholten und versuchte einfache Melodien zu spielen. Ich fand Parallelen zu meinen bisherigen Gitarrenstimmungen.

So langsam begriff ich die Zusammenhänge.

Das funktionierte wie eine 6 saitige Gitarre in offener Stimmung, nur das jeweils eine zusätzliche Saite dazu kam. Ich hatte CEG als Grundakkord und dazu kam das A. Also hatte ich auch ACE, was die Mollparallele zu C-Dur war und gleichzeitig ein C6 Akkord. Alles bewegte sich zwischen Dur und Moll und das ergab diesen Swing-Charakter.

Ich legte einige CDs auf und versuchte mitzuspielen. Bei den swingartigen Titeln klang es ganz gut, bei den Dur-igen Countrynummern waren oft Missklänge dabei. Auch bei Rockmusik oder reinem Blues. Das lag an der sogenannten 6 die mit erklang .

Nahm ich eine andere Steelgitarre mit 6 Saiten in offener G oder D Stimmung war es andersherum.

Ideal wäre eine Steelgitarre mit mehreren Hälsen und mehreren Stimmungen. Also ne Gitarre für Leute die den Hals nicht voll kriegen.

Obwohl ich viel übte, wäre es mir nicht in den Sinn gekommen diese neue Gitarre bei Auftritten mit den Blue Buskers auszuprobieren. Das hätte auch „steelistisch"nicht gepasst.

So traf ich mich hin und wieder mit anderen Musikern und versuchte meine Fortschritte auf der Steel anzubringen mit unterschiedlichem aber doch meist geringem Erfolg.

Zum einen war ich nicht fit genug auf dem Instrument und zum anderen erschien es mir, dass es nicht zu allem passte. Wahrscheinlich weil ich nicht fit war.

Aber ich ließ den Hochmut nicht sinken.

In Gedanken arbeitete ich schon an einer selbstgebauten Steelgitarre, wollte aber noch etwas warten um mehr Erfahrung mit dem Instrument zu sammeln.

Es war ja nicht viel dran an diesen elektrischen Bügelbrettern. Eben nur ein Brett mit Wirbeln um die Saiten zu spannen,

Halterungen für die Saitenenden und ein Pickup. Das Griffbrett war ja nur angedeutet und diente lediglich zur Orientierung. Klar, Potis für Lautstärke und ein Tonregler war auch nicht schlecht, wenn auch nicht unbedingt erforderlich, dachte ich damals, denn ich wusste zu der Zeit noch nicht, wie Speedy West sie einsetzte.

Schließlich war es soweit. Ein paar Hölzer ausgehobelt, die Umrisse festgelegt, Mensurlänge angerissen und einmal mit der Fräse drumherum, fertig! Ganz so einfach war es nun auch nicht aber fast. Ich nahm es auch nicht so ganz genau. Es sollte ja auch erst nur ein Testmodell werden und wenn das klingen würde konnte man es in Richtig bauen. Die Mechaniken hatte ich mir im Versandhandel bestellt. Wieder ein Link der Hawaiian Steelguitar Association. Diese Seite war eine Fundgrube. Das Ergebnis war durchaus zufriedenstellend. Das Brett klang auf Anhieb und ließ sich durchaus komfortabel bedienen.

Nun hatte ich Mut gefasst und stellte ein genaueres Fräsmodell her. Eine schöne Form mit mehreren Abstufungen. Jetzt war es wirklich eine Sache von Minuten und der Rohling war fertig. Ich konnte verschiedene Holzarten testen und probierte verschiedene Pickups aus. So groß waren die Unterschiede nicht aber doch gab es kleine Nuancen im Klang, die aber eher vom Pickup beeinflusst wurden. Die meiste Arbeit bestand darin den Rohling zu bestücken. Potis löten und so weiter. Mittlerweile hatte ich vier verschiedene Exemplare und arbeitete an meinem ersten Dreifachhalsmodell. Das war schon ein richtiges Brett und nicht mehr so handlich. Es ließ sich jedoch nicht so komfortabel spielen. Wenn man über die ersten Hälse hinweg auf dem hinteren Hals spielte waren die Bewegungen eingeschränkt. Die verschiedenen Stimmungen waren von Vorteil aber das Brett war noch nicht ausgereift.

Aber es gibt ja Kreissägen mit denen man zwar keine Kreise sägt aber durchaus Steelgitarren auftrennen kann!

Warum ich mir diese Arbeit machte ist schwer zu sagen. Es gab die Dinger ja auch fertig zu kaufen. Nun, zum einen weil ich mit meinem Job an der Quelle saß und zum anderen hatte ich an den billigen, erschwinglichen Dingern aus Industriefertigung oder an den alten mit Bananensteckern immer was auszusetzen. Und bevor ich mich auf die Suche nach einer richtig guten, tadellos erhaltenen, von Sammlern begehrten Steelgitarre machte, die auch noch günstig war, baute ich mir lieber eine oder zwei.

Außerdem baute ich mir eine Halterung, als Aufnahme von ein, zwei oder sogar drei baugleichen Steelgitarren. Diese Halterung war verbunden mit einem Ständer. Einfach genial. So konnte ich im stehen spielen und konnte zudem noch wählen ob ich eine oder mehrere Steelgitarren nutzen wollte. In der „Vielsaitigkeit" liegt der Erfolg. Nur war ich der Zeit etwas voraus denn ich hatte ja kaum Möglichkeiten diese, einfach geniale Idee einzusetzen. Wo denn?

Da ich kaum noch was anderes im Kopf hatte als diese Bügelbretter mehrten sich auch die Kontakte zu anderen Steelgitarristen. Aber diese waren rar gesät und über die gesamte Republik verteilt. Einer hatte es mir besonders angetan. Ralf Remmers.

Er spielte die Steel nur nebenbei. Das war ja das verwunderliche. Er war Gitarrist und Sänger. Er hatte das was man Ton nannte und auch die nötigen Eier um diesen Ton auf der Bühne rüberzubringen. Als ich ihn das erste Mal spielen hörte und er dann ganz nebenbei eine Steel aus dem Koffer holte und darauf spielte, konnte ich es kaum fassen. Er hatte einen großartigen Ton und seine Licks waren unglaublich. Ich hatte sofort den Kontakt gesucht und war erfreut, dass er sehr nett und hilfsbereit war. „Man, wir sollten uns mal treffen und austauschen. Sowas macht immer Spaß,"hatte er gesagt.

Nun, nach so einer Ansage vergeht doch schnell ein Jahr aber nun war es soweit.

Ralf wollte mich besuchen.

Es war ein schöner, warmer Sommertag und ich hatte auf der Terrasse alles aufgebaut was ich an Steelgitarren, Resonatorgitarren oder Instrumenten hatte, die sich zum Slide-spielen eigneten.

Auch mein kleiner Amp stand auf der Terrasse. Es war eine beachtliche Ansammlung von Instrumenten die ich da aufgefahren hatte.

Lecker was zu Essen gemacht, einen Kasten Bier gekauft und ding dong. Ralf stand vor der Tür.

Er hatte auch einige Steelgitarren mitgebracht. Eine alte original Gibson und eine Supro.

Nach kurzer Begrüßung stürzte er sich mit Begeisterung in meine Sammlung. Egal was er anfasste, es klang göttlich. Es gab keine Erklärung oder ich fand keine. Selbst wenn ich die gleichen Licks spielte wie er, hatte er einfach den Ton. Einerseits war es ein Traum so was zu hören, andererseits machte es mich auch traurig und ich stellte mir die Frage ob ich jemals so einen Ton erreichen könne.

Dann entdeckte er meinen kleinen Amp. „Das ist ja ein lustiges Schächtelchen, der ist ja richtig alt", war sein Kommentar. Er stöpselte verschiedene Instrumente ein und spielte jedesmal über das ganze Griffbrett durch alle Lagen. Dann sagte er. „Der hat durchaus seine Stärken, hörst du das hier?"

Er spielte einige Melodien auf meiner Strat, die er gerade in der Hand hielt. „Das kann er richtig gut. Hier, hörst du wie er das mag?" Der Verstärker hatte einen singenden Ton und ich hatte das Gefühl ein Hallgerät zu hören. Das gibt's doch gar nicht. Da ist doch nur ein Knopf für laut und leise und nix mehr. Dieser Knopf stand auf Dreiviertel. Das hatte ich auch schon herausgefunden, dass er da am besten klang.

Er spielte sich langsam in die höheren Lagen und das Singen wurde schwächer. Dann von oben herunter bis in die unteren

Lagen. Auch dort war das Singen weniger deutlich zu hören. „Hier, da hat er's ." Deutlich konnte man in den mittleren und unteren Mittellagen die Obertöne hören, die den Effekt eines Raumhalls erzeugten. Ich war begeistert.

„Der klingt echt klasse, aber hier klingt er besonders gut", sagte Ralf. „Du musst versuchen herauszufinden, was ein Instrument oder ein Verstärker kann und das musst du nutzen. Fast jedes Teil hat seine Stärken und Schwächen. Nur die ganz Guten sind fast in allen Lagen gleich gut. Das ist aber selten. Versuche nicht aus so einer alten Möhre ein Rennpferd zu machen. Das kann er nicht leisten. Auch wenn du ihn zu laut stellst kann er sein Spektrum nicht mehr finden und matscht nur noch. Klar klingt er auch oben und unten ganz brauchbar aber hier in diesem Bereich ist er wirklich stark."

Ich war ja froh überhaupt eine schöne Melodie zu spielen aber die dann noch auf die Lage des Instrumentes oder des Verstärkers anzupassen übertraf meine musikalischen Fähigkeiten dann doch.

Es war ein wirklich schöner Abend an dem ich viel lernte aber auch mein Wissen über die Einstellung und technischen Belange von Gitarren weitergeben konnte. Wir haben bis spät in die Nacht gejammt und als Ralf sich auf den Heimweg machte war ich erfüllt von Ideen, Licks und Tips über Spielweisen. So saß ich noch lange allein draußen und ließ den Abend Revue passieren, versuchte das ein oder andere nachzuspielen bevor es in Vergessenheit geriet.

Es dämmerte bereits als ich wach wurde. Ich saß immer noch in meinem Gartenstuhl, hatte eine Steelgitarre auf dem Schoß und vernahm das leichte 50-Herz Grundbrummen des kleinen Verstärkers. Mein Nacken schmerzte und ich vernahm ein heftiges Pochen in meiner Schläfe. Ich ließ alles stehen und liegen, schaltete nur den Amp aus und wankte ins Haus.

In meinen Gedanken dachte ich noch kurz an die DVD des Films über Ray Charles, die ich mir besorgt hatte. Das hatte mir doch keine Ruhe gelassen. Hastig hatte ich den Film zu der Stelle vorgespult an der ich im Kino aufgesprungen war.

Ich war erstaunt, wie kurz die Szene gewesen war in der mein Amp zu sehen war. Sie dauerte vielleicht 4 Sekunden. Da, da ist er. Zurückspulen, vorspulen, zurückspulen, Standbild.

Eindeutig. Das war mein Verstärker oder besser ein gleicher.

Auch wenn er nur als Requisit neben der Steelgitarre stand und gar nicht zu hören war so war ich doch zufrieden. Mehr gab die DVD nicht her.

Zumindest hatte ich mich nicht getäuscht.

Ich machte mich auf dem Sofa lang und brauchte ungefähr dreimal so lang wie die Filmszene um eingeduselt zu sein. Mit einem Lächeln auf den Lippen und den Bildern einer Hillbilly-Band hinter den leicht fiebrigen Augen machte ich mich auf eine lange Reise….

Hillbilly Mountaineers 1941

Verbinden sie mich bitte mit Fernbank 55683, Baumann, danke.

John trommelte mit den Fingern an der Holzvertäfelung. Das Telefon hing vor ihm an der Wand und er presste den schwarzen Bakelithörer dicht an sein Ohr. Er lauschte dem Knacken und Surren der Leitungen. Es war kurz vor Mittag, eigentlich müsste Carl zuhause sein. Schließlich meldete sich eine Stimme am anderen Ende der Leitung. „Carl Baumann". „Hey, Carl, was gibts?, schön das du anrufst", sagte John und grinste vor sich hin.

Es entstand eine kurze Pause und er hörte, wie Carl am anderen Ende der Leitung sagte: "John, du hast mich angerufen?" „Ich, ne Du hast angerufen, was gibts denn?" „Ich hab dich nicht angerufen, ich ruf dich nie an, ich käme gar nicht auf die Idee, dich anzurufen", kam Carl langsam in Fahrt. „Stimmt", sagte John, "und jetzt, wo ich dich schon mal am Telefon habe, wollte ich dir eigentlich nur sagen, das du mich mal anrufen könntest." „Klar könnte ich das, aber wenn du dauernd anrufst, geht das ja nicht."Ach so ja, vielleicht solltest du dir ein zweites Telefon zulegen, dann könntest du mich auch mal anrufen" „Genau, das mache ich, prima Idee, aber erst dann, wenn du mir verrätst, warum ich dich anrufen sollte." „Naja, wenn du anrufen würdest, ich meine nur, falls du mich anrufen würdest, könnte ich dich fragen, ob du heute Abend zu Bobs Juke kommst, ich möchte nämlich was mit dir besprechen". „Heute Abend? Das ist schlecht, ausgerechnet heute wollte ich zu Bobs Juke Joint, aber vielleicht treffen wir uns ja zufällig." „Genau, so machen wir's, so um acht? Ich will vorher noch bei Duke Eller vorbei, bin gegen acht da, ok?" „Mit Besteck?", fragte Carl. Langsam änderte sich der Tonfall ihres Gesprächs und das ständige Gekicher lies nach. „Ne, heute nicht. Ich will nur was mit dir besprechen und nicht spielen."

Mit Besteck, hieß für Carl, dass er seine Gitarre mitbringen sollte, aber John wollte nur ein Bier mit Carl trinken und ihn dabei in seine Pläne einweihen. „Ok, dann bis später». John hängte den Hörer in die Gabel und lachte vor sich hin.

Er liebte diese Art von Konversation über alles, und es gab keinen besseren Partner als Carl.

Er versuchte es auch mit anderen, es war eben so seine Art, aber es entwickelte sich meistens nichts.

Er war gespannt, was Carl von seiner Idee hielt.

Er hatte lange überlegt und trotz der Zweifel, die ihm immer wieder kamen und die Existenzängste, die unter anderem die Ursache dafür waren, wusste er, dass er es machen musste.

Er würde seinen Job aufgeben müssen und darüber hinaus würde er auch noch ein gewisses Startkapital brauchen, was er nicht hatte und es würde einige Zeit dauern, bis alles anlaufen würde.

Wie lange würde diese Durststrecke dauern und würde es dann überhaupt so laufen, wie er es sich vorstellte?

Diese ewigen Zweifel, aber das was ihn am meisten beschäftigte, war, dass er es nicht allein konnte.

Er war abhängig mit seiner Idee von einer ganzen Reihe von Unwegsamkeiten und abhängig davon, die anderen zu überzeugen und bei der Stange zu halten, und das bereitete ihm die meisten Sorgen.

Erstens wusste er noch nicht, wer dabei sein würde, wer sich eignen würde und wie er alles zusammenhalten sollte. Sein Entschluss stand jedoch fest. Er wollte diese Band. Seine eigene Band.

Er hatte eine bestimmte Vorstellung, wie es klingen musste. Er wusste genau, was er wollte, aber er wusste noch nicht im Einzelnen, wie er es erreichen konnte.

Er war ja kein berühmter Kapellmeister, der genügend Geld besaß, um sich die Musiker zu kaufen und denen zu sagen, du spielst das und du das, und wenn nicht, kannst du gehen.

So lief das eben nicht. Nicht nur, weil er das Geld nicht hatte, er hatte auch nicht soviel musikalische Fähigkeiten, um anderen genau vorzuschreiben, was sie spielen sollten. Außerdem wollte er das auch gar nicht, im Gegenteil. Er wusste zwar, wie es klingen sollte, aber er brauchte die Inspiration anderer Musiker, die mit ihren Ideen dazu beitragen sollten, da hinzukommen.

Das war ein verzwickter Kreislauf, den er noch nicht genau einordnen konnte.

Wer war gut genug, dass zu leisten und wie konnte er ihn dann überzeugen, von dem, was er vorhatte.

Bei Carl war er sich sicher. Mit ihm wollte er anfangen und ihn mit ins Boot nehmen. Er mochte seine Art zu spielen, die zwar nicht virtuos war, aber den richtigen Ansatz hatte. Sie hatten einen ähnlichen Musikgeschmack und verstanden sich auch sonst recht gut. Carl hatte sich der Steelgitarre verschrieben. Irgendwann hatte er angefangen, seine Gitarre mit einem Steelbar zu bearbeiten. Er hatte die Saiten durch einen erhöhten Sattel hochgestellt und spielte sie auf seinem Schoß liegend, indem er mit einem Stück Stahl über die Saiten glitt. Das Stahlstück hatte er selbst gefertigt, aus einem Stück glanzpolierter Motorwelle. Es hatte einige Zeit gedauert, bis er die Töne richtig traf, aber mittlerweile klang es gut. John mochte die Steel und Carl würde dabei sein, das war für ihn klar.

Aber wer kam sonst noch in Frage. Das wollte er heute Abend mit Carl besprechen. Nicht, dass es nicht genügend Musiker gab, in ihrem Umfeld, aber jeder hatte so seine Eigenart, und das ließ sich nicht automatisch zu einem Ganzen zusammenfügen, sondern musste sorgfältig abgewogen werden.

Zum einen musste eine gewisse musikalische Grundfähigkeit vorhanden sein, das war klar, aber das war auch nicht alles.

Sie mussten ja gemeinsam etwas formen, in die gleiche Richtung wollen.

Das bedeutete, dass sie die Richtung als ihr Ding ansahen, oder formbar waren.

Was nützt der beste Solist, der vom Ansatz her was anderes will. Entweder kann man ihn überzeugen, oder er wird immer wieder eine andere Richtung einschlagen.

Was ist, wenn jemand die richtige Richtung hat, aber musikalisch nichts auf die Kette kriegt?

John wusste nicht, was das größere Problem sein würde, aber anstrengend war beides.

Wo war seine Rolle? Er war ein guter Sänger und mittelmäßiger Gitarrist. Für einfache Songs reichte es, aber er war auf Solisten angewiesen und auf eine Begleitung mit Bass und Schlagzeug.

Er hatte in der letzten Zeit ne Menge Songs geschrieben, gute Songs, wie er fand, aber die Begleitung mit nur einer Gitarre war nicht das, was ihm vorschwebte.

Er war im Grunde ein Country-Sänger, aber er mochte den modernen Bigband Sound. Er mochte Count Basie oder Milton Brown.

Dazu braucht man eine Band und als er zum ersten Mal Bob Wills gehört hatte, wusste er, was er wollte.

Eine Swing Band, die Countrymusik spielt.

Bass, Schlagzeug, Solisten und Gesang. Als Soloinstrumente konnte er sich eine Fiddle, eine Steelguitar und vielleicht ein Akkordeon vorstellen. Er hatte auch an ein Klavier gedacht, aber da war die Transportfrage und er wollte sich nicht noch mehr Probleme aufhalsen. Wird sich zeigen, dachte er.

Eins war ihm jedoch klar, er wollte mehr als ab und zu in Bobs Juke Joint zu jammen, mit irgendwelchen Musikern, die sich gerade einfanden.

Er wollte eine Band, und das professionell. Er wollte reisen, andere Clubs sehen, sein Ding machen, die Menschen unterhalten, Songs schreiben, gute Songs, Songs anderer kopieren, im Stil seiner Band. Tanzmusik, die diesen neuen Rhythmus hat. Diesen Swing, wie sie es nannten, der aus Countrymusik etwas Neues machte.

Auf dem Weg zu Bob hielt John bei Eller's Autowerkstatt an und Duke begrüßte ihn mit einem Trommelwirbel auf einem alten Ölfass, dass er mit seinen Schraubenschlüsseln bereits völlig zerbeult hatte.

Der Lärm war ohrenbetäubend und kaum hatte er aufgehört, quatschte Duke ihn voll mit allerlei Zeugs, was man halt so erlebt, wenn man eine Autowerkstatt am Straßenrand hat. Eigentlich hatte er sie gar nicht, sondern sie gehörte seinem Vater, dem alten Eller und Duke musste halt mit ran.

Was sollte er in dieser gottverdammten Einöde auch sonst tun. Er schraubte und trommelte und das im Wechsel, oder gleichzeitig. Ständig hämmerte er mit den Werkzeugen auf irgendwas rum. Drehte eine Mutter fest und schlug zwischen jeder Umdrehung zweimal auf die Achse des Autos oder auf das Getriebegehäuse, suchte Stellen, die besonders gut klangen. Nur auf die Karosserie hämmerte er nicht. Nicht mehr muss man sagen, weil ihm der Alte damals, als er die ganze Motorhaube eines Kundenfahrzeuges mit kleinen Dellen übersät hatte, dermaßen den Arsch versohlt hatte, dass er es höchstens noch wagte mit der flachen Hand auf einem Kotflügel rumzudibbern. Es war das Auto vom alten Forman. Der fährt heute noch mit der Karre rum und jedes Mal, wenn er einsteigt und die Dellen sieht, verflucht er die Ellers mit allem was dazugehört.

Duke war eine Nervensäge, durch und durch. Wenn er nicht trommelte, quatschte er in einer Tour und hielt sich für den

größten Geschichtenerzähler aller Zeiten. Selbst die belang-
losesten Erlebnisse bauschte er auf und untermalte sie mit
Geräuschen und Gesten, das einem Angst und bange wurde.

„Oh man, neulich steigt hier sonne Alte aus. Boing, ich gleich
auf sie zu und boing, ich sonne Augen und was will die Alte?
Nur tanken, man. Echt nicht zu fassen, man. Da steht so eine
Luxusbiene vor dir und will nur tanken, man. Kannst du dir
das vorstellen, John?“

«Äh, Duke sag mal...“setzte John seine Frage an, kam aber
nicht dazu, weil Duke, ohne Unterbrechung das Thema wechselte und munter weiter plauderte. „War übrigens echt klasse
der letzte Job bei Bob, hah, reimt sich Bob und Job, nee, hat
echt Spaß gemacht mit euch zu trommeln, echt. Ich meine
irgendwann bin ich sowieso weg hier. Hab die Schnauze
einfach voll. Einfach nur weg von hier, irgendwohin, wo ich
trommeln kann und mich keiner anschreit wegen son paar
scheiß Dellen. Ständig schreit der Alte rum. Mach dies, mach
das, hör auf zu trommeln. Wann spielen wir mal wieder, John,
ne, war echt klasse, man. Willst du tanken, oder weshalb bist
du hier?“

Duke machte wirklich ne Pause. Er wartete wirklich auf eine
Antwort. Zwar trommelte er unterdessen an die Zapfsäule mit
seinen Handflächen, aber er redete nicht weiter. John nutzte
die Gelegenheit und begann von vorn. „Sag mal Duke, den
alten Fageol, gibts den noch? Der stand doch schon lange bei
euch rum?“ „Du meinst den Lieferwagen vom alten Smith.
Klar, der steht hinter der Werkstatt. Ist aber nicht mehr viel
mit los. Ich meine Motor und so ist noch fit, aber sonst ist ne
Menge Arbeit dran. Wieso? Willst du ein Fuhrunternehmen
aufmachen. Klar man, ich seh's vor mir. John Parlour- Motor
Freight. Lassen sie mich ihr Laster sein.“

„Ne, einfach nur so. Meinst du, du würdest ihn wieder
hinkriegen? Ich meine nur so, aus Interesse“. „Klar, man. Ist
zwar ne Menge zu schrauben und ein paar Teile sind auch
nötig. Bremsen und Reifen. Kommt drauf an, wie fit er sein

muss?". „Nix Konkretes, war nur ne Frage, Duke, wir sehen uns." „Klar man, ist übrigens von 1928 die Karre. Niederrahmengestell, war damals der Hit. Hat Fagoel echt nach vorn gebracht, diese Rahmengeschichte. Da gibts übrigens ne ganz witzige Geschichte, als damals der Alte Fagoel..." „Duke, ich hab's eilig, wir sehen uns, ein andermal, danke." „Klar, man, und sach Bescheid, wenn du einen guten Trommler brauchst. So einen wie mich findest du nicht so leicht. Lass dir das gesagt sein, John." „Ok, Duke, bis dann mal."

John stieg in sein Auto und schüttelte kurz den Kopf, um wieder einen klaren Gedanken zu fassen, bevor er losfuhr.

Bis acht würde er bei Bob sein. Duke als Trommler? Eigentlich besser nicht. Er hatte zwar ein gutes rhythmisches Gefühl und war Time stabil, aber ansonsten echt anstrengend. Er war ein netter Kerl, ohne Zweifel, aber vereinnahmend, laut und zudem hochgradig unsensibel. Er lebte in seiner eigenen Welt und bekam einfach die leichten Schwingungen um ihn herum, zwischen den anderen Menschen nicht mit.

Er merkte einfach nicht wann er nervte. Ein Gutes musste man ihm lassen. Wenn man ihm gerade zu auf den Kopf sagte. „Halt die Klappe", war er niemals eingeschnappt. Er antwortete höchstens mit „Is ja gut", oder, „Ok,Ok"oder mit „Is klar, man", aber sauer war er nie. Wahrscheinlich war er es gewohnt, weil sein Alter ihn ständig anmotzte.

Anstrengend war nur, dass man es ihm ständig sagen musste. „Hör auf, das nervt", und so weiter, und anhalten tat das auch nur für kurze Zeit, dann ging das wieder los. Das war wie ne Affenschaukel.

Es war nicht viel los, als John, Bob's kleine Kneipe betrat. Ein paar Typen, die John vom sehen kannte, saßen am Tresen. Bob nickte ihm kurz zu und John setzte sich an einen Ecktisch, der etwas abseits stand und für ein Gespräch geeignet schien. Kate kam zu ihm an den Tisch, und brachte ihm ein Bier. „Ist doch richtig, oder?" fragte sie und zwinkerte ihm zu. „Genau richtig" sagte John. „Hast du Carl schon gesehen, heute

Abend?" fragte er noch. „Ne, noch nicht, wollt ihr spielen?",
antwortete Kate und wischte mit einem Putzlappen über den
Tisch. „Heute nicht", sagte John. „Wird sonst zu viel." „Mir
nicht", lachte Kate und ging zurück zum Tresen.

Es war bereits nach halb neun, als Carl durch die Tür kam
und nach John Ausschau hielt. „Die scheiß Karre von Pete
sprang wieder mal nicht an", begrüßte er ihn und hielt ihm
seine ölverschmierten Finger unter die Nase.

„Von den Fingern würde ich mich auch nicht anmachen
lassen", antwortete John lachend. „Onkel Pete könnte sich
ruhig mal ne neue Karre leisten", stöhnte Carl. „Vor allem,
wo er selbst nicht mehr fährt. Ganz schön unverschämt von
ihm, dir so'ne alte Kiste zu überlassen, find ich auch", gab
John zurück.

Kate brachte für Carl ein Bier, John hatte noch einen Rest
seines zweiten Bieres im Glas und bestellte ebenfalls ein
Neues.

„Was gibts denn so Wichtiges zu besprechen?" fragte Carl
schließlich.

„Besprechen? Wieso? Du wolltest dich doch hier treffen"fing
John wieder an. „Klar, ich wollte mich mit dir hier treffen,
damit ich dich fragen kann, warum du dich mit mir treffen
wolltest."

«Hör zu Carl, ich will eine richtige Band zusammenstellen
und auf Tour gehen, mit allem drum und dran. Professionell,
mit Programm." „Gute Idee, und dann willst du bestimmt
reich und berühmt werden. Das ich da nicht drauf gekommen
bin, man echt, du bist ein richtiger Fuchs", lachte Carl.

„Jetzt mal im Ernst, Carl, was hältst du davon? Schlagzeug,
Bass, du mit deiner Steel, ne Fiddle und wenns gut läuft könnte
noch mehr dazukommen." „Und wer soll das sein? Ich meine,
dass Bob Dunn seine Jungs nicht freiwillig rausrücken wird".
„Das will ich ja gerade mit dir besprechen. Am Bass könnte
ich mir Leon Rush vorstellen. Er ist stabil und ein umgäng-

licher Kerl. Weißt du, ob er einen Job hat? Ich habe ihn seit längerem nicht gesehen." „Soviel ich weiß, hat er zuletzt beim alten Henson im Lager gearbeitet. Seine Frau ist schwanger. Er nimmt jeden Job, den er kriegen kann." „Man könnte ihn zumindest fragen". „Weißt du, Carl, ich kann die Jungs erst bezahlen, wenn wir Jobs haben und bis dahin müssen wir eine Menge investieren. Wir müssen proben, brauchen Anzüge, brauchen vernünftige Instrumente, eine dieser neuen Verstärkeranlagen für den Gesang. Wir brauchen ein Auto, um zu den Clubs zu kommen und wir müssen diese Jobs erstmal kriegen. Das heißt, wir werden uns vorstellen müssen und, das ein oder andere Mal, auch für wenig Geld, oder sogar umsonst spielen müssen, bis wir erstmal was vorweisen können. Das wird ne harte Zeit. Das ist nicht jedermanns Sache."

„Die Dinge müssen sich erst mal entwickeln, John. Stell die Band zusammen und lass uns erst mal hier in der Umgebung spielen. Keiner muss seinen Job aufgeben und wenns läuft kann man immer noch sehen." „Ich will nur, dass es jedem klar ist, dass mehr dahinter steckt, als sich nur mal so zu treffen, um zu jammen. Ich meine, wir brauchen feste Proben und vor allem ein Konzept. Ich will diesen neuen Stil, diesen Swing. Du weißt was ich meine, Carl.

„Klar, hast du 'Get your kicks from the country hicks' von Johnny Hicks gehört? Die Steel ist einfach klasse." „Du brauchst auch eine von diesen elektrisch verstärkten Steelgitarren, Carl. Ich meine, es ist schon ok mit deiner akustischen Gitarre, aber um diesen Sound zu kriegen, brauchst du eine elektrische mit einem Verstärker." „Ja, ich weiß, ich hab schon mal überlegt, ob ich mir selbst eine bauen soll. Der Korpus ist keine große Kunst. Einfach ein Brett und die Bünde brauchen ja auch nur markiert zu werden, aber der Tonabnehmer und der Verstärker sind das Problem. Ich hab mal gehört, dass einige sich so einen Tonabnehmer besorgen und ihn irgendwie an ein normales Radio anklemmen. Ich hab aber keine Ahnung, wie so was geht".

Carl hatte eine kleine Werkstatt in seinem Haus. Er reparierte Möbel und baute gelegentlich auch neue Möbel auf Bestellung. Doch meistens kamen die Leute aus der Nachbarschaft und brachten ihre alten Stühle zum verleimen, oder ließen sich ein paar Bretter zuschneiden. Carl konnte gerade davon leben.

Das Haus hatte er von seinen Eltern, die beide schon tot waren und dann war da noch Onkel Pete. Eigentlich war es nicht sein richtiger Onkel, sondern ein Freund seines Vaters. Sein Vater hatte Pete im Krieg kennengelernt. Er hatte angeblich alles verloren und so hatte sein Vater ihn einfach mitgebracht. Für Carl war er immer Onkel Pete und als seine Eltern früh starben, hat sich Pete um ihn gekümmert. Pete war schon über siebzig, aber immer noch rüstig. Nur sein Auto war nicht mehr so fit.

„Wer soll eigentlich Fiddle spielen?", fragte Carl. „Was meinst du", gab John zurück. „Wie wärs mit Curly"? „Curly?, Curly Mc Coy? Man Carl, Curly ist Ire. Sein Großvater war Ire, sein Vater war Ire und er ist und bleibt auch ein Ire. Wenn Curly fiddelt verdreht er irgendwann die Augen und er spielt Jideldiggel diggi deidel diggi diddel diggi dei. Und er hört nicht eher auf, bis ganz Alabama mit Moos bewachsen ist."Carl musste lachen. „Ok,Ok, aber er spielt nicht schlecht. Vielleicht kann er ja auch Swing spielen, käme auf einen Versuch an". „Ich glaub nicht dran. Ne Bananenschale swingt auch nicht von selbst." „Es sei denn, Count Basie schüttelt sie", gab Carl zurück. „Was hältst du von Fred Stoke?" „Fred ist in erster Linie ein Arschloch und erst danach ein guter Fiddler, aber spielen kann er wirklich. Ich kann ihn einfach nur nicht ab. Er geht mir mit seiner arroganten Art einfach auf die Nerven." „Na ja, charmant ist er ja wirklich nicht, aber er ist schon gut. Und er hat eine gewisse Publikumswirkung. Wenn er gut drauf ist, kann er sein Publikum begeistern."

„Ich weiß nicht, ob ich ihn ertragen kann", sagte Carl. „Ich würde es erst mit Curly versuchen, bevor ich mir Fred antue. Das Ganze ist nicht so einfach, was? Also Leon am Bass ist

ok. Wer trommelt? Duke? Also Bekker kommt nicht in Frage, der schwimmt, schleppt und treibt und das alles gleichzeitig. Oder weißt du jemanden anderen als Duke?" „Bei Duke war ich eben noch. Man, mir dröhnt jetzt noch die Birne. Eins spricht allerdings für Duke. Kennst du den alten Fagoel, der bei ihm rumsteht? Das wäre ein idealer Bandbus. Man könnte ihn umbauen und wieder flott machen." „Und was soll drauf stehen? Fred the Asshole und seine Begleiter?"

Sie bestellten bei Kate noch ein Bier. Der Rest des Abends verlief recht locker und nachdem sie sich alles ausgemalt hatten und genug gelästert hatten bezahlten sie ihre Rechnung und gaben Kate ein anständiges Trinkgeld, wie es sich für berühmte Musiker gehört.

Carl fasste nochmal kurz zusammen: „Also, ich sage Leon Bescheid, du fährst bei Laber-Duke Eller vorbei. Wir versuchen's erst mit Curly und treffen uns nächste Woche bei dir."

Sie verabschiedeten sich von Bob und gingen hinaus. Draußen sagte Carl kurz: „Warte mal eben"und er ging nochmal zurück in die Kneipe.

Nach etwa fünf Minuten kam er wieder raus und sagte: „Hab gerade bei Bob einen Job klar gemacht für nächsten Monat."

„Samstag, den 38? Ok, trag ich mir ein", lachte John. „Nee, im Ernst, Samstag, den 17. Getränke und Essen frei, für die ganze Band. Ist zumindestens ein Anfang." „Bis nächste Woche, bei mir", rief John und als sie losfuhren, hatten sie mehr Alkohol am Steuer, als Benzin im Tank und als John am nächsten Morgen die Delle in seinem Kotflügel sah, hatte er gleich einen Grund, Duke aufzusuchen.

Es war Duke, der als Erster kam. Sie hatten sich auf den Sonntag Nachmittag geeinigt. Duke grüßte John mit einem kurzen Hi und fing sofort an, seine Schlagzeugteile reinzu-schleppen. Währenddessen zählte er ohne Unterbrechung, die Ereignisse der vergangenen Tage auf. Alles Abenteuer erster

Güte aus dem Leben eines Tankwarts. Vom Wechselgeld raus-
geben bis zum Auspuff reparieren. Er hielt auch nicht inne,
als er draußen war, um neue Teile zu holen und John ihn gar
nicht hören konnte. Ob gleich wohl die Stelle kommt, wo ich
zu ihm komme um meinen Kotflügel reparieren zu lassen?,
dachte John, aber sie kam nicht. Stattdessen kam: "Echt geile
Idee, das mit der Band, John, wirklich. Wenn wir erst berühmt
sind, kaufe ich mir ein neues Schlagzeug, oder auch schon
vorher. So ein richtig fetziges Teil mit Glitterüberzug, weißt
Du?»

John beobachtete, was Duke da alles anschleppte. Die Base-
drum hatte einen Durchmesser von gut einem Meter zehn,
war aber nur dreißig Zentimeter tief. Oben drauf steckte
ein kleiner Stab, an dem ein kleines Becken baumelte. Die
Snare war selbst gemacht, aus einem geschweißten Stahl-
reifen mit Spannschrauben aus dem Fahrzeugbau. Der Rest
an Becken und kleineren Trommeln war ebenfalls gebraucht
und repariert. Die Fussmaschine hatte eine sauber ausgeführte
Schweißnaht und war gut geölt, zum Leidwesen von John's
Wohnzimmerteppich.

Kaum hatte Duke alles aufgebaut, holte er seine selbst
geschnitzten Stöcke aus Hickory-Holz raus und wirbelte über
das ganze Set. Dusch dusch dusch, rappata, rappata. „Klingt
nicht schlecht hier, für'n Wohnzimmer gehts", rief er John
zu, als Carl reinkam, seine Gitarre absetzte und sich sofort
die Ohren zuhielt. „Hey Duke, hast du'n Rad ab?" „Nee,
mit Rädern kenn ich mich aus, die sind bei mir alle dran",
schrie Duke zurück und stoppte sein Soloprogramm mit
einem gewaltigen Tusch. „Ich weiß Bescheid, man, John hat
mir schon alles gesagt, so mit Besen und so. Geht klar, man.
Ich kann auch mit Besen. War nur so zum eingrooven. Hey,
ich kann nicht nur mit Besen spielen, ich hab sogar welche".
Er drehte sich um und kramte in seiner Tasche rum. Dann
hielt er sie hoch. Es waren zwei Kupferrohre. An einem Ende
hatte er Stahldrähte reingesteckt und das Rohrende kurzer-

hand platt geklopft. In das andere Ende hatte er jeweils ein Hickory-Stab eingepasst.

„Man hat der Alte rumgeschrien, als er den gerupften Werkstattbesen entdeckt hat. Er hatte ihn erst letzte Woche gekauft. Wie kann man sich wegen so'n paar Drähten so anstellen? Wie geht's?, Carl, schön dich zu sehen."

Immerhin zeigt er Einsatz, dachte John und grinste zu Carl rüber, der seine Gitarre auspackte.

„Ich kann die Besen auch umdrehen, dann hab ich normale Sticks, wenn's mal richtig zur Sache gehen soll, meine ich."

Curly kam rein und hatte seine Fiddle bereits unterm Arm. Er hatte seine Schuhe draussen ausgezogen und den Koffer auch gleich vor der Tür gelassen.

So stand er auf Wollsocken im Zimmer und schaute sich um, bis er schließlich leise, „Hi", sagte. „Hi, Curly", sagte John, „komm rein." „Bin ich schon", sagte Curly und alle prusteten los. Der war nicht schlecht, dachte Carl. Er mochte Curly. Er war witzig und freundlich und angenehm ruhig.

Curly grinste, stimmte seine Geige und fiddelte sich mit einem Jig ein. John verdrehte die Augen und blickte zu Carl, der nur mit den Schultern zuckte.

Als letzter kam Leon und schleppte seinen riesigen Bass ins Zimmer. Er begrüßte jeden mit Handschlag und stellte sich mit „Leon" vor. Dann packte er seinen Bass aus.

John und Carl stimmten ihre Gitarren und Curly korrigierte seine Fiddle. Er war schnell und hatte ein gutes Gehör.

Leon sagte: «Kann ich ein A haben"und stimmte seinen Bass nach den Gitarren. „Wir können ja erst mal alle Stücke, die in A sind spielen, dann brauchst du die anderen Saiten nicht", warf Duke ein." Nur wenn wir nur die Intro's spielen, weißt du, da wo noch kein Schlagzeug dabei ist", gab Carl zurück. „Ein Bassist nimmt Unterricht und lernt in der ersten Stunde nur die leere E Saite. In der zweiten Stunde nimmt er die leere

A Saite durch und kommt dann nicht mehr zum Unterricht. Als ihn der Basslehrer zufällig nach Wochen auf der Straße trifft, fragt er ihn, warum er nicht mehr kommt. Ach wissen Sie, ich hab soviel Jobs, da komm ich einfach nicht mehr dazu", ruft Duke und lacht sich halb tot.

John beobachtet ein gequältes Lachen bei den anderen. John hatte sich eine Liste gemacht, mit Stücken, mit denen er beginnen wollte. Es waren bekanntere Nummern und beginnen wollte er mit Ida Red, später sollten dann etwas anspruchsvollere Sachen dazu kommen. Er hatte sich mit Carl zwischendurch zusammengesetzt und über ein Programm nachgedacht.

Er zählte an und sie kamen tatsächlich durch. Es war gar nicht mal schlecht, auch wenn es mit swing noch nicht viel zu tun hatte. Duke hatte zu viel Fills gespielt, Carl war nicht zu hören mit seiner Steel und Curly hatte von Anfang bis Ende gefiddelt, was das Zeug hielt.

Es war ausgerechnet Duke, der sagte:"Ich glaub ich hab zu viel gespielt. Ich muss weniger machen, aber es macht einfach Spaß mit Euch zu spielen und da geht es mit mir durch".

Beim nächsten Versuch gings besser. Carl war immerhin zu hören, jetzt musste sich nur noch Curly mit Carl abstimmen, wer was macht. „Curly, versuch mal kurze Fills in den Gesangspausen. Lang gestreckte Doppeltöne, so wie Bläser in den Big Bands." Curly blickte ihn mit fragenden Blicken an. John wusste nicht, wie er es ihm erklären sollte, er war kein Fiddler und welche Töne Curly genau spielen sollte, konnte er ihm auch nicht sagen. Carl suchte auf seiner Gitarre einen passenden Lick. Es dauerte eine Weile, schließlich hatte er was Brauchbares gefunden und gab Curly die Töne. „Uuuaa, da schauderts einem ja", sagte Curly, als er die Töne nachspielte. „Genau, das ist es", sagte John. „Und jetzt mit Druck und ohne Schnörkel". Curly rutschte mit seinen Fingern in die Position auf seiner Geige und man konnte ihm ansehen, wie er sich überwinden musste, die Töne zu spielen. Schließlich sagte er: „Wie wärs denn damit" und spielte ein jiggel diddel dei da. Wir könnten am Ende des Stücks einen Stopp machen und dann... Er spielte jaggel diddel daggel deidel diedel daggel dei... John hörte auf seiner Fußmatte das Moos wachsen. „Curly, Curly? Hey Curly!!! Erst als Duke einen Trommel-wirbel losließ, stoppte er und sagte: „Den hat mein Onkel Dough immer gespielt. Die Leute stehen drauf. Das ist echt groß. Es ist wie ein Wurm und kann endlos gespielt werden, bis sich die Leute die Füße wund getanzt haben. Wenn wir mit Glungar auftreten ist das immer der Bringer." Seine Augen leuchteten. „Ist ganz einfach", sagte er und setzte den Bogen wieder an.

„Stopp, Curly", sagte Carl. „Wir wollen hier was anderes. Es soll eine Swing Band werden, Curly. Kennst du Bob Wills oder R.D. Hendson oder Bob Dunn? Hör dir mal an, wie die das machen". John war dankbar für die Hilfe von Carl.

Ihm war klar, dass das eigentlich sein Job war. Er wollte die Band und hatte eine, wenn auch wage, Vorstellung von dem wie es werden sollte.

An die Rolle musste er sich erst gewöhnen.

Sie spielten noch einige andere Nummern an, aber die Stim-mung war nicht die Beste. Bei den langsamen, getragenen Nummern ging es besser. Da konnte Curly die Melodie spielen und er hatte einen guten Ton, daran bestand kein Zweifel.

Duke spielte zwar grob und seine Besen klangen etwas nach Dreschflegeln, aber er war timefest. Leon Rush war ein Glücksgriff. Er hatte während der ganzen Probe kaum ein Wort gesagt, aber er war auf dem Punkt. Aufmerksam hatte er alle Änderungen aufgenommen und richtig interpretiert.

Zwischendurch hatte er seinen Bass mit der Seite auf den Boden gelegt und sich rittlings drauf gesetzt, wenn die Diskus-sionen länger dauerten.

Er wirkte etwas müde und erschöpft, war aber bei der Sache.

Als sie Schluss machten, verabschiedete er sich von allen per Handschlag und nahm John etwas beiseite. „Äh, John, ich wollte dich was fragen. Wenn wir diesen Job haben, bei Bob, meine ich, kann Lucie dann mitkommen? Lucie und ich waren schon so lange nicht mehr aus und ich meine, sie würde sich echt freuen. Meinst du Bob würde was sagen, wenn sie mitessen würde.»

„Geht bestimmt klar", antwortete John und klopfte Leon auf die Schulter. „War echt klasse", sagte er noch, „wir sehen uns nächste Woche, ok?" „Ok", sagte Leon und war als Erster weg.

Auch Curly war schnell weg und sagte nur: „Wir können ja telefonieren, bis dann."

Es dauerte etwas, bis sich auch Duke verabschiedete, nicht ohne beim Abbauen endlose Geschichten zu erzählen. Komischerweise sagte er nichts zur Probe, als wenn es darüber nichts zu sagen gäbe.

Endlich waren John und Carl allein und John ließ einen lauten Seufzer los. Carl lachte. „Na, schon die Schnauze voll von deinem Traum?"

„Oh man Carl, ich weiß auch nicht. Es war nicht so, wie ich es mir vorgestellt habe." „Lass man. Leon war klasse und mit Duke könnte es auch gehen. Bei Curly weiß ich auch nicht weiter. Vielleicht sollten wir Fred doch fragen, auch wenn sich mir der Magen umdreht, bei dem Gedanken."

„Ok, ich ruf ihn einfach an. Und was machen wir mit Curly?" „Wir können es ja erst mal mit Fred testen und dann immer noch entscheiden. Übrigens, anrufen kannst du vergessen, du musst schon vorbeifahren. Ich glaub nicht, dass Fred ein Telefon hat." „Wohnt der noch da draußen bei Millport?" „Glaub schon, genau weiß ich das nicht."

Sie spielten noch das ein oder andere Stück an und John stellte ihm sein neuestes Stück vor. „Gefällt mir, John, echt gut. Mit Band ist das ein Hit." „Erst mal ne Band haben", sagte John.

„Wird schon, John", verabschiedete sich Carl später und John war froh, dass er sich auf Carl verlassen konnte. Er brauchte seine Hilfe und Unterstützung.

Er hatte Fred beim zweiten Anlauf angetroffen und Fred war grundsätzlich bereit mitzumachen. Er war sogar nahezu begeistert. Auf seine Frage, wer noch alles mit dabei wäre, hatte John ihm von Leon, Carl und Duke erzählt. Leon kannte er nicht. Duke, der Laberarsch, hatte er mit verächtlichem Grinsen gefragt. Und sein Kommentar zu Carl war nur. „Singt der auch?" Ansonsten gab er sich recht locker und sie vereinbarten einen Termin zu Dienstag Abend. Die anderen konnten auch, nur Leon würde etwas später kommen.

Da stand er nun, mitten in John's Wohnzimmer mit seinen Schuhen auf dem Teppich. John sah die dicke Schlammschicht an seinen Sohlen und dachte nur, so schlecht war Curly vielleicht doch nicht. Er fragte freundlich, ob Fred sich vielleicht die Schuhe abputzen könnte. Er zog sie aus und John öffnete kurze Zeit später das Fenster.

Unterdessen durchforstete Fred John's Wohnzimmer. Schaute durch die Regale, nahm dies und jenes in die Hand und untersuchte es näher. Stellte es irgendwo wieder ab und plauderte munter drauf los, wie es die anderen Bands machen, worauf es ankommt und überhaupt, wie man es macht. Und er erweckte den Eindruck, dass er es ganz genau zu wissen schien. Es wäre alles ganz einfach. Es sind nur Kleinigkeiten, auf die es ankommt und so weiter.

Nacheinander trafen die anderen ein, bis auf Curly, der von dem Termin natürlich nichts wusste. Leon war doch pünktlich und begrüßte wieder alle mit Handschlag. Alle gaben sich recht locker und Fred plauderte munter weiter. Zu Duke sagte er nur. „Na Duke, lange nicht gesehen". Dabei grinste er etwas hämisch und Duke antwortete nur kurz „stimmt". Ansonsten war Duke eher etwas zurückhaltend, was alle als angenehm empfanden.

Die Instrumente wurden kurz gestimmt und John hatte sich überlegt, heute mit „Keep on knocking but you can't come in" anzufangen, um nicht die gleiche Situation wie beim letzten Mal zu haben.

Sie hatten gerade angefangen, als Fred unterbrach. „Carl stimmt deine Gitarre? Irgendwas stimmt hier nicht." Carl stimmte verlegen seine Gitarre nach, konnte aber nichts Auffälliges feststellen. Vielleicht war das B etwas zu hoch, aber das war schon bald Geschmacksache. Alle kontrollierten ihre Instrumente und auch Fred stimmte seine Fiddle neu. „Besser so", sagte er dann und sie begannen von vorn. Diesmal zählte er an.

Es war gleich um Klassen besser, als letztes Mal. Fred hatte zwar nicht so einen sauberen Ton, wie Curly, aber er kannte die Licks. Carl und John grinsten sich an.

Am Schluss wippte Fred auf seinen Zehenspitzen und sagte nur: „War doch schon gut Jungs, wir brauchen nur noch einen guten Schluss. Der Schluss ist das ein und alles. Als Intro spiel ich diesen Lick", und er spielte eine kurze Tonfolge. „Oder besser noch so" und er änderte die Tonfolge nochmal. „Am Ende wird zweimal wiederholt und ich spiele diesen Abgang auf A. Lass mal noch mal machen", und er zählte an. „Ach so, Carl, spiel ruhig noch weniger", dann zählte er erneut an.

Langsam nahm der Song Form an und sie wechselten zum nächsten Stück, obwohl sie sich einig waren, dass es noch etwas dauern würde, bis alles so richtig saß.

Auch Ida Red war gleich besser als beim letzten Mal und Fred sagte nur zu Carl. „Wenn ich mein Solo spiele, hast du Pause. Das ist ganz wichtig. Beim Solo bin ich der König und du machst am besten nichts, oder von mir aus mit der Steel nur die Grundtöne, lang anhalten und stehen lassen, sonst nichts."

Carl war schweigsam, aber sie spielten weiter und kamen gut voran. Auch Johns eigene Stücke liefen gut und John war sichtlich erfreut.

Nach gut zwei Stunden beschlossen sie, sich am Sonntag nochmal zu treffen und für heute erst mal Schluss zu machen. Duke sagte noch beim einpacken zu Fred: „Gute Fiddle, echt man", und Fred antwortete nur: „So schwer ist das gar nicht, nur dein Schlagzeug ist viel zu laut. Man darf dich eigentlich gar nicht hören. Nur wenn du fehlst darf man merken, dass das Schlagzeug nicht da ist". Duke antwortete nichts, sondern packte weiter seine Sachen, ohne großartige Geschichten.

Als alle weg waren und wiedermal Carl und John allein waren, war John geradezu euphorisch. „Man, klasse, ich glaub wir kriegen das hin, war echt gut heute, oder?" „John, Fred ist ein Arschloch, lass dir das gesagt sein".

„Aber es lief doch prima. Er spielt wirklich nicht schlecht". „Ich meine nicht, wie er spielt, sondern seine Art". „Aber er hat recht, mit dem, was er sagt. Ok, er hat ne komische Art sich auszudrücken, aber inhaltlich hat er recht. Wir müssen weniger spielen und wie ein Uhrwerk zusammenwirken". „Und was ist mit ihm? Er ist der große Zeiger oder was?"

Carl fuhr auch bald und seine schlechte Laune war ihm anzumerken.

John merkte, wie anstrengend es war, aber er war guter Dinge. Er hatte das Gefühl, auf dem richtigen Weg zu sein. Sie würden es schaffen.

Er beschloss, sich langsam um die anderen, ebenso wichtigen Dinge zu kümmern.

Er musste Jobs besorgen, aber dazu war es noch ein bisschen früh. Sie mussten erstmal fünf bis zehn kleinere Auftritte hinter sich gebracht haben, um sicher zu sein, dann konnten die richtigen Clubs kommen, aber die hatten eben auch einen gewissen Vorlauf, also würde er sich bald kümmern müssen.

Anzüge mussten her.

Er wolle auf keinen Fall wie die letzten Dorfmusikanten auf die Bühne. Richtige Anzüge, mit Stickereien und großen Hüten. Die Anzüge muss man machen lassen, dachte er. Sowas hängt nicht auf der Stange.

Er hatte natürlich keine Ahnung, was das kosten würde. Noch hatte er seinen Job in Coppers Büro, aber flüssig war er auch nicht gerade. Eigentlich konnte er mit Geld auch nicht besonders gut umgehen. Zumindest nicht mit dem eigenen. Es war ihm vielleicht nicht wichtig genug, oder sein Herz hing eben an anderen Dingen.

John spielte noch einige Songs durch und nahm sich vor, morgen nach Adressen von Clubs zu suchen.

Dabei hatte er sich folgenden Plan ausgedacht. Er hatte sich von Duke eine Liste von Tankstellen und Autowerkstätten in anderen Städten besorgt. Dort wollte er anrufen und fragen, ob es in der Nähe Clubs gäbe, in denen Bands auftreten. Auch Bob hatte er gefragt, aber nur ein Achselzucken als Antwort bekommen.

Seine Telefonaktion war nicht sehr erfolgreich.

Gleich der erste Tankwart, den er am Telefon hatte, beschimpfte ihn auf das übelste, nachdem er sein Anliegen vorgebracht hatte. Ob er glaubt, er hätte nichts anderes zu tun, er sei doch keine Auskunft. John blieb freundlich und hoffte, doch noch einen Hinweis zu bekommen, aber vergebens. Im Gegenteil, er könne sich auf eine Tracht Prügel einstellen, wenn er in die Gegend käme.

Nun waren nicht alle so unfreundlich, aber es gab kaum brauchbare Hinweise.

Ein anscheinend älterer Mann erzählte von einem Benefizkonzert, das in der vergangenen Woche im Gemeindehaus stattgefunden hatte.

Es sei großartig gewesen und das wäre bestimmt was für eine gute Band, aber er wusste auch nichts Näheres, über einen Ansprechpartner. Immerhin wünschte er ihm viel Glück.

Einer wusste von einer Kneipe in der Nähe von Hodges, nördlich von Hamilton, an der 43, aber er hatte weder Namen, noch Telefonnummer.

Am Ende gab es eine Telefonnummer in Russelville. Als John dort anrief, fragte der Wirt nach Referenzen und ob es eine Plattenaufnahme gäbe. Von Bobs Juke Joint hatte er noch nie was gehört, und am Ende sagte er, John sollte sich doch nochmal melden, wenn's soweit wäre.

Wenn was soweit wäre, hatte er jedoch nicht gesagt.

Einen Job gab es aber doch. Als John eine Autowerkstatt in Spruce Pine an der Strippe hatte und den Grund seines Anrufs nannte, fragte man ihn wer er sei und wo er herkomme. John erzählte alles und als der Name Millport fiel, stellte sich raus, dass der Mann den alten Eller kannte und dass die Tochter seines Schwagers demnächst heiraten wolle und dass man noch eine Band suchen würde.

Nach zwei weiteren Telefonaten war der Job abgemacht. Acht Dollar für den Abend und Essen frei.

Es waren mehr als Hundert Meilen bis Spruce Pine, fand John heraus und sie hatten noch zwei Monate Zeit.

Schließlich gab John diese Methode auf.

Die nächsten Proben verliefen ähnlich und sie kamen mit dem Programm auf etwa Fünfundzwanzig Stücke. Einige Nummern waren einfache Standardsongs, die noch keine eigene Note hatten, aber sie brauchten ja erst einmal Material. Andere Stücke waren noch etwas wackelig, aber für Bob,s Juke würde es reichen.

Der einzige Zwischenfall, der sich ereignete, war, dass Fred bei einer Probe zu Carl sagte, er fänd es besser, wenn Carl das Outro nicht mitspielen würde und statt dessen ganz zum

Schluss nur in den Schlussakkord reinsliden würde. Das klänge so richtig schön schmalzig, die Frauen stehen drauf, dass wüsste er genau und die würden sofort ein nasses Höschen kriegen. Das brachte Carl dermaßen auf die Palme, dass er anschließend zu John sagte, er würde aussteigen.

Nach zwei Bieren konnte John alles wieder einrenken. Das merkwürdige war, dass es nicht die Bemerkung an sich war. Carl war ja, weiß Gott, kein Puritaner und sie hatten oft mit viel derberen Sprüchen rumgealbert. Es war Freds Art, diese schmierige Art, die bei Carl das Fass zum überlaufen brachte.

John musste aufpassen. Er hatte mit allen Arten von Problemen gerechnet, aber nicht mit diesem. Er wollte doch nur Musik machen. Wollte seinen Songs den richtigen Rahmen verpassen. Niemand sollte bevorzugt oder benachteiligt werden. Alle sollten vom angestrebten Erfolg gleichermaßen profitieren und jetzt hauten sie sich schon bei den Proben gegenseitig in die Pfanne.

Im Laufe der Woche hatte John einige Plakate gemalt. Ohne Foto, denn sie hatten ja noch keine Anzüge. Ganz einfach. Bobs Juke Joint, Samstag, den 13. August, 20.30 Uhr   The Hillbilly Mountaineers. Free Dancing.

Er wusste, dass Bob keinen Eintritt nahm.

Lange hatte er nach einem Namen gesucht. Er wollte nicht, dass sein Name im Bandnamen auftauchte. Alle sollte sich mit dem Namen gleichermaßen identifizieren können.

Carl sah das anders. Er fand, dass die Band zumindest John Parlour and the Hillbilly Mountaineers heißen müsste. Da könnte sich jeder was darunter vorstellen und es sei ja schließlich seine Band und er wäre der Sänger.

Darüber können wir immer noch reden, hatte John geantwortet.

Jedenfalls waren die Plakate fertig und hingen an allen wichtigen Knotenpunkten der Umgebung.

Kaum jemand war zum tanken bei Eller gewesen, ohne von Duke geradezu festgenagelt zu werden, am 13.08 zu Bobs Juke Joint zu kommen. Die meisten hatten zugesagt, wahrscheinlich um ihre Ruhe zu haben und endlich wegzukommen.

Bobs Laden war ja nicht besonders groß, aber ohne Mikrophon würde es doch nicht gehen. Die anderen Male hatten sie nur so gejammt und der Laden war nicht voll. Diesmal sollte es jedoch eine richtige Tanzveranstaltung werden und da brauchten sie etwas mehr Lautstärke.

Niemand hatte sich drum gekümmert. Duke machte sich überhaupt keine Sorgen, was Lautstärke anging. Leon hielt sich aus organisatorischen Dingen eher raus, obwohl er immer hilfsbereit war. Fred hatte mit Verstärkeranlagen gar nichts am Hut und Carl hatte sich auch nicht gekümmert, obwohl gerade er die meisten Probleme mit seiner Lautstärke hatte. Wahrscheinlich sah er keine Möglichkeit davon zu profitieren. Er war in letzter Zeit sowieso eher zurückhaltend, war John aufgefallen.

Also war es John, der alles organisierte. Glücklicherweise kannte er Miss Fergusson vom Gemeindehaus. Dort gab es nämlich eine Verstärkeranlage. Dank ihrer Hilfe, ein gutes Wort einzulegen und mit dem Versprechen, alles genauso wieder an seinen Platz zurückzubringen und einzurichten, durfte John die Anlage ausleihen. Das dürfte aber nicht zu einem Dauerzustand werden und wäre als absolute Ausnahme zu verstehen.

Um sechs hatten sie sich bei Bob verabredet, und zwar mit vernünftigen Klamotten, hatte John ausdrücklich verlangt.

Als Duke hereinkam, schaute er sich kurz um, als wenn er den Laden noch nie gesehen hätte und klatschte mehrfach laut in die Hände.

„Gute Akustik hier, Bob, dein Laden ist wie geschaffen für'n anständigen Gig", rief er Bob zu. Dann sah er die kleine Bühne, die Bob extra in der Ecke aus ein paar Kisten, mit

Brettern, gebaut hatte. Sie war ungefähr da, wo der Ecktisch stand, an dem Carl und John alles eingestilt hatten.

„Wow, man Bob, is ja klasse man, extra für uns, das wird ein großartiger Abend man."Dann holte er sich ein Bier, ein großes natürlich, und begrüßte John, der sich bereits mit der Anlage beschäftigte.

John traute seinen Augen nicht. Duke trug ein grell gelbes Hemd mit riesigem Muster und ein lindgrünes Halstuch. Seine Haare glänzten vor Pomade und er war frisch rasiert.

Die Basedrum konnte gar nicht groß genug sein, um das alles zu verdecken.

Duke stürzte sein Bier herunter und holte seine Sachen rein. Er hatte seine Schlagzeugteile einfach auf seinen Pickup gepackt und war froh, dass es nicht regnete.

Während er ein Teil nach dem anderen hereinschleppte, redete er pausenlos von dem großartigen Abend, der Ihnen bevorstand und wer alles kommen würde.

John stellte die Lautsprecherbox hinten auf die Bühne, in die hinterste Ecke, hoch auf ein Eckregal, dass sich dort befand.

Den Ständer fürs Mikro platzierte er in der Mitte vorn. Er wollte im Stehen spielen. Schlagzeug hinten, Leon daneben und Carl zu seiner Rechten und Fed zu seiner Linken.

Carl und Leon kamen fast gleichzeitig herein und hielten sich gegenseitig die Tür auf.

Sie waren mit der Platzierung einverstanden und bauten sich auf. Leon trug ein frisch geplättetes Hemd, das zwar schlicht, grau war, aber mit der Fliege durchaus passabel wirkte. Sein dichtes schwarzes, glattes Haar, hatte er zurückgekämmt.

Carl trug ein weißes Hemd mit Spange und einen großen Hut.

Es war bereits halb sieben und Fred war noch nicht da.

John wollte gerade das Mikrofon ausprobieren, als er durch die Tür kam.

„Hey, ihr seit ja schon da,"sagte er kurz. „Wie woll'n wir es machen, wo stehe ich?" „Hier links neben mir, dachte ich", antwortete John. „Oh, mit Mikrofon, hat mir ja niemand was von erzählt. Wo steht denn der Lautsprecher?" „Da oben", zeigte John auf das Regal. „Da oben? Also ich muss mich auf jeden Fall hören, damit das klar ist. Wenn ich mich nicht richtig hören kann, geht das nicht. Dann kann ich nicht spielen."

„Lass es uns doch erst mal antesten", sagte Carl. „Klar, du hörst ja auch gut so, wie der Lautsprecher steht", antwortete Fred etwas gereizt.

John schaltete den Verstärker ein und drehte an dem Regler.

Ein lautes Pfeifen war alles, was sie hörten, aber das konnten alle gut hören. Erst als John den Drehregler fast auf Null zurückgedreht hatte, erstarb das Pfeifen. Neuer Versuch, gleiches Ergebnis.

Das koppelt mit dem Mikrofon, wusste Leon. Die Box muss runter von der Bühne, nach vorn, vor das Mikrofon.

Der einzigste Platz, der in Frage kam, um den Lautsprecher hoch genug anzubringen, war ein Pfeiler, der eine Ablage hatte.

Sie wuchteten den Lautsprecher hoch und banden ihn dort oben fest.

„Und, hörst du dich so besser?", fragte Carl.

Das Mikro war noch gar nicht an und als John es einschaltete hörten sie die Geräusche aus dem Lautsprecher erst, wenn sie von den Wänden zurückhallten. Das war zunächst verwirrend, aber eine andere Möglichkeit gab es wohl nicht.

Fred war sichtlich nervös. Er spielte einige Licks, mäkelte hier und da, er fühle sich nicht richtig wohl und könne sich nicht richtig konzentrieren, weil Duke ständig auf seinem Schlagzeug rumhämmert.

Schließlich spielten sie zwei, drei Stücke an und sie gewöhnten sich etwas besser an den Raumklang.

Es war kurz nach sieben und Leon sagte, er wolle Lucie holen fahren und wäre um acht zurück.

„Aber pünktlich zurück", sagte Fred, "ich hab keine Lust, auf dich zu warten".

John schaute sich die Bühne nochmal von unten an. Sah eigentlich ganz passabel aus. Der Bühnenrand war mit buntem Papier verkleidet und mit einem Band von Girlanden verziert.

Von Duke, der immer noch hinter seinem Schlagzeug saß, war Gott sei Dank nicht viel zu sehen. Fred suchte einen Platz, um seine Geige aufzuhängen und fand einen Nagel an der Rückwand der Bühne. Er war nicht besonders groß und wirkte auf der Bühne noch kleiner. Er trug ein grelles, gesteiftes Hemd in Pastell- Farben und eine beige Hose mit breitem Gürtel. Die helle Hose zeigte deutlich einige Flecken. Das Hemd spannte leicht im Bauchbereich, sodass die Knopfleiste etwas wellig erschien. Fred hatte eine etwas schwammige Gestalt, ohne wirklich dick zu sein. Sein kurzes, welliges, blondes Haar trug er zurückgekämmt und im Nacken kräuselten sich die Haare und warteten auf einen Haarschnitt.

Dann sah John die Schuhe. Alles war erträglich, aber er hatte wieder diese schlamm verdreckten Schuhe an. John würde ihn darauf ansprechen, aber nicht jetzt. Bloß nicht die Stimmung vorm Job riskieren.

Obwohl John gutes Schuhwerk liebte, hatte er nichts gegen abgenutzte Schuhe, wenn sie von guter Qualität waren, aber er hasste dreckige Schuhe. Das zeugt von Missachtung, war seine Überzeugung.

Die ersten Gäste kamen und John ging nach draußen, um frische Luft zu schnappen und sich auf den Job zu konzen-

trieren. Er musste die Texte parat haben und auch die Ansagen. Im Laufe des Abends würde sich alles von selbst ergeben, aber zu Beginn wollte er die Gäste gezielt ansprechen.

Beim rausgehen, sah er, wie sich Duke am Tresen noch ein Bier holte.

John war einige Zeit draußen rumgelaufen, als er Leon und Lucie auf dem Parkplatz traf. John begrüßte Lucie und Lucie sagte, sie freue sich sehr, die Band endlich zu hören. Leon hätte ihr schon so viel erzählt. Lucie wirkte etwas schüchtern, aber schien nett zu sein.

Als John schließlich wieder rein ging, war die Kneipe halb voll. Er hatte etwas mehr erwartet.

Duke stand mitten in einem Pulk von Typen und war Mittelpunkt des Gesprächs oder besser des Vortrages.

Carl sprach mit Kate am Tresen. Leon war schon auf der Bühne und Lucie saß allein an einem freien Tisch, direkt vor der Bühne. Fred war nirgends zu sehen.

Irgendwann tauchte er plötzlich auf und stolzierte direkt auf Lucie zu. „Ich heiße Fred", stellte er sich vor „und wen haben wir hier?". „Ich heiße Lucie."

„Ach so, du bist Lucie, warum haben Bassisten immer die tollsten Frauen? Sicher, weil sie so ein großes Instrument haben. Ich habe gehört, ihr habt's ein bisschen zu doll getrieben?" Er zeigte auf Lucie's Bauch, obwohl noch nichts von ihrer Schwangerschaft zu sehen war. Lucie schaute verlegen. „Lass sie in Ruhe", rief Leon von der Bühne. „Schon gut, ich tu ja gar nichts", lächelte Fred Lucie an und ging Richtung Tresen. „Na, Carl, schon nervös?", mischte er sich in das Gespräch mit Kate. „Ich muss mich um die Gäste kümmern", sagte Kate und rauschte davon. „Und wer kümmert sich um uns?", rief Fred hinter ihr her. „Wo ist John?", fragte Carl. „Es ist kurz nach Acht, ich gehe schon mal stimmen". Er entdeckte John und gab ihm ein Zeichen, dass er schon mal nach oben gehen wollte. John nickte und suchte die anderen. Er hörte

wie Duke laut sagte:"Ich glaub es geht los, amüsiert euch Jungs".

Sie fanden sich, einer nach dem anderen, auf der Bühne ein und Duke hatte sich noch ein großes Bier mitgebracht. „Dann woll'n wir es denen mal zeigen, was Jungs?", sagte er und verschwand hinter seiner großen Trommel.

John schaltete das Mikrofon ein und tippte mit dem Finger an das Gehäuse.

„Einen wunderschönen guten Abend verehrte Gäste. Ich freue mich, dass so viele nette Menschen hier sind. Heute ist ein ganz besonderer Tag. Es ist deshalb ein besonderer Tag, weil ich ihnen eine neue Band vorstellen möchte.

Heute Abend spielen für sie, und nur exklusiv für sie, verehrte Gäste, die Hillbilly Mountaineers."

Der Applaus war mittelprächtig und kam hauptsächlich aus der Ecke, in der Duke vorher gewesen war.

John hatte das Programm so zusammengestellt, dass zu Beginn sichere Nummern kamen, die ohne Probleme liefen und im mittleren Tempo daherkamen. So konnten sie sich aufeinander einstimmen und sich einhören.

Es lief gar nicht schlecht. Die Geräuschkulisse wurde nach dem dritten Stück wieder lauter, weil sich die Leute weiter unterhielten aber sie applaudierten nach jedem Stück und einige, wenige hörten begeistert zu.

John spürte, dass etwas mit dem Gesamtklang nicht stimmte. Es klang nicht ausgewogen. Carl war kaum zu hören, Freds Geige war ok, weil er einen Schritt näher ans Mikro ging und John ihm Platz machte, wenn er spielte. Leons Bass war einigermaßen zu hören und Duke war der einzige, der über allem thronte. Irgendwie hatte John zwischendurch sogar das Gefühl, als wenn Duke seine Besen umgedreht hätte.

Sie spielten etwa zehn Stücke, bis John eine kurze Pause ankündigte.

Duke ging wieder zu seinen Kumpels und wurde sofort mit einem Bier begrüßt. Leon setzte sich zu Lucie an den immer noch leeren Tisch. Carl blieb noch kurz auf der Bühne und stimmte seine Gitarre. Fred steuerte auf den Tisch mit den meisten Frauen zu und John entschied sich für den Tresen, um sich sein erstes Bier zu genehmigen. Er hatte bis jetzt nur alkoholfreie Getränke zu sich genommen. Auf dem Weg dahin rauschte Kate mit einem vollen Tablett an ihm vorbei und sagte: „Ihr seid echt klasse, John". „Danke, du aber auch", lächelte John zurück.

Bob gab ihm das Bier und schien recht zufrieden. „Könnte etwas voller sein", sagte John. „Naja", sagte Bob, „is wie es ist. Man weiß nie, wann die Leute ihre Füße vor die Tür setzen. Kann heute sein, kann morgen sein?"

Puh, dachte John, Wirte haben eben ihre eigene Philosophie, oder war das sogar Weisheit?

John drehte das Mikro etwas lauter und im zweiten Set kamen die zugkräftigen Nummern. Gleich beim zweiten Stück tanzten die ersten Paare und der Alkohol zeigte seine erste und wohl auch beste Phase.

Auch Duke war von dieser Phase berührt und drehte die Besen wiedermal.

Es wurde zunehmend lauter und Duke folgte dem Pegel. Das wiederum nervte Fred.

Mitten im Geigensolo trat Fred plötzlich und unerwartet nach hinten aus und erwischte die Basedrum an der Seite. Duke hatte Mühe, sein Set zusammenzuhalten. Er trommelte mit einer Hand weiter und blieb sogar in der Time, wahrscheinlich, wie wenn er mit der anderen Hand nach einem Werkzeug gesucht hätte.

Es dauerte den Bruchteil einer Sekunde, in der er überlegte, nach vorn zu schießen und Fred voll eins in die Fresse zu hauen. Warum er es nicht tat, wusste er selbst nicht. Wahrscheinlich aus Loyalität zu John. Stattdessen nahm er einen großen Schluck Bier und hielt sich ein Nasenloch zu, um durch das andere eine gewaltige Bauernpeitsche an die Wand zu setzen.

John hatte alles nur halb mitbekommen, weil er seine volle Aufmerksamkeit für das Publikum, seine Texte und Ansagen brauchte. Irgendwas war aber auch bei ihm angekommen, denn er war aus dem Text geflogen, stammelte einige Silben und fand sich in einer anderen Strophe wieder.

Niemand hatte es bemerkt. Es war einfach egal, solange es abging.

Und es ging ab, zumindest für den alten Luke Barns. Er stand mit einem Bierglas auf der Tanzfläche und wippte in den Knien.

Sabber hing in seinem braun, grau, silberigen Bart und seine wässerigen Augen liefen über.

Yeah, yeah, yeah yankee, grölte er und sein kariertes Hemd war aus der Hose gekrochen, um Luft zu schnappen.

Leon schaute zu ihm herunter und achtete kurz auf die Bewegungen des Alten, was ihn prompt aus dem Rhythmus brachte.

Es gab Menschen, die konnten tanzen und welche, die es weniger gut können, aber wie man sich so neben dem Rhythmus bewegen kann war ihm ein Rätsel. Er durfte da nicht hinschauen.

Die ersten fingen an, mitzugrölen, aus Richtung Tresen. Zunächst nur silbenweise, dann in ganzen Textzeilen, die ihren Vorstellungen von dem Song entsprachen.

Einer der Männer hatte Lucie bereits zweimal zum tanzen aufgefordert und beim dritten Mal, hatte sie nachgegeben. Leon war angespannt und ließ sie nicht aus den Augen. Auch, wenn alles ganz harmlos war und Lucie sich sogar zu amüsieren schien, spielte er unkonzentriert. Zunächst drückte er ein paar falsche Töne und dann verpasste er einen Stop. „Ey, hier spielt die Musik", rief Duke von hinten. „Halt deine Schnauze, du Blödmann", schrie Leon zurück. Das hatte man deutlich hören können, trotz der Geräuschkulisse, aber es schien zur allgemeinen Erheiterung beizutragen. Als der Chorus kam, schrien einige Leute auf der Tanzfläche im Chor: „Halt die Schnauze du Blödmann"und das passte sogar rhythmisch. Einer der Männer am Tresen hatte Lucie's Tanzpartner mit einem Bier zum Tresen zurückgelockt. Die Situation entspannte sich und die nächste Pause war nahe.

In der Pause versuchte Fred noch einige Damen anzugraben. Je plumper der Versuch war, umso größer der Erfolg, wenn man das Gequieke als Maßstab nehmen konnte.

Es gab Steaks mit Gemüse für alle, einschließlich Lucie, die ihres jedoch nur halb aufaß. Den Rest packte sie sorgfältig in ihre Handtasche, aus der sie vorher ein Stück Papier holte.

Das letzte Set ging im Gegröle der Alkoholphase drei, eine weniger schöne Phase, nahezu unter. Die ersten Gläser gingen zu Bruch.

Carl hätte eigentlich nach Hause gehen können, hielt aber bis zum Schluss durch und war somit wenigstens optisch anwesend. Fred schien nicht mehr richtig fit zu sein und spielte schief, Leon gab sein Bestes, Lucie ausgenommen, nur Duke meterte munter weiter. Er drehte die Besen gar nicht mehr zurück und ließ für die Tanzenden nicht den geringsten Zweifel aufkommen, wo's langging.

Schlussphase, Zugabe, Zugabe, fertig.

Zunächst mal ein Bier. Duke ließ sich von seinen Kumpels auf die Schulter klopfen. Carl war schweigsam und packte ein.

Leon saß bei Lucie. Freds Opfer waren bereits gegangen und John wollte erstmal etwas Ruhe.

Einer der Männer vom Tresen sprach ihn an. „Klasse man, hab da mal ne Frage, wir wollen da ein Fest veranstalten. Was nehmt ihr für'n Abend?"

„Zehn Dollar brauchen wir schon", sagte John. „Zehn Dollar? Ne, das können wir nicht aufbringen, naja, nichts für ungut, ihr seid echt klasse, man".

Auch egal, dachte John, ließ sich aber dennoch die Adresse geben.

Leon und Lucie kamen auf ihn zu. Leon hatte seinen Bass schon unterm Arm. „Wir wollen los", sagte Leon. „Danke für den schönen Abend", sagte Lucie.

„Ich fand es richtig gut. Es war wirklich gut".

„Tschau, Lucie", sagte John. "Wir sehen uns nächste Woche?". „Geht klar", antwortete Leon, ehe sie sich durch die Tür zwängten.

John baute das Mikrophon und den Verstärker ab. Wo wären wir bloß ohne das Ding geblieben, dachte er. Der einzige Unterschied wäre wahrscheinlich, dass ich jetzt heiser wäre. Die Leute stellen sich auf die Lautstärke ein, die sie angeboten kriegen.

Beim einpacken klopfte er Carl auf die Schulter. „Lass uns morgen mal zusammensetzen, für heute bin ich echt kaputt. War für dich nicht so der Bringer, was Carl?" „Na, ja, konnte viel probieren, war ja egal. Sind mir ein paar ganz brauchbare Ideen gekommen. Der Rest war ganz schön unprofessionell, was?"

„Teils, teils, hilfst du mir, die Lautsprecherbox vom Pfeiler zu holen?"

„Klar man."

Sie hatten alles verstaut. Carl wollte fahren. John wollte noch eben zu Bob. „Gehört sich so". „Ich hab mich schon von ihm verabschiedet", sagte Carl. „Es schien ganz zufrieden. Machs gut John."

Duke wirbelte noch zwischen seinen Kumpels rum, Fred war nirgends zu sehen. Einfach abgehauen?

John ging zu Bob und schüttelte ihm die Hand. „Danke für alles, Bob, Essen war gut und ich hoffe es hat Dir gefallen." „Ok, John, können wir ruhig nochmal machen, so in einem halben Jahr, was meinst du?" „Wenn wir dann nicht schon berühmt sind, Bob", gab John zurück. „Seid ihr bestimmt", kam Kate von hinten, „wenn ihr so weitermacht. Schade ist nur, dass diese Typen nichts anderes können als saufen." „Is woanders auch nich anders"meinte Bob. Wirte und ihre Philosophie, dachte John schon wieder.

Kate strich ihm über sein kurz geschorenes Haar. „Siehst müde aus John".

„Kann mich eben nicht verstellen", lachte John und hätte Kate gern in den Arm genommen, aber er dachte, dass sie sich schon den ganzen Abend begrabschen lassen musste und steckte die Hände in die Tasche.

„Wir sehen uns". „Das hoffe ich", rief sie ihm nach.

Zuhause holte John sich noch ein Bier und sackte in seinen Sessel. Er dachte über den Auftritt nach, war aber zu müde, um einen klaren Gedanken zu fassen. Da war irgendwas, was ihm aufgefallen war, aber er konnte sich nicht erinnern.

In den frühen Morgenstunden wachte er mit steifem Nacken in seinem Sessel auf. Er versuchte noch etwas Schlaf zu finden, indem er sich auf sein Bett legte, aber der nächste Tag war im Eimer. Kopfschmerzen, seine Knochen taten ihm weh und er fühlte sich irgendwie matschig. So verbrachte er auch den Tag, ohne wirklich etwas auf die Reihe zu kriegen. Carl meldete sich nicht und er meldete sich auch nicht bei ihm. Vielleicht ging's ihm ähnlich.

Erst zwei Tage später telefonierten sie und John fuhr abends zu Carl raus.

Er wohnte etwas außerhalb und von weitem sah er, dass Licht in Carls Werkstatt brannte.

Er ging hinein, ohne anzuklopfen und sah, wie Carl ein Stück Holz bearbeitete und dabei eine Pfeife im Mundwinkel hielt.

„Du willst dich wohl dumm und dämlich verdienen, wenn du jetzt noch arbeitest", begrüßte er ihn. Carl schaute nur kurz auf und sagte „Hi, John", dann bearbeitet er das Teil weiter.

Als John näher kam, sah er, dass ein zweites, ähnliches Holzteil auf der Werkbank lag. Die beiden Teile sahen aus, wie kurze Stechpaddel, mit profiliertem Rand. „Bist du unter die Bootsbauer gegangen?", fragte John.

„Was glaubst du, was das wird?", sagte Carl mit Stolz. „Ein Bügelbrett für deine Großmutter, nee warte, zwei Bügelbretter für deine Großmutter, weil sie an einer Bügelolympiade teilnimmt." „Du hast wohl anscheinend noch nie eine elektrische Steel guitar gesehen, stimmt's?" „Wenn ich ehrlich bin, nur im Wald, als Rohmaterial", antwortete John. „Aber woher weißt du denn, wie die aussehen?" „Weiß ich ja garnicht, hab mir nur gedacht, so könnte es sein."

Die beiden Bretter waren aus dunklem Holz. Ein drittel war etwas breiter, dann verjüngte sich das Brett, um am Ende wieder etwas breiter zu werden. Die Teile waren jedoch etwas unterschiedlich. Eines war insgesamt ein wenig schmaler als das andere.

„Wieso zwei?", fragte John, „willst du beidhändig spielen?".

„Eine wird sechssaitig, und die andere acht saitig. Ich hatte so eine Eingebung bei unserem Auftritt bei Bob und hab die letzten Tage ein bisschen herum probiert, mit verschiedenen Stimmungen und so."

„Eine achtsaitige Steel? Ich hab gehört, dass es sowas gibt, meinst du, das funktioniert?" „Wird sich zeigen, ansonsten, der nächste Winter kommt bestimmt und Kaminholz ist immer gut". „Was ist das für ein Holz?", fragte John. „Wallnuss, das Beste, was ich hatte".

„Du willst also nach dem letzten Job doch nicht aufgeben? Ich hatte schon das Schlimmste befürchtet".

„Dazu ist es noch zu früh, aber eine andere Besetzung wünschte ich mir schon, aber mir fällt eben auch keine Alternative ein. John, gibt es denn auf der ganzen Welt keine normalen Typen, die ein klein wenig von Musik verstehen, sich normal benehmen und Spaß daran haben miteinander gute Musik zu machen?"

„Doch, uns", lachte John.

„Ich finde das nicht so witzig, John. Eller besäuft sich und rotzt gegen die Wand und trommelt, wie ein Infanterie-Bataillon, Leon gerät in Panik, weil seine Lucie mit jemand anderem tanzt, obwohl er doch weiß, dass sie schon schwanger ist, und nichts mehr passieren kann, Stroke rennt mit einem feuchten Lurch durch die Gegend, dass man Angst haben muss auf seinem Geseier auszurutschen und tritt nach Instrumenten. Das eine sag ich dir, John, wenn er nach mir getreten hätte, würde er jetzt eine Halskrause tragen, die aussieht, wie eine Fiddel."

„Das würde er nicht tun, Carl. Fred sucht sich immer die Schwächeren. Duke wehrt sich nicht. Leon würde nicht lange fackeln. Er sagt zwar nie was, aber drauf ankommen lassen würde ich es nicht und dich versucht er bei der Steel zu packen. Er braucht das, um sich selbst aufzuwerten. Hör einfach nicht hin, das ist es nicht wert".

„John, du musst ihn stoppen und ihm die Schranken zeigen. Das ist dein Job, weil es deine Band ist. Du darfst nicht zulassen, dass er auf Duke rumhackt, solange du mit Duke zusammenspielen willst."

„Carl, ich glaube, du übertreibst etwas. Duke wird sich schon irgendwann wehren und wirklich schlimm war es doch auch nicht, oder?"

„Mag sein, mich nervt es".

„Hast du eigentlich außer Leim und Lack auch Bier in deiner Werkstatt?"

„Nur Dunkelbier zum färben, komm wir gehen rüber, bin sowieso fertig für heute".

Carls Wohnzimmer war einfach, aber gemütlich eingerichtet. Er hatte sogar kaltes Bier und sie redeten eine Zeit lang über belanglose Alltagsdinge. John erkundigte sich nach Pete und sagte schließlich: "Was mir am meisten Sorgen macht ist, wie wir an Jobs rankommen. Es ist nicht so einfach, wie ich dachte. Bis auf diese Hochzeit haben wir nichts Konkretes. Ich habe mir überlegt, Plakate zu machen mit einem richtigen Foto von der Band und würde dann gern mit dir zusammen für ein paar Tage rumfahren, um nach Clubs zu fragen und um uns vorzustellen. Was hältst du davon?»

Carl schwieg zunächst und stopfte seine Pfeife neu. Er blies den Rauch in die Luft und sagte: „Könnte schon für ein paar Tage weg, das ist es nicht, aber für ein Plakat mit Foto brauchen wir vernünftige Klamotten, Anzüge. Im Moment kann ich mir keinen leisten, sonst würde ich nicht so rumlaufen. Hab's nicht so dicke zur Zeit, wenig Arbeit, nur ein paar kleinere Reparaturen". „Ich bin auch nicht gerade flüssig", erwiderte John, „aber vielleicht fällt mir was ein. Irgendwie muss es ja weitergehen. Vielleicht kann man sich ja Geld leihen und mit den Jobs abbezahlen".

„Da ist noch was, John. Wenn du Plakate machen willst, solltest du nochmal über die Sache mit dem Bandnamen nachdenken. Mir scheint die ganze Sache noch zu wackelig, um soviel zu investieren. Wer weiß, wie lange die Besetzung so hält. Kauf dir einen Anzug und mach das verdammte Foto und schreib auf das Plakat:- John Parlour and the Hillbilly Mountaineers-. Wer zu den Mountaineers gehört ist dann zweitrangig. Im Gegenteil, du kannst bei jedem Job deine Mountaineers vorstellen. So würde ich es machen."

„Ich hab immer gedacht, wir machen es gemeinsam. Wir alle sind die Mountaineers."

„Ich sag dir auch, warum du das denkst. Weil du dich nicht stark genug fühlst, die Sache als dein Ding anzusehen".

„Carl, allein kann ich es nicht. Ich brauche Solisten, ich brauche den Backup-Rhythmus von Leon und Duke".

„Brauchst du nicht! Du brauchst einen Backup-Rhythmus und zwar, den Besten, den du kriegen kannst, aber nicht unbedingt den, von Duke und Leon.

Du kannst doch nicht für uns alle ein Ding planen, sondern nur für dich. Und dann kannst du uns fragen, ob wir dabei sein wollen. Bis jetzt sehe ich keinen von uns vieren, der nicht froh wäre, dabei sein zu dürfen, weil wir alle nichts Besseres haben."

„Ich sehe das anders. Durch deine Steel kriegt mein Song erst den Geschmack, den er haben soll. Jeder von uns ist gleich wichtig. Ich könnte dir gar nicht sagen, was du spielen sollst. Du bietest was an und mir gefällt's. Ohne deine Ideen, wäre das nur halb so viel und so ist es mit uns allen. Wir sind gemeinsam die Band".

„Genau, eine Band, die sich mit Füßen tritt".

Der Rest des Abends verlief weniger anregend und nach zwei weiteren Bieren fuhr John nach Haus.

«Denk drüber nach", sagte Carl zum Abschied.

„Mach ich, und feil schön an deiner Steel weiter".

John war gereizt, er hatte verdammt nochmal keine Lust, Kindermädchen für Erwachsene zu spielen. Sie würden sich schon zusammenraufen. Es musste nur erst richtig losgehen.

Am nächsten Tag meldete er sich bei dem Typen, dessen Adresse er sich aufgeschrieben hatte. Er war etwas kleinlaut und fragte nochmals nach dem Job und sie einigten sich auf vier Dollar. Darauf musste er sich auch noch anhören, dass sie aber genauso zu spielen hätten, wie bei Bob und nicht auf die Idee kommen sollten, dort etwa nur zu zweit aufzutauchen, nur weil es nur die Hälfte gäbe. „Is klar, is klar, geht in Ordnung, also übernächste Woche, Sonntag um fünf." „Aber pünktlich". „Ja, ja".

Jetzt hatten sie immerhin zwei Jobs und vierzehn Dollar in Aussicht, was soviel wie vierzehn geliehene Dollar sind.

Bei der nächsten Probe gab John die Termine durch. Es gab keine großen Diskussionen, Duke fragte lediglich, ob es vierzehn für jeden wären.

„Klar für jeden! Für jeden Job, du Nase", bekam er als Antwort. „Naja, bei der Hochzeit gibts zehn, immerhin", sagte John.

Dann sprach er die Sache mit den Anzügen an. Keine Reaktion. Fred spielte weiter irgendwelche Licks und hatte nicht zugehört und Duke sagte: „Man, mir ist vorgestern was passiert"... Keiner hörte weiter hin. Carl sah John an und Leon sagte leise: „Lucie kann gut nähen. Sie hat eine alte Handnähmaschine, aber ganze Anzüge? Ich müsste sie mal fragen."

„Ja, mach das Leon, aber wir haben nicht viel Zeit, langsam muss es was werden."

„Wie findet ihr das", sagte Fred und spielte eine kurze Melodie. „Klingt anzüglich", sagte Carl, aber so leise, das nur John es hörte.

Schließlich probten sie noch an ein paar Stücken, die beim Job nicht so ganz klar waren, verabredeten sich, wie gewöhnlich für nächste Woche und John war wieder allein.

Das wars. Genau, das wars. Halt die Schnauze du Blödmann hatten sie gerufen, als Antwort auf Leons Reaktion. Jetzt erinnerte er sich wieder an das, woran er nach dem Job bei Bob gesucht hatte.

Er nahm seine Gitarre und suchte nach einer Melodie. Zettel, Bleistift und nach einer halben Stunde hatte er drei Strophen und den Chorus.

You walk right in, never close the door
with your muddy shoes, spit on the floor
I am gonna talk to you -- Shut up, shut up
I am gonna talk to you-- Shut up, shut up
I am gonna talk to you, don?t take me for a fool --
Shut up, shut up.

Shut up, shut up sollten alle singen, auch das Publikum. Das wars, was ihm gefallen hatte, als das Publikum auf Leons Zwischenruf geantwortet hatte.

Er spielte es noch einige Male, damit sich alles setzte und ging schließlich schlafen.

In den nächsten Tagen holte er einige Erkundigungen ein. Er fragte einen Photographen nach einem Angebot für ein Foto, fragte eine Schneiderin nach Anzügen und versuchte Informationen über eine Verstärkeranlage zu bekommen.

Jedes mal kratzte er sich an seinen Nackenhaaren, als er die Preise hörte und bekam schon Angst, eine kahle Stelle zu bekommen.

So ging's nicht. Sie müssten erstmal fünfzehn Jobs spielen, um die Grundausrüstung zusammen zu kriegen. Ohne die Grundausrüstung bekamen sie aber erst recht keine fünfzehn Jobs zusammen. Verdammt.

Dann suchte er eine große Kiste aus seinem Schuppen und ging zurück in seine Wohnung.

Er sortierte aus, was er entbehren konnte. Bücher, Porzellan, einiges an Werkzeug, zwei Bilder, die silbernen Kerzenleuchter, und schließlich die alte Uhr, von seinen Großeltern. Das ein oder andere an Kleinkram kam noch dazu und zu guter Letzt nahm er noch das alte Jagdgewehr aus dem Schrank.

Er verstaute alles in sein Auto und fuhr über die Grenze nach Columbus Mississippi. Dort suchte er einen Pawnshop auf und bekam ganze achtunddreißig Dollar, nach zähen Verhandlungen.

Danach lief er missmutig durch die Stadt und wollte sich nach Musikclubs umschauen, als ihm eine Gruppe Kinder in Schuluniformen über den Weg lief.

Sie trugen die gleichen Jacken, mit einem kleinen Wappen und Stickereien an den Ärmeln. Ansonsten waren die Jacken wie andere Jacken auch.

Er blieb kurz stehen und ging danach zielstrebig auf das große Kaufhaus zu.

Dort gab es Anzüge von der Stange. Standard, in unterschiedlichen Größen und von mittlerer Qualität für siebzehn Dollar das Stück. Hellbeige, aus leichtem Stoff, aber sauber gearbeitet.

Er probierte einen Anzug an, betrachtete sich im Spiegel, von allen Seiten und nahm noch einen weißen Hut dazu. Er zahlte vierundzwanzig Dollar. Anschließend lief er noch einige Zeit durch die Stadt, schaute sich in einigen Läden um und fuhr auf dem Weg zurück, bei Leon vorbei.

Leon war erstaunt, ihn zu sehen, aber durchaus erfreut.

John zeigte ihm den Anzug und fragte, ob Lucie zuhause sei. Sie hatte ihn bereits gehört und kam von oben herunter.

„Hallo, John, schön dass du mal bei uns vorbei kommst. Ich wollte mich sowieso für den schönen Abend neulich bedanken. Ihr wart wirklich gut. Willst du mit uns essen? Ich wollte gerade etwas zubereiten."

„Nein danke, Lucie, mach dir keine Umstände, ich bin nur auf dem Weg kurz reingekommen, um dich was zu fragen", erwiderte John, obwohl er einen riesigen Hunger hatte und sich über die Gastfreundschaft freute. „Nun komm und setz dich", nahm Leon ihn bei der Schulter und schob ihm einen Stuhl in die Kniekehlen, sodass John bereits am Tisch saß, bevor er bereute, die Einladung abgeschlagen zu haben.

Lucie hantierte in der Küche rum und schon nach kurzer Zeit duftete es nach Maismehlpfannkuchen, dass John das Wasser im Mund zusammenlief.

Sie wohnten in einem kleinen Anbau, der seitlich an das Haus von Lucies Elternhaus angebaut worden war und eigentlich nur aus einem schmalen Wohnraum bestand, an dessen Ende sich die Küche befand, die durch halbhohe Schränke vom Wohnraum abgeteilt wurde. Auf der anderen Seite führte eine schmale Stiege nach oben in ein Dachzimmer, das als Schlafraum diente. Es war klein und einfach eingerichtet, aber sauber und durchaus gemütlich.

Lucie war im fünften Monat schwanger und es ging ihr gut, wie er von Leon wusste und es schien sich zu bestätigen. Sie brachte die ersten Pfannkuchen auf den Tisch und lächelte vergnügt.

John und Leon sprachen über die Band und John erzählte über seinen Trip nach Columbus und über seine Bemühungen einige Sachen aufzutreiben, obwohl er noch nicht wisse, wie man es finanzieren könne. Es fehlt einfach an Startkapital.

„Wir schaffen es auch so", sagte Leon, „und ich möchte dabei sein. Es ist einfach mein Ding die Musik. Ich bin so froh, wenn ich endlich aus diesem verdammten Lagerschuppen rauskomme. Ich gehe dort vor die Hunde, aber solange ich noch nichts anderes habe. Hier rumsitzen kommt nicht in Frage und wir brauchen jeden Cent, wenn das Kind erst da ist."

„Auch das werden wir schaffen, Leon", sagte Lucie und kam aus der Küche mit den restlichen Pfannkuchen. Sie hatte zwangsläufig das Gespräch mitbekommen und setzte sich mit an den Tisch, wünschte einen guten Appetit und verteilte die unglaublich duftenden Pfannkuchen auf die Teller. Dazu gab's Sirup und Melone.

„Du hast dir immer gewünscht, als Musiker dein Geld zu verdienen. Worauf willst du warten? Immer wird es etwas geben, was dagegen spricht und unsicher sind andere Jobs

heute genauso. Oder glaubst du das Barnie Henson auch nur einen Hundefurz lang zögert, dich rauszuwerfen, wenn er dich nicht mehr braucht, weil jemand anderes die gleiche Arbeit für weniger Geld macht?"

„Ich finde es bewundernswert, Lucie, wie du die Dinge siehst", sagte John, „aber wir werden zunächst so gut wie nichts verdienen und das bisschen, was reinkommt werden wir investieren müssen. Wir haben noch nicht mal die Jobs, die die ersten Auslagen decken. Ich kann auch nicht garantieren, dass es überhaupt irgendwann klappt, aber auch ich wünsche mir nichts mehr, als dass es endlich losgeht. Ich habe mich entschieden, das Risiko auf mich zu nehmen, aber letztendlich muss diese Entscheidung jeder für sich treffen, denn ich kann die Verantwortung nicht für alle übernehmen und tragen."

„Sei nicht so dramatisch, John", lachte Lucie. „Am Ende wird man sich drum reißen, dabei gewesen zu sein. Ihr seid einfach gut und in die Grand ol Opry wollte ich immer schon, vor allem, wenn ihr dort spielt; hier sind noch zwei Pfannkuchen übrig, nicht dass ihr mir auf dem Weg dorthin zusammenklappt". Sie räumte das restliche Geschirr ab und stellte einen Krug mit einem selbstgemachten Erfrischungsgetränk auf den Tisch.

„Leon hat gesagt, dass du gut nähen kannst, Lucie", kam John auf den eigentlichen Grund seines Besuches zu sprechen. „Wir brauchen eine ansprechende Bekleidung, wenn wir als Band auftreten und mir ist da so eine Idee gekommen. Ich habe mir in Columbus einen Anzug gekauft, aber er ist einfach und unauffällig. Ich wollte dich fragen, ob du den Anzug ändern kannst. Vielleicht kann man mit einfachen Mitteln einige Verzierungen anbringen."

„Du meinst Stiches", sagte Lucie, „so wie auf den Rodeo Slacks?"

„Ja, irgendwas an Mustern, wir wollen ja auch optisch etwas Besonderes darstellen und nicht nur gute Musik machen. Das Auge hört mit", lachte John.

„Zeig mal her", sagte Lucie und begutachtete den neuen Anzug.

„Das geht bestimmt. Ich habe die alte Nähmaschine von Tante Mag geerbt und verdiene mir sogar etwas nebenbei mit der Näherei. Einiges muss ich aber mit der Hand nähen oder sogar sticken. Lass den Anzug einfach hier, ich will sehen, was sich da machen lässt."

„Wir brauchen alle solche Anzüge, aber das Geld reichte nicht und die Konfektionsgrößen der anderen hatte ich auch nicht. Aber ich dachte, dass es ein Anfang wäre, und wollte dich erst fragen, ob sich das machen lässt."

Schließlich verabschiedete er sich und bedankte sich nochmals für das gute Abendessen.

Leon brachte ihn noch zur Tür und draußen sagte John, dass Lucie einfach großartig sei und er sich oft wünschte sich seiner selbst so sicher zu sein wie sie es war.

„Ich weiß, was ich an Ihr habe und möchte sie nicht enttäuschen", sagte Leon.

«War übrigens ein guter Job, den du gespielt hast bei Bob", sagte John zum Abschied und schlug Leon auf die Schulter. „Naja, ich weiß, wo meine Fehler waren und weiß auch, dass es noch besser geht. Ich arbeite dran, mach's gut John, bis nächste Woche."

John hatte zwar vor, auch bei Carl noch vorbeizufahren, entschied sich jedoch anders und fuhr direkt nach Hause.

John saß in dem kleinen Kontor an seinem Schreibtisch und hatte Schwierigkeiten sich auf die Arbeit zu konzentrieren. Ständig dachte er an was anderes und war viel zu müde um die endlosen Zahlenreihen zu addieren. Wiedermal schien das

Ergebnis nicht zu stimmen und er suchte nach dem Fehler, wo er sich verrechnet hatte.

Seine Arbeit als Büroangestellter einer größeren Handelsgesellschaft für Getreide und andere landwirtschaftliche Produkte hatte ihm nie besonders viel Freude bereitet, aber in letzter Zeit musste er sich förmlich zusammenreißen, um seinen Job zu erledigen.

Bis zum Monatsende musste er noch durchhalten und wollte auf keinen Fall noch irgendwelche Fehler machen, bevor er den Job endgültig aufgeben würde, um mit Carl die Vorbereitungen für den großen Start zu treffen.

Er würde heute Abend zu ihm fahren, wenn er bis dahin seine Arbeit erledigt hatte.

„Kannst ruhig liegen bleiben, ich bin's nur", polterte John in Carls kleine Werkstatt. Er hatte durch das schwach beleuchtete Fenster gesehen, wie Carl gerade damit beschäftigt war, einen Stuhl zu verleimen.

„Ach John, schade, dass du schon wieder gehen willst, ich wollte gerade Feierabend machen und ein Bier trinken, naja, kann man nichts machen", konterte Carl und wischte den herausgequollenen Leim mit einem alten Lappen vom Stuhlbein ab, ohne dabei aufzublicken.

„Och, ein paar Tage hätte ich schon Zeit, kannst auch ruhig weiterarbeiten, aber nicht so laut."

«Für heute reicht's. Immer wenn der alte Willard besoffen war kommt seine Frau am nächsten Tag und bringt mir die Möbel, die er im besoffenen Kopp kurz und klein geschlagen hat. Wenn sie es sich leisten könnte, könnte sie einen eigenen Tischler einstellen.

Irgendwie tut sie mir Leid, aber ganz umsonst kann ich es ja auch nicht immer machen, auch wenn sie kaum was hat und die letzte Reparatur schon in selbstgemachter Marmelade bezahlt hat. Vielleicht sollte sie zur Abwechslung ihm mal so einen Stuhl über die Rübe ziehen. Den würde ich sogar umsonst wieder verleimen."

Es dauerte nicht lange und sie waren beim Thema. John erzählte von seiner Tour nach Columbus und von seinem Anzug und dass er sich wünsche, dass alle so einen Anzug hätten.

„Am liebsten hätte ich gleich fünf Stück gekauft, für jeden einen, aber das Geld reicht nicht. Schuhe, Hüte, alles ist verdammt teuer."

„Du willst doch wohl nicht anfangen, für die Jungs Schuhe zu kaufen, was?

Willst du etwa Fred an die Hand nehmen und in den nächsten Laden gehen und zur Verkäuferin sagen, der Kleine braucht unbedingt ein paar neue Schuhe, damit er damit in das nächste Schlammloch springt. Vergiss es John. Sag bei unserem nächsten Treffen klar, was du erwartest, wenn wir auf der Hochzeit spielen. Vernünftige Klamotten, geputzte Schuhe und das Duke nicht wieder an die Wand rotzen soll, wenn er sich ärgert, weil Fred in sein Schlagzeug tritt, weil er zu laut trommelt. Das ist dein Job, John, um den Rest müssen sich die Jungs selbst kümmern."

„Das wird sich schon einrenken, Carl, wenn sie erst sehen, wie's läuft."

„Hab mir übrigens ein gebrauchtes Shirt besorgt", sagte Carl, „vom alten Barns, der ist früher Rodeo geritten. Ist nicht mehr neu, aber mit Stickereien übersät. Mehr war nicht drin".

„Wann willst du los?", fragte er schließlich.

„Am zweiten und keinen Tag später. Etwa für zwei bis drei Wochen, damit wir vor dem Job auf der Hochzeit wieder zurück sind. In der Zeit müssen wir genug Jobs abgemacht haben, um loszukommen."

„Und wie stellst du dir das im Einzelnen vor? Wir spielen, wo wir können und versuchen Jobs für die Band zu bekommen, *aber niemand kennt die Band und weiß, worauf er sich einlässt".*

„So ähnlich, ich hab mir in Columbus was angesehen. Du hast doch einen Schallplattenspieler?"

„Das war meine größte Anschaffung in den letzten Jahren, hat fast zehn Dollar gekostet, obwohl es nur ein Laufwerk war und ich mir das Gehäuse selbst gebaut habe. Leider reicht's nicht für die Platten, die ich gerne hätte", brummte Carl.

„Pass auf, Lafayette baut solche Plattenspieler, mit denen man auch selbst Platten schneiden kann. Es gibt Rohlinge aus Aluminium und eine spezielle Schneidevorrichtung. Man kann mit so einem Teil sowohl Radiosendungen und Livemusik über ein Mikrophon aufnehmen und zu einer Platte machen. Die Recorder kosten von etwa siebzig Dollar bis dreihundert und mehr, je nach Ausführung. Das ist natürlich nicht bezahlbar, aber die Rohlinge kosten etwa nur 20 Cent und je nach Größe bis zu einem Dollar. Wenn man wüsste, wer so ein Ding hat, dann könnte man mit der Band eine Platte aufnehmen und die dann mitnehmen. So können wir die Band vorstellen."

„Hab davon gehört, aber wer so was hat, weiß ich auch nicht. Ich will morgen nach Palmetto, dort gibt es jemanden, der weiß, wie man Tonabnehmer für Gitarren baut. Vielleicht kann der weiterhelfen. Komme mit meiner Steelgitarre nicht weiter, solange ich nicht weiß, wie so ein Tonabnehmer aussieht. Vorher kann ich die Metallteile nicht feilen."

Er verschwand kurz in der Werkstatt und kam mit den beiden Holzteilen wieder, die mittlerweile sauber bearbeitet waren. Die Kopfplatten waren ausgeschnitten und mit den Mechaniken einer alten Gitarre versehen. Die Hölzer waren glatt poliert und an den leicht geschwungenen Kanten profiliert. Das dunkle Nussholz leuchtete kräftig in seiner Maserung und das dünne Griffbrett war aus hellem Ahornholz gefertigt. Die Unterteilung in Bünde war nur durch feine, dunkel eingefärbte, Einkerbungen angedeutet.

Beide Teile waren fast identisch, nur dass eines der beiden etwas breiter war und acht, anstatt sechs Mechaniken hatte.

„Also doch mit 8 Saiten, ich dachte, du hättest mit 6 schon genug Probleme."

„Seit dem Job in Bobs Juke Joint habe ich viel probiert. Ich habe mich immer gefragt, wie einige Steeler diesen vollen, fetten Ton hinbekommen. Dann hab ich gelesen, dass sie acht Saiten und verschiedene Stimmungen benutzen. Teilweise tonal mit ner sechs oder dreizehn erweitert. Habe das dann auf meiner sechsaitigen Gitarre probiert, aber es hat immer etwas gefehlt, obwohl die Richtung stimmte. Mit acht Saiten müsste es aber gehen. Genau weiß ich das aber auch nicht. Ich versuch's halt."

„Klingt spannend. Fehlt nur noch der Amp."

„Auch der wird kommen, John. Alles zu seiner Zeit."

Er holte seine Gitarre aus der Ecke und stimmte die Saiten um.

«Hör zu, so klingt es mit einer normalen G-Stimmung. Jetzt stimme ich die D-Saite auf E hoch und habe ein G-6."

Er stimmte die Gitarre und spielte einige Melodien aus ihrem Repertoire. Die Farbe hatte sich geändert. Es bekam etwas mehr den Charakter von Swing. Diese Mischung aus Moll und Dur.

„Hey, Carl, klasse, das ist es, wow."

„Ja ist erstaunlich, was das ausmacht, aber ich kann so nicht mehr alles spielen. Bei einigen Songs funktioniert es, bei anderen passt es eben nicht und ich hoffe, dass ich bei acht Saiten beide Möglichkeiten habe. Wenn nicht, habe ich eben zwei Steelgitarren."

„Ich wollte, ich könnte auch mehr auf der Gitarre spielen", bemerkte John fast etwas neidisch.

„Lass gut sein, John, du bist ein guter Sänger und schreibst gute Songs, das ist mehr Wert als alles andere."

„Man braucht eben beides, Carl, und das zeigt, wie sehr wir aufeinander angewiesen sind."

Sie übten noch etwas an den neuen Songs von John und Carl hatte sichtlich Spaß an „Shut up, shut up", dass sogar er anfing, mitzusingen.

Sie trafen sich alle zusammen noch zweimal bei John zur Probe, um das Programm zu festigen und die neuen Stücke mit aufzunehmen.

Carl hatte über den Typen in Palmetto tatsächlich jemanden ausfindig gemacht, der so eine Platte aufnehmen konnte, aber ein Termin kam trotzdem nicht mehr zustande, bevor Carl und John losfuhren. Auch der Tonabnehmer würde noch einige Zeit auf sich warten lassen und erst nach der Tour fertig sein.

Pünktlich, am zweiten August 1941 fuhren John und Carl in dem alten Ford, den John noch einmal bei Duke nachsehen lassen hatte, über die 82 in Richtung Tuscaloosa.

Er war noch einige Male bei Duke gewesen bevor sie abreisten, auch bei Leon und Lucie war er noch und als er seinen Anzug zu sehen bekam, konnte er einen Aufschrei nicht unterdrücken.

Lucie hatte parallel zu den Kanten sowohl den Kragen, die Revers und die Ärmel mit dunkelen, breiten Nähten gesäumt. Die Taschen waren mit Stickereien umrandet und auf den Brustpartien schlängelte sich ein florales Motiv in schillernden Farben, das sich auf der Rückenpartie wiederholte.

John war begeistert und umarmte Lucie herzlich. Am liebsten hätte er sie einen halben Meter über den Boden gehoben, aber aus Rücksicht auf den Nachwuchs unterließ er es.

„Jetzt sieh zu, dass du die Jobs rannholst,"lachte sie und lehnte jede Art von Vergütung kategorisch ab.

Bei Fred wollte John nicht mehr vorbei. Es war ihm nicht danach, obwohl er wusste, dass gerade mit ihm noch einiges zu klären gewesen wäre. Später dachte er.

Sie waren in bester Stimmung, als sie von Millport nach etwa zehn Meilen auf die 82 einbogen. Bis Tuscaloosa waren es etwa 50 Meilen.

Ein Gefühl von Freiheit und Unabhängigkeit. John hatte seinen Job gekündigt und war zunächst auf Unverständnis gestoßen, aber sein Entschluss stand fest und da seine Leistung in letzter Zeit nicht mehr die Beste gewesen war, gab man es schnell auf, ihn überzeugen zu wollen. Er bekam anstandslos seinen restlichen Lohn und nochmals den Hinweis, dass er nicht damit rechnen könnte zurückzukehren, wenn sein Job erst neu besetzt worden sei, und das würde schneller gehen als er sein Auto wenden könne.

Pete hatte nicht viel gesagt, außer, „Du wirst wissen, was du tust".

Er würde sich, soweit er könne, um alles kümmern und in den zwei bis drei Wochen würde er schon nicht den Löffel abgeben.

Maggie Willard hatte Ihre Stühle zurück und die Bezahlung hatten sie in Form von Reiseproviant im Auto.

Einen direkten Plan hatten sie nicht, wie auch, da sie ja nicht wussten, was sie erwarten würde.

Von Tuscaloosa wollten sie über Meridian in Richtung Jackson. Zunächst würden sie Johns Idee, die Tankstellen anzufahren und nach Clubs zu fragen, wieder aufgreifen.

Es ging besser, als am Telefon, zumindest waren sie freundlicher und John verstand es, die Menschen in ein Gespräch zu verwickeln und früher oder später fiel dem einen oder anderen doch nochwas ein.

Sie fuhren die Adressen ab und bald merkten sie, wie wichtig es gewesen wäre diese verdammte Platte aufzunehmen.

Die Clubs hatten natürlich Angebote genügend und sich dann von etwas überzeugen zu lassen, was sie nicht mal hören konnten, war fast unmöglich.

Gab's mal kein klares Nein, so wurden Termine in weiter Ferne in Aussicht gestellt. Die Gage stand im umgekehrten Verhältnis zur Nachfrage und ging gegen Null.

Sie ließen jedoch nichts unversucht. In den Orten gingen sie in die Kaffeehäuser und spielten einfach, um über den Applaus ins Gespräch mit den Leuten zu kommen.

Den ersten Job bekamen sie in Northport. Dort buchte man sie fürs Gemeindefest. Man wolle für die Gage sammeln und freie Verpflegung sei sowieso gewährleistet.

John führte genau Buch über die Abmachungen und notierte sich den jeweiligen Gesprächspartner.

Sie hielten an jedem Road House, spielten, tranken Kaffee, oder Bier, dass sie selten bezahlen mussten.

Es war fast immer erfolgreich und die Bandbreite reichte von: Nicht verprügelt werden bis zu sogenannten „3 Bugs and a Hot Meal" Angeboten.

Für drei Dollar und ner warmen Mahlzeit konnten sie einige Jobs bekommen. Auch diese Angebote notierte John.

Ein Problem war, dass fast alle Angebote auf die Wochenenden fielen.

Sie brauchten aber auch in der Woche Jobs, um rumzukommen und vor allem, um beschäftigt zu sein.

Das eine war den beiden klar, wenn die Jungs nicht fest eingebunden waren und zu viel rumhingen, würde es bestimmt Streit geben untereinander. Wer untätig ist, kommt auf dumme Gedanken.

Die meisten „3 Bugs and a Hot Meal" Jobs bekamen sie an der A20 von Meridian nach Jackson. Die Straße war gut befahren und somit gab's auch in der Woche Möglichkeiten in den Road House Kneipen zu spielen. Schlecht bezahlt, aber immerhin.

Sie waren in der Nähe von Clarksburg, kurz vor Jackson und spielten in einer dieser Kneipen an der Straße, um den Wirt anzufüttern.

John sang „you better shut up"und ging von Tisch zu Tisch, um die Gäste zum mitsingen zu animieren. Als er am Tresen ankam und sich zwei Fernfahrern näherte, die sich unterhielten, sang er zum wiederholten male den Chorus „you better shut up".

Einer der Beiden fühlte sich direkt angesprochen und John hatte keine Gelegenheit mehr, die Zeile zu wiederholen. Er bekam die Faust direkt auf das linke Auge, taumelte zurück und krachte rückwärts in den Ecktisch, wobei er sich mit seinem neuen Anzug in die Fleischsuppe einer älteren Dame setzte.

Die kreischte kurz auf, quetschte sich hinter ihrem Tisch hervor und lederte ihre Handtasche dem Lkw Fahrer, der bereits seelenruhig sein Gespräch fortsetzte, über die Rübe. Rechts, Links und nochmals Rechts. Sie forderte ihn auf, sich zu entschuldigen, was er völlig irritiert auch tat und machte ihm unmissverständlich klar, dass sie davon ausgehe, dass er die Suppe bezahlt, die sie nicht mehr auslöffeln konnte.

Nachdem alles geregelt war, kümmerte sie sich rührend um John, der schon wieder auf den Beinen war.

Es hätte ihr doch so gut gefallen und dieser ungehobelte Tölpel hätte keinen Anstand. Sie lud John und Carl zu sich nach Hause ein, um seinen Anzug zu reinigen. Wenigstens wolle sie es versuchen.

Sie nahmen das Angebot an, machten sich aber dann doch schnell aus dem Staub, als sie etwas zu fürsorglich wurde. Sie mussten allerdings fest versprechen, wiederzukommen.

Carl und John schliefen die Nacht über im Auto, die Hose zum trocknen überm Lenkrad ausgebreitet. Der Fleck war glücklicherweise rausgegangen.

Es war nicht das erste Mal, dass sie eingeladen wurden.

Als sie vor einigen Tagen in Gainsville in einer Kneipe spielten, wurden sie von einigen Gästen gebeten, mit an ihren Tisch zu kommen. Die drei Männer gaben eine Runde nach der anderen und freuten sich, den Frauen, die mit am Tisch saßen, etwas besonderes bieten zu können.

Eine der Frauen hieß Doris und war John von Anfang an zugetan.

Als sich die Reihen der Gäste lichteten und sich auch die Tischrunde langsam auflöste, blieb Doris und rutschte auf der Eckbank weiter, bis sie neben John saß.

John war eben sehr charmant und sie plauderten, ohne zu bemerken, dass die anderen Gäste nach und nach bereits nach Haus gegangen waren.

Carl hatte sich einen Platz am Tresen gesucht, um nicht zu stören oder besser gesagt er fühlte sich bei den beiden mehr als überflüssig.

Schließlich standen die beiden auf und kamen Arm in Arm auf Carl zugeschlendert.

Doris ging zur Toilette und John teilte Carl mit, dass er, so wie es aussehe, den ganzen Wagen für sich allein haben könne. Na prima, dachte er.

Die beiden verließen turtelnd die Kneipe und Carl trottete kurz später hinterher.

Er folgte dem verliebten Paar mit dem Auto in gebührendem Abstand und nach zwei oder drei Querstraßen verschwanden sie in einem kleinen Haus mit Vorgarten.

Carl drehte das Auto und parkte einige Meter entfernt unter einer kleinen Baumgruppe am Straßenrand.

Er machte es sich auf der Rückbank bequem, wickelte sich in eine Decke und beneidete John.

John hatte so eine offene Art auf Menschen zuzugehen. Ihm fiel es immer leicht, Kontakt zu bekommen. Er war charmant und sah gut aus. Carl hingegen war eher zurückhaltend und brauchte seine Zeit, um warm zu werden. Klar, hatte auch er seine Chancen und ließ sie nicht ungenutzt, aber er brauchte etwas länger, und seine Vorzüge lagen verborgener. Da die Menschen aber auf so einer Tour immer nur kurz mit ihnen zusammentrafen, spürte er, dass er mit diesen Wesensmerkmalen deutlich benachteiligt war. So war es nun mal und er sah auch nicht die Möglichkeit das zu ändern, wenigstens nicht kurzfristig.

Er wollte sich gerade noch etwas drehen, um bequemer zu liegen, als ein Lieferwagen die Straße herauffuhr.

Carl duckte sich und die Scheinwerfer flackerten vorbei. Der Wagen hielt und das Licht erlosch. Er stand direkt vor dem Haus, indem John und diese Doris verschwunden waren.

Der Fahrer kramte einige Sachen zusammen, unter anderem eine Reisetasche, schloss den Wagen ab und ging auf das Haus zu.

Im gleichen Augenblick sah Carl, wie auf der hinteren Seite ein Fenster hochgeschoben wurde und sich ein Schatten durch den Fensterrahmen quälte. Er kletterte über die Brüstung und verfing sich im Rosenbusch, um sich dann humpelnd über den Rasen auf die Straße zuzubewegen.

Carl kletterte nach vorn auf den Fahrersitz und fingerte nach dem Autoschlüssel. Er hatte ihn gerade ins Zündschloss gesteckt, als die Beifahrertür aufgerissen wurde und John keuchte, "fahr los, man!"

John hatte seine Schuhe in der Hand und ein Bein in seiner Hose, die einen kleinen Riss bekommen hatte, von dem Dornenstrauch unter dem Fenster. Er warf seine Jacke nach *hinten, der Motor sprang an und sie rollten ohne Licht aus der Wohnsiedlung.*

Carl prustete als erster los und John sagte nur, „verdammt, mein Hut".

Als sie die Hauptstraße erreichten, schaltete Carl das Licht ein und fuhr in Richtung Meridian.

Das Gelächter nahm kein Ende. Immer wieder sagte Carl, „du hättest dich sehen sollen"... Weiter kam er nicht und eine neue Lachsalve setzte ein.

Nach einigen Kilometern sagte er: „John, kennst du eigentlich den Backdoor Blues von Casey Bill Weldon?" „Oh man, hör schon auf, Carl."

Doch Carl hörte nicht auf, auch am nächsten Tag nicht:

Tell me mama, who was here while I go.
tell me mama, who was here while I go.
When I came in who's running out that backdoor.
He came by me running, smelling like a Candy Cane
one leg in his pants and his schoes in his hands
tell me mama...

John weigerte sich hartnäckig diesen Song mit ins Programm zu nehmen, auch wenn Carl nicht aufhörte ihn zu singen, summen oder zu pfeifen.

Das lag nun einige Tage zurück und heute Nacht waren jedenfalls beide froh, im Auto zu liegen, auch wenn es etwas eng war.

Am nächsten Tag erreichten sie Jackson. Johns Auge war immer noch leicht geschwollen und dunkel unterlaufen.

Sie fuhren durch die Stadt und fragten nach größeren Musikgeschäften. Musikgeschäfte waren auch gut, um Auskünfte über Musikclubs zu bekommen.

Dritte rechts, dann links, über den großen Platz und am Ende rechts, sagte der Mann am Straßenrand.

Sie fuhren los und bogen nach einiger Zeit am Ende des großen Platzes nach rechts ab und sahen einen Schwarzen, mit einem Verstärker aus einem Laden kommen. Er hatte eine verkrüppelte Hand, sodass er den Verstärker etwas unbeholfen vor sich her trug. Er wankte die Straße lang und gerade, als sie parken wollten, versuchte er die Straße zu überqueren. Doing, donnerte der Amp an den rechten Kotflügel. Der Mann schreckte auf und betrachtete sorgenvoll seinen Amp. Das Holzgehäuse mit den abgerundeten Ecken und dem gemaserten Ahornfurnier schien nur eine leichte Druckstelle zu haben, so schien es jedenfalls auf den ersten Blick.

Carl war ausgestiegen und betrachtete den Kotflügel. Eine kleine Beule.

Als der Mann dann John mit seinem Auge sah und ihn gleich als Schläger einstufte, bekam er es sichtlich mit der Angst.

Auch John betrachtete die Beule.

„Au man, was ist das für ein Amp", fragte er erstaunt den Mann. „Genau so einen brauchst du, Carl. Der hält was aus und der klang auch gut, oder?"

Der Mann stammelte nur „Electar" und machte sich schleunigst aus dem Staub, nachdem er feststellte, dass man nicht die Absicht hatte, ihn aufzuhängen.

John und Carl lachten und John hielt sich die noch schmerzende linke Gesichtshälfte, als sie den Laden betraten.

Schrrräääääiinnng. Ein gebogener Draht, der an den oberen Türfalz geschraubt war, schredderte über die grauselig verstimmten Saiten einer alten Klampfe, die mit dicken Schrauben und Blechwinkeln über der Tür befestigt worden war.

Bis auf das Geräusch war niemand im Laden und John und Carl sahen sich in Ruhe um.

Gut sortiert. Einige handgearbeitete Gitarren neben den bekannteren Marken wie Gibson, Stella, Martin. Geigen,

Banjos, Mandolinen, eben das ganze Repertoire der Akustik Musik. Daneben eine Abteilung mit elektrischem Equipment, angefangen von Gitarrenverstärkern, Public Adress Lautsprecheranlagen, Mikrophone. Eine Ecke mit drei Klavieren und in der hintersten Ecke einige Schlagzeugteile.

Dazwischen jede Menge Kleinteile. An der Wand ein Regal mit Schallplatten, Plakaten von Bands mit Autogrammen. Von der Decke hingen Leuchten, mit der Reklame verschiedener Hersteller wie Western Elektrik, Lafayette-Radio, Autec und hinter einem Vorhang stand ein älterer Mann, der sie beobachtete.

John hatte ihn bereits gesehen, tat aber, als wenn er es nicht bemerkt hätte.

Schließlich kam er schlurfend hinter seinem Versteck hervor. Es war eine riesige Brille mit fingerdicken Gläsern, wie Glasbausteine, die von einem kleinen Körper durch den Laden geschoben wurde. Er schnarrte mit näselnder Stimme, „naja, wenn ihr was klauen wolltet, hättet ihr es schon getan, also, was kann ich für euch tun?"

John wünschte höflich guten Tag und stellte sich mit Namen vor. „Ja, ja, ist schon gut, also was willst du, eine Gitarre auf Kredit? Gibt's bei mir nicht. Nur gegen Barzahlung. Oder was soll's sein?"

John war etwas aus den Konzept geraten und wusste nicht, ob es ratsam wäre, jetzt nach den Musikclubs zu fragen. Er stammelte ein wenig herum und sagte dann schließlich, „Äh, ja, eigentlich suchen wir eine Ausrüstung für eine ganze Band, äh, ich meine PA und Mikrofon, äh und und einen Verstärker für eine Steelguitar", fiel ihm so gerade noch im passenden Moment ein.

«So, so, dann habt ihr bis auf eure Gitarren noch gar nichts und dann sucht ihr bestimmt auch noch Job's, richtig? Und jetzt meint ihr, ich könnte euch Adressen nennen, wo ihr auch noch richtig viel Geld bekommt, für euren Auftritt? Und?

Schaut euch um hier. Seht ihr hier vielleicht andere Musiker? Ist der Laden voll?

Na also. Er wäre voll, wenn ich auch nur eine Adresse hätte, wo man mit Musik Geld verdienen kann. Hab ich aber nicht."

Carl hatte auf der linken Seite eine Lapsteel entdeckt. Eine Coronet Elektar.

"Diese Radaukisten wollt ihr. Interessiert mich nicht. Ich kenn mich nur aus mit Sachen, die was mit Musik zu tun haben", nuschelte die Brille. "Al, du bist gefragt, Al, verdammter Bengel, wo steckst du? Kundschaft, muss ich denn alles alleine machen", versuchte er mit kraftloser Stimme zu schreien.

Ein junger, schmächtiger Mann, ebenfalls mit Brille, nur nicht ganz so dick, aber fast genauso groß, wieselte durch den Vorhang.

"Was gibts?", fragte er leise. Dann sah er Carl und John und kam mit flinken Schritten auf sie zu. "Kann ich helfen?", fragte er höflich.

"Ah, eine Lap Steel soll's sein. Moment ich schließe sofort einen Verstärker an. Haben Sie einen bestimmten Wunsch?".

Der junge Mann war, bis auf die Brille, genau das Gegenteil von dem Alten. Er war fast übertrieben zuvorkommend. Als er merkte, dass Carl noch unerfahren mit elektrischen Lap Steel Gitarren war, drehte er zur Hochform auf. Er schloss alles an und erklärte alles bis ins Detail. Carl war erst etwas unsicher im Spiel und musste sich an den Umgang mit den elektrischen Instrumenten gewöhnen, aber es ging schon ganz gut. Er war begeistert von dem Ton. John hatte sich eine Akustik Gitarre aus dem Regal geholt und sie jammten munter drauf los.

Carl spielte die Coronet Electra Hawaiian mit einem kleinen Lafayette Verstärker. "Den dazugehörigen Electar Verstärker hab ich leider gerade verkauft", bedauerte der Mann, "aber ich habe noch einen Gibson Verstärker, auch sehr schön."

Als sie letztendlich auf den Preis zu sprechen kamen, ließ die Euphorie schlagartig nach.

Carl hatte zwar den Vorsatz gehabt, einen Verstärker zu kaufen, aber der Preis war zu hoch.

Der Verkäufer spürte das und sagte: „Moment, ich bin gleich zurück", und er verschwand hinter dem Vorhang, durch den sich auch der Alte verzogen hatte.

Nach kurzer Zeit kam er zurück, mit einer kleinen Holzkiste und stellte sie neben Carl.

„Vielleicht geht der", sagte er und öffnete die Verschlüsse.

Zum Vorschein kam ein kleiner Verstärker mit Tweedbespannung und dem Logo von National Dobro.

Er steckte den Stecker ein und schaltete den Amp ein. Es dauerte einige Sekunden und er verkabelte die Lapsteel mit dem Amp.

Carl spielte einige Licks und bemerkte zwar einen Unterschied im Klang, konnte aber nicht genau beschreiben worin der bestand. Dazu hatte er einfach zu wenig Erfahrung.

„Der ist gebraucht, aber in gutem Zustand. Ich würde sagen dreißig Dollar", sagte Brille Nr.2 und hatte plötzlich eine etwas näselnde Stimme. "Äh, mit dem Koffer. Das ist was ganz Besonderes, der ist handgemacht." Das hatte Carl sofort gesehen und ihn fast noch mehr begeistert, als der Amp selbst.

Achtundzwanzig Dollar, dass war alles, was er geben konnte. Pete hatte ihm, als er losfuhr, einen kleinen gefalteten Umschlag zugesteckt mit den Worten, viel Glück, und dann hatte er sich umgedreht und war in seine Kammer gegangen.

Er brauchte gar nicht handeln, er hatte einfach nicht mehr und wenn der Verkäufer sich nicht drauf einlassen würde, war's das. Dann würde er halt weiter auf seiner Akustikgitarre spielen, bis sich eine andere Möglichkeit ergeben würde, oder auch nicht.

Das schien der Verkäufer zu spüren und er hatte nur die Möglichkeit, sich drauf einzulassen, oder keinen Verstärker zu verkaufen.

Er zögerte und nach einer weiteren Gesprächsrunde willigte er ein.

Carl hatte einen Amp.

Er war unsicher und glücklich zugleich. Hoffentlich hatte er das richtig gemacht, aber John hatte ihm gut zugeredet und freute sich, dass es wieder einen Schritt weiterging.

Sie fachsimpelten noch einige Zeit über Pickups, wobei der Verkäufer das fach und Carl das simpeln übernahm. Er war auch nicht mehr ganz so freundlich, wie zu Beginn, jetzt, wo das Geschäft gelaufen war.

Dennoch gab er John bereitwillig Auskunft über Clubs und Veranstaltungen in der Gegend. Er kannte sich gut aus. Er erwähnte drei gute Clubs, in denen jedoch hauptsächlich schwarze Musiker verkehrten und Blues und Jazz gespielt wurde. Einige offene Bühnen, wo man auf Trinkgeld spielte und dann die jährliche Kompetition im Centrum im September. Ein Wettbewerb, zu dem man sich anmelden musste. Geld gab's nicht, aber die meisten Bands, wenn sie etwas zu bieten hatten, bekamen dann doch den einen oder anderen Job.

Carl und John verabschiedeten sich und sie verließen den Laden.

„Pass auf, dass du damit keine Beule in das Auto haust", lachte John, als sie den alten Ford erreichten.

Nun war Carl im Besitz eines Verstärkers und der Rest würde sich auch noch ergeben.

Sie blieben noch drei Tage in Jackson, hatten sich bei der Stadt für die Kompetition angemeldet, als Hillbilly Mounteneers und hatten die offenen Bühnen abgeklappert. Es waren nur wenige Gäste da gewesen und das Geld, dass zusammenkam, reichte gerade für die zwei Bier, die jeder getrunken hatte.

Sie hatten einige Musiker aus der Stadt kennengelernt und brauchten nicht im Auto zu schlafen. Es hatte Spaß gemacht, zu jammen, auch wenn Eddie Granger, der sie mit zu sich nach Hause genommen hatte, weniger professionell war und nur so nebenbei etwas Gitarre spielte.

Er fand das großartig, dass die beiden den Mut hatten, eine Tour zu planen und war sich sicher, dass sie es schaffen würden, Sie wären ja auch richtig gut und wenn sie es wirklich zu was bringen wollten, dann müssten sie an die Radiostationen ran. Da spielt die Musik und er wisse von Bekannten, dass das der richtige Weg sei. Einfach hingehen und spielen, nur so würde es gehen.

Sie verließen Jackson auf der A 55, Richtung Winona, um dort über die A 82 über Starkville und Columbus zurück nach Millport zu gelangen.

Die Ausbeute war ziemlich mager. John hatte genau Buch geführt. Sie hatten drei mittelmäßig bezahlte Auftritte, die jedoch zeitlich schlecht zusammen passten und mit viel Fahrerei verbunden waren. Dazwischen einige Möglichkeiten für Trinkgeld und frei Essen zu spielen. Dann müssten sie fast die gleiche Strecke zurück, um an der Kompetition teilzunehmen, wo es auch kein Geld gab. Spielen konnte man überall, aber auf Lau, und wovon sollten sie leben? Von der Idee, Geld zu verdienen ganz zu schweigen. Carl sah das anders. Seit er den Verstärker hatte, hatte er auch eine etwas andere Einstellung angenommen. „Wir haben genug zu essen gekriegt auf der Tour, haben selten unser Bier bezahlen müssen und es hat Spaß gemacht. Was willst du noch?"argumentierte er.

«Leon's Frau ist schwanger", erwiderte John, „und Duke träumt vom großen Erfolg. Fred will irgendwann Kohle sehen, das weiß ich genau." „Das muss jeder für sich entscheiden, John. Dann muss Fred was dafür tun, wenn er Geld sehen will. Er kann sich nicht einfach ins gemachte Boot setzen, oder?" John lachte. Mit Carl war alles einfach. Sie hatten sich eigentlich auf der ganzen Tour nie gestritten, auch wenn sie nicht immer gut gelaunt waren, war es problemlos gelaufen.

Einen richtig gut bezahlten Job bekamen sie doch noch. Ausgerechnet in Columbus, also fast vor der Haustür. Einem Clubbesitzer, der einen Ballroom hatte, war eine Band abgesprungen. Er buchte seine Tanzveranstaltungen weit im Voraus und war froh, einen Ersatz zu finden. Der Termin lag gleich Anfang September und John musste die TourRoute komplett umplanen, aber es lohnte sich. Zumindest ein guter Start.

Der Rest der Tour war wie gewöhnlich verlaufen. 3 Bugs and a Hot Meal Jobs, hier und da eine freie Übernachtung, einige sehr nette Frauen, aber nicht die große Liebe, Spaß für drei und nicht ein Bier, dass sie bezahlen mussten.

Am 20. August, spät abends, erreichten sie Millport.

Sie fuhren nicht nach Haus, sondern hielten an Bobs Juke Joint.

Bob nickte kurz hinter seinem Tresen, als die beiden hereinkamen, als wenn sie gestern noch da gewesen wären.

Kate freute sich umso mehr und fiel John um den Hals und küsste ihn auf die Wange. Auch Carl begrüßte sie herzlich, aber ohne Kuss.

Sie brachte beiden ein Bier, ohne zu kassieren und war guter Laune.

„Na also, freie Getränke bis an dein Lebensende. Man John, uns geht es gut, begreif das endlich", lachte Carl.

John war müde und schweigsam. „Kate ist verdammt nett", sagte er schließlich.

„Nee ne, das glaub ich nicht", schüttelte Carl den Kopf. „Jetzt sag nich du und Kate und am Ende können wir uns alles an den Hut Stecken. Wo ist übrigens dein Hut geblieben?", fragte er mit einem Grinsen im Gesicht.

«Hör auf, Carl, dass muss ja nicht gleich jeder wissen,"sagte John und nahm einen Schluck aus seinem Glas.

Als sie aufbrachen, nahm John Kate in den Arm. Es dauerte länger als erwartet und Carl wartete draußen am Auto und empfing ihn nach einiger Zeit mit der Bemerkung:"Weiß sie jetzt, wo dein Hut ist?" „Halt einfach dein Maul, Carl, is besser so", antwortete John.

Pete war schweigsam, obwohl er sich freute, dass Carl zurück war. Er verkroch sich gleich wieder in seiner Kammer.

In der Werkstatt lagen die Trümmer von drei Stühlen, die Maggie Willard vorbeigebracht hatte und auf der Werkbank standen drei Gläser mit selbstgemachter Marmelade, die schon Schimmel angesetzt hatten und ein Glas eingemachter Bohnen. Sonst schien alles unberührt.

Er wollte möglichst bald seinen Tonabnehmer abholen, um den neuen Verstärker, den er in sein Wohnzimmer gestellt hatte, ausprobieren zu können.

Der Versuch, im Laden in Jackson noch ein Kabel dazu zu bekommen, war sofort abgeblockt worden. Das Kabel gehöre zur Gitarre, und wenn er die gekauft hätte, hätte er auch ein Kabel bekommen und der Preis sei sowieso schon das Äußerste, was er hätte machen können.

Morgen wollte er nach Palmetto fahren, wenn der Wagen anspringt, dachte er.

John fuhr am nächsten Tag zu Duke, der ihn mit lautem Getrommel auf einem Ölfass begrüßte. Als Erstes sah er die Beule am Kotflügel, da hatte er eben einen Blick für.

John erzählte ihm die Geschichte und Duke sagte nur: „Ein richtiger Verstärker, man, die Beule darfst du auf keinen Fall wegmachen lassen, niemals". John erzählte kurz von der Tour und den Jobs, die sie abgemacht hatten und dass es in zwei Wochen losgeht, ob bei ihm alles klar sei.

„Klar ist alles klar", rief Duke, gerade so laut, dass sein Alter es nicht hören konnte.

Komm mit, ich zeig dir was.

Sie gingen hinter das Werkstattgebäude und John sah, dass der alte Fageol freigeräumt worden war.

„Pass auf", rief Duke und sprang in das Fahrerhaus. Er drehte den Zündschlüssel und die alte Karre sprang an.

„Das gibt's doch nicht Duke, wie hast du das denn hinge-kriegt?"

„Hab jeden Tag druntergelegen. Ist alles topfit. Es fehlt nur noch ein Getriebeteil. Hab ich aber schon bestellt", grinste Duke. „Von innen hab ich noch nichts gemacht, da muss Carl ran. Mit Holz und Sitzbänken und so hab ich es nicht so. Farbe muss auch noch drauf, is aber schnell gemacht." John ging einen Schritt zurück und sah sich den Lieferwagen genauer an.

Sunset Motor Freight stand in großen, verblassten Buchstaben auf der Seite. Darunter stand, noch größer, in weiß, Edelbrau' und dann in kleinen Buchstaben, Made of our... den Rest konnte er nicht mehr entziffern, weil die Farbe abgeblättert und dem Rost gewichen war. Darunter hatte was von Ell... Brewings gestanden.

Fenster gab's nur hinten in den Hecktüren. Die Seiten waren zu.

Er malte sich aus, wie in großen Buchstaben HILLBILLY MOUNTAINEERS auf dem Wagen stehen würde.

„Ein Problem gibt's aber noch", kratzte sich Duke am Kinn.

„Der Alte hat Lunte gerochen, weil ich ständig an der Karre rumgeschraubt habe. Dann muss ihm der alte Barnie, der es von Leon erfahren hatte, gesteckt haben, was wir vorhaben. Er hat echt einen Aufstand gemacht. Nur über meine Leiche fährst du mit dem Ding hier vom Hof und das hat er ernst *gemeint, anders als sonst. Jetzt weiß ich nicht was ich machen soll, John. Soll ich ihn wirklich umbringen? Aber wenn er die Rechnung von den Getriebeteilen bekommt, wird er mich umbringen. Ich habe also gar keine Wahl, John, aber wohl ist mir dabei nicht. Was ist, wenn sie mich erwischen, wie ich meinen Alten abmurkse und ich in den Knast muss. Wer spielt dann Schlagzeug? Ich meine, er ist zwar ein Arschloch, aber ich weiß nicht, ob ich ihn wirklich umbringen soll. Irgendwie hab ich das einfach nicht fertiggebracht, bis jetzt. Ich bin froh, dass du wieder da bist, John."*

„Nun mal langsam Duke", versuchte John ihn zu beruhigen. „Niemand bringt hier Irgendwen um". „Was weißt du denn schon, John. Du kennst meinen Alten nicht. Auf dich ist er auch nicht gut zu sprechen, weil du alles angezettelt hast, wie er sagt."

„Trotzdem wird er mich nicht gleich über den Haufen schießen." John hatte den Satz noch nicht ganz zu Ende gesprochen, als ihnen eine Salve Schrot um die Ohren flog und die linke Seite des Fageols durchsiebte. „John Parlour, lass dich hier nie wieder blicken, ist das klar", brüllte eine Stimme über den Platz. John sah, wie der alte Eller seine Schrotflinte abklappte und nachlud. Er und Duke machten einen Satz über einige alte Schrottteile, um sich mit einem Hechtsprung über die Mauer in Sicherheit zu bringen. „Hab ich's dir nicht gesagt", keuchte Duke. «Er meint es ernst." „Verdammt, willst du mit zu mir kommen, Duke", fragte John besorgt, als sie um das Haus schlichen. „Ist nicht nötig, der Schuss galt dir, als Warnung. Wenn er mich gemeint hätte, hätte er getroffen, darauf kannst du Gift nehmen." „Ich kümmere mich drum, Duke, wir sehen uns übermorgen zur Probe und mach keinen Mist bis dahin."

John schlich bis auf die Vorderseite, sprang in sein Auto und verließ mit durchdrehenden Rädern die Tankstelle. Verdammter Idiot, dachte er.

Es waren noch drei Tage bis zu ihrem Job auf der Hochzeit in Spring Pine und John wollte Duke eigentlich fragen, ob er mit seinem Pickup fahren könnte, da sie zwei Autos brauchen würden. Dazu war er nicht mehr gekommen.

John fuhr bei Leon und Lucie vorbei und wurde nicht mit Schrot, sondern mit Donuts empfangen.

Sofort hatte Lucie den Tisch gedeckt und John erzählte, was sie erreicht hatten. Etwas bedrückt deutete er an, dass Lucie wohl nicht mit größeren Geldanweisungen zu rechnen hätte.

Wird auch so gehen. Ich verdiene etwas mit der Näherei und meine Familie ist auch noch da. Verhungern muss ich bestimmt nicht.

Dann ging sie nach oben und kam mit einem Arm voller Kleidungsstücke die Treppe herunter.

„Was hältst du davon, John". Sie hängte vier Anzüge an den Schrank im Wohnzimmer, die genauso aussahen, wie seiner, den sie umgearbeitet hatte." Leon hat den Stoff besorgt und mir die Maße von Carl und Fred gegeben. Von Carl hatte ich nur ein paar alte Kleidungsstücke, die uns Pete überlassen hat, da ihr ja unterwegs ward. Fred hat sich erst stur gestellt, ist dann aber doch vorbeigekommen, dass ich Maß nehmen konnte."

John war sprachlos. Der Stoff war etwas anders in der Farbe und gröber gewebt, aber das fiel kaum auf.

„Duke war schon da, zur Anprobe. Passt", sagte Leon, nicht ohne Stolz. „Er hat mir nichts davon gesagt, aber dafür war ja auch kaum zeit." John erzählte von seinem Abenteuer bei Duke und von dem Fageol, der nun leider wie ein Sieb aussah. „Da bekommen wir wenigstens Luft und brauchen nicht zu ersticken, ohne Fenster", sagte Leon trocken. „Der alte Barns wusste plötzlich Bescheid und hat mich angeblafft, von wegen faules Pack und so. Er wollte mich sofort rausschmeißen, hat es sich dann aber anders überlegt und ist schnurstracks zum

alten Eller hin. Keine Ahnung, wer ihm das gesteckt hat, ich jedenfalls nicht."

„Was ist mit Fred?", fragte John. „Weiß niemand, wo der steckt? Hab ihn seit damals, als er wegen der Anzüge hier war, nicht mehr gesehen und das war kurz nachdem ihr losgefahren seid. Hat einen Job gesucht, weil er dringend Geld brauchte. Hat sogar versucht uns anzupumpen. Angeblich hat er was gefunden als Erntehelfer, weiter weg, hab ich aber nur gehört und wo, weiß ich nicht."

„Was ist, wenn er übermorgen nicht kommt?", sagte John. „Wir haben den Job auf der Hochzeit und ne Probe sollten wir schon noch machen." „Er wird schon wieder auftauchen", beruhigte ihn Leon. „Wir haben doch gesagt, dass wir uns vorher nochmal treffen, wenn ihr zurück seid".

John war sauer und schlug auf dem Weg nach Hause mehrmals auf sein Lenkrad. Das fehlt noch, dachte er.

Die nächsten Tage war er sehr beschäftigt und dann hatte er gefragt, ob die Probe auch bei Carl stattfinden könnte. Das war zwar außerhalb, aber es ging.

Keiner fragte warum und er sagte nichts. Fred kam nicht. Carl hatte den Tonabnehmer bekommen und spielte seine selbstgebaute 6-saitige Lapsteel mit seinem neuen Amp. Die andere war noch nicht ganz fertig und er hatte mit acht Saiten auch noch keine Erfahrung. Da hatte ihm auch der Verkäufer in Jackson nicht helfen können. Er hatte zwar davon gehört, aber noch keine 8-saitige Lapsteel in seinem Laden gehabt.

Es lief gut bei der Probe, wenn der Ton zunächst auch etwas spitz und harsch schien, so versuchte Carl das durch Spielweise und Anschlagposition auszugleichen.

John beachtete die neue Steel und den Amp kaum, denn er war wütend, weil Fred sich nicht gemeldet hatte. Er hatte extra einen Zettel an seine Tür geheftet, dass sie bei Carl seien.

Er hätte sich verdammt nochmal melden müssen. Sie würden ohne ihn spielen müssen und auch, wenn Carl und er gut eingespielt waren, zeigte sich, dass die Probe wichtig war. Die anderen beiden brauchten oft mehrere Anläufe, um in die Stücke reinzukommen. Im Duo hatten Carl und er auch einiges anders gespielt, als in der Band und wenn Fred doch noch auftauchen sollte, würde es bestimmt nicht auf Anhieb klappen.

Er hatte den Job abgemacht und fühlte sich den Leuten gegenüber verpflichtet. Er kochte innerlich und war unkonzentriert.

Als sie die Probe beendeten nahm in Duke zur Seite. „John, hör mal, es ist was Merkwürdiges geschehen. Mein Alter hat heute morgen zu mir gesagt, ich solle zusehen, dass der Fageol vom Hof kommt, er wolle ihn nicht mehr sehen und zu den Getriebeteilen hat er auch nichts gesagt. Das ist irgendwie unheimlich. Ob er was gemerkt hat, dass ich ihn umbringen will. Jetzt weiß ich nicht, was ich machen soll."

„Bau die Teile ein, Duke und fahr die Karre hier zu Carl." „Aber", stammelte Duke. „Machs einfach, Duke", gab John gereizt zurück.

Eigentlich hätte er allen Grund zur Freude gehabt. Leon hatte die Anzüge mitgebracht und die Band sah klasse aus. Duke hatte zwar etwas zugenommen, sodass der neue Anzug etwas spannte, aber hinter seiner großen Trommel würde es gehen. Nur, dass ein Anzug über der Stuhllehne hing, verdarb ihm die ganze Laune.

Duke und Leon fuhren und John blieb über Nacht bei Carl, den das nicht wunderte, obwohl John kaum was getrunken hatte.

Am nächsten Tag fuhr Duke, am späten Nachmittag, mit dem alten Fageol, laut hupend bei Carl vor die Werkstatt.

„Er hat mich einfach fahren lassen und nicht einmal geschossen, ich kann's nicht fassen", begrüßte er die beiden. „Was macht eigentlich deine Karre in der Werkstatt, John? Du

willst doch nicht etwa die Beule wegmachen lassen"? „Nee,
nur so", gab John knapp zurück. „Hast du was von Fred
gehört?", fragte er. „Nee, ihr?", kam zurück.

Der verdammte Idiot würde sie sitzen lassen, dachte John.

„Was ist mit der Karre?", fragte Carl, „lässt du dir jetzt das
Bier schon anliefern?", nachdem er die Aufschrift gelesen
hatte.

„Das ist mein neues Zuhause", erwiderte John immernoch
missmutig,"und du bist herzlich eingeladen."

„Das ist nicht dein Ernst?"staunte Carl. Langsam wurde ein
Schuh draus, aber glauben wollte er es noch nicht. Johns Auto
stand beim alten Eller, der Duke ohne Einwand mit dem
Fageol fahren ließ. Die Probe hier bei ihm und John hatte hier
übernachtet.

„Ist was mit deinem Haus?", fragte er vorsichtig. „Ist verkauft,
seit gestern." „Du bist wahnsinnig, John." „Wer hat denn
immer gesagt, es läuft doch gut, wir schaffen das, mach dir
nicht soviel Sorgen,"blaffte John, Carl an. „Und jetzt bin ich
wahnsinnig? Ich bin nicht wahnsinnig, sondern ich habe mich
entschieden. Eine andere Möglichkeit gab's nicht. Schluss
aus und wenn du ein Freund bist, dann hilfst du mir, mein
neues Zuhause etwas wohnlich einzurichten. In zwei Wochen
haue ich ab, mit oder ohne euch, ist dann auch egal." Duke
trommelte wie wild auf der Motorhaube herum, ohne Beulen
zu hinterlassen. Dann trat er wie gewohnt erstmal gegen die
Vorderräder, wie er es immer tat, wenn er ein Auto begutach-
tete. „Du hast ihn meinem Alten abgekauft, und ich dachte
schon er hätte was gemerkt und es mit der Angst bekommen.
Der Wagen ist top in Schuss, John, glaub mir, auch wenn er
nicht danach aussieht. Niederrahmenfahrgestell mit Blattfe-
dern, Doppelachse. Getriebe ist so gut wie neu. Dann faselte
er noch was von Drehmoment, Schiebemotor und so weiter
und dass es nur in Germany noch eine Firma gebe, die sowas
baut, aber Fargol hatte es als Erster gemacht und das Prinzip

sozusagen erfunden..."Er redete unbeirrt weiter, obwohl Carl und John schon reingegangen waren.

John war dabei, einen Eimer und Putzlappen zu holen, um die Ladefläche sauber zu machen. Ein altes Vogelnest saß noch in einer Ecke und auch sonst war das zukünftige Wohnmobil alles andere als einladend. Carl hatte in der Werkstatt noch zu tun. Da fiel John ein, dass jemand Duke zurückbringen musste.

„Wenn du Glück hast, springt Pete's Auto an", rief Carl.

Er hatte natürlich kein Glück und eine halbe Stunde später kam Duke, ölverschmiert unter Pete's Auto hervorgekrochen und stammelte: „Ich hab's gleich, der verdammte Anlasser sitzt fest."

John war froh, dass Duke dabei war, so hatten sie wenigstens einen Mechaniker und da war er besser, als als Schlagzeuger, aber das sagte niemand.

„Bis morgen", sagte John, als er ihn eine Stunde später an der Tankstelle absetzte.

Sie wollten kurz nach Mittag losfahren. Für die hundert Meilen würde der Fageol mindestens drei Stunden brauchen und am späten Nachmittag wollten sie dort sein.

John hatte am Abend vorher den Lastwagen von innen einigermaßen sauber gemacht und schleppte gerade mit Carl das Sofa aus dem Wohnzimmer ins Auto, damit sie überhaupt sitzen konnten, als plötzlich Fred vor ihnen stand.

„Ziehst du um"? fragte er Carl. Sie hatten ihn nicht kommen gehört und eigentlich auch nicht erwartet. „Ich denke wir spielen heute", sagte er. „Wo kommst du denn her"? „Hab den Zettel an Johns Haustür gesehen und bin hier rüber. War doch heute, diese Hochzeit, oder?" „Ja, um zwei geht's los", sagte John und war verärgert und erleichtert zugleich.

„Dann bin ich ja passend", sagte Fred und schaute sich in Carls Werkstatt um.

Er untersuchte die verschiedenen Hölzer, roch an den Flaschen mit den verschiedenen Flüssigkeiten, schaute durch die Regale und spielte mit den Werkzeugen, die auf der Werkbank lagen.

«Du hättest es ihm sofort sagen müssen, John, dass es so nicht läuft". „Weiß auch nicht, ich will keinen Ärger vor dem Job. Lass uns erst den Job spielen. Später vielleicht."

Wohl fühlte sich John nicht, aber sie waren vollzählig, so wie er sie angekündigt hatte.

Den Sessel würden sie auch noch brauchen. Die Instrumente an der Wand zur Fahrerkabine und die Sitze an der Seitenwand. War irgendwie gemütlich. Zwei konnten vorne sitzen, die anderen drei hinten. „Was ist mit den Begleiterinnen", fragte Carl. Mein Bett bleibt aber hier. Die Stehlampe kannst du noch haben, du musst dir nur ein langes Kabel besorgen".

Duke und Leon kamen pünktlich, um kurz vor zwei und waren ebenfalls erstaunt, Fred zu sehen. „Wo hast du denn die ganze Zeit gesteckt?", war das Erste was Duke sagte. „Hab dringend einen Job gebraucht, wegen Kohle. War sogar beim alten Barns, aber der wollte mich nicht, das alte Arschloch, er hätte mit Leon schon genug Ärger am Hals. Dem hab ich erst mal die Meinung gesagt. Auf seinen bepissten Job bin ich nicht angewiesen. Außerdem haben wir sowieso bald was Besseres vor und er kann sich ruhig schon nach Jemanden anderen umsehen, der ihm seine Scheißarbeit macht. Der hat vielleicht blöd geguckt."

„Klar, wir auch", sagte Leon nur.

Um Punkt zwei war alles verstaut und die Anzüge hingen, sauber auf Bügeln von der Decke. Fred hatte seinen Anzug ebenfalls anprobiert, mit dem Kommentar: „Ja, ja, die gute Lucie."

Es war richtig gemütlich hinten und natürlich wollten alle hinten sitzen. Duke würde fahren, das war klar, er kannte den Wagen am Besten und John sagte, er würde mit nach vorn gehen.

Unter lautem Gejohle rollte der alte Fageol aus Carls Einfahrt in Richtung Norden.

Gleich in der ersten Kurve war Carl aus dem Sessel gerutscht, was ihm ein dreifaches „Hurra" einbrachte. John hatte etwas gehört und sagte zu Duke: „Halt mal an, vielleicht ist was passiert." „Da kommen wir ja nie an, wenn ich jetzt schon wieder anhalten soll", war Dukes Kommentar. „Wir haben doch ausgemacht, dass sie dreimal an die Trennwand klopfen sollen, wenn was ist. Also is nix."

Die Trennwand muss weg, dachte John, zumindest muss ein Durchgang geschaffen werden.

Hinten ließ Fred seinen Blick durch den Laderaum schweifen.

„Hier muss noch was gemacht werden. Ist im Prinzip ein Klacks. Ein bisschen Stoff unter die Decke, ein paar Bretter an die Wände, vielleicht mit einer kleinen Bar. Ne Trennwand für die Instrumente und vernünftige Sitze, dass man sich auch mal langmachen kann. Ist alles schnell gemacht, man muss da nur mal richtig rangehen. Fenster sind ganz wichtig, damit wir sehen, was für tolle Frauen uns nachlaufen. Vielleicht ein Separee. Ich sehe es schon vor mir. Mit ein paar Handgriffen, die natürlich sitzen müssen, ist das erledigt, was Carl, du bist doch auch vom Fach." „Ja, sicher," antwortete Carl gelangweilt. Wichtig ist, dass man erstmal anfängt, dann kommt der Rest wie von selbst."

Leon tat, als wenn er aus dem Fenster schaute. Leider gab es kein Fenster, aber es sah so aus.

Auch Carl machte sich seine Gedanken über den Innenausbau des Fageols, aber anders als Fred.

Er wusste, wie lange es dauerte, bis man ein Brett schön glatt gehobelt und geschliffen hatte. Alle Ecken waren rund und mussten Stück für Stück eingepasst werden. Dann war Bewegung in dem Kasten, der zwar als Einheit auf dem Fahrgestell ruhte, aber durch die Verwindungen seine Form veränderte. Er würde Lederstreifen zwischen die Übergänge machen müssen.

Eine Trennwand war wichtig, mit Durchgang, damit die Sachen vernünftig verstaut werden konnten und nicht in dem Bereich herumflogen, wo sie saßen.

Wegen der Fenster müsste man mit Duke sprechen. Viel Zeit blieb nicht. Alles würden sie nicht mehr schaffen, nur das Wichtigste und das war nicht die Bar.

Der Fageol quälte sich über die Landstraße und fiel in ein langsames, aber gleichmäßiges Tempo.

Johns Stimmung besserte sich und er sang vor sich hin, wie er es oft tat, so ganz nebenbei und Duke trommelte mit der rechten Hand auf dem Getriebekanal, wenn er nicht mit dem riesigen Schalthebel darin rumrührte.

Er bemerkte, dass das Getriebe noch etwas hakte, aber das würde sich noch geben und man muss immer schön mit Zwischengas schalten. Dann erklärte er John, wie die verschiedenen Getriebewellen ineinander greifen und die Zahnräder der Schaltwelle die anderen beiden Wellen miteinander verbinden und es noch keine Synchronringe gegeben hat zu der Zeit und mit dem Zwischengas würden die Drehzahlen der Wellen angepasst und...

John war gerade eingenickt, als Duke schalten musste und es ein klackendes Geräusch gab. Duke rührte wild mit dem Schalthebel herum und der Wagen verlor an Geschwindigkeit. Plötzlich konnte er den Schalthebel frei bewegen und er spürte keinerlei Widerstand. Er kuppelte aus und der Wagen rollte an den Straßenrand.

John schreckte hoch. „Was ist los?" „Weiß nicht, irgendwas mit dem Getriebe".

Als Duke die Fahrertür öffnete, öffnete sich auch die hintere Ladetür und drei Köpfe schauten raus. „Was ist Duke, musst du pissen?"

Duke antwortete nicht, sondern ging um die Motorhaube herum und kroch, auf dem Rücken liegend, unter das Auto.

„Ist was mit dem Getriebe," sagte John zu den anderen, die die Augen verdrehten.

„Ich dachte du hättest die Karre überholt, Duke", bemerkte Fred.

„Halts Maul," rief Duke und dann etwas gequält: „Kann mal jemand den Schalthebel bewegen?"

John kletterte ins Fahrerhaus und bewegte den großen, glatt gewetzten Schaltgriff.

„Nach vorn, nein andersherum, weiter, weiter, Stop, so lassen, nicht bewegen," hörte er Duke.

„Hey Duke, hast du da unten eine Alte oder was faselst du da," lästerte Fred und war der einzige, der darüber lachte.

Wie ein Wiesel kam Duke unter dem Auto hervorgeschossen, sprang auf und ging mit erhobenen Schraubenschlüssel auf Fred los und schrie ihn an: „Halt deine verdammte Fresse, sonst stopf ich dir das Maul!"

Carl ging dazwischen. „Hey, beruhig dich, Duke, lass gut sein. Was ist denn mit dem Getriebe?" Duke ließ den Schraubenschlüssel sinken und zog seine Jacke zurecht. „Is nix mit dem Getriebe, der Schalthebel hat sich ausgehakt, hab's gleich, aber wenn der seine Schnauze nich hält, könnte es verdammt lange dauern."

Er kroch wieder unter das Auto und ein leichtes Hämmern ertönte. Niemand sagte was, nur Fred grinste hämisch und auch etwas verlegen.

John bekam noch einige Anweisungen, den Schaltknüppel vorsichtig zu bewegen und Duke kam unter dem Auto hervorgekrochen. „Fertig! Was gibt's denn da zu lachen?" Die anderen konnten das Lachen nicht unterdrücken. Sie zeigten auf Duke und bogen sich vor Lachen. Er hatte sich mehrmals mit dem Handrücken durchs Gesicht reiben müssen, weil ihm der Dreck vom Fahrgestell in die Augen gerieselt war und war schwarz vor Schmier und Öl.

„Hey John, wir haben einen neuen Trommler, ist ein Schwarzer." „Lass man, die Schwarzen können echt gut trommeln", sagte Leon und meinte das ernst, was noch mehr Gelächter hervorrief. Sie konnten sich nicht beruhigen und Duke betrachtete sich im Rückspiegel.

„Und das findet ihr witzig?," war sein Kommentar und er wischte sich das Gesicht mit einem Lappen ab, der unter dem Fahrersitz lag. Das verteilte den Schmutz aber nur gleichmäßig und jetzt sah er wirklich gleichmäßig, dunkelbraun aus.

Sie nahmen, immer noch lachend ihre Plätze ein und der Fageol rollte wieder auf die Straße.

Auch John musste grinsen, wenn er zu Duke rüberschaute, sagte dann aber: „Klasse Duke, bin froh, dass wir dich haben."

Ohne weitere Zwischenfälle erreichten sie Spruce Pine.

Die Hochzeitsfeier fand im Garten einer großen Villa statt. Timothy Wilson hatte Margret Hubbart geheiratet und sein Vater hatte es so eingerichtet.

Er war wohlhabend und hatte seine Finger überall drin und drauf. Vielleicht auch auf Margret. Es war jedenfalls sofort klar, wo die Musik spielte und wer sie bezahlte.

Er begrüßte die Band mit „Ah, seid ihr die Band?" und es war Carl, der murmelte, „Nee, die Domteure für die Goldfische".

Niemand mochte ihn sonderlich, aber man blieb freundlich und baute die Sachen auf der kleinen Holzempore auf.

John hatte vorher mit Dan Wilson telefoniert und er hatte ihm gesagt, dass eine Verstärkeranlage vorhanden sei, da den ganzen Tag über, verschiedene Ansprachen zu erwarten seien. Sie brauchten also nichts mitzubringen.

John hatte sofort eingelenkt, aber betont, dass es natürlich auch kein Problem für die Hillbilly Mountaineers sei, eine eigene Verstärkeranlage mitzubringen, aber so wäre das natürlich nicht nötig. Eine Sorge weniger.

Fred fiedelte sich ein, während die anderen sich auf der Bühne breit machten, was dazu führte, dass er wiedermal fand, er hätte nicht genug Platz. Duke wollte nicht hinter Fred stehen, oder sitzen, was Leon an den Bühnenrand brachte, bis er zur anderen Seite wechselte, was aber fürs Gesamtbild nicht gut war. Sie wechselten insgesamt dreimal die Positionen, bis sie wieder so standen wie zu Anfang. Das war nicht professionell, aber beeindruckend.

Sie spielten einige Stücke an und die wenigen Gäste, die sich bereits im Garten aufhielten, klatschten Beifall.

Sie hatten sogar einen eigenen Raum, wo sie sich zurückziehen und sich umziehen konnten. Getränke standen bereit. Alles war vom Feinsten.

Fred begutachtete die Sachen, die in dem Raum standen, drehte eine Statue um, öffnete einen Schrank, der voll mit Porzellan war, betrachtete die Bilder an der Wand und öffnete eine Tür zur Abstellkammer, während die anderen sich umzogen.

Duke hatte noch eine Gelegenheit gefunden, sich etwas zu waschen, war aber immer noch deutlich dunkelhäutiger als die anderen.

Schließlich standen sie auf der Bühne mit ihren neuen Anzügen und sahen richtig gut aus. Alle, bis auf John, trugen Hüte. Carl grinste und Fred hatte dreckige Schuhe.

Der Gastgeber, nicht etwa Timothy, sondern natürlich Dan Wilson, ließ es sich nicht nehmen eine kurze Ansprache von etwa zwanzig Minuten zu halten und stellte die Band vor. Als die ersten Gäste zu gähnen anfingen, war's dann endlich soweit.

Und es lief gut, wenn man davon absah, dass Fred fast alle Intro's versemmelte, auf die er so großen Wert gelegt hatte und die Schlüsse machte jeder gerade, wie er dachte.

Trotzdem war's gut. Der Gesamtsound stimmte und John und Carl harmonierten perfekt. Die Steelgitarre mit dem neuen

Verstärker kam wunderbar zur Geltung. Jetzt war Carl genauso weit vorne, wie die anderen Musiker mit ihren Instrumenten. Er setzte die passenden Akzente, spielte deutlich hörbare Solopassagen oder legte hohe flageolett Töne über die Melodien. Auch wenn er diese Flageolette nicht immer auf Anhieb traf, gaben sie dem Ganzen eine neue Farbe.

Einige Male sprang Fred von der kleinen Bühne und fiedelte zwischen den Gästen, was die Stimmung lockerte und mit Applaus belohnt wurde.

Das Publikum erwies sich als dankbar und es hätte ein fröhlicher Abend werden können.

Als Fred wiedermal ein Intro spielte und merkte, dass er die Kurve nicht kriegen würde, brach er ab und sagte laut:"Leon, dein Einsatz. Da hätte der Bass kommen müssen." Eigentlich war das ganz witzig und einige Gäste lachten. Leon bekam einen roten Kopf, sagte nichts und lächelte etwas verlegen. Fred versuchte es nochmal und traf. Es wurde getanzt, der Applaus war reichlich, alles gut, nur Leon kochte.

In den Pausen mischten sie sich unter die Gäste.

Duke hatte eine Gruppe von Männern um sich, die ihn auf das eigenartige Gefährt, mit dem sie angereist waren, angesprochen hatten. Er war in seinem Element und gestikulierte mit allen Gliedern, während er von den Abenteuern eines Mechaniker berichtete.

Carl stand etwas abseits, zurückhaltend wie immer, aber schien guter Dinge.

John war galant und scherzte mit einigen älteren Damen und machte der Gastgeberin, Ella Wilson, Komplimente.

Fred wurde, wie ein Magnet, von allem angezogen, was einen Rock trug.

Selbst die Braut war vor ihm nicht sicher und er hatte ihr gleich in der ersten Pause das Angebot gemacht, wenn sie sich *in ihrem Leben noch einmal richtig amüsieren wolle, sei er der Richtige.*

Danach hatte er einer jungen Frau, die die Gäste mit Getränken versorgte, einen Spruch reingereicht, dass sie bis weit nach Mitternacht einen roten Kopf hatte und früher ging, als die anderen vom Bedienungspersonal.

Manchen schien das zu gefallen. Hin und wieder quiekte oder kreischte ein Dame, um sich danach, über sich selbst erschrocken, die Hand vor den Mund zu halten.

Carl beobachtete es mit Verachtung. Er hätte zwar gern etwas mehr Kontakt gehabt aber nicht so.

Leon war nirgends zu sehen und tauchte erst zum nächsten Set wieder auf.

So verlief der Abend weiter, bis sich die ersten Gäste verabschiedeten.

Gegen zwei Uhr morgens kündigten sie ihren letzten Song an und nach den Zugaben konnten sie um halb drei endlich einpacken.

Fred hatte nicht nach Duke getreten und Duke nicht an die Wand gerotzt. Kunststück, im Freien. Na also, geht doch, dachte John und merkte, dass er ganz schön am Ende seiner Kräfte war.

Sie zogen sich um und versuchten die Anzüge etwas zu glätten.

Fred ließ seinen Anzug an, ihm war das zu mühselig. Das grasen hatte er aufgegeben, da nur noch wenige Frauen da waren. Er machte sich über das restliche Essen her.

John suchte den Gastgeber, der ihn mit „Ah, die Band!" begrüßte.

Dann ging er mit John etwas abseits, zog seine Brieftasche und sagte: „Ihr ward klasse, Jungs. Nee, wirklich, hat mir gefallen. Hier ist das vereinbarte Geld. Habt ihr euch wirklich verdient." Er nahm John nochmals beiseite, obwohl niemand in der Nähe war und raunte:"Ich leg sogar noch was drauf, einmal, weil es mir wirklich gefallen hat und zum anderen, damit ihr das nächste Mal mit eurem Geiger vorher an einem Puff vorbeifahren könnt, damit er etwas ruhiger wird. Hat wohl einige Gäste angemacht. Nichts für ungut, war ja auch mal jung, hä, hä, hä. War aber ein bisschen dolle. Wir verstehen uns, was."

Damit ließ er John stehen und wandte sich seinen restlichen Gästen zu.

Das war peinlich.

Als John zum Auto kam, hörte er wie Leon mit unterdrückter, aber energischer Stimme sagte: „Nie wieder, hörst, mach das nie wieder."

„Man, du bist vielleicht empfindlich, stell dich doch nicht so an." „Ich stell mich nicht an, aber ich möchte nicht, dass du mich nochmal auf der Bühne vorführst. Das macht man einfach nicht. Nicht vor Publikum. Du hast das Intro vergeigt und wolltest mir das in die Schuhe schieben. Das ist keine Art", keuchte Leon.

„War doch nur Spaß, man, ok, ok, ich hab das Intro versaut, aber man muss auch Spaß verstehen, oder."

„Fred, dass war kein Spaß, das war Scheiße, damit du es weißt."

Oh, man, John war müde, nicht das auch noch. Vielleicht sollten sie die Plätze tauschen, aber Duke wollte auf keinen Fall mit Fred allein vorne sitzen.

John wollte einfach nur seine Ruhe und Fred machte sich bereits auf dem Sofa breit.

Also stieg er vorne ein und ließ den Dingen seinen Lauf.

„Bist du fit?", fragte er Duke. „Wie'n Turnschuh", gab Duke zurück und redete wie ein Wasserfall über den tollen Job, den sie gemacht hatten.

Der Fageol hatte kaum die Straße erreicht, da war John bereits weggenickt und hörte aus weiter Ferne, wie Duke den Abend erlebt hatte.

Auch hinten war's ruhig und alle versuchten etwas zu schlafen, soweit das bei dem Geruckel möglich war.

In der Morgendämmerung erreichten sie Millport.

Ziemlich wortkarg verabschiedeten sie sich voneinander und Duke nahm Leon mit. Fred lief zu Fuß, ohne zu sagen wo er hin wollte, mit seinem Anzug, den er immer noch trug und der ziemlich verknittert war.

Carl fragte, ob John mit ins Haus wolle, oder in seinem neuen Heim schlafen wolle.

John schlief im Wohnzimmer auf dem Boden, das Sofa blieb im Auto.

Durch einen lauten Knall wurde er wach. Er wusste zunächst nicht, wo er war, fand sich aber schnell wieder.

In der Werkstatt waren einige Bretter umgefallen, als Carl sie umschichten wollte.

John stand verschlafen in der Tür. „Irgendwo müssen hier noch zwei Schrankseiten sein, aus denen man eine Trennwand bauen könnte,"stapelte Carl sich durch sein Holzlager. „Ist da vielleicht, zufällig auch noch ein Kaffee, oder muss ich den kochen?", fragte John.

*„Steht in der Küche, halt mal eben, ich glaub ich hab sie."
„Vor dem Frühstück? Carl, ich dachte du bist mein Freund."*

Carl wuchtete einige Bretter hoch und John zog die Schrank-seiten aus dem Stapel.

„Wer sagt's denn, Ordnung ist das halbe Leben, die andere Hälfte macht allerdings mehr Spaß.»

*Nach dem Kaffee fühlte sich John besser. „Kann ich helfen?"
„Besser nicht, oder willst du die Tour verschieben? Wo warst*

du eigentlich gestern?" „Ich, gestern? Auf der Hochzeit und dann im Arsch, wieso riecht man das?"

„Du weißt, wie ich das meine", sagte Carl, „als Boss war deine Meinung gefragt." „Fang nicht wieder damit an, Carl, das sind Kindsköpfe und langsam fängt es an zu nerven." „Wir werden nicht weit kommen, es sei denn, ich finde noch ein paar Schrankseiten und kann daraus ein paar Einzelzellen zimmern. Mach klar Schiff, John, glaub mir." „Was hätte ich denn tun sollen, die Jungs an die Hand nehmen und sagen, kommt, wir bilden mal einen Gesprächskreis und alle sagen, wer wem wehgetan hat. Man, ich war auch müde. Carl, ich will Musik machen und nichts anderes."

„Ich glaube nicht, dass das so läuft, aber du musst es selber wissen. Ich hab mir übrigens ein paar Gedanken gemacht, wegen dem Fageol. Pass auf, das ist der Grundriss." Carl machte ein paar Striche auf ein Brett. Die Planung schien perfekt.

„Fahr am besten zu Duke, wegen der Fenster. Vielleicht aus einem alten Packhard, diese alten Schiebefenster. Ein bisschen frische Luft ist oft hilfreich. Und Sitze. Kennst du die alten Schrottkarren, die bei Jenkins rumstehen. Vielleicht können wir die Sitze ausbauen. Das Beste wären fünf Dreierbänke, wenn wir alle im Auto schlafen müssen. Ich weiß nur nicht, ob der Platz reicht. Mit den Trennwänden komme ich hier schon alleine klar."

„Man, Carl, du hast ja einen richtigen Plan". „Ich überlege ja auch schon seit drei Tagen, wie ich dich am schnellsten wieder loswerde."

Zwei Tage vor der Abreise war das Auto nicht wieder zu erkennen.

Durch die Hecktüren gelang man in einen kleinen Vorraum, mit seitlichen Fächern, die als Stauräume dienten, für die Instrumente und Gepäck. Darüber waren Fächer für Werkzeug, Wasserbehälter, Reservekanister und allerlei Kleinkram.

Der Mittelweg war frei und durch einen schweren Vorhang kam man in den eigentlichen Fahrgastraum, der mit einem Teppich ausgelegt war. Seitlich waren Schiebefenster aus einem alten Buick eingearbeitet, mit Dukes Hilfe. Drei große Sitzbänke, aus verschiedenen Autotypen waren auf den Boden geschraubt. Zwei, sich gegenüberstehend, mit einem kleinen, schmalen Tisch aus Hickory Holz und eine an der Längsseite, unter dem Fenster. Oberhalb der Fenster waren in Fahrtrichtung auf beiden Seiten jeweils eine Liege montiert. Sie waren längs an den Seitenwänden befestigt und mit Streben zum Dach abgehängt. Als Auflage diente eine alte Pferdedecke.

Die Abtrennung zur Fahrerkabine war aufgetrennt und ebenfalls mit einem schweren Vorhang versehen.

Die Seitenwände waren nur halb hoch verkleidet, der Rest war offen und das Blech und die Streben waren sichtbar. Auch das Dach war noch nicht verkleidet. Die Zeit war einfach zu knapp.

Das Beste war jedoch das Auto von außen.

Der ganze Wagen war beige gestrichen und auf beiden Seiten des Aufbaus stand mit goldenen Buchstaben.

HILLBILLY MOUNTAINEERS

Die Felgen waren rot gestrichen und die Reifen ziemlich abgefahren, aber das sah man von weitem nicht.

Die beiden hatten oft bis spät in die Nacht gearbeitet und es hatte richtig Spaß gemacht.

Fred kam einen Tag früher, als erwartet und pflanzte sich gleich in eine der Sitzbänke. „Ganz passabel, gar nicht schlecht. Hier hätte noch eine Ablage hingepasst, wenn man mal was ablegen will."Er hatte noch einige Verbesserungsvorschläge zu machen, aber vom Ansatz her fand er es ganz gut. Er hätte leider wenig Zeit und wollte nur wissen, wann es genau los gehen sollte, da er im Moment echt beschäftigt sei.

«Übermorgen um zwölf ist Abfahrt. Wir spielen abends in Columbus. Dann geht's weiter nach Süden, Richtung Jackson."

„Columbus?, das ist ja gleich um die Ecke. Ich dachte wir gehen groß auf Tour. Egal, also um zwölf. Ok bis dann."

Und genauso schnell, wie er kam, war er auch wieder weg.

Am Abend, vor der Abreise fuhren John und Carl noch zu Bobs Juke Joint und aßen ein riesiges Steak mit Bratkartoffeln und Bohnen. Kate ging ihnen nicht von der Seite und beteuerte, dass sie am liebsten mitfahren würde.

„Tu dir das nicht an, da wirst du nicht glücklich", beteuerte Carl.

„Wir haben so schon genug Stress". „Was willst du denn damit sagen?", fragte Kate etwas beleidigt. „Nicht wegen dir, aber eine Vergnügungsreise wird das bestimmt nicht."

Sie tranken mehr Bier, als sie bezahlen konnten, aber als es soweit war, winkte Bob ab und sagte kurz, „schon gut Jungs, geht aufs Haus."

Sie versprachen Bob hoch und heilig, wenn sie jemals wieder zurückkämen, dann würden sie in seinem Juke Joint als die Hillbilly Mountaineers kostenlos auftreten und nicht nur das, sie würden auch sogar noch Musik machen.

Sie verließen Arm in Arm, torkelnd das Lokal, nicht ohne sich von Kate verabschiedet zu haben. Drehten auf der Außentreppe nochmal um, um sich nochmals von Kate zu verabschieden, bis diese sie beidhändig durch die Tür schob und ihnen alles Gute wünschte.

Carl drehte sich nochmals um und lallte: „Du wünscht uns alles Gute, aber kommst nicht mit. Das ist irgendwie parudox, weissu dassss."

"Komm Carl, du fährst!" „Ich wieso ich, du!" „Nee ich nich, ich bin schon her gefahren!" „Dann kennst du den Weg ja, *warte ich muß pissen, kannst schon mal den Motor anlassen!"* *„Das könnte dir so passen, dann geh ich auch pissen!"* *„Und wer fährt?"* *„Sehn wir dann."*

Kate konnte nicht feststellen, wer was lallte und ging lachend und traurig zugleich rein, um die Abrechnung zu machen.

Der Morgen danach begann mit dem Gebrüll eines Katers, der durchaus ausgewachsen war.

Es dauerte eine Weile, bis die beiden sich vor den Sesseln, in denen sie noch zwei Bier genommen hatten, zurechtfanden.

Mit Kaffee allein war dem Mäusefänger nicht beizukommen. Er war hartnäckig. Schließlich ließ er sich durch ein rohes, geschlagenes Ei und einen Kräuterschnaps verjagen.

Der Morgen verlief schweigsam, bis sie Pete's Auto sahen.

„Bist du eigentlich gefahren?", fragte John. „Ich, nee, du bist gefahren". „Nee, ich wollte fahren, aber als ich den Gang nicht reinkriegte, bist du gefahren."

Der Kotflügel war weg, daran war nichts zu ändern, er war einfach nicht mehr da. Auf der rechten Seite war nur noch das Rad.

„Meinst du, Duke kann uns helfen?" „Das wird knapp, lass mich fahren." „Wieso du, du hast doch den Kotflügel abgefahren." „Ich? Du spinnst ja. Jetzt komm schon und steig ein, wir haben keine Zeit, verdammt."

„Da liegt er ja." „Wo?" „Da, in der Einfahrt."

Der Kotflügel lag neben der Birke, die im unteren Bereich des Stammes keine Rinde mehr hatte.

Sie schleppten das Blechteil ran und nachdem sie es gerade gebogen hatten, passte es zum Rest des Autos.

„Lass es so, Pete fährt sowieso nicht mehr mit dem Auto".

„Scheiße, weißt du das, das ist richtig Scheiße, Pete kann doch nichts dafür." „Ich etwa?" „Du bist gefahren."

„Oh man, jetzt hör auf, ist doch egal, wer gefahren ist." „Ok, ich hör auf, aber nur, wenn du auch aufhörst."

„Gut, komm wir lassen es so, Pete fährt nicht mehr mit dem Auto." „Sag ich doch."

In dem Moment kam Duke auf den Hof gefahren mit Leon.

„Na, alles fit?" „Im Prinzip schon, wie spät ist es denn?" „Halb, gleich gehts los, vergessen?"

„Nee, klar, sind gleich soweit."

Es zeigte sich, dass es durchaus von Vorteil ist, wenn man auch im Alltag einigermaßen strukturiert ist. Innerhalb kurzer Zeit hatten sie ihre Sachen zusammen und verstaut. Der kleine Laderaum war eng bepackt. Drei volle Kanister Treibstoff, die Duke organisiert hatte. Er war mehrmals vorbeigekommen und hatte den Tank randvoll gemacht und dann noch die Kanister geliefert. „Das merkt der Alte gar nicht", war sein Kommentar.

Der alte Eller war gar nicht so übel. Als ihm John angeboten hatte, den Fageol zu kaufen, war er ganz umgänglich. Nicht nur, wegen des Geldes, er machte sich einfach Sorgen um Duke. Der ist nun mal nicht besonders helle. Der ist zu blöde um in einen Eimer zu scheißen, waren seine Worte, aber von ihm hätte er das nicht, seine Mutter, Gott sei ihrer Seele gnädig, war auch so. Er wollte auch nicht viel Geld für das Auto, da es auf der linken Seite ja auch schon einige Löcher hätte. Pass auf ihn auf, hatte er zum Schluss noch gesagt und John wusste nicht, ob er den Fageol oder Duke gemeint hatte.

Fred kam mit einem alten Seesack unter dem Arm. In der anderen Hand trug er den Geigenkoffer, der mit leichtem Schimmel überzogen war. Es war in seiner Bude immer etwas feucht.

Carl verabschiedete sich von Pete, der sich in den letzten Tagen kaum hatte blicken lassen.

Als er aus der Tür kam, drehte er sich nochmal um und sagte: "Pete, hast du eigentlich in nächster Zeit vor, irgendwo hinzufahren?" „Ich, ne wieso?", war die Antwort. „Wollt's halt nur wissen, bis bald, weiß noch nicht genau, wann wir zurück sind."

Dann ging's los. Duke fuhr, Leon saß vorne und der Vorhang war zur Seite gezogen. Die ersten Biere aus der Proviantkiste wurden geöffnet und Duke versteckte seins neben dem Getriebekanal.

„Hast du deinen Anzug mit?", fragte Carl und sah auf Freds Seesack. „Klar, ist doch von Lucie, gut dass du daran denkst, den muss ich ja noch aufhängen." Er kramte in seinem Seesack und holte den zerknitterten Anzug raus. „Ah, die gute Lucie, riecht sogar noch nach ihr, was Leon?" Er roch mit der Nase am Schritt seiner Anzughose. Er legte den Anzug auf eine der freien Sitzbänke.

„Pack den gleich nach hinten, sonst gibt das hier sofort ein Durcheinander". Carl hatte recht. In dem kleinen Raum sammelte sich in kurzer Zeit alles Mögliche, mit dem sich jemand auch nur kurz beschäftigt hatte und es liegen ließ.

Auch Carl hatte seine 8-saitige Steel aus dem Gepäckraum geholt und übte, ohne Verstärkung. Wie auch? Er lauschte dem Sirren der Saiten, dass ohne Klangkörper oder Verstärker kaum wahrnehmbar war und machte sich Notizen wegen der neuen Stimmung. Dann probierte er noch einige Tonfolgen.

Als sie Columbus erreichten, waren die Biervorräte auf die Hälfte geschrumpft.

Sie waren früh, wurden aber schon erwartet. Es war einer dieser beliebten Tanzsäle, die vorwiegend von älteren besucht wurden.

Duke klatschte laut in die Hände, als er den Saal betrat und sagte:"Klingt gut, vielleicht ein bisschen wenig Akustik, aber nicht schlecht." „Hä?»

Sie tranken erstmal ein Bier, dass der Wirt mit „Ist aber begrenzt, der Bierkonsum,"auf die Theke stellte.

Der Saal war groß und mit Vierertischen bestückt. An den Wänden hingen riesige Vorhänge mit Rüschen und Schleifen.

Die Bühne war hoch und ebenfalls mit Vorhängen eingerahmt, in dunkelrot, mit goldenen Bändern.

Ein gewaltiger Kronleuchter hing an der Decke.

Nachdem sie aufgebaut hatten und die hauseigene Gesangs-anlage getestet hatten, bekamen sie was zu essen. Das war so vereinbart.

Fred mäkelte die ganze Zeit am Essen rum und nahm sich zwei Portionen. „Bei so einem Laden muss ja wohl mehr drin sein. Aber genauso machen die das. Sparen und geizen, wo sie nur können und nach außen so tun als ob sie die Größten wären."

Duke nahm sich gleich dreimal und musste mit offener Anzug-jacke spielen.

Der Saal war etwa Dreiviertel voll und die Gäste im Schnitt so um die fünfzig.

Gleich beim ersten Stück begaben sich einige Paare auf die Tanzfläche, setzten sich aber nach kurzer Zeit wieder.

Sobald ein bekannteres Stück oder ein alter Standard kam, war die Tanzfläche voll.

Die Jungs stellten sich darauf ein und Carl musste ständig die Steel wechseln, da die Standards nicht so einfach mit der 8-saitigen zu spielen waren. Bei den Swing-Stücken hingegen kam das schon richtig gut, manchmal wenigstens. Schließlich blieb er bei der 6-saitigen, da die Swing Nummern nicht so gut ankamen.

Duke war der König des Abends. Solange er laut und deutlich dum tsching, dum tsching spielte, war die Tanzfläche voll. Niemand sagte, er wäre zu laut, im Gegenteil, heute führte er.

Sail Away Ladies, Yellow Rose of Texas, immer schön mit bumm dsching.

In der Pause kam ein älterer Mann zu Carl und fragte ganz interessiert nach der Steel. „Ist ja ne tolle Technik, die sie da haben.“Er ließ sich genau erklären, wie das funktioniert mit dem Verstärker und einer elektrischen Gitarre. „Toll, es gibt doch immer wieder was Neues. Kann man die auch stimmen?“

Im nächsten Set, als Duke wieder schön brav und laut sein dum tsching spielte, rief er Carl zu:"Hey Rodney, tanzen sie schon?"Er hatte die Augen geschlossen und bewegte den Kopf, suchend, wie ein Blinder, nach Geräuschen. Carl musste lachen. Es war eine Anspielung auf einen beliebten Musikerwitz, über zwei irische Tanzmusiker. Ein blinder Schlagzeuger und ein tauber Pianist. Der blinde Schlagzeuger fragt den tauben Pianisten; hey Rodney, tanzen sie schon und der Pianist antwortet. Wieso? Spielen wir schon?

Ansonsten gab es keine Zwischenfälle, nicht mal Streit und sogar Geld, wie vereinbart. John hatte einiges getrunken.

Sie fuhren noch ein Stück aus der Stadt, bis sie den Columbus Lake erreichten und fanden eine gute Stelle, wo der Tombigbee River den See verlässt. John saß noch einige Zeit auf einem Baumstumpf neben dem Auto, während die anderen schon schliefen. Er hatte sich eine Flasche Whiskey aus der Proviantkiste genommen.

Am nächsten Morgen ließen sie sich Zeit. Den nächsten, festen Job hatten sie erst in drei Tagen.

Sie blieben bis zum frühen Nachmittag am See und überlegten, ob sie weiterfahren sollten, bis sie ein Road House, oder sonst eine Auftrittsmöglichkeit finden würden, oder zurück nach Columbus.

Sie entschieden sich, weiterzufahren.

Die Tage verliefen nach ähnlichem Muster. Sie fuhren entlang der großen Straßen in die Richtung ihres nächsten festen

Jobs und stoppten an den Drive Ins, um Informationen zu sammeln, spielten abends in irgendwelchen Kneipen für 3 Bugs and a Hot Meal, was bei fünf Leuten oft eine Herausforderung war.

Oft holte John auch einfach seine Gitarre und fing an und wenn er nicht verprügelt wurde, kamen die anderen, einer nach dem anderen nach und zuletzt, wenn es sich zu lohnen schien, baute Duke seine Schießbude auf. Die Getränke waren fast immer frei für sie und etwas Trinkgeld von den Gästen gab's auch fast immer.

Einige Male jedoch, bestand der Wirt auf seine Zeche und dann wurde Fred schnell ausfallend. Er brauste auf und es drohte jedesmal richtig Ärger zu geben. Es gab keine Vereinbarung mit dem Wirt, sie hatten einfach gespielt und er fühlte sich nicht verpflichtet, auf seine Einnahmen zu verzichten.

Fred pöbelte was von unverschämter Geizkragen und die anderen zogen ihn gegen seinen Willen nach draußen. Die Gäste, die erst zögerlich schienen und eigentlich den Musikern freundlich gesinnt waren, würden sich sicherlich innerhalb kurzer Zeit besinnen, auf wessen Seite sie standen. Schließlich waren sie Fremde hier und auf die Quelle ihrer Sauftreffen ließen die Einheimischen nichts kommen, das stand fest.

John und Carl, konnten immernoch in letzter Minute schlichten und einigten sich oft auf die Hälfte der Zeche, was Fred noch mehr auf die Palme brachte und sie konnten ihn nur mit Mühe davon abhalten, in die Kneipe zurückzustürzen, um alles kurz und klein zu schlagen.

Sie fuhren weiter in Richtung Jackson.

Carl spielte ständig auf seiner 8-saitigen Steel und war fasziniert von der Stimmung des Instrumentes. Er hatte sich für ein A6 Tuning entschieden, da es nicht einfach war, die passenden Saiten Stärken zu bekommen. Gitarrensaiten gab es auf Rollen in unterschiedlichen Stärken und er hatte sich verschiedene Stärken gekauft, zusammen mit John und mehr-

fach waren ihm Saiten gerissen, wenn er sie zu hoch stimmen wollte. Auch musste er an der hinteren Saitenhalterung, die er selbst gefertigt hatte noch etwas feilen.

Durch die A6 Stimmung konnte er sowohl A Dur, die passende Mollparallele, A6 und drei Bünde höher A7 spielen, ohne den Steelbar querzustellen. Alles lag dicht beieinander und bald fand er sich gut zurecht. Er wusste, wann er welche Saiten umspielen musste, arbeitete an der Abdämpftechnik der rechten Hand und übernahm bald die Introlicks einiger Stücke. Seine Solos kamen voll, durch das doppelsaitige Spielen und erinnerten immer mehr an die Bläsersätze großer Bigbands. Fred bestätigte ihn durchaus und lobte seinen Ansatz aber immer mit der Bemerkung, du kannst ruhig weniger spielen. Klar, das Instrument ist neu für dich, ich verstehe, dass du da erst noch wild drauf bist, aber mach ruhig weniger, die Melodie spiele ich schon, du brauchst nur ab und zu was machen.

Es war nicht das, was er sagte, aber die überhebliche Art, wie er es sagte, aber Carl ließ sich nicht irritieren und nutzte jede freie Minute und da gab's einige.

Manchmal spielten sie auch während der Fahrt, bis auf Duke, der meistens den Wagen fuhr, zusammen im Fahrgastraum und Leon hatte alle Mühe, Stand zu finden, mit seinem Bass. Der Bass passte mit Stachel auch nicht aufrecht in das Auto und er klemmte sich mit den Füßen an die Sitzstreben einer Bank und hockte sich auf die Lehne. Lange hielt er das nie durch und als er einmal mit Bass gegen die Seitenwand donnerte, als Duke plötzlich abbog, weil er ein Richtungsweiser übersehen hatte, schlug er mit dem Kopf gegen eine Strebe und der Bass hatte eine Dicke Macke an der Seite.

Danach ließ er während der Fahrt den Bass im Gepäckraum und blies auf einem leeren Krug, einem Jug.

John bevorzugte Whiskey. Er trank mittlerweile auch tagsüber. Nicht viel, aber regelmäßig. Selten merkte man ihm an, dass er was getrunken hatte, aber man sah ihn auch selten ohne Flasche.

Ihr nächster fester Job war die Kompetition in Jackson.

Seit zwei Wochen waren sie nur auf der Straße und in kleineren Städten gewesen und die Vorfreude auf eine größere Stadt mit viel Abwechslung, war groß.

Die Enge, in der sie aufeinander hockten hatte immer öfter zu Streitereien mit belanglosem Hintergrund geführt. Fred sonderte sich ab, wo er nur konnte und war verschwunden, sobald der Wagen hielt. Er tauchte zwar immer wieder auf, auch wenn sie manchmal über eine Stunde warten mussten, bevor sie wieder losfahren konnten, was die Stimmung noch gereizter machte.

Wenn sie jedoch irgendwo zu spielen anfingen, war er immer im passenden Moment zur Stelle und tauchte wie aus heiterem Himmel plötzlich mit der Fiddle auf und stieg mit einem Solo ein. Als wenn er es förmlich riechen konnte.

Spätestens beim zweiten Stück, fing er dann an, die Frauen anzugraben, wenn welche da waren.

In Richland, dass etwas abseits der A 55 lag, hatte er sich an zwei blond gefärbte Schönheiten, mit hochgesteckten Haaren, rangemacht, sobald sie die Kneipe betreten hatten. „Was treibt ihr beiden Hübschen denn hier, so allein in der Wildnis?" Carl fand, es war wie in einem schlechten Film, obwohl er gar keine kannte.

Aber es gab in dieser Wildnis Wildhüter und die saßen in karierten Hemden am Tresen und tranken bereits seit dem späten Nachmittag. Duke wollte dazwischen, denn schließlich gehörte Fred zur Band, auch wenn er ihn ständig triezte. Das war falsch.

Fred ging einen Schritt zur Seite und Duke erlebte sozusagen hautnah, wie zwei Wildhüter ihren Job ausübten.

Eine Faust, groß wie ein Baseballhandschuh, aber behaart, traf ihn mitten ins Gesicht. Wie ein nasser Sack schlug er hinten über und blutete aus Mund und Nase.

Sie drehten sich zur Seite, packten Fred an dem Revers seines zerknitterten Jackets, dessen Nähte um Hilfe schrien und setzten ihn mit einer Wucht auf einen Stuhl in der Ecke, dass die Lehne abbrach.

„Da ist dein Platz", sagte einer und sie gingen, ohne weiteren Kommentar, zurück an den Tresen.

John und Leon halfen Duke auf die Beine, dem das Blut aus allen Gesichtsöffnungen lief. Die beiden Blondinen nippten an ihren Sodapops und spielten verlegen mit den Untersetzern.

Fred betrachtete seinen zerrissenen Anzug und sagte nur: „Was ist Jungs, woll'n wir noch einen spielen?"

Sie trugen Duke zum Auto und legten ihn auf eine Rückbank. Carl ging nochmal zurück und bat den Wirt um etwas Eis, das er sogar bezahlte, indem er zehn Cent auf den Tresen legte.

Dukes Nasenbein war gebrochen und die Oberlippe geplatzt. Gut, dass sie immer darauf geachtet hatten, dass der Wasserkanister voll war. Sie machten ihm kalte Umschläge und legten ihm einen nassen Lappen in den Nacken, der das Blut stillen sollte.

Fred sagte so was wie „Er hätte sich auch nicht einmischen brauchen." Es war Leon, der letztendlich sagte:"Halt einfach die Klappe, Fred."

Duke versuchte zu sprechen und es klang wie: „oeine cheiche a'er auch."

John musste fahren. Die meiste Zeit war Duke gefahren und John hatte es zwischendurch mal versucht, da es ja schließlich sein Auto war. Rumpelnd und huckelnd hat er unter Anleitung von Duke das Gefährt durch die Gegend gesteuert, zum Leidwesen der anderen, die sich krampfhaft an die Sitze geklammert hatten.

Zunächst hatte es ihm Spaß gemacht und es ging nach einigen Meilen auch ganz passable, aber mit der Zeit hatte er die Lust *wieder verloren und hielt sich lieber hinten auf, und trank seinen Whiskey.*

Jetzt steuerte er den Wagen durch die Nacht.

Duke hatte aber auch wirklich kein Glück und manchmal kam auch noch Pech dazu. Er war immer eifrig und schnell zur Sache, gutmütig, aber ohne Weitblick. Diesmal konnte er nichts dafür und es war ganz allein Freds Schuld, der ihnen ständig nur Ärger bereitete.

Entweder legte er sich mit den Veranstaltern an, oder mit den Gästen und immer fiel es auf die Band zurück. Kollektivschuld nannte man das wohl. Trotzdem war er ein guter Musiker und der Erfolg, den sie hatten, beruhte oft auf seinem Spiel und seiner Art, auf die Leute zuzugehen. Aber anstatt diesen Erfolg auszubauen, machte er mit seiner unkontrollierten Art alles zu Nichte, was sie mühselig aufbauten. Ständig gab es Streit und Spannungen. Man wusste nie, wann das Pulverfass hochging.

John war genervt und müde und dachte zum ersten Mal daran, alles aufzugeben.

Dabei hätte es so leicht sein können. Die Musik war eine einzige Freude, die meisten Menschen, die sie trafen, waren durchaus nett. Sie hatten zu essen und zu trinken und die paar Dollar, die sie einnahmen und die John sofort gleichmäßig auf alle verteilte, nachdem er für Benzin etwas abgezweigt hatte, reichten fürs Überleben. Leon hatte sogar schon zweimal einen kleineren Betrag zu Lucie schicken können, da er wenig trank und fast geizig war im Umgang mit Geld.

Starker Regen setzte ein und der Scheibenwischer quälte sich über die Frontscheibe.

Hoffentlich blieb die Seitenscheibe oben, dachte John. Sie war vor ein paar Tagen, ebenfalls bei starkem Regen einfach nach unten gerutscht und es war wieder Duke, der ein einseitiges Bad genommen hatte.

Erst als er im strömenden Regen die Scheibe aus der Versenkung der Tür geholt hatte, nicht ohne die komplette Verkleidung abzunehmen, war er gleichmäßig nass geworden. Die anderen hatten sich hinten, im Trockenen, die Nasen an der Scheibe platt gedrückt und ihre Witze gemacht. Wiedermal Duke.

Es war auch Duke, der sich die Finger geklemmt hatte, als er versucht hatte die Hecktür wieder einzuhängen, die in der Nähe von Knocksville einfach rausgefallen war.

Immer Duke, und diesmal hatte es ihn ganz schön erwischt.

Der Regen wurde stärker und John fuhr langsam, um überhaupt noch sehen zu können.

There's some big black clouds blowing in from the west.

I've been driving all night and I shure could use some rest.

Die Zeilen waren ihm einfach so eingefallen und gefielen ihm. Er wollte sie am nächsten Tag weiterführen. Jetzt brauchte er wirklich eine Pause, suchte einen Stellplatz und kroch zu den anderen, die bereits schlafend auf den Sitzen lagen.

Er schaute kurz zu Duke, aber auch er schien zu schlafen und kletterte in die letzte freie Liege unterm Dach.

Am nächsten Tag erreichten sie Ridgeland, ein Vorort von Jackson und sie bogen ab zum Ross Barnett Reservoir, einem großen See, der nord-östlich von Jackson lag.

Duke hatte noch starke Schmerzen, aber sein größtes Problem war, dass er nichts essen konnte. Auch das Lachen war ihm schier unmöglich, aber es gab auch nichts zu lachen.

Fred verschwand und die anderen erfrischten sich, obwohl es bitterkalt war.

Wäsche war auch fällig, schließlich wollten sie nicht wie die letzten Penner auf der Kompetition erscheinen.

Duke bekam frische Umschläge und setzte sich zum ersten Mal aufrecht. Er versuchte zu sagen, dass er im Prinzip schon wieder trommeln könne, aber konnte sich nicht deutlich genug ausdrücken.

Fred tauchte erst gegen Abend wieder auf und Leon hatte mehrmals den Vorschlag gemacht, ohne ihn loszufahren, da er das ewige Warten satt hätte. Es wäre sowieso besser, ohne Fred.

John wollte warten, er hatte die Kompetition im Auge und wollte die komplette Band.

Sie hatten noch zwei Tage und vorher wollte er auf den offenen Bühnen auftreten.

Sie fuhren direkt zu einer der Kneipen und trafen sogar einige bekannte Gesichter ihrer ersten Tour.

Sie spielten jedoch ohne Duke, dem plötzlich schwindelig wurde, als er versuchte aufzustehen. Er blieb im Auto und überlegte, ob es daran lag, dass er nichts gegessen hatte, oder an der Faust, die er, wenn er die Augen schloss, klar und deutlich vor sich sah.

Sie jammten die ganze Nacht und John hatte beinahe eine ganze Flasche Whiskey getrunken. Diesmal merkte man ihm den Alkohol deutlich an und zum ersten Mal lallte er beim Singen, was alle äußerst lustig fanden.

Carl hatte einen anderen Steeler getroffen und schien wie abgetaucht. Sie zeigten sich gegenseitig Licks und tauschten ihre Erfahrungen mit Instrumenten und Verstärkern aus. Ständig mussten sie aufgefordert werden, nicht zu stören.

Fred war sehr zurückhaltend und zeigte sich von einer angenehmen Seite.

Nachdem sie ihren Rausch ausgeschlafen hatten, oder besser John, die anderen waren fitter, gingen sie zu dem Musikladen, indem sie den Verstärker gekauft hatten. Leon war bereitwillig bei Duke geblieben. Fred war anderweitig untergekommen und wollte erst am Abend in die andere Kneipe kommen.

Al erkannte die beiden sofort und begrüßte sie mit Handschlag. Carl zeigte ihm seine 8-saitige Steel und Al war sehr angetan, vor allem, als er hörte, wie Carl spielte.

Er riet Carl dazu einen Volumenregler und auch einen Tonregler einzubauen. Carl hatte einfach die Drähte des Pickups mit dem Kabel verbunden und ließ sich die Vorzüge der Regler und deren Funktion genauestens erklären. Man könne auch die Regler aus alten Radios nehmen, solange sie ähnliche Werte hatten. Al zeigte ihm, wie sie verdrahtet wurden und malte ihm alles auf einem Blatt Papier auf.

Auch ohne dass sie etwas kauften, war er freundlich und zuvorkommend, wie damals. Der Alte ließ sich nicht blicken, John war aber sicher, dass er die Abdrücke einer dicke Brille im Vorhang gesehen hatte.

Am Abend trafen sie wieder andere Musiker und zwei der Musiker vom letzten Abend, waren auch wieder dabei. Auch Eddie Granger trafen sie wieder, der sie so freundlich eingeladen hatte.

Er konnte sich noch an Johns blaues Auge erinnern und als er Duke sah, der sich am Abend hochgerappelt hatte und sogar etwas trommelte, nachdem Leon und Carl ihm das Schlagzeug aufgebaut hatten, stieg die Band gewaltig in seiner Achtung. Die Jungs wissen, wo's langgeht, war sein Wahlspruch des Abends.

Sie hatten bereits eine Menge Freunde in der Stadt und freuten sich auf die Kompetition.

Gegen Mittag zogen sie zum Marktplatz, um die Anmeldung zu bestätigen.

Fred war gleich hektisch in das Verwaltungsgebäude gestürzt und hatte eine Dame hinter ihrem Schreibtisch mit den Worten überfallen: „Wir sind von den Hillbilly Mountaineers *und brauchen unsere Teilnehmerausweise. Ach so, ja, und die Getränkemarken oder Wertmarken, oder wo kann man hier was zu trinken kriegen?"*

Die Dame wusste von nichts und konnte Fred leider nicht helfen. „Das gibt's doch nicht. Wer ist denn hier zuständig, wer organisiert bitteschön diese Veranstaltung? Wir sind ordnungsgemäß angemeldet und irgendjemand muss doch hier Bescheid wissen."

Er verließ das Büro ohne weitere Worte und ging wieder auf die Straße, wo er John traf, der etwas ratlos herumstand und mit den Kopfschmerzen seines täglichen Alkoholkonsums zu kämpfen hatte.

„Hier weiß keiner Bescheid, das Ganze ist überhaupt nicht organisiert", rief er ihm entgegen.

„Carl ist schon unterwegs," sagte John und zeigte auf den Nebeneingang mit dem Schild „Kompetition Office".

Carl kam nach kurzer Zeit mit Anstecknadeln zurück, die sie als Teilnehmer auswiesen.

Damit konnten sie auch in das Zelt hinter der riesigen Bühne, in dem es zu Essen und Getränke gab. Alkoholfrei.

„Wir sind erst am späten Nachmittag dran und abends ist die Ausscheidung."

Das Festival hatte schon begonnen und ein Schulchor stand auf der Bühne und sang In the hedges, in the hedges.

Eine PA von der Größe hatten sie noch nicht gesehen. Auf jeder Seite der Bühne waren gleich zwei Lautsprecher und es standen mindestens vier Mikrophone auf der Bühne. Auch ein Radio- Sender war vor Ort und der erste Platz war ein Radio- auftritt in einer lokalen Musiksendung.

John erinnerte sich an die Worte von Eddie und wollte diesen Platz.

Er ging in die Nähe des Sendewagens, kam aber nicht durch die Absperrung.

Jede Band hatte etwa zwanzig Minuten und nacheinander betraten unterschiedliche Leute die Bühne. Einzelinterpreten, die bekannte Schlager zum Besten gaben, ganze Familien, wo jeder ein Instrument spielte oder spielen musste, um nicht gleich enterbt zu werden. Komiker, die auch sangen.

Die Warterei war nervenaufreibend und alle wären am liebsten sofort auf die Bühne gegangen, um endlich loszulegen.

Die Instrumente hatten sie schon hinter die Bühne gebracht und drei Darsteller waren noch vor ihnen. John war mehrmals in einer Kneipe verschwunden, um sich etwas zu beruhigen.

Bevor sie endlich dran waren, sollte noch ein einzelner Sänger auftreten, der gerade die Bühne betrat.

Leon und Fred waren schon hinter die Bühne gegangen und Duke wollte sich etwas setzen, da er noch nicht so ganz fit war.

Carl und John standen vor der Bühne und sahen wie Big Blizzard, der in Wirklichkeit Walter Weak hieß, die Bühne betrat.

Er ging ans Mikrophon und ließ einen E-Dur Akkord erdröhnen. „Verstimmt", sagte Carl. „Stimmt," antwortete John.

Dann forderte er das Publikum auf ihm irgendwas entgegenzugrölen, wie „hey, hey"und „Yippie Yea".

Er sang laut und grob und die Leute auf dem Platz fielen begeistert in den Rhythmus. Sie klatschten und grölten ihm sein gewünschtes „Hey, hey" entgegen.

Carl verdrehte die Augen. „Kannste auch nicht den ganzen Abend machen." „Naja, aber es wirkt,"bemerkte John etwas verunsichert. Dann traute er seinen Augen nicht.

Plötzlich sah er Fred auf der Bühne, der wie auf einer Session mit einstieg und als dann auch Leon noch auftauchte und das ganze richtig Schub bekam, konnte er es nicht glauben. Big Blizzard war erst etwas irritiert, fühlte sich aber schnell wie auf Wolke sieben und drehte noch mehr auf. Der Applaus war gewaltig. John schluckte und seine Hände zitterten. Die beiden begleiteten Big Blizzard bis zum Schluss seines Auftritts und ernteten reichlich Beifall.

Danach konnten sie zum Erstaunen des Publikums gleich oben bleiben und Duke wuchtete seine Trommel auf die Bühne. Niemand half. Carl war mit seinem Amp beschäftigt und Fred plauderte mit Big Blizzard.

John war nochmals in der Kneipe verschwunden und ging erst auf die Bühne, als sie schon längst auf ihn warteten.

Sie spielten gut, aber das Pulver war verschossen. Auch spürte das Publikum die eisige Kälte, die auf der Bühne herrschte.

John verließ die Bühne direkt nach dem Auftritt, ohne ein Wort in Richtung Kneipe und tauchte erst in den frühen Morgenstunden, volltrunken am Auto auf.

Big Blizzard hätte die Radio-Sendung bekommen, aber er konnte leider seine Band nicht auftreiben.

Duke wusste, dass sie Platz drei gemacht hatten und die singende Familie sich in das Sendemobil quetschte.

Am nächsten Tag, es war ein Montag, ging John zum Postamt und fragte nach Nachrichten für ihn. Er hatte mit Kate die festen Termine durchgesprochen und ihr die Orte genannt an denen er eine Nachricht empfangen konnte.

Bisher war da nie eine Nachricht, aber diesmal fragte der Beamte: „John Parlour?, ein Telegramm.“

John öffnete das Telegramm und suchte Carl.

Er gab ihm den Zettel und kramte etwas Geld aus der Tasche. „Fahr mit dem Zug, Carl, wir treffen uns in Meridian.“

Carl brauchte einige Zeit, bis er die Zeilen verstand.

,Lieber John, sage Carl, Pete ist tot. Es tut mir leid, Kate'

Er packte wortlos ein paar Sachen in seinen Koffer und nahm nur die 8-saitige Steel mit. Den Amp ließ er zurück. Auch Leon hatte ihm noch etwas von seinem Ersparten gegeben. Duke hatte nichts mehr und brachte ihn zum Bahnhof.

Carl dachte nur, was passiert sein mochte und dachte an den Kotflügel. Ein Unfall vielleicht. In dem Telegramm stand nichts. Er machte sich Vorwürfe.

Er bekam eine Verbindung nach Tuscaloosa und von dort konnte er eine Busverbindung bekommen. Ohne sich nochmals umzudrehen, stieg er in den Zug.

Der Rest der Band fuhr weiter Richtung Meridian.

John war seit Tagen nicht mehr nüchtern. Nicht, dass man ihm das angemerkt hätte, da er kaum ein Wort sagte.

Sie spielten weiter für 3 Bugs and a Hot Meal, oder weniger, aber selten zum Spaß.

John hatte über das Festival kein Wort verloren. Nie hätte er einem anderen Musiker verbieten können mit irgendjemandem zu spielen. Dazu war ihm die Musik viel zu heilig. Er versuchte zu begreifen, wie das passieren konnte und kam zu dem Schluss, dass es für Fred und letztendlich auch für Leon nur ein Spiel war, egal mit wem.

Ein paar Punkte und sie hätten diesen Radioauftritt kriegen können. Das hätte sie weitergebracht.

Ausgerechnet Big Blizzard dieser Grobmotoriker, der zudem ein schlechter Sänger war. Das hatte ihn am meisten verletzt. Wenn es wenigstens jemand gewesen wäre, dessen Musik er gemocht hätte.

Die beiden hatten sich feiern lassen und das eigene Ziel völlig aus den Augen verloren und das ausgerechnet aus Freude am spielen. Vielleicht war es ja auch nur sein eigenes Ziel.

Er jammte auch gern mit anderen Musikern aber freute sich immer über die Macht, wenn sie als Band zusammen spielten und er die Wucht ihres Zusammenspiels spürte. Darin lag sein Ziel. Nicht sich selbst darzustellen, sondern den satten Klang einer Band.

Und einen Teil dieses satten Klangbildes hatten sie Big Blizzard in den Arsch geschoben.

Oder war er nur einfach beleidigt, weil er sich nur noch als Abklatsch dessen fühlte, was vorher auf der Bühne abging. Er hätte mit Duke und Carl doch noch einen drauflegen können, aber er war aus dem Konzept gekommen. Er wusste es selbst nicht genau und nahm einen kräftigen Schluck.

Sie näherten sich Meridian und John hatte die letzten Jobs wegen Volltrunkenheit abbrechen müssen.

Das brachte sie um die paar Dollar Gage und es blieb ihnen nur das wenige Trinkgeld, dass John auch als solches nutzte.

Fred übernahm oft die Führung und fühlte sich in der Rolle des einzigen Solisten sichtlich wohl. Er sagte mehrfach, dass es auch ohne Carl ganz gut ginge, klar wäre das schon klasse mit der Steelgitarre aber auch so hätte es was und sei irgendwie eindeutiger.

Jetzt war es Leon, der sich immer häufiger absetzte.

Manchmal tauchte er erst kurz vor dem Job auf und verschwand sofort nach dem letzten Ton.

Nach zehn Tagen erreichten sie Meridian. Dukes Nase war abgeschwollen, John hatte einen Lichtblick und ging zum Postamt, wo er überrascht auf Leon traf, der ein Telegramm in der Hand hielt.

„Leon, hast du unser Telegramm abgeholt? Eine Nachricht von Carl?"

«Äh, nein, ist nur eine Nachricht von Lucie. Ihr geht es gut und ich soll euch grüßen."

John hatte keine Nachricht und von Carl keine Spur.

Er ging in eine Kneipe und kam gegen fünf zum Auto zurück. Eine betretene Stimmung schlug ihm entgegen.

„Leon will uns verlassen," platzte Duke heraus.

„Wie?", reagierte John träge.

„Ich hab eine Nachricht von Lucie. Im Postamt habe ich dir nicht alles gesagt, John. Ich habe eine Zusage von der Musikakademie und kann dort vorspielen. Ich habe mich schon letztes Jahr beworben, aber es ist nie was gekommen. Da hatte ich die Hoffnung schon aufgegeben. Jetzt scheint es doch noch zu klappen. Zumindest kann ich dort vorspielen."

„Was willst du da denn," fragte Fred. „Vorspielen kannst du von mir aus auch hier. Erst spiels'te denen was vor, um dann nur was nachzuspielen. Was soll das denn bringen?" „Halts Maul, Fred." Es war das erste Mal, dass John das sagte.

„Wann fährst du?" „Heute noch," sagte Leon. „Tut mir Leid, John, aber in letzter Zeit lief es nicht mehr so gut. Es ist einfach keine Entwicklung mehr da. Ich wäre sowieso über kurz oder lang gegangen."

„Ohne Bass wird's nicht Bässer," rutsche es Duke heraus.

John sagte nichts, setzte sich auf das Trittbrett und kritzelte mit einem Ast Figuren in den Sand.

Nach langer Zeit sagte er: „Ist schon ok, Leon, grüß Lucie.»

Auch in den nächsten Tagen hörten sie nichts von Carl. John lag die meiste Zeit im Auto und trank und Duke und Fred machten die Gegend unsicher. Natürlich nicht zusammen, so leicht vergaß Duke auch nicht, auch wenn er sich mittlerweile konzentrieren musste, um die große, haarige Faust vor seinem Auge erscheinen zu lassen.

Duke ging auf eigene Faust los, vor der war er sicher, glaubte er und besuchte einige Clubs in der Stadt.

Der erste Club, der ihm in die Quere kam, war seiner sicher.

Erst als er eine ganze Weile drin war, bemerkte er, dass er der einzige weiße Gast war, so fasziniert war er von dem Schlagzeuger.

Nützte ihm nichts, schließlich ging er freiwillig, eine Hand schützend vor der Nase.

Er irrte eine ganze Weile umher und als er auch aus dem Bordell, für das er kein Geld hatte, rausflog, hörte er Musik aus einer Kneipe und nach einer weiteren halben Stunde war er es, der trommelte. Er fand immer schnell Anschluss. Sein Problem war es, diesen zu halten. Hier klappte es. Er wurde Schlagzeuger bei den Hillcops.

Zwei Tage später holte er seine Sachen aus dem Auto. John war leider nicht ansprechbar. Er wollte eine Nachricht hinterlassen, aber schreiben war nun mal wirklich nicht seine Stärke. Also nahm er seinen Anzug und hängte ihn über den Fahrersitz. Die Hillcops bevorzugten sowieso karierte Hemden.

„Hey, John, John! John verdammt!" Gut das noch etwas Wasser im Kanister war.

Prustend blinzelte John in das Gesicht von Carl. „Was ist los? Ich dachte du wärst auf der Musikakademie.»

«Was redest du da für einen Mist, John, wo sind die anderen. Man, du bist ja voll wie ein Pusterohr!"

Als John etwas mehr zu sich kam, wusste er auch nicht, wer wo war. Nach und nach ging's besser und er erkundigte sich nach Pete.

„Er war schwerkrank, schon als wir fuhren. Er wusste es bereits damals, als wir unseren ersten Trip gemacht haben. Hat nie was gesagt, zu keinem. Nur Doc Marten wusste Bescheid. War zu spät. Soll dich übrigens von Kate grüßen." Mehr sagte er nicht. Er versuchte etwas Ordnung in das Auto zu bringen und stellte fest, dass sowohl die Sachen von Duke, Leon und auch von Fred fehlten. Sein Amp war noch da und die Sachen,

die er zurückgelassen hatte. Eine Menge leerer Flaschen, aber kein Bass, kein Schlagzeug und der Seesack von Fred war auch weg als er auch die Taschen und Koffer von Duke und Leon vermisste, wunderte ihn nichts mehr.

„Wie es aussieht, haben die Ratten das sinkende Schiff verlassen. John, was ist hier eigentlich los? Ich war nur zehn Tage weg." John erinnerte sich, dass Leon zur Musikakademie wollte, aber wo Fred und Duke hinwollten, konnte er sich beim besten Willen nicht erinnern.

„Du bleibst hier John und schläfst deinen Rausch aus, ich versuch etwas über die anderen in Erfahrung zu bringen. Und hör auf zu saufen, John."

Er kletterte in das Auto von Pete und fuhr in die Stadt.

Der Kotflügel hatte bei seiner Ankunft zu Hause noch unberührt auf dem Vorderrad gelegen. Das hatte ihn zunächst beruhigt. Als er alles erledigt hatte und noch zwei Tage länger geblieben war, hatte er den Kotflügel mit Winkeln und Blechlaschen notdürftig angeschraubt, war beim alten Eller vorbeigefahren, um Grüße von Duke zu bestellen und dafür umsonst zu tanken und hatte sich auf den Weg nach Meridian gemacht.

Eine Spur von Duke zu finden, war leichter als er dachte. Duke war eben nicht unauffällig und zwei Stunden später klopfte er in einem karierten Hemd auf dem Kotflügel rum und sagte." Super Arbeit, man, wie vom Fachmann, hätte ne Krankenschwester nicht besser gekonnt."

„Hey, Duke, sag mal was ist eigentlich los? John sieht aus wie knocking on heavens door persönlich. Keiner da. Was geht hier eigentlich ab?"

Duke fasste die letzten zehn Tage zusammen, oder besser, dass, was aus seiner Sicht davon übrig war. Die meiste Zeit schwärmte er von den Hillcops. „Das geht gut ab. Tut mir Leid wegen John, war ein feiner Kerl, aber in letzter Zeit lief es nicht mehr so."

234

„War ein feiner Kerl? Du sprichst, als wenn John tot wäre."
Dann machte er seinem ganzen Ärger Luft und faltete Duke
zusammen wie ein Fettpapier.

„Ich hab kein Problem mit deinen Bullcops oder wie die
heißen, aber John da so einfach liegen zu lassen, war ne riesen
Scheiße, Duke. Von Fred hätte ich es erwartet, aber nicht von
dir. Von dir nicht Duke und jetzt fahr zur Hölle, von mir aus
mit deinen Hillbulls, du verdammtes Arschloch."

«Äh, Carl, ich hab da ein paar Typen kennengelernt, die auch
schrauben. Ich meine, den Kotflügel würde ich dir schon
wieder dranmachen, ohne Kohle natürlich."

„Verpiss dich, Duke Eller."

Von Fred keine Spur.

John hatte sich gewaschen und rasiert und sah um einiges
besser aus. Carl war langsam hinter die ganze Sache gekommen
und machte Nägel mit Köpfen.

Er verbimmelte die alte Karre von Pete und hatte das Gefühl,
dass er das meiste Geld für die fast neuen Blechwinkel am
Kotflügel bekommen hatte.

Er ließ sich von John zeigen, wie man den Fageol fuhr. Duke
wollte er nicht fragen, niemals.

Es war ein hartes Stück Arbeit, das Auto auf der Straße zu
halten und der Zorn, den er Duke gegenüber hatte, verringerte
sich etwas in Anbetracht der Leistung, die er in den letzten
Wochen erbracht hatte, als Fahrer, versteht sich.

Am zweiten Tag kamen sie durch Gainsville und Carl fragte,
ob John Lust habe, seinen Hut zurückzuholen.

Zum ersten Mal huschte ein Lächeln über Johns Gesicht.

„Wie ging es Kate?", fragte John. „Äh, eigentlich ziemlich
gut", gab Carl zurück.

„Wie war das denn aus deiner Sicht, John?", fragte er dann. „Ich meine, irgendwas ist doch... sowas kommt doch nicht aus heiterem Himmel. Klar, ich hab's ja sogar vorausgesagt, aber was war denn nun wirklich?"

John schwieg.

Nach langer Zeit sagte er: „Ich habe immer gedacht, wir hätten alle das gleiche Ziel, aber das war nicht so. Hab's einfach zu spät gemerkt".

„Im Ernst, Carl, ich hab's vergeigt. Du hattest Recht, von Anfang an und ich hab's nicht wahr haben wollen.

Weißt du, ich bewundere mittlerweile den Coach einer Football-Mannschaft. Sein Ruhm hängt einzig und allein davon ab, ob er es schafft, die Hitzköpfe seiner Mannschaft für die Dauer eines Spiels auf ein einziges Ziel zu konzentrieren, nämlich, zu gewinnen und dabei ist er nicht mal selbst dabei."

„Wir spielen aber kein Football, John. Damals bei uns, bei unserer ersten Tour, da lief doch alles."

„Da waren unsere Ziele eben eng beieinander, vorübergehend wenigstens."

„Was hast du jetzt vor?"

„Ich muss erst mal wieder auf die Füße kommen, Carl, und dann versuch ich's nochmal, ne andere Wahl hab ich nicht."

„Dein Haus steht noch leer."

„Zurück geht's nicht, ich hab das Haus ausgerechnet an den alten Barns Henson verkauft, für einen Schiss in den Wind. Ich hatte keine Wahl, weil die Zeit zu knapp bemessen war. Jetzt will er das vierfache, ohne einen Handschlag getan zu haben und ich bin Pleite, Carl. Der Fageol ist alles, was ich habe."

Carl dachte darüber nach, was John über ihre Ziele gesagt hatte.

Auch ihre Ziele hatten sich verändert, in einer Sache zumindest.

Sie brauchten noch vier Tage bis Tuscaloosa, bei langsamer Fahrt und hatten nicht einmal zusammen gespielt. John war einige Male nach hinten gegangen und hatte auf der Gitarre geklimpert. Er versuchte neue Songs zu schreiben, aber es wollte ihm nichts gelingen. Krampfhaft versuchte er sich an die Zeilen und die Melodie zu erinnern, die ihm nachts, als er gefahren war und Duke das gebrochene Nasenbein hatte, so zugefallen waren. Irgendwas mit dark clouds, aber es fiel ihm nicht mehr ein.

Als sie kurz vor Millport an Bobs Juke Joint vorbeifuhren, war beiden nicht nach Einkehr zumute.

John war das irgendwie peinlich, so dort aufzutauchen, abgewrackt, wie er sich fühlte, obwohl er sich seit Tagen freute, Kate wiederzusehen und oft an sie gedacht hatte.

Carl schaute ebenfalls nur verstohlen aus dem Fenster und fuhr zügig weiter.

John wollte gleich morgen zu Kate und ihr sagen, dass er sie sehr vermisst habe.

Als sie in Carls Einfahrt einbogen, musste John über die rindenlose Birke lachen.

Das Haus war vernagelt und noch gesichert, wie Carl es zurückgelassen hatte.

Carl wachte erst spät auf. Es war bereits gegen Mittag, als er, immer noch völlig zerschlagen ins Bad stolperte.

Der Fageol und John waren weg. Vielleicht Einkaufen, dachte Carl, es war ja auch nichts im Hause, was hätte schimmeln können.

Er kochte gerade Kaffee, als das Telefon schellte.

„Carl Baumann." „Warum hast du es ihm nicht gesagt, Carl? Ihr hattet doch Zeit genug." Es war Kate.

„Ausgerechnet von Bob hat er es erfahren, ich habe ihn gar nicht gesehen, er ist einfach wieder in seinen Bus gestiegen und losgefahren. Carl, ich mache mir Sorgen. Ist er bei dir?"

„Nein, beruhig dich erstmal, John wird gleich wieder auftauchen und mir wahrscheinlich eins in die Fresse hauen. Verdient hab ich es, ich hätte es ihm sagen müssen, mit uns, aber es ging irgendwie nicht."

„Ihr seid aber auch beide zu blöd zum..., ach ich weiß auch nicht." Kate hatte aufgehängt und Carl ein verdammt mulmiges Gefühl. Er wollte die ganze Zeit mit John darüber reden, aber hatte nicht gewußt, wie er es anfangen sollte. Es war eben so passiert, als er wegen Pete zurückgekommen war, war er viel bei Kate und sie haben sich eben gut verstanden. Bob musste es natürlich gleich jedem unter die Nase binden. Kate und Carl pssst, pssst pssst.

Wichser!

So war es natürlich denkbar schlecht gelaufen.

John kam nicht und Carl bekam keins in die Fresse, obwohl er lieber täglich eins reinbekommen hätte, als die Nachricht, die ungefähr einen Monat später kam.

John war in Shawnee, in der Nähe von Oklahoma City tötlich verunglückt. Das waren mehr als tausend Meilen. Er musste gefahren sein wie ein Irrer.

Er war frontal gegen einen Baum gefahren und der Baum hatte sich zwischen die Längsholme des Niederrahmenfahrgestells gebohrt und das Fahrerhaus, samt Motor bis in den hinteren Aufbau geschoben.

Nach den Angaben der Polizei, war er stark alkoholisiert.

Man hatte Carls Adresse in seinen Unterlagen gefunden, mit mehreren anderen Adressen, aber seine wäre wie eine Zielscheibe umrandet gewesen. Deshalb habe man ihn zuerst verständigt.

Carl brauchte lange um darüber hinwegzukommen und als ein halbes Jahr später ausgerechnet Duke Eller mit den Hillcops bei Bobs Juke Joint spielen sollte, weigerte er sich strickt, dort hin zu gehen.

Die Hillcops drehten den Laden mit ihrer polkaartigen Interpretation von Country Musik im Handumdrehen mal eben auf links.

Sogar der alte Eller war da und kannte nur einen Satz: „Das ist mein Duke, das ist mein Duke."

Kate arbeitete immernoch bei Bob, wohnte jedoch bei Carl.

Als die Hillcops dann auch noch Johns Song „shut up, shut up" in einer durchaus rustikalen Version ablieferten, wurde es auch Kate zu viel.

Sie ließ Bob mit der ganzen Arbeit sitzen und rannte den ganzen Weg bis zu Carls Haus.

Leon war an der Akademie angenommen worden und machte seinen Abschluss. Danach spielte er als Jazzbassist mit verschiedenen Musikern, hatte eine wunderbare Tochter und eine stolze Frau, aber immer wenig Geld.

Von Fred hörte niemand etwas, weder Gutes, noch Schlechtes.

Carl hatte angefangen, professionell Steelgitarren zu bauen.

Die Idee war bereits bei seinem zweiten Besuch in Al's Musikladen entstanden.

Er spielte selbst gut genug, um zu wissen, worauf es ankam bei der Steelguitar, vor allem, nachdem er sich mit den Volumen und Klangreglern beschäftigt hatte.

Die Position der Klangregelung war ganz entscheidend, für eine bestimmte Spieltechnik der Steelguitar. Der sogenannte Dooahh Effekt.

Die Klangregelung wurde zugedreht, das heißt alle Höhen gekappt. Dann schlug man die Saiten an, und sobald der höhenlose Ton erklang, riss man mit der Innenfläche der rechten Hand mit einer Drehbewegung die Klangregelung auf und gab die Höhen frei. Doooaaaaah.

Der Ablauf musste schnell erfolgen und deshalb war die Position der Klangregelung entscheidend.

Carl hatte das berücksichtigt. Es lief auch ganz gut.

Seine ersten Geschäfte machte er mit Al in Jackson. Weitere kamen dazu. Die Steelguitar, als Instrument war äußerst beliebt und es gab wenige Bands, die nicht wenigstens einen Song mit Steelguitar herausbrachten.

In den nächsten zehn Jahren wuchs seine Produktion und er kaufte Maschinen. Fräsen, Hobelmaschinen, Schleifvorrichtungen, eine Lackiereinrichtung und so weiter. Er musste alles finanzieren, auch wenn Geld reinkam, aber er war noch im Aufbau.

Dann kam die Wende. Fast über Nacht verschwand die Steelguitar aus der Popularmusik.

Musiker wie Elvis Presley oder Bill Haley, hatten ihre Songs zunächst mit Steelguitar aufgenommen.

Innerhalb von ein, zwei Jahren hatte jedoch die elektrische Gitarre die Steelguitar verdrängt.

Obwohl er noch eifrig an einer neuen Erfindung arbeitete, konnte er den finanziellen Ruin nicht aufhalten. Er hatte eine Mechanik konstruiert, mit der man einzelne Saiten der Steelgitarre während des Spielens rauf oder runterstimmen konnte. Aber zur Durchführung fehlte ihm bereits das nötige Geld.

Am 15. Januar 1956 meldete er Konkurs an. Die Schlinge hatte sich innerhalb von drei Monaten so fest zugezogen, dass es kein Entkommen mehr gab.

Er verlor fast alles.

Das Inventar, die Maschinen, seine Lagerbestände und den, nicht zum Lebensunterhalt notwendigen Hausrat.

Nur Kate blieb ihm, obwohl Jack Hulk, der Gerichtsvollzieher, auch Kate gerne einen Kuckuck verpasst hätte.

Vier Monate später wurde alles versteigert in Vicksburg/ Mississippi und zwar getrennt nach Bestand.

Maschinen mit Maschinen.

Möbel mit Möbeln und Elektrogeräte mit Elektrogeräten.

So kam es, dass der kleine, mit Tweed bespannte National Dobro Verstärker, den Carl sehr selten noch gespielt hatte, mit der Küchenmaschine versteigert wurde und der Koffer für den Verstärker mit dem Wohnzimmertisch, am nächsten Tag.

Sammler, Schnäppchenjäger und andere Schaulustige hatten sich zu der Auktion eingefunden.

Carl hätte es nicht übers Herz gebracht und blieb diesem Schauspiel fern.

So erfuhr er nichts über den Verbleib seiner Sachen, die nach der Auktion von den neuen Besitzern in Empfang genommen wurden.

Die meisten Elektrogeräte hatte ein schmächtiger, missmutiger Mann ersteigert, der einen kleinen An-und Verkaufladen in Montgomery hatte und sich einen guten Gewinn erhoffte.

Das grelle Sonnenlicht lies mich blinzeln. Ich fand mich auf dem Sofa wieder und so, wie ich das Licht einschätzte, war es bereits Nachmittag. Das musste so sein, denn die Sonne kam frühestens erst ab Mittag um das Haus herum und knallte nun voll durch das Fenster.

Ich fühlte mich völlig niedergeschlagen und irgendwie traurig.

Warum war mir nicht klar, aber ich hatte das Bedürfnis meine Musikfreunde aufzusuchen und war froh, als ich schließlich Raspe am Telefon hatte.

Slippin' and Slidin'

Mühselig schraubte sich mein Auto im zweiten Gang die engen Serpentinen hoch. Endlich kam das schmale Hochplatou und die Straße verlief halbwegs geradeaus, ohne große Steigung. Dafür ging es direkt rechts von meinem Auto fast senkrecht ins Tal. Natürlich ohne Leitplanken denn die Schweiz ist ja ein freies Land.

Noch zwei kleine Bergdörfer und das Ziel lag vor mir. Winterurlaub!

Die Sonne schien und der Schnee, der immerhin gut einen Meter hoch lag in dieser Höhe, erzeugte ein helles, gleißendes Licht.

Die Vorfreude war groß denn ich war ein begeisterter Wintersportler. In jedem Jahr ging es zur Wintersaison in die Berge und wenn ich es mir erlauben konnte gleich mehrmals.

Angefangen hatte das, wie bei fast allen Flachlandtirolern, die wie ich aus Westfalen kamen, im Sauerland. Als Jugendlicher mit dem Skibus oder später mit dem eigenen Auto. Wir fuhren früh los um den ganzen Tag bei zwanzig Zentimeter Schneematsch immer schön im Wechsel zwanzig Minuten Liftschlange, neun Minuten Ankerlift fahren und fünf Minuten Abfahrt zu genießen. Dann, abends, bei Schneeregen, der Gott sei Dank bei Erwitte wie immer in Regen überging, im Schneckentempo nach Hause.

Trotzdem musste das irgendwas ausgelöst haben, denn irgendwann ging die erste Tour in die Alpen (Kitzbühl, wenn schon denn schon) und von da ab gehörte es zum Jahresablauf. Entweder Skigruppenreisen mit dreißig Personen im Gruppenschlafsaal oder Mehrstockbetten oder privat mit Bekannten in angemieteten Ferienhäusern. Es war immer klasse. Auch wenn es abends immer die gleichen abenteuerlichen Geschichten gab, nach dem Motto: „Und ich in voller

Fahrt, seh nichts und dann das Loch und die Tanne", naja und so weiter.

Trotzdem waren diese Gruppenreisen spannend und voller Dynamik. Man fuhr mit einem haufen Fremder in eine große Unterkunft und hatte maximal vierzehn Tage Zeit um die Erfahrungen einer anregenden Urlaubsaffaire zu machen oder mit dem Gefühl eben ein Einzelgänger zu sein wieder nach Hause zu fahren...

Mir war es in meinen jungen Jahren immer gut bekommen. Ich bekam schnell Kontakt und genoss das Gruppenleben mit mehreren oder mal mit einer Rita oder einer Beate.

Seit einigen Jahren hatte ich das unverschämte Glück eine urige, alte Holzhütte mieten zu können. Diese Hütte lag etwas abseits in einem kleinen Skigebiet und war nur auf Skiern zu erreichen.

Man fuhr mit dem Lift hoch und nach einer kurzen Abfahrt konnte man über einen Ziehweg direkt vor die Hütte fahren.

Einfach genial. Die Hütte bot Platz für etwa 6 Personen und war spärlich aber gemütlich eingerichtet.

Sogar Strom und fließend Wasser gab es. Ansonsten kein Hallas sondern Erholung pur.

Dort verbrachte ich in den letzten Jahren einige Winterurlaube mit Freunden.

Nach all den Jahren war mir die Schweiz ans Herz gewachsen. Nicht weil mich der Snob geküsst hat, sondern weil ich es in Östereich nicht mehr ertragen konnte.

Vollgekotzte Pisten sehen einfach scheiße aus auch wenn man nicht zimperlich ist. Das liegt wohl am Kontrast mit dem weißen Hintergrund.

Auch die tälerübergreifende Beschallung, die sich in Östereich beliebt macht, kann ich nicht ertragen. Die beschallen einfach alles. Lifte, Pisten, Toiletten, Hütten, Bierzelte, Skiverleihbuden, Diskos (ok, ne Ausnahme). Aber es ist nicht allein die Tatsache, dass sie es beschallen. Das mach ich ja mit meinen Bands auch gerne, wenn auch nicht tälerübergreifend.

Ich kann einfach nicht viere gerade sein lassen. Selbst zwei nicht. Ich kann's einfach nicht. Umptz, umptz, umptz und immer auf die Eins. Man kann doch auch auf zwei und vier abfeiern, aber nein. Es muss die Eins sein und gerade... dummda dummda dummda.

Und dann die Texte. Alles Ötzi! Was reimt sich da? Na klar Fötzi. „Peter, deiner ist kein Meter", oder so ähnlich. Ich kann da auch nicht weghören. Wohin auch? Entweder gibts irgendwo ein Echo oder das Ganze ist eben tälerübergreifend.

Da lob ich mir doch die Schweiz. Beschallung ist da selten und wenn eher klassisch.

So gibt es in diesem beschaulichen kleinen Ort, dessen Namen ich nicht nennen werde, denn er soll ja klein bleiben, auch nur zwei Kneipen und einen Laden. Eine Kirche, die gleichzeitig als Konzertsaal dient. Da sieht man es mal wieder. Extra dicke Mauern, damit nichts nach draußen dringt und die Leute dazu veranlasst in den Schnee zu kotzen.

Also alles so, wie es sein soll. Sauberer Schnee und saubere Luft.

Im Ort angekommen brauchte ich nur mit dem Lift hoch und ein kleines Stückchen auf Skiern wieder talwärts.

In diesem Jahr war ich mit dem Auto vorausgefahren, da ich es mir zeitlich erlauben konnte. Am nächsten Wochenende wollten dann die anderen nachkommen.

Da die Abende im Winter lang sind wählte ich die Mitreisenden sorgfältig aus.

Einerseits sollte die Gruppe einigermaßen homogen sein, was das Skifahren anging. Schließlich will man ja nicht dauernd warten bis es alle geschafft haben auf die Beine zu kommen.

Andererseits war es eng in der Hütte und es sollte ja einigermaßen gemütlich zugehen.

Bernd und Norbert waren fast in jedem Jahr dabei und ich hatte noch Andrea und Bettina gefragt. Eventuell wollte auch Heike noch mitfahren. Von mir aus gerne. Wir würden schon unseren Spaß finden aber jetzt war ich erstmal allein unterwegs und erwartete für die nächsten vier Tage auch niemanden.

Ich war vor einigen Jahren auf das Snowboard umgestiegen, was mich zwei voll bezahlte Urlaube gekostet hatte, die ich mal mit Rollkur bezeichnen will. Aber es hatte sich gelohnt. Wie bei einem neuen Instrument ist der Einstieg mehr oder weniger beschwerlich aber mit etwas Ausdauer lässt sich das neu Erworbene anwenden und ein neuer Blickwinkel tut sich auf.

Ich lernte die Skigebiete mehr im sitzen zu betrachten anstatt mit Skistöcken den anderen im Gesicht rumzufuchteln nach dem Motto: „Siehst du den Hügel da?»

Mittlerweile hatte ich mir einen Helm zugelegt, nicht weil ich Angst hatte, mir könnte hier wieder ein Amp auf die Birne knallen, sondern ich hatte gelernt, dass man entweder auf die Knie oder den Hinterkopf fällt.

Dafür war ich nicht mehr auf die autobahnartigen Pisten angewiesen, auf denen sich die Carver tummelten und sich in der gleichen Haltung wie bei der Anreise, die Hände in Lenkradstellung, in großen Bögen in die Kurve legten und manchmal versehentlich den Knopf für die Lichthupe suchten.

Jedem das seine und mir das meine. Das fahren abseits der Pisten im Gelände war großartig. Auch mit Skiern war ich schon gerne im Tiefschnee gefahren. Aber jetzt mit dem Snowboard war es nochmal anders.

Die Leichtigkeit, mit der man durch reine Gewichtsverlagerung durch den unberührten Schnee gleiten konnte, ließ mich das ständige im Schnee sitzen der vergangenen Jahre schnell vergessen.

So ganz ohne Musik ging es natürlich hier auch nicht.

Zu Hause gab es ja immer was zu daddeln aber auf so einer Tour nahm ich immer gerne ein Instrument mit, mit dem ich mich intensiver beschäftigen wollte.

Diesmal war es meine neue Lap Steel mit acht Saiten in A6 Stimmung. Die offene Standard Stimmung kannte ich ja von der Dobro her aber die A6 Stimmung war noch etwas ungewohnt und so hatte ich mir zumindest für die Tage, wo ich allein war, eine Übungsstation gebaut die nichts zu wünschen übrig ließ.

Sie bestand aus meiner Steel, einem Line 6 Pod Amp Simulator und einem iPod mit etwa neunhundert Westernswing-Blues und Countrynummern. Klar hätte ich auch gern den kleinen Tweed Verstärker mitgenommen aber ich wollte ja nur etwas üben und niemandem auf die Ohren gehen in diesen, so geruhsamen, Schweizer Bergen.

Das Ganze mit einem Kopfhörer über eine Zwillingsleitung verbunden. So spielte ich jeden Abend mit den ganz großen dieser Musikrichtung. Ich wünschte mir so sehr eine Band, die so eine Musik spielt aber die gab's nicht. Bei uns zumindest nicht. Blues ja aber Western Swing oder Hillbilly? Nicht so weit das Ohr reicht.

Tagsüber schön im Gelände, super Wetter, reichlich Schnee. Abends etwas üben auf der Steel und viel lesen. Alles prima.

Am nächsten Tag fuhr ich mit dem Lift zum Sezner hoch. Dort machte ich an meinem Lieblingsort eine kleine Pause.

Neben der Bergstation etwas abseits des Getummels gibt es eine Kante von der aus man in ein riesiges Tal schauen kann. Eingerahmt vom Grener Berg und dem Um Su liegt es völlig unberührt und unerschlossen vor einem. Eine glitzernde, weiße Decke, unbeschallt und ohne Kotzflecken.

Unberührter Schnee. Wie oft habe ich daran gedacht, dort hineinzugleiten und wie auf einer riesigen Leinwand mit den Board eine feine Zeichnung zu hinterlassen.

Den Teufel werd ich tun. Es gibt nämlich keinen Ausweg aus diesem Tal. Wenn man unten ist muss man zu Fuß wieder zurück und das dauerte bis zum Frühjahr.

Nee, lass mal. Ist und bleibt ein Traum. Auch gut.

Hatte diesen Traum auch schon mal fast zu Ende geträumt. In der Sonne sitzend, ins Tal geblinzelt, eingenickt und aufgewacht durch ein Geräusch das plötzlich nicht mehr da war. Es fehlte das Gemurmel der Liftanlage die etwas abseits lag aber noch hörbar war.

Es war kalt und schon dämmrig. Die Bergstation war schon zu und ich war so gut wie allein.

Mit steifen Gliedern aufs Brett und den Weg abwärts suchend. Da war ich jedoch froh, dass es Pisten gab. Alle Glieder waren allerdings nicht steif. Eins fehlte sogar wie ich an einer Tanne feststellen musste. Dabei war ich mir sicher, dass ich es am Morgen noch sorgfältig verstaut hatte. Aber durch den seitlichen Eingriff meiner langen Unterhose war nichts zu finden. Rückzug auf der ganzen Linie. Kunststück sich dabei nicht die Skihose zu versauen.

Heute blieb ich nur kurz und es war so gegen drei Nachmittag.

Ich schredderte bergab in Richtung Tal und erreichte ein kleines Bergrestaurant. Sofort dachte ich an eine heiße Ovomaltine.

Runter vom Board lief ich direkt auf das Plakat zu.

Heuer Elvis Abend mit den Home Towners, Rock&Roll. Wobei es hier wohl Rookchändrool ausgesprochen wird. 16.30 Uhr bis 19.00 Uhr mit anschließender Fackelabfahrt.

Drinnen wurde schon aufgebaut. Ich holte mir eine Ovo und beobachtete das Geschehen.

Das Restaurant war wirklich voll und ich konnte nicht viel sehen und gleich auf die Band losstürzen wollte ich auch nicht.

Schlagzeug, Kontrabass, E-Piano, E-Gitarre und Akustik Gitarre. Soviel konnte ich hören. Na ja, Soundcheck. Hier und da ding ding, rack rack. One, two check. Check, check.

Dann kam das erste zusammenhängende Stück. Der komplette Bandcheck. Nicht schlecht!

„Have mercy, mercy babe", von wem war das nochmal?. Kurz angespielt. „Nine little Kisses". Kannte ich auch irgend- woher aber von wem? Auch nur kurz bis zum Solo. Sauber. Dann noch Mystery Train in der Elvis Version als check für die Akustik Gitarre. Guter Gesang. Ich kämpfte mich etwas näher nach vorn, an einer Horde Jugendlicher aus einer Skischule vorbei, als die Band alles zusammenstellte und zum Essen ging.

Das würde ich mir wohl gerne antun wollen heute Abend. Obwohl, es war schon kurz vor vier. Also bleiben?

Ich holte mir ein Bier und wollte mir das Equipment ansehen als ich den Entschluss fasste. Warum eigentlich nicht?

Bier stehengelassen. Raus, aufs Brett, im Schuss den Ziehweg runter, an der Mittelstation vorbei, Abkürzung durch die Schneise, übers Feld, von hinten auf die Hütte zu. Das wird knapp. Brett ab, in die Hütte. Lapsteel, Picks, Steelbar, Stimmgerät kann auch nicht schaden, Kabel. Scheiße, das Einsfuffzig Kabel nützt mir da auch nix. Egal. Alles unterm Arm. Brett unterm Arm abwärts zum Lift. 16.15 Uhr, letzte Bergfahrt. Es war zehn nach.

Das ging gut aber der Anschlusslift wird knapp. Die Sitze waren zum Teil schon hochgeklappt als ich ankam. Da man mir anscheinend ansah, dass ich nicht aus reinem Skiver-

gnügen nochmal fahren wollte ließ der etwas grimmig aussehende, voll pigmentierte Bartträger mich durch. Als ich ihm
ist Gesicht schaute, um mich zu bedanken, wusste ich woher
der Maskenbildner von Dieter Krebs seine Vorlagen hatte.
So ein Gebiss hatte ich bisher nur im Fernsehen gesehen.
Geschafft.

Oben angekommen brauchte ich nur noch die schwarze
Abfahrt runter, ein Stück Ziehweg und ich war wieder am
Restaurant.

Die Band spielte schon. Es war mäßig voll, da die meisten
schon abgefahren waren. Mein Bier war weg.

Ich suchte mir ein Platz seitlich vorn wo ich die Band gut
sehen konnte. Helm und Steel unterm Tisch, erst mal ein
Bier.

Jetzt konnte ich die Musiker zum ersten Mal sehen. Der
Sänger sah wirklich aus wie der junge Elvis selbst. Bronze-
farbender Teint, volles dunkles Haar mit leichter Tolle. Eine
schnurgerade Knabberleiste, die zum Lächeln wie gemacht
war und eine richtig gute Stimme. Er hatte sich wohl sein
kurzes Leben lang, er war höchstens Mitte bis Ende zwanzig,
anhören müssen. Ey, du siehst aus wie Elvis. Was sollte er
machen? Wie Bob Dylan singen? Wäre ja dumm. Braun
beige's Bowling Shirt, goldbraune, weite Hose und two
tone Slipper. Ne Höfner Akustik mit schmalem Gurt, auf
Zehenspitzen, mit den Armen rudernd, „Hey Ba Ba Re Bob"
singend. Das war mehr als nur gut.

Der Bassist mit geslaptem Kontrabass. Allerdings mit Bart
und langen Haaren. Wahrscheinlich Musikstudent. Am
Keyboard, mit Pferdeschwanz und Petticoat, die passende
Ergänzung zum Sänger. Der Gitarrist mit ner Telecaster
über einen Vibrolux mit zusätzlich eingeschleiftem Band-
hallgerät. Sicherlich über sechzig in schwarzem Hemd, das
an der Knopfleiste prall auseinanderstand. Perlsnaps hätten
das nicht gehalten. Das klang anders als die meisten Gitarristen, die ich kannte. Eher etwas hölzern und auch nicht

dieses Griffbrettgerase. Es klang wie auf den alten Platten. Kurze Solos, kurze markante Riffs. Ansonsten schöne trokkene Rock&Roll Läufe. Dazu die geschrammelte, nach hinten gemischte, Akustik Gitarre, die nur Teppich macht. Das passte.

Mir gefiel besonders, dass sie nicht die bekannten Nummern der Party-Rock&Roll Sampler spielten. Es waren zwar oft die eins, vier, eins, fünf Verbindungen aber es konnte auch schon mal bunt durcheinander gehen. Es war eben kein Blues. Ich wollte bis zur Pause warten und es einfach versuchen. So richtig sicher war ich mir auf der Steel eben nicht aber was soll's. Andererseits bin ich eher etwas schüchtern und ne tolle Darbietung kaputt zu machen ist auch nicht der Bringer.

Dann ging alles ziemlich schnell. Die Pause kam als ich gerade aufm Pott war und irgendwie ergab sich's halt nicht. Scheiße, das würde ich mir nie verzeihen, dachte ich. Die Band spielte bereits wieder und ich war noch etwas näher nach vorn gerückt, seitlich neben dem Gitarristen. Ich hatte mitbekommen, dass er Englisch sprach. Die anderen Musiker sprachen jedoch Deutsch ohne Schweizer Akzent.

Schließlich machte der Sänger eine längere Ansage und spielte einen Song allein auf der Gitarre. Ich winkte dem Gitarristen zu und beugte mich nach vorn um ihn auf englisch zu fragen ob ich etwas Steel Gitarre spielen könnte.

Er antwortete völlig irritiert: „Äh, we have no Steelguitar, äh, sorry." Ich sagte, das wäre nicht das Problem. Ich hätte eine mit. Er musterte mich in meinem Snowboarddress mit den dicken Schuhen und wirkte etwas ungläubig. Der Sänger war aufmerksam geworden und beugte sich am Ende seines Songs zu uns rüber und fragte, was los wäre.

„He wants to join in with a steelguitar". "Elvis"drehte sich direkt zurück ans Mikrofon, fing an zu lachen und sagte, „Ich glaub es nicht, hier fährt jemand Snowboard mit ner Steelguitar und möchte gerne mitspielen". Gejohle und Gelächter.

Gut, dass ich schon drei Halbe auf hatte sonst hätte ich mir wahrscheinlich Sorgen gemacht.

Sie gaben mir einen Song Zeit um alles fit zu machen und Pete, so hieß der Gitarrist, gab mir ein Kabel.

Es klang zu Anfang etwas spitz, ließ sich aber regeln.

Was spielen wir, fragte Raimund, der Sänger. Damit hatte ich natürlich nicht gerechnet. Äh, äh, stammel. Mir fiel natürlich nix ein. Ich kannte ja auch noch gar keine Titel sondern hatte nur so mit meinem iPod mitgedaddelt. „Äh, Western Swing, Hank Williams?" „Das ist gut, warum nicht", sagte Raimund. „Hey good looking"? Das kannte ich, man das kannte ich. Ich hatte zwar nicht den original Lauf drauf aber ich kannte das Stück. Mein erster Steelguitar Auftritt. Ich ließ die Band anfangen und mogelte mich rein. Gar nicht mal schlecht. Sogar das Solo kam gut, im Ansatz zumindest. Im Original ist das Solo nur vier Takte lang. Ich hatte mich natürlich auf die volle Runde eingelassen und schoss in den Gesangspart. So God will. Danach „Move it on over". Auch das kannte ich. Nach zwei weiteren Stücken, in die ich mich einpasste, setzte ich aus, da mir die Nummer zu heikel war. Es liegt mir einfach nicht, was kaputt zu machen nur um einen reinzuhalten. Auch wenn es ganz gut sein kann mal was zu wagen.

Ich spielte noch bei vier, fünf Nummern mit und das Programm neigte sich dem Ende zu. Es kamen einige Bandhighlights bei denen ich mich zurückhielt. Zum Schluss sollte ich noch eine Nummer mitspielen und wurde vorgestellt, wobei Raimund feststellen musste, dass er ja meinen Namen gar nicht kannte. Woher auch.

Das Publikum löste sich schnell auf, da zur Fackelabfahrt gesammelt wurde.

Jetzt erstmal mit den Jungs einen ausplaudern.

Pete kam aus England und hatte zu Bill Haley's Zeiten eine eigene Rock&Roll Band. Er hatte sein Leben lang nichts anderes gemacht. Im Grunde hielt er nicht viel von einer

Steel Gitarre oder vielleicht auch nur von meiner nicht. War aber sehr nett und gesprächig. Er gehörte zu der Generation Rock&Roll Musikern, die die Steel verdrängt hatten. Zu seiner Zeit war die Steel Unterhaltungsmusik und der harte Rock&Roll war die Zukunft. Raimund hingegen mochte die alten Hillbilly Nummern und hatte sie auch im Programm. Er plante durchaus die Band zu vergrößern und nach Bedarf auch mit Western Swing zu erweitern. Wir sollten jedenfalls in Kontakt bleiben. Die Band kam aber aus Süddeutschland. Das konnte ich vergessen. Ich war ja kein Berufsmucker der mal eben hier und da jobt. Vielleicht wars auch nur nett gemeint.

Ich war jedenfalls überglücklich und zufrieden. Brauchte auf der Heimfahrt durch den Ziehweg auch keine Fackel da ich die Lampe voll an hatte. Brachte die Steel und mich ohne nennenswerte Stürze ins Tal und wusste was ich wollte.

Ich hatte schon hier und da versucht die Steel mit einzubringen aber es passte nicht so richtig. Eine Western Swing-Hillbilly Band musste her. Und dafür musste ich vor allem üben.

Das tat ich wie besessen. Ich überlegte angestrengt, wer in meinem Bekanntenkreis wohl in Frage kam, um so eine Band auf die Beine zu stellen.

Musiker kannte ich ja zur Genüge aber wer eignete sich zu dieser Art von Musik?

Auch wenn es vielleicht nicht besonders schwer war Hillbilly Musik zu spielen aber wollen sollte man es schon.

In Gedanken ging ich die Musiker, die ich kannte, durch.

Das würde nicht einfach werden. Es gab viele, die gut genug gewesen wären aber ganz andere Musik machten. Auch die Instrumentierung war recht ungewöhnlich. Gitarristen gab's ja reichlich aber bei Fiddlern oder Kontrabassisten fiel mir keiner so recht ein.

Zumindest machte sich eine Vision Platz in meinem Hirn. Das war eine gute Voraussetzung. Ich fand, es war sogar die einzige Voraussetzung die notwendig war, um was auf die Beine zu stellen.

Im Nu war der Urlaub zu Ende und wir befanden uns auf dem Rückweg.

Die Tage mit den Anderen waren kurzweilig gewesen und die Nächte hatte ich mit Andrea verbracht. Ich hatte die Steelguitar nichtmal mehr ausgepackt.

Andrea hatte sich entschieden mit mir zurückzufahren und mir gefiel das. Ihre Anwesenheit hatte etwas angenehm Leichtes. War gespannt wo das hinführen würde. Naja, zunächst mal nach Hause hoffte ich, da wir übermorgen einen Gig hatten.

Die Alpen hatten wir hinter uns gelassen und gegen Mittag die Grenze passiert.

Ich war den ersten Teil der Strecke gefahren und nun saß ich auf dem Beifahrersitz und Andrea bretterte über die Autobahn in Richtung Heimat.

Wir erreichten den Großraum Frankfurt und die Bahn füllte sich zunehmend. Immer öfter tauchten diese Amischlitten auf. Alte SUV´s, gesteuert von Kappenträgern oder große Jeeps in Tarnfarben.

Selbst 60 Jahre nach dem Krieg gab es hier in dieser Gegend noch viele der amerikanische Kasernen und ihren Soldaten. Nur nannte man sie nicht mehr Besatzer aber dennoch prägten sie das Bild dieser Gegend.

Wir fuhren an der Abfahrt Friedberg vorbei und ich erwähnte, dass Elvis hier stationiert war in den Fünfzigern.

Andrea reagierte jedoch nicht darauf, da sie sich gerade entschieden hatte einen LKW zu überholen. Auch gut dachte ich und klappte den Sitz etwas zurück. Ich knautschte die Skijacke neben meine Kopfstütze um ein kleines Nickerchen zu machen. Ich hatte leichte Kopfschmerzen und schob das auf die Sonne die wir in den vergangenen Tagen reichlich genossen hatten.

Bald sah ich Elvis in seinem glitzernden Overall, mit einem Sturmgewehr in den Händen, wie er sich auf dem Bauch liegend, mit den Ellenbogen voran, einen Weg durch den Schlamm bahnte. Ein kahl geschorener, bulliger Soldat schnauzte ihn auf amerikanisch an. Das sei hier keine Bühne, sondern ein Schlachtfeld. Doch Elvis antwortete nur: „Love me Tender..." Dann wendete sich mein Traum und der bizarre Glitzeroverall verschwand.

Bo Dowell - G.I. in Germany

Ruckartig riss er den Kopf nach oben und öffnete die Augen. Das ständige Geschaukel hatte ihn einschlafen lassen. Er richtete sich leicht auf und griff nach seiner Brieftasche. Sie war noch in der Innentasche seiner Uniform, wo er sie sorgfältig verstaut hatte. Als nächstes suchte er nach seinem Gepäck. Auch das befand sich an seinem Platz. Nur seine Armeemütze war etwas verrutscht. Er zog seine Uniformjacke gerade und schaute sich um. Einige neue Fahrgäste konnte er entdecken und weiter vorn waren einige Plätze leer, wo vorher noch Fahrgäste gesessen hatten. Er musste fest geschlafen haben. Die Sonne stand bereits tief und er versuchte sich zu orientieren, wo sie waren. Kein Straßenschild weit und breit. Er saß in dem Überlandbus, im hinteren Teil, der für schwarze Fahrgäste war und starrte durchs Fenster auf die staubige Landstraße. Er schätzte, dass es noch einige Stunden dauern müsse, bis sie Montgomery erreichen würden. Er hatte Durst und holte eine Flasche Wasser aus seinem Armeesack, der unter seinem Sitz lag. Er hatte richtig geraten, als er das Hinweisschild Richtung Birmingham sah, wusste er, dass er noch etwa vier Stunden brauchen würde. Seit 18 Monaten war er nicht mehr zu Hause gewesen. Er hatte eine Armee Sonderausbildung hinter sich gebracht, war nun Sergeant der Armee der Vereinigten Staaten, trug eine stolze Uniform und trug seinen Wehrsold in seiner Brieftasche. Was er noch in der Brieftasche trug, hatte ihn bereits den ersten Teil seiner Heimfahrt beschäftigt. Er war zu dem Entschluss gekommen, dass er es den Krauts schon zeigen würde. Er würde ihnen schon Manieren beibringen. Er hatte sich, nicht ohne Stolz, abgefunden mit dem Stellungsbefehl. 18 Monate Germany, und vielleicht auch länger. Genau wusste er das nicht, aber unter 18 Monaten war noch nie jemand zurückgekommen, das wusste er. Solange würde man sicherlich auch brauchen, um diesen Kannibalen die einfachsten Regeln beizubringen. Obwohl sich das Gerücht von Kannibalismus unter seinen

Kameraden nicht lange gehalten hat, traute er den Krauts, wie er sie nannte, alles zu. Schließlich war es erwiesen, das sie Tausende vergast hatten und einen fürchterlichen Krieg angezettelt hatten, aber letztendlich hatte man es ihnen gezeigt und nun hatte er den Auftrag, nach diesem schrecklichen Krieg, dort für die Aufrechterhaltung der Ordnung zu sorgen. Das erfüllte ihn mit einem gewissen Stolz, zumal er als Mensch schwarzer Hautfarbe eher selbst eine ständige Reglementierung erfuhr. Aber es gab eben Regeln des Zusammenlebens und denen fügte er sich. Einerseits weil es so war und andererseits wollte er so wenig Ärger wie möglich. Er war nun mal schwarz und durfte im Bus nur hinten sitzen und in der Kaserne hatten sie eigene Unterkünfte und nach Dienstschluss waren sie auch getrennt von den weißen Kameraden. Ihm war das gleichgültig, auch kannte er das nicht anders, zumal er in Alabama aufgewachsen war. Natürlich war die Rassendiskriminierung nicht nach seinen Wünschen, aber so war es nun mal und schließlich hatte er es in der Armee zu was gebracht, seine Eltern würden stolz sein und jetzt sollte er sogar in Germany den Menschen zeigen, wo es langgeht.

Sie erreichten Montgomery und der Bus rollte auf den großen Bushalteplatz. Er holte seinen Seesack unter dem Sitz hervor, wartete bis die weißen Fahrgäste ausgestiegen waren und bahnte sich einen Weg durch die engen Sitzreihen.

In anderthalb Stunden hatte er eine Verbindung nach Brundidge und von dort waren es nur noch zwei Meilen bis zum Haus seiner Eltern. Er freute sich, die beiden wiederzusehen und ihnen die Uniform zu zeigen. Am meisten freute er sich jedoch, endlich wieder unter Freunden zu sein, zu jammen, Amelie zu sehen, die ihm regelmäßig geschrieben hatte und er war sich sicher, dass sie ihn endlich ranlassen würde, jetzt wo er nach Germany musste. Eine Woche hatte er Zeit und er würde sie nutzen.

Er vertrat sich ein wenig die Beine und schlenderte durch Montgomery, soweit sein Seesack das zuließ. Schließlich stand er vor einem Pawnshop. Er sah die Nähmaschine im Fenster *stehen. Eine braune Holzplatte mit einer schwarzen Maschine. Das Gestell ließ sich zusammenklappen. Eine Fußraste trieb die Maschine über einen Lederriemen an.*

Er betrat den Laden und grüßte höflich. Der Verkäufer begutachtete ihn kritisch und seine Miene verriet, dass er ihn ohne seine Uniform wohl sofort rausgeschmissen hätte. „Was willst du?"

"Ich möchte die Nähmaschine kaufen, die im Fenster steht." "Wozu?" "Ich möchte sie verschenken." "Seit wann haben Nigger was zu verschenken?" Bo Dowell blieb ruhig. Es brauchte mehr, um ihn zu reizen. Er sagte freundlich „Wieviel?" "19 Dollar, bar und sofort, hier gibt's nichts auf Raten." Bo schaute sich weiter um in dem Laden um etwas Zeit zu gewinnen und bewegte sich vorsichtig, um nichts umzuwerfen. Da entdeckte er einen kleinen Gitarrenverstärker zwischen allerlei Hausrat. Er hob ihn vorsichtig hoch und betrachtete ihn von allen Seiten. „Eye, was soll das. Hier wird nix angegrabbelt. Erst alles befingern und dann doch nix kaufen." "Ist der ok?" "Hier ist alles ok, man, ich hoffe, du willst keinen Ärger." "Vierzig Dollar für beides, die Nähmaschine und dieser Verstärker", sagte Bo mit einem freundlichem Grinsen. Der Verkäufer witterte ein Geschäft, kurz vor Ladenschluss und murrte"fünfzig." "Eye, ich nehme beides, da sind vierzig viel", sagte Bo. „Fünfzig, oder du nimmst gar nichts", sagte der Verkäufer. Nach zehn Minuten verließ Bo den Laden, bepackt mit seinem Seesack, den er auf dem Rücken trug, eine gusseiserne Nähmaschine unterm Arm und einen Verstärker in der rechten Hand. Er hatte letztendlich fünfundvierzig Dollar bezahlt und sich nochmals beschimpfen lassen. Allein die Vorfreude, wie sich seine Mutter über die Nähmaschine freuen würde, hatte ihn alles über sich ergehen lassen.

Er wankte zurück zum Bushalteplatz und saß eine halbe Stunde später in einem alten Bus, Richtung Brundidge, nicht ohne sich ein weiteres Mal beleidigen zu lassen, wegen seinem Gepäck. Er musste einen Fahrpreisaufschlag zahlen und nach weiteren zweieinhalb Stunden kletterte er aus dem Bus und nahm sein Gepäck in Empfang, das in einer der unteren Lade-klappen verstaut worden war.

Er schulterte die Gepäckstücke und machte sich auf den Weg zum Haus seiner Eltern.

Die staubige Straße zog sich endlos, trotzdem war er erfreut, alles wiederzusehen. Er kannte jeden Strauch und jeden Baum. Mehrfach setzte er den Verstärker ab, nahm die Nähmaschine unter den anderen Arm, nahm den Amp mit der anderen Hand und setzte seinen Fußmarsch fort.

Endlich erreichte er den letzten Hügel, hinter dem das Haus seiner Eltern lag.

Es war ein kleines Gebäude aus Holz. Drei Stufen führten auf eine kleine Veranda vor der Eingangstür, eingerahmt mit einem Holzgeländer.

Eine alte Holzbank stand rechts von der Tür. Von Weitem sah er seinen Vater in der Abenddämmerung dort sitzen. Die Gitarre lehnte neben ihm. Seine Mutter war nirgends zu sehen. Da sein Vater seit langem schon schlecht sehen konnte, wurde er nicht bemerkt, wie er den staubigen Weg auf das Haus zuging. Erst, als er etwa zwanzig Meter vor der Veranda stand, schaute sein Vater auf und sah ihn erstaunt an. Er hatte keine Gelegenheit gehabt, sich anzumelden. Eines Tages hieß es, ausrücken nach Übersee am 08.08. Eine Woche Sonderur-laub. Am 07.08. um sieben zum Appell.

Sein Vater stand nicht auf, sondern betrachtete ihn nur und sagte," Bo, du bist zurück?»

Bo stellte die Sachen auf der Veranda ab und umarmte seinen Vater. Seine Mutter, die Stimmen gehört hatte, kam heraus und tat einen Freudenschrei. Sie nahm Bo in die Arme und wischte sich anschließend die Tränen mit ihrer Schürze aus den Augenwinkeln.

„Lass dich anschauen", sagte sie. „Du siehst großartig aus mit der Uniform. Wie geht es Dir, mein Junge?" Bo drehte sich auf der Veranda und ließ sich von allen Seiten betrachten in seiner tadellosen, wenn auch etwas staubigen Uniform, rückte sein Schiffchen zurecht und salutierte.

Er überreichte seiner Mutter die Nähmaschine, die das Gerät mit Skepsis betrachtete, sich aber doch sichtlich freute. Er baute sie im Zimmer auf und sie versuchten herauszubekommen, wie es funktionierte. Schließlich drehte sich die Maschine mit leisem Geratter und die Nadel führte den Faden mit fast gleichmäßigen Stichen durch einen kleinen Stofffetzen.

Er wartete mit seiner Neuigkeit bis nach dem Essen. Seine Mutter weinte wieder und sein Vater ging wortlos nach draußen. Der Bruder seines Vaters war 42 nach Germany schickt worden und außer einer Blechmarke und ein paar verblasster Erinnerungsfotos war nichts von ihm zurückgekommen.

„Diese verdammten Krauts", sagte sein Vater später, als er ihm auf die Veranda folgte. „Du weißt, was mit Onkel Jo geschehen ist und du weißt, was ich von der Armee halte. Du bist alt genug, aber erwarte nicht, dass ich das gut heiße" "Dad, der Krieg ist zu Ende, das wird eine Spazierfahrt, wir werden den Krauts etwas Anstand beibringen und in 18 Monaten bin ich zurück, du wirst sehen." "Das hat Jo auch gesagt", brummte sein Vater und verlor kein Wort mehr über Bo's Versetzung.

Umso aufgeregter war seine Mutter, nachdem sie aufgehört hatte zu schluchzen. Was musst du denn alles mitnehmen? Bekommt ihr auch genug zu essen? Ihre größte Sorge aber war die Seelsorge. Sie war streng gläubig und befürchtete das Schlimmste für Bo's Seelenfrieden. Er würde unweigerlich Schaden nehmen bei diesen Ungläubigen und Gott möge ihm beistehen.

Später hätte er gerne den kleinen Verstärker getestet, doch sein Vater besaß nur eine akustische Gitarre, auf der auch er, seit er laufen konnte, spielte. Er selbst hatte bei Jam Sessions öfter eine Elektrogitarre gespielt, die jedoch nicht ihm gehörte. Irgendeine dieser Elektrogitarren würde er noch auftreiben müssen. Deshalb hatte er ja schließlich den Verstärker gekauft. Er hatte gehört, dass die Soldaten in Germany die meiste Zeit herumhingen und so hatte er etwas, womit er sich die Zeit vertreiben würde. Und da er sich sicher war, dass es dort keine Verstärker gab, hatte er sich diesen kleinen Amp kurzerhand gekauft. Er war klein, aber groß genug, um zu spielen. Das der Bespannstoff vorn am Speaker Stockflecken hatte, störte ihn nicht. Hauptsache er funktioniert.

Am nächsten Tag suchte er Amelie auf. Sie war sichtlich erfreut und als er ihr erzählte, dass er nach Germany gehe, war auch sie den Tränen nahe. Andererseits erzielte diese Nachricht genau die Wirkung, die er erhofft hatte. Am gleichen Abend schliefen sie miteinander. Sie hatten sich an der Scheune vom alten Fuller getroffen, ein bisschen rumgealbert und bereits beim ersten Versuch sich Ihr zu nähern, gab sie sich so willig, als wenn sie sonst die Chance ihres Lebens verpassen würde. Auch an den nachfolgenden Tagen wollte sie diese Chance nicht verpassen und am übernächsten Tag nutzten sie die Chance gleich zweimal.

Bo war glücklich, zugleich fühlte er sich stark und würde in Germany mal eben auf den Busch klopfen, um danach von der Armee in die Arme von Amelie zurückzukehren. Alles war einfach und wurde nur getrübt, weil sie im Nachbardorf Samuel Bakker aufgehängt hatten. Er hatte angeblich ein paar Eier gestohlen.

Seine Mutter hatte darauf bestanden, den Stoff am Verstärker auszutauschen. Es käme nicht in Frage, dass ihr Sohn mit Stockflecken, wo auch immer, nach Germany führe.

Sie hatte ein kleines Stück Canvas Stoff aufgetrieben und Bo musste den Amp zerlegen und die Gehäuseöffnungen mit dem neuen Stoff bespannen. Er war zwar etwas eng gewebt, aber das sollte den Klang wohl nicht sonderlich beeinflussen.

Bo hatte den Amp bei Bill testen können. Er war nicht besonders, aber durchaus brauchbar. Die Gitarre wollte Bill nicht rausrücken, auch nicht zu Ehren der Vereinigten Staaten von Amerika, zumal er mit Samuel Bakker verwandt war, wenn auch nur entfernt.

Zwei Tage später war es dann soweit. Es hieß Abschied nehmen. Mutter schluchzte wieder, Amelie gab ihr Bestes, und Bo verpasste auch diese Chance nicht. Sein Vater sagte nichts, er drückte ihn an sich und gab ihm dann einen schmalen Gitarrenkoffer. Er enthielt eine Fender Broadcaster mit gebrochenem Hals, der aber sorgfältig repariert war. Damals wusste Bo natürlich nicht, dass er seinen Vater nicht wiedersehen würde.

Mit dem Truppentransport ging es nach Norfolk und von dort mit dem Versorgungsschiff nach Germany.

Während der gesamten Überfahrt war ihm, im wahrsten Sinne des Wortes speiübel. Es hatte gleich am ersten Tag begonnen und angehalten, bis sie in Bremerhaven anlegten. Er hatte sich ständig übergeben, seine Kotze wieder wegmachen müssen, um sich anschließend wieder alles durch den Kopf gehen zu lassen. Er war zwar nicht blass, wie einige seiner weißen Kameraden, die das gleiche Schicksal ertragen mussten, aber einige neckten ihn damit, dass er grün im Gesicht sei und das sähe viel schlimmer aus. Er war am Ende seiner Kräfte und stand nun in voller Montur in der zweiten Reihe an Deck, ständig Ausschau haltend nach den Naziungeheuern.

Er konnte keine entdecken. Er sah nur Kinder, die ihnen zuwinkten, einige Frauen standen am Kai und die Hafenarbeiter, die geschäftig ihren Tätigkeiten nachgingen.

Sie wurden weiter mit dem Truppentransport nach Friedberg gebracht. Hier sollte seine neue Heimat sein. „Ray Barrack's"

Sechs Wochen absolute Ausgangssperre mit Wachdienst, Kasernendrill, Unterweisung, Stubendienst und den typischen Hänseleien, die den Neulingen angetragen wurden.

Dann der erste Ausgang. Sie durften die Kaserne verlassen bis zur Sperrstunde und nun waren sie, streng nach Hautfarbe getrennt, zum ersten Mal in einer Kneipe in Germany.

Die Luft war zum schneiden vom Qualm hunderter Lucky Strike Zigaretten und roch nach Schweiß und Bier. Zu seinem Erstaunen sah Bo einige weiße Frauen, die mit seinen schwarzen Kameraden tanzten und auch die Bedienung bestand aus Frauen mit weißer Hautfarbe. Das war völlig neu für Bo. In seiner Heimat wäre das undenkbar gewesen und hätte unter Strafe gestanden. Er hatte zwar seine Kameraden reden hören von den Fräuleins, die Namen wie Hilda und Erika hatten, aber nun stand er mit offenem Mund und seinen großen Kulleraugen in der Kneipe und wirkte etwas verwirrt. „Na, neu hier?", lächelte ihn eine blond gelockte Frau um die 35 an, räumte die leeren Gläser ein, putzte über den Tisch und fragte, was der Süsse denn wolle.

Bo lächelte verunsichert zurück und bestellte ein Bier. Als sie das Bier auf den Tisch stellte, sagte sie: „Na , haste mal ne Zigarette für mich, Kleiner?" Wenn er von etwas genug hatte, dann waren das Zigaretten. Er rauchte wenig und die Rationen waren reichlich. Er zerrte nervös seine Schachtel aus der Ausgeh-Uniform und bot ihr unbeholfen eine Lucky Strikes an. Sie nahm gleich zwei, sagte danke und zwinkerte ihm ein Auge zu.

Langsam kam Bo zu sich, beobachtete das Treiben, trank ein weiteres Bier und begann sich wohler zu fühlen. Sie spielten Blues und Soul Musik, einige Paare tanzten. Es waren nur weiße Frauen anwesend und Bo begriff nun langsam, dass es hier ja auch gar keine schwarzen Frauen geben könne. Woher auch, aber das diese Frauen mit seinen Kameraden tanzten und offensichtlich auch nähere Kontakte pflegten, wie er unweigerlich feststellen musste, konnte er kaum glauben.

Am anderen Ende der Kneipe gab es ein kleines Gerangel, dass aber schnell geschlichtet wurde und die blutende Nase wurde mit einem nassen Lappen gekühlt. Er gesellte sich zu einigen

Kameraden, die er bereits flüchtig kannte. Er spendierte eine Runde, die er bei der Blonden mit zwei zusätzlichen Zigaretten und dem ausgewiesenen Dollarpreis bezahlte.

Schnell kam das Gespräch auf die Frauen und Bo musste feststellen, dass es hier durchaus normal sei, eine dieser schönen Frauen haben zu können. Wenn man wolle, auch mehrere. Es wäre zwar nicht gern gesehen, aber es stände nicht unter Strafe wie zu Hause und sei nicht unüblich.

Desweiteren erfuhr Bo, dass hier auch gelegentlich Livemusik gespielt würde und wenn er was zu sagen hätte, solle er das ruhig machen.

Die nächsten Dienstwochen waren ruhiger als die ersten und ein mäßiger Trott setzte ein. Bo hatte bereits einige Mitmusiker ausfindig gemacht und jammte mit seiner neuen Gitarre und dem kleinen Amp, wann immer es sein Dienstplan zuließ. Die Gitarre erwies sich als großartig und der Amp tat, was er konnte. Und was er nicht konnte, nämlich laut sein wurde nicht erwartet, weil nicht geduldet.

Bo war einige Male in der Kneipe gewesen und kannte bereits einige der Frauen beim Namen. Auch er wurde beim Namen, der auf seiner Uniform stand, angeredet. Die Frauen sprachen ein angenehmes, lustiges Kauderwelsch aus Englisch, Deutsch und dem, was sie für Englisch hielten.

Auch konnte Bo mittlerweile einige deutsche Worte wie Danke, sehr freundlich, Bitteschön, Fraulein.

Näher eingelassen hatte er sich jedoch nicht mit einer dieser Frauen, obwohl er zu seinem Erstaunen einige eindeutige Angebote bekommen hatte. Er hatte zwar mit ein oder zwei von ihnen getanzt, wenn er einige Biere zu viel getrunken hatte, aber es war ihm immer etwas unheimlich vorgekommen, auch wenn es sich gut anfühlte. Einige Male war es zu Prügeleien gekommen und die Militärpolizei schritt hart ein. Es gab Arrest und er erfuhr, dass auch einige der Frauen Ärger bekommen hatten, wegen unerlaubter Prostitution. Ihm war jedoch die Grenze nicht ganz klar. Wann fing Prostitution an. Geschenke nahmen sie alle gern, von Zigaretten über Seidenstrümpfe und andere Dinge, die sehr begehrt waren. Natürlich gab es Frauen, die es eindeutig für ein paar Dollar taten, aber wo war die Grenze, fragte er sich. Das es eine Frau nur aus Liebe tat, konnte er sich schlecht vorstellen. Das war zu ungewöhnlich.

In den Bars der weißen Kameraden spielten häufig deutsche Musikgruppen zur Unterhaltung. In den Kneipen, wo die schwarzen Soldaten unter sich waren, hatte man damit schlechte Erfahrungen gemacht. Es war jedesmal zu Prügeleien gekommen, oft wegen der weißen Frauen. Schließlich traute sich kaum eine Band der Umgebung dort aufzutreten, obwohl es immer wieder Musiker gab, die interessiert waren an der Musik, die dort gespielt wurde. Da man aber nicht erlaubte, dass schwarze Soldaten in den Bars der Weißen verkehrten, war es andersherum auch nicht gern gesehen, wenn sich ein Weißer in den Clubs der Schwarzen verirrte.

Also machten sie ihre eigene Musik, von der Schallplatte oder live. Auch Bo spielte mit einigen Kameraden gelegentlich. Sie spielten alles, von rauem Südstaatenblues über Soul bis zu neuzeitlichem Rock and Roll.

Auch an diesem Abend hatten sie gejammt und der Club war zum Bersten voll. Es war Zahltag gewesen und auch die Zahl der Prostituierten war eindeutig höher als sonst. So waren auch einige Frauen dort, die Bo nicht einmal vom Sehen kannte.

Es war bereits nach Eins und die Sperrstunde überschritten. Das Licht wurde etwas gedämpft und sie spielten nur noch sehr leise. Die meisten der Kameraden waren bereits abgefüllt. Bo saß allein auf der kleinen Bühne und spielte einen Blues, den er von seinem Vater gelernt hatte. Es hatte ein Metallrohr über seinen Ringfinger gestülpt, die Gitarre umgestimmt und spielte Slideguitar. Er war so in sich versunken, dass er nicht bemerkte, dass er beobachtet wurde. Erst als er aufhörte zu *spielen, vernahm er das Klatschen der keinen Hände direkt am Bühnenrand. Er sah in das schöne Gesicht einer Frau um die dreißig. Die Haare leicht wellig zurückgekämmt und hinten zu einem Kranz gewunden, der hochgesteckt war. Sie trug ein blaues Kostüm, lachte und sagte „Das war wunderbar". „Oh, thank you", Bo grinste müde, aber das lächelnde Gesicht der Frau zog ihn in seinen Bann. Er wollte die Gitarre zur Seite stellen, aber die Frau zeigte auf die Gitarre und sagte: Please play, you play." Bo verstand zuerst nicht, was sie sagte, aber sie zeigte weiterhin auf die Gitarre und deutete ihm an, weiterzuspielen. Bo nahm schließlich die Gitarre, stellte den kleinen Verstärker etwas leiser und drehte ihn in ihre Richtung, dann begann er zu spielen. Nachdem er einige slide-guitar Licks gespielt hatte, begann er leise zu singen.*

I've got the right railroad
and thats so plain.
I've got the right conductor
and I've got the right train

You're on the right track baby
you're on the right track baby
you're on the right track baby
but you're going the wrong, wrong way.

Die Frau kam etwas näher und wog den Kopf im Takt und schaute auf Bo.

Als er den Schlussakkord gespielt hatte, sagte sie wieder „Das war wunderbar". Bo lachte und begann sich mit der Frau zu unterhalten. Er musste feststellen, dass sie nur sehr wenig englisch sprach und es dauerte einige Zeit, bis sie die einfachsten Sachen geklärt hatten und einigermaßen sicher waren, auch verstanden worden zu sein. Bo stellte sich vor mit „Iam Bo Dowell." Sie antwortete: Oh, Bodo, ein schöner Name, ich bin Lotte Krämer. Bo sprach es ihr nach, bis er begriff, „Charlet, oh yeah, charlet, thats nice." Sie lachten beide, es war spaßig, kurzweilig und Bo war angetan von ihrer Natürlichkeit. Sie war anders, als die Frauen, die er bisher kennen-

gelernt hatte. Die meisten Frauen waren etwas laut, anzüglich und er spürte deutlich, dass sie auf gewisse Vorteile bedacht waren. Bei Charlet war das anders. Sie vermittelte ihm das Gefühl, ihn nicht ausnutzen zu wollen. Sie ließ sich zwar zu einem Glas Wein einladen, lehnte aber ein zweites strikt ab. Die Zeit verging, als plötzlich die Tür aufging und Bo die Militärstreife erkannte. Zu spät. Dann ging alles sehr schnell. Er musste sich ausweisen und im nächsten Moment wurde er abgeführt. Er hatte weder Zeit sich von Charlet zu verabschieden, noch konnte er seine Gitarre und seinen Verstärker mitnehmen. Sperrstunde war eben Sperrstunde. Man konnte zwar mit etwas Glück unbemerkt in die Kaserne gelangen, aber wenn die Streife einen draußen erwischte gab's Ärger.

Bei Bo waren es drei Tage Arrest. Charlotte blieb unbehelligt. Sie hatte von der amerikanischen Polizei nichts zu befürchten, nur hatte er nicht einmal ihre Adresse und die nächsten drei Tage konnte er nicht in den Club.

Lotte kam am nächsten Tag und auch am darauffolgenden wieder, konnte Bo jedoch nicht finden. Darauf blieb sie zuhause, da sie es sich nicht leisten konnte, jeden Abend in den Club zu gehen.

Als Bo den Club das nächste Mal aufsuchte, waren sein Verstärker und seine Gitarre noch da. Sie standen hinter der Bühne. Da war er ersteinmal beruhigt, aber von Charlet weit und breit nichts zu sehen. Er wusste auch nicht, wen er fragen sollte, denn er hatte nicht gesehen, dass sie in Begleitung dagewesen wäre.

Am nächsten Tag erfuhr er, dass sie gegen Abend zu einer Militärübung ausrücken würden. Für etwa zwei Wochen. Ihm war mittlerweile klargeworden, dass er nicht dazu da war, die Nazis zurechtzuweisen, sondern, dass ihr Auftrag darin bestand, die Sowjets abzuschrecken. Die Nazis, wo immer sie auch waren, waren jetzt die Verbündeten und es galt die neue Freiheit gegen den drohenden Kommunismus zu schützen. Für ihn war das alles nicht durchschaubar. Einen wirklichen

Feind bekamen sie nicht zu Gesicht, obwohl sie immer davor gewarnt wurden und es wurde ihnen eingetrichtert, dass er hinter jeder Ecke lauerte. Ihm war das gleich. Er tat seinen Dienst, nahm die Diskriminierung der weißen Kameraden gelassen hin und versuchte, die Tage so locker wie möglich herumzukriegen. Zwischendurch dachte er immer mal wieder an Charlet, war sich jedoch nicht sicher, ob er sie überhaupt wiedersehen würde.

Die Übung, oder besser sinnlose Schinderei, war vorüber und sie waren beschäftigt, ihre Sachen in Stand zu setzen. Einen ihrer Kameraden hatte es übel erwischt. Er war mit dem rechten Fuß unter ein Kettenglied eines Panzers gekommen. Für ihn war der Militärdienst zu Ende. Sanitäter, Hospital und ab nach Hause. Bo spielte kurz mit dem Gedanken, dass das vielleicht ein Ausweg sei, aber dann verwarf er den Gedanken.

Am kommenden Wochenende ging er seit langem mal wieder in den Club. Sein Herz schlug ihm bis zum Hals, als er Charlet entdeckte.

Er begrüßte sie und sie sagte lächelnd: „Nice to see you". Er war überrascht. Sie erklärte ihm, dass sie ein englisches Sprachbuch gekauft habe und täglich üben würde. Er fand das großartig, musste jedoch feststellen, dass es zu einem wirklichen Gespräch noch nicht reichen würde. Trotzdem lief es besser, als bei ihrem ersten Treffen. Sie verließen vor der Sperrstunde den Club, nachdem Bo ihr von dem Arrest und dem Manöver erzählt hatte.

Er bot ihr an, sie ein Stück nach Hause zu begleiten. Sie willigte ein und hakte sich nach einigen Metern unter. Bo fühlte sich leicht unwohl und achtete auf die Blicke der Menschen, die ihnen entgegenkamen. Verachtung schlug ihnen entgegen und dann eine Bemerkung, die er nicht verstand und die Lotte ihm nicht erklären wollte. Ein Passant hatte ihnen hinterhergerufen, „Amihure mit ner Armbanduhre". Sie wechselten die Straßenseite und gingen durch etwas weniger belebte Straßen.

Als sie kurz vor ihrem Haus angekommen waren, verabschiedeten sie sich. Bo wollte sich schon umdrehen und gehen, als sie ihn küsste. Nur leicht, aber auf den Mund. Bo war sichtlich verlegen und unsicher. Er wusste nicht, wie er sich verhalten sollte. Er mit einer weißen Frau. Nicht, dass er sie nicht begehrte, aber es war so ungewohnt, allein der Gedanke. Er drückte sie leicht an sich und sie verabredeten sich zu Dienstag nach Dienstschluss. Sie wollten spazieren gehen und nicht in dem Club rumhängen.

Bo freute sich. Er putzte seine Uniform und machte sich auf den Weg. Sie trafen sich am Ortsrand und eingehakt schlenderten sie an der Straße lang, um dann in einen Feldweg abzubiegen.

Bo hatte ihr Schokolade und etwas Bohnenkaffee mitgebracht. Sie hatte sich gefreut und nun liefen sie lachend und albernd den Feldweg entlang. Bo brachte sie immer wieder zum lachen, indem er seine großen Augen rollte und ein Ahnungsloses Gesicht machte. Er versuchte ihr von seiner Heimat zu erzählen, aber die Unterhaltung war stockend und von Missverständnissen geprägt. Er erfuhr, dass Lotte verheiratet gewesen war und ihr Mann im Krieg gefallen war.

Sie machten unter einer Birke halt, setzten sich ins Gras und Lotte hatte einen kleinen, bescheidenen Picknickkorb mitgebracht. Schließlich legte sie den Arm um seine Schultern und lehnte sich an ihn. Sie küssten sich, diesmal länger als vorher. Sie gab ihm zu verstehen, dass sie seine Hautfarbe mochte und seine schönen Augen. Bo fühlte sich sonderbar und konnte das Glück kaum fassen.

Das, was er aber bereits in den Armen hielt, wollte er nicht mehr loslassen.

Als es kühler wurde, machten sie sich auf den Heimweg. Er brachte sie zu ihrem Haus und sie zog ihn mit hinein. Es war eine ältere Wohnung in einem Mehrfamilienhaus. Die Einrichtung war spärlich, jedoch sauber. Sie deutete ihm an, dass sie etwas zu essen zubereiten wolle und versuchte *ihm zu erklären, was es gäbe. Dazu kam es jedoch nicht, etwa zwanzig Minuten später lagen sie in ihrem Bett und Bo glaubte, endlich zu wissen, wie Engel aussehen. Er streichelte begierig ihre weiße Haut und ihre Zärtlichkeit, die deutliches Verlangen zeigte, erregte ihn. Sie schliefen mehrmals miteinander und sie genoss es sichtlich.*

Schließlich lagen sie ermattet nebeneinander und ein leichter Hunger machte sich bemerkbar.

Lotte weichte einige Stücke Zwieback in Milch ein, wälzte sie in einem geschlagenen Ei und legte sie in die heiße Bratpfanne. Dazu schälte sie einen Apfel und deckte den Tisch.

Bo schien es zu schmecken, und beteuerte, so etwas noch nie gegessen zu haben.

Kurz vor Mitternacht machte er sich auf den Weg zurück in die Kaserne. Im Hausflur begegnete ihm ein älterer Mann, der ihn verfluchte und ihm missachtende Blicke zuwarf.

Bo machte freundlich Platz, grüßte mit „Hello"und strahlte über sein rundliches Gesicht.

Dann lief er zur Kaserne, sang unterwegs und war dermaßen guter Laune, dass er Ärger mit seinen Kameraden bekam.

In den nächsten Wochen sahen sie sich so oft es ging und zweimal konnte Bo es organisieren, über Nacht zu bleiben. Er schlich sich früh morgens, vor Dienstbeginn in die Kaserne. Es war möglich, da der diensthabende Offizier ihm noch einen Gefallen schuldete.

Eines Tages fragte Lotte nach seiner Gitarre und seinem Verstärker. Ob er sie nicht mitbringen könne, da sie ihn so gerne spielen höre.

Bo brachte die Sachen mit zu ihr, da er eh fast seine gesamte Freizeit bei ihr verbrachte und dann auch dort Musik machen konnte.

Als er wenige Tage später wieder den Hausflur betrat, entdeckte er in großen Buchstaben das Wort „Amihure" an der Wand neben ihrer Tür.

Das brauchte niemand zu übersetzen. Bo war sauer, traurig und besorgt zugleich.

Er fragte, ob sie wegen ihm in Schwierigkeiten sei und sie sagte nur, dass sei nicht der Rede wert. Die Menschen wären eben dumm und das Beste wäre, man kümmere sich nicht darum.

Bo kannte diese Diskriminierung nur zu gut, nur wollte er nicht, das Lotte da mit hineingezogen wurde. Es hätte ihn auch gewundert, wenn das auf die Dauer gut gegangen wäre.

Lotte wollte jedoch nicht mehr darüber reden und so blieb die Stimmung etwas eisig an dem Tag.

Grundsätzlich änderte sich jedoch nichts an ihrer Beziehung. Sie schliefen miteinander, Bo kam häufig und manchmal trafen sie sich im Club.

Bo spielte gelegentlich dort mit seinen Kameraden. Meistens spielte er mit dem kleinen Verstärker, den er von Lotte holte. Einige Male war jedoch schon ein Amp vorhanden und er war jedesmal begeistert von dem Klang dieser neuen Amps. Er brachte zwar auch den kleinen Amp zum klingen, aber bei diesen Amps war die Variationsbreite viel größer. Sie hatten mehr Reserve und die Gitarre klang in den Höhen und Bässen gleich satt. Bei dem kleinen Verstärker musste er mehr darauf achten, was er an Klang leisten konnte. Tiefe Bässe konnte er nicht sehr laut rüberbringen und die Höhen klangen zum Teil scharf und spitz. Wenn er das berücksichtigte und mehr in dem Tonspektrum blieb, in dem der Amp wirklich gut klang, war alles gut. Diese neuen Verstärker jedoch ließen ihn die gesamte Bandbreite seiner Gitarre ausschöpfen. Manchmal beflügelte ihn das dermaßen, dass er sich mit geschlossenen Augen zurück in seine Heimat versetzen konnte. Er hörte dann die Musik seiner Heimat Alabama, hörte seinen Vater und die Musiker, die er kannte und kommunizierte mit ihnen. Er spielte und *seine ganze innere Zwiespalt spiegelte sich in den Melodien, die er hervorbrachte. Die unzähligen Briefe von Amelie, die er beantwortet hatte, ohne ihr die Wahrheit zu schreiben. Die Sehnsucht nach Alabama, obwohl er dort unterdrückt wurde und die scheinbare Freiheit, die er erlebte. Scheinbar, weil er die Ablehnung spürte, die ihm entgegenschlug, wenn er mit Lotte in der Öffentlichkeit gesehen wurde. Er brauchte keine Übersetzung für die Hänseleien und Anfeindungen der Dorfbewohner.*

Eines Tages, als er wieder einmal den Hausflur betrat und die Stufen zu Lottes Wohnung hochstieg, sah er in schwarzer Farbe die neuen Schmierereien. „Nigger raus". Das „Amihure" hatte der Hausmeister bereits mit weißer Farbe übergetüncht, war aber noch deutlich zu lesen.

Konnte er so leben? Wie sollte Lotte das aushalten?

Er drehte um, lief hinunter und grüßte diesmal nicht, als ihm in der Eingangstür jemand entgegenkam.

Zwei Tage später hielt er es jedoch nicht mehr aus und wollte Lotte sehen. Er ging zu ihr und auch die neue Schmiererei war übergetüncht worden.

Er wollte mit Lotte reden, aber sie ließ sich nicht darauf ein. Er war gereizt, schlecht gelaunt und als er die Wohnung gegen Mitternacht verließ, hatten sie nicht miteinander geschlafen.

Als ihm am Ortsrand, Richtung Militärgelände eine kleine Gruppe junger Leute entgegenkam, wünschte er sich, sie hätte ihn angepöbelt. Er hätte ihnen eine Schlägerei geliefert und bestimmt zwei von ihnen umgebracht. Stattdessen grüßten sie freundlich, was ihn wiederum wütend machte. Konnte denn nicht alles klar und eindeutig sein und nicht mal so und mal so.

Er beschloss sich von Lotte zu trennen, seine drei restlichen Monate, die er noch vor sich hatte, abzusitzen und zurück nach Alabama zu gehen.

Zwar hatte er tatsächlich überlegt, länger zu bleiben, sich aber die Konsequenzen nicht wirklich klar gemacht. Lotte mit nach Amerika zu nehmen, war undenkbar, da er dafür eingesperrt werden würde.

Hier würde er nicht glücklich werden, obwohl er es vorübergehend war. Was blieb übrig.

In den nächsten Wochen war er dermaßen gereizt, dass er in mehrere Schlägereien mit Kameraden verwickelt war. Das brachte ihm einige Tage Arrest ein. Seine Gitarre und der kleine Verstärker waren noch bei Lotte. Er konnte sie nicht einfach abholen, ohne ihr zu sagen, dass er zurückgehen würde. Also schob er es von Tag zu Tag vor sich her. Die letzte Militärübung, die eine Woche dauern sollte kam ihm gerade gelegen.

Sie durchpflügten auf allen Vieren die Eifel. Es regnete in Strömen. Schließlich kam der Befehl, aufzusitzen und sie sprangen auf den im Schritttempo fahrenden LKW, unter die schützende Plane. Als Bo seinen mit Schlamm beschmierten Stiefel auf die Raste setzte, sich hoch wuchtete, rutschte er ab und geriet ins straucheln. Er pendelte seitlich, hielt sich mit einer Hand am Spriegel des Aufbaus fest und geriet beim Durchpendeln mit dem anderen Arm zwischen Radkasten und den schweren Stollenreifen. Normalerweise wäre genug Platz gewesen zwischen Reifen und Schutzblech, da sich aber der Schlamm dick zwischen die Zwillingsräder gesetzt hatte, wurde seine linke Hand mit eingezogen und das Blech des Radkastens trennte ihm die Hand im Bereich des Handgelenks halb durch.

Er hörte sich noch schreien, vernahm den Ruf nach den Sanitätern, spürte merkwürdiger Weise kaum Schmerzen und kam erst im Hospital wieder zu sich.

Sein Arm war bis zur Schulter in einem dicken Verband eingewickelt. Gegen Abend kam der Arzt zu ihm und erklärte ihm, dass er die Hand zwar habe retten können, aber die Finger würden steif bleiben.

Er würde vorzeitig aus der Armee entlassen und könne in drei Tagen mit einem Rückflug in die Heimat rechnen.

Bo war sich über die Tragweite dieser Nachricht nicht sofort im Klaren und starrte nur an die Decke des Krankenzimmers.

Erst in der Nacht liefen ihm die Tränen über die Backen. Seine Gitarre würde er nie wieder brauchen können. Mit Lotte hatte sich alles endgültig entschieden. Ein Nigger und dazu noch ein Krüppel. Das hatte keine Zukunft in Germany. Selbst in Alabama würden harte Zeiten auf ihn zukommen und er fürchtete sich davor, seinem Vater unter die Augen zu treten.

Lotte hatte mehrfach versucht, Bo zu sprechen. Er war einfach nicht mehr gekommen, sodass sie schließlich die Pforte der Ray Barrack's aufsuchte, um Bo zu sehen. Was außerhalb des Militärgeländes passierte, war eine Sache, aber eine weiße Frau hatte kein Besuchsrecht für einen farbigen Soldaten und so erfuhr Bo nie, dass sie schwanger war. Als das Militärflugzeug in den frühen Morgenstunden die Rollbahn verließ, war ihr dermaßen übel, dass sie sich wieder ins Bett legte.

Bo war von einem Tag auf den anderen aus ihrem Leben verschwunden.

Die folgenden Jahre, als alleinstehende Frau mit einem Mischlingskind glichen einem Spießrutenlauf. Kontakte zu anderen Männern gab es nur selten und wenn diese von John, Johannes schien ihr nicht so passend, erfuhren, gab es keine weiteren Verabredungen. Eigentlich war ihr auch nicht danach, aber alleinstehend zu sein, mit einem dunkelhäutigen Kind, war die unterste Stufe dieser Gesellschaft.

Auch John bekam das zu spüren und sie konnte ihn nicht schützen.

Von Hänseleien bis zu Prügeleien und dem Verbot mit ihm zu spielen, lernte er alles kennen, was seine Hautfarbe zu bieten hatte. Sein dichtes, krauses Haar trug er kurz geschoren, um nicht noch mehr aufzufallen.

Einige Lichtblicke gab es jedoch. Seit er laufen konnte, wurde er jedes Jahr gebeten am weihnachtlichen Krippenspiel teilzunehmen. Es gab dort eine Rolle, die ihm auf den Leib geschrieben zu sein schien. Er bekam einen bunten Umhang umgehängt und trug ein weißes Leinentuch, dass man ihm sorgfältig um den Kopf wickelte. Vorn auf der Stirn prangte ein goldener Stern und in den Händen trug er ein Metallkästchen in das kleine Löcher gebohrt worden waren und aus dem ein übelriechender Qualm emporstieg. Sprechen brauchte er nicht, das machte ein großer Junge aus der Oberstufe. Sein Text lautete: „Aus dem Morgenland da kommen wir, von weit, weit her. Weihrauch, Myrre bringen wir, um dich zu preisen, Herr." Dann mussten sie elendig lange herumstehen und John wurde jedes Mal übel von dem Qualm, der aus seinem Kästchen aufstieg.

Als es dann wiedereinmal soweit war und John den Wunsch äußerte, auch mal eine andere Rolle spielen zu wollen, vielleicht den Josef oder sogar das Jesuskind, gab es ein Aufruhr. Das sei Gotteslästerung und Gotteslästerung ist wohl das Schlimmste, was man sich vorstellen konnte. Er wusste ja, dass er für die Rolle als Jesuskind mittlerweile etwas zu groß war, aber dass das gleich Gotteslästerung sei, war ihm nicht klar.

Auch in der sich anschließenden KarnevalsZeit konnte er durchaus etwas Ansehen erreichen. Nur, als er wie alle anderen auch als Cowboy verkleidet kam, hatte er schlechte Karten. Er könne Stalljunge sein, das wäre ok und ohne Waffe, aber ein Neger als Cowboy. Das gab es nicht, und das wussten die anderen Jungen ganz genau, ohne Wenn und Aber. Wenn er Chinese wäre, wäre er eben der Koch und als Neger eben ein Stalljunge, aus, basta.

Der Rest des Jahres hatte keine Höhepunkte mehr. Einige Male kam die kleine Barbara aus der Nachbarschaft zum spielen, obwohl er lieber mit den Jungs gespielt hätte. Sie fand ihn „süß", wie sie sagte und zeigte ihm sein Ebenbild auf einer Tafel Schokolade, die sie geschenkt bekommen hatte.

Im Sommer, wenn es ins Freibad ging, bemitleidete er die rot gefärbten Blondschöpfe, die sich ständig mit irgendwas eincremen mussten, um nicht abzupellen. Dafür durfte er nicht mit auf die Decke, da es Bedenken gab, er könne braune Farbspuren hinterlassen, die man nicht wieder rausbekommen würde.

Das alles änderte sich jedoch, als er älter wurde. Er war gerade mal sechzehn, als man ihn mit Spitznamen Jimmy nannte, nach dem großen Helden der Rock Musik. John ließ sich zum Leidwesen seiner Mutter die Haare länger wachsen. Afrolook. Er war auf allen Partys gern gesehen, hatte Freunde und auch die Mädchen fanden großes Interesse an ihm.

Er blühte förmlich auf und die bohrenden Fragen nach seiner Herkunft, die bisher unbeantwortet geblieben waren, setzten seine Mutter mehr und mehr unter Druck. Nie hatte sie ihm über seinen Vater etwas erzählt. Sie wollte einfach nicht mit ihm darüber sprechen.

Als er schließlich eines Tages in der hintersten Ecke der Abstellkammer, den in ein Bettlaken eingewickelten Verstärker fand und auch die Gitarre entdeckte, setzte er sie dermaßen unter Druck, dass sie Angst haben musste, er würde abhauen und ebenfalls nicht wiederkommen.

Schließlich erzählte sie ihm unter Tränen einen Teil der Geschichte und sie konnte ihm beim besten Willen nicht mehr sagen, da auch sie nie wieder was von Bo Dowell gehört hatte und nicht wusste, ob er überhaupt noch leben würde.

Alle Versuche Johns, mehr über seinen Vater zu erfahren, verliefen im Sande.

Auch bei den Militärbehörden war man nicht bereit eine Auskunft zu erteilen. Auch als John darauf pochte, dass er ein Recht dazu habe, seinen Vater kennenzulernen, entgegnete man ihm, dass er den schriftlichen Nachweis bringen müsse, dass es sich bei seinem Vater um einen ehemaligen Angehörigen der Streitkräfte der Vereinigten Staaten handelt.

Es gab keine anerkannte Vaterschaft. Das war ja sein Problem.

Er war neunzehn, hatte die Schule hinter sich gebracht und fasste einen Entschluss.

Seine Mutter war zur Arbeit, als er die Gitarre und den Verstärker nahm und nach Frankfurt fuhr.

Dort verkaufte er die Instrumente in einem angesehenen Gitarrenladen, nachdem er sich vorher erkundigt hatte. Der Verkäufer traute seinen Augen nicht, als er die Broadcaster in den Händen hielt. Er wusste, dass Fender nur etwa hundert Gitarren gebaut hatte mit dieser Bezeichnung und nach Streitigkeiten mit der Firma Gretsch über Urheberrecht den Namen in Telecaster umbenennen musste.

Der gebrochene Hals war zwar ein Manko, aber ihn auszutauschen wäre ein größerer Frevel gewesen. Auch der Verstärker gefiel ihm. National Dobro. Er erkannte, dass der Bespannstoff erneuert worden war. Schließlich war Wolfgang Barde ein Fachmann und Sammler durch und durch. Er zahlte einen angemessenen Preis, der John zufrieden stellte und für ihn würde bei den richtigen Sammlern noch ein beachtlicher Batzen übrig bleiben.

John hatte zusätzlich sein Sparbuch geräumt, dass er in den Ferien durch harte Arbeit angefüllt hatte.

Er kaufte sich ein Ticket, verbrachte die Tage bis zu seinem Flug in einer Hippie-WG und machte sich mit einer Ansichtskarte von Brundidge, die er zwischen der Wäsche seiner Mutter gefunden hatte, auf den Weg nach Alabama, Amerika.

Als seine Mutter die Zeilen las, die er ihr geschrieben hatte, wusste sie, dass sie was falsch gemacht hatte, aber geändert hätte das nichts.

Ich schlug die Augen auf und der Wagen stand. Stau! Nichts ging mehr. Steif richtete ich mich etwas auf und brachte den Sitz zurück in seine normale Position. „Was hast du gemacht", fragte ich Andrea. „Ich? Nichts, was sollte ich denn gemacht haben? Siehste doch, is Stau". „Gut, dass wir nicht vorn als Erster stehen, was?", bemerkte ich. „Wieso?" "Na weil es dann unser Wagen wäre, der den Stau verursacht". „Äußerst witzig", murrte Andrea und fuhr einen Meter weiter. „Wer ist eigentlich Lotte?", fragte sie und schaute mich mit gespielter Gleichgültigkeit an. „Oh, du blutest ja», ihr Blick änderte sich in Fürsorge. „Ich, wo?"Ich klappte die Sonnenblende herunter und schaute in den kleinen Schminkspiegel, den sonst nur Andrea benutzte und das immer dann, wenn ich rechts abbiegen wollte. Ich musste an meiner Narbe gekratzt haben, denn auf meiner Stirn befand sich eine kleine ange-trocknete Blutspur. Ich bemerkte im Spiegel, dass meine Narbe anscheinend nach unten rutschte, denn der Abstand zum Haaransatz hatte sich etwas vergrößert, schien es mir. „Lotte? Welche Lotte?", sagte ich in den Spiegel schauend ."Na, von der du die ganze Zeit gefaselt hast". „Ich? Ich kenne keine Lotte". „Tu nicht so scheinheilig, irgendeine Lotte wirst du schon kennen, sonst hättest du ja in deinem Traum nicht dauernd ihren Namen genannt". „Vielleicht habe ich ja von einem Pferd geträumt, so einer Haflinger Dame, mit breitem Arsch". „Genau, und blondem Pferde-schwanz". Wir mussten beide grinsen und damit war das Thema beendet, obwohl ich noch eine ganze Zeit darüber nachdachte, was sie wohl gemeint hatte, aber ich kannte nun mal keine Lotte.

Der Stau löste sich langsam auf und die restlichen Kilometer verliefen ohne nennenswerte Zwischenfälle.

Visionen und wenn ja, warum?

Der Gedanke ließ mich nicht mehr los. Ich sah es direkt vor mir. Ich hörte wie es klingen müsste und war erfüllt von der Vorstellung über diese neue Band.

Auslöser war zum einen diese Rock&Roll Band, die ich in der Schweiz gesehen hatte und die ich mit meinen ersten Gehversuchen auf der Steel begleiten durfte.

Trotzdem hatte mich etwas gestört. Es war mir zu puristisch, zu fest gebunden an die traditionelle Rock&Roll Musik der 60er.

Erst hatte mich das begeistert aber dann schien mir der Rahmen zu eng. Dazu war mein eigener Musikgeschmack zu vielseitig. Ich wollte verschiedene Stile kombinieren und trotzdem etwas Einheitliches daraus machen.

Je mehr ich darüber nachdachte um so deutlicher wurde meine Vorstellung.

Im Prinzip hatte es sowas schon gegeben. Die Hillbilly-Bands der 40er, 50er. Das waren Countrymusiker, die auf ihren traditionellen Country Instrumenten den Big Band Sound der Großstädte imitierten. Wenn das geht, warum sollte man nicht auch neuere Musik so imitieren.

Nun wollte ich den zu erwartenden Zuhörern auch keine seichte Countrymusic servieren weil ich dachte das ließe sich vielleicht nicht so gut verkaufen. Also nochmal die Gedankenfeile geschwungen und das Ganze bekam den richtigen Schliff.

Zunächst sollte die Musik durch einen geslapten Kontrabass im Stil der Rockabilly Musik der 50er getragen werden. Das brachte Druck und erübrigte ein Schlagzeug. Zum einen war ich sowieso kein Freund von diesen, für akustische Instrumente immer zu lauten Knalldosen und dann erleichterte dies das Transportproblem.

Trotzdem, Wumms sollte es haben und so eine Bullfiddle konnte das bringen.

Dann Gitarre, is klar und die klassischen Melodieinstrumente der Countrymusik wie Fiddle, Mandoline, Banjo und natürlich meine Steelgitarre.

Vielleicht nicht immer aber da wo es passte. Das erhöhte die Vielseitigkeit durch Vielsaitigkeit.

Dann Gesang, sowieso. Am Besten mehrere Sänger oder Sängerinnen die alle ihr Ding machen sollten.

Die meisten Bands, die nur einen Sänger oder Sängerin hatten, langweilten mich auf Dauer, auch wenn sie noch so gut waren.

Bei solchen Formationen war das Gesamtbild oft zu starr. Alles war auf einen Sänger oder Gitarristen zugeschnitten und der Rest war Beiwerk.

Ich wollte viele Solisten und mehrere Frontliner. Das war spannender und für die Zuhörer abwechslungsreicher.

Also eine Band die Rockabillyhillbillyoldtimecountrybluesswing mit Ragtimepop spielte.

Ich warf diese Musikstile in einen Knobelbecher und beim dritten Wurf lag der Pasch auf dem Tisch. Rag-O-Billy!!

So sollte die Musik heißen. Eine eingängige Bezeichnung, die viel aber nichts Genaues verspricht.

Jetzt brauchte ich nur noch Musiker, um das umzusetzen.

Sie sollten charmant, nett und witzig sein und nebenbei noch ein oder besser mehrere Instrumente spielen.

Außer mir fiel mir niemand ein.

Vielleicht klonen... The Fabulous Franki boys.

Ein charmanter, netter und witziger Keyboarder der auch Querflöte spielte half mir da leider auch nicht weiter.

Zunächst brannte ich einige CDs mit Stücken die in etwa meinen Vorstellungen von Musik entsprachen. Viel altes Zeug aber auch einige neuere Songs, die im Ansatz etwas von meinem angestrebten Musikstil hatten.

Die verteilte ich an einige mir bekannte Musiker. Alles ausnahmslos Gitarristen die vielleicht in Frage kommen könnten.

Nix! Keine Rückmeldung. Auf Nachfrage hörte ich dann.

Ja, könnte man ja mal antesten. Ist nicht so ganz mein Fall. Super, aber ich hab so wenig Zeit oder auch: Ruf doch mal Franz an. Der wohnt in Stuttgart und spielt doch son Countryzeugs auf der Fiddle.

Klar, wenn ich 20 Jobs gehabt hätte und jedem 300 pro Gig bezahlen könnte, hätte ich mir die Creme der deutschen Countryszene aussuchen können.

Hatte ich aber nicht!

Aber ich ließ nicht locker. Sprach mit vielen darüber und fragte immer ob jemand jemanden kennen würde, der jemanden kennt.

So zogen die Monate ins Land. Im Freundeskreis wurde weiter gedaddelt und Gigs mit den Buskers gabs auch.

Woher kamen solche Visionen und warum hatte man sie?

Ich hatte keine Ahnung und musste oft an den Film *The Comitments* denken.

Ein Film über einen „Nichtmusiker", der die Vision hat in Dublin eine Soulband auf die Beine zu stellen und an den unterschiedlichen Zielvorstellungen der zusammengewürfelten Musiker scheitert.

Gescheitert war ich noch nicht, ich hatte ja noch nicht einmal angefangen.

Ich kannte viele Musiker, die von ihrer Musikalität her alles hätten spielen können und das auch immer wieder unter Beweis stellten. Aber ohne ein erkennbares Ziel machten sie mal dies, mal das, immer gut aber eben nicht von Dauer. Zu meinem Leidwesen gab es einige, die so gut wie gar nicht spielten und trotzdem glücklich waren. Die ihr wertvolles Talent in einem Gitarrenkoffer auf dem Dachboden aufbewahrten.

Andere, die weniger Talent hatten und sich alles mühevoll aneignen mussten, dabei immer nur durchschnittlich gut waren, waren so voller Tatendrang und immer bedacht, irgendwas loszutreten.

Die Welt war eben ungerecht.

Was das Können betraf, war mir noch was aufgefallen.

Es gab Musiker, die wie die Derwische über ihre Instrumente fegten und technisch ausgefuchst waren und das Publikum trotzdem nach dem vierten Solo zum gähnen brachten. Andere, die ähnlich gut waren, konnten den Spannungsbogen bis zum Schluss halten und bekamen Zugaben.

Dann hatte ich beobachtet wie jemand mit zwei Akkorden auf einer Ukulele einen eigenen Song vortrug und das Publikum völlig in seinen Bann zog.

Es gab anscheinend nicht nur ein WAS beim musizieren, sondern auch ein WIE.

Vielleicht war es ein gewisses Charisma was einen guten Musiker ausmachte.

Was mich immer überzeugte war die Ehrlichkeit, mit der mir was dargeboten wurde.

Dabei ging es nicht um gut oder schlecht im technischen Sinne, sondern um Authentizität.

Nicht, *kann ich das spielen*, sondern *will ich das spielen* war die Voraussetzung.

Ein Gräuel waren für mich immer diese Typen, die mit einer Kladde oder einem Ringhefter auftauchten, darin zu blättern anfingen, um mir dann irgendeinen Popsong vorzulesen, den sie auf der Gitarre begleiteten.

Für mich waren das Songjockeys, eine Ableitung von Diskjockey.

Wenn man fragt worum es in dem Song geht antworten sie mit: „Der ist von den Eurhythmics".

Blätter, blätter. Oh der ist auch klasse und dann kommt Black Velvet.

Das braucht kein Mensch und kann jede Maschine besser.

Oft haben diese Typen sogar ne gute Stimme und man könnte neidisch werden aber ich will mir doch nix vorlesen lassen!

Auch konnte man dieses Verhalten konsequent zu Ende denken. Es gab doch diese neuen Displays oder e-books. Das macht diese lästige Kladde überflüssig und man ruft den Song einfach per Mausklick auf. Ganze Reelbooks und eine unendliche Zahl von Songs könnte man so mit sich schleppen. Egal ob man sie spielen kann oder nicht.

Diese Dinger gibt's bestimmt auch mit Playfunktion für Hörbücher. Dann brauchte man auch diese blöde Gitarre nicht mehr. Einfach aufrufen und anklicken und man ist der Star an jedem Lagerfeuer oder Liederabend.

Man sollte doch wenigstens wissen, was und worüber man singt und auch inhaltlich zu dem stehen, was man singt.

Das Beste wäre wenn man das, worüber man singt, auch erlebt hätte. Denn so sind diese Songs entstanden.

Dann braucht man auch kein Textbuch. Dann kommt die Geschichte des Liedes von ganz allein, von innen heraus und wird Wahrheit.

Ja,ja, man sollte das alles nicht zu eng sehen. Tu ich ja auch nicht aber ein paar Gedanken zu dem, was man so macht, darf man sich schon so ab und zu machen.

Vielleicht ärgerte mich auch nur, dass sich meine Vision nicht so einfach verwirklichen ließ.

Das Telefon schellte. Es war Rüdiger, der mich aus meinen trüben Gedanken holte.

„Hey Fränki, haste was zu schreiben? Geb dir mal ne Telefonnummer. Du suchst doch son Bassisten, der auch slappen kann. Der Typ heißt Mike und spielt son Rockabillyzeugs, ist aber ein ganz Netter". „Woher haste den denn?" "Ist mir diese Tage eingefallen, kam nur nicht drauf, wie der hieß, vielleicht tut's der ja". „Prima, danke Rüdiger, da bin ich ja gespannt, und sonst?" "Geht so, muss gleich los, bis die Tage vielleicht ma". Aufgelegt.

Drei Tage später stand Mike bei mir in der Küche. Stachoschnitt, Schlägermütze, aufgekrempelte Jeans und Bowlingshirt. Charmant, nett, witzig und am Bass ne Wuchtbrumme.

Rag-o-billy fand er äußerst cool.

Als wir uns das nächste Mal verabredeten, fuhr ich zu ihm. Er wohnte in Marl am Stadtrand. Wenn es sowas im Ruhrpott überhaupt gibt. 1.Stock eines Mehrfamilienhauses. Die Wohnung komplett im Stil der 50er mit Nierentischchen, gestreiften Clubsesseln, Stehlampen mit Tütenschirmen an biegsamen Hälsen, Bildern von Rock&Roll-Größen an den Wänden und einer alten Wurlitzer Musikbox mit Schellackplatten. In der Küche der große, frei stehende Kühlschrank im amerikanischen Design aber von Bosch und eine alte Zapfsäule von Esso, die zu einer Bar umgearbeitet worden war.

Mike war Maschinenschlösser von Beruf und sein handwerkliches Geschick spiegelte sich in allen Gegenständen wieder. Alles war in tadellosem Zustand und liebevoll restauriert.

Erstmal Kaffee und dann ran an die Instrumente. Wir hatten die meisten Stücke der von mir gebrannten Cd bereits angespielt und er schien sich in der Zwischenzeit genauer damit befasst zu haben. Ich wechselte zwischen Banjo, Gitarre und Dobro, je nach Stück. Nur mit der Steel lief es noch nicht so gut, da ein weiteres Rhythmusinstrument fehlte.

Es war ein lauer Sommerabend. Die Fenster standen auf und wir hörten am Ende eines Stückes Applaus von draußen.

Mike ging ans Fenster und schaute hinunter in den kleinen Garten auf der Rückseite des Gebäudes.

"Hey Charlie", hörte ich ihn rufen, "alles klar bei euch? Warum nicht, klar, machen wir".

Er wandte sich mir zu und sagte: „Da ist Frisösenparty und wir sollen runter kommen". „Frisösenparty, was ist das denn?"

"Kennste nich? Gibt's hier öfter. Du fragst rum, ob jemand nen Haarschnitt nötig hat, läd's alle ein und dann kommt ne Frisöse, die einem nach dem anderen für'n Fünfer die Haare schneidet während der Rest ne Party feiert. Die Frisöse verdient sich was dazu und alle haben Spaß. Komm wir gehen runter und machen Mucke, das ist immer ne tolle Stimmung".

Unser erster Gig war ein voller Erfolg. Ich hatte einen prima Haarschnitt, sogar umsonst, von Claudia. Sie wollte mir Strähnen machen wie Rod Stuart, was ich aber dankend ablehnte.

„Ne ährlich, eye, du bis voll der Typ dafür", wedelte sie mit den Alu-Papierstreifen und der Färbetube vor meinen Augen herum. „Ku ma, hab ich dem Alf auch gemacht". Ich sah Ralf ohne R draußen am Grill stehen und das sah Scheiße aus aber der Rest war Spaß pur.

Was mich begeisterte, war die Tatsache, dass der rhythmisch, perkussiv gespielte Bass mein eigenes Spiel so beflügelte. Ich konnte loslassen oder einen drüberlegen und es tippelte.

Ich hatte es mir zwar so vorgestellt aber es war noch besser als ich es mir hätte ausmalen können.

Der Anfang war gemacht!

Wir trafen uns in regelmäßigen Abständen und suchten verzweifelt nach den passenden Mitmusikern.

Auch Mike schleppte immer mal wieder jemanden an aber der Funke wollte nicht so richtig überspringen. Unter anderen brachte er mal einen Typen namens Rudolfki oder so ähnlich, mit.

Ein Countrysänger mit Fransenhemd, Vollbart und nem dicken Ringbuch aus dem er uns vorlas.

Buaaaah, gruselig.

Dann hatte ich ne Anzeige in einem Internetforum gefunden wo sich Musiker vorstellen konnten und nach Kontakten suchten. Pedalsteeler sucht Countryband.

Als ich ihn nach vielen Versuchen am Telefon hatte, musste ich ihm alles aus der Nase ziehen.

Es stellte sich heraus, dass er sowohl Pedalsteel wie auch Geige, Mandoline und sogar Banjo spielte. Gesang erwähnte er gar nicht. Das war selbstverständlich. Ich konnte kaum an mich halten. Volltreffer! Wollte sofort losfahren und mich mit ihm treffen aber er vertröstete mich auf Übermorgen. Vorher ging's leider nicht.

Ich fuhr an der grauen Häuserzeile entlang und suchte die Hausnummer 86 in Dorsten. Lag fast auf dem Weg nach Marl. Alles schien zu passen. 82, 84, 86... auch grau.

Ich stand am Vordereingang und suchte die Schelle. Am Fenster wurde eine Gardine zur Seite geschoben und eine ältere Frau mit krausen Haaren und geblümtem Kittel winkte mit ihren fleischigen Armen und deutete mir an, dass ich den Hintereingang nehmen sollte.

Voll bepackt mit Instrumenten wankte ich über abgesackte Waschbetonplatten ums Haus. Eine ebenso abgesackte Terrasse führte zu einer Hintertür. Ich stellte meine Koffer ab und klopfte. Nix.

Klopfte nochmal und eine Frau mit etwas fettigen, langen Haaren öffnete die Tür und starrte mich an.

„Ist Erwin da?" "Eeeeerwiiin, da is einer", damit ging sie und Erwin kam.

Als Erwin auf mich zugerollt kam stürzten meine hohen Erwartungen zusammen wie ein Kartenhaus. Pluderhose mit T-shirt von der Sparkasse mit Aufdruck „Wir machen den Weg frei".

Nun, das war ja nebensächlich und nur ein erster Eindruck. Mit Vorurteilen soll man ja vorsichtig sein. Es musste was anderes sein aber ich hatte ein Gefühl, das mir sagte: Nee, das wird nix.

Klar, erstmal Kaffee und sogar selbstgebackener Kuchen von Helga. So saß ich in dem kleinen Wohnzimmer mit groß gemusterter Sofagarnitur, Kacheltisch mit Eichenrand und Vitrinenschrank, an dem eine Scheibe einen Sprung hatte.

Der Fernseher auf einem Teewagen ohne Räder und vor dem Fenster stand eine Pedalsteel mit Peavey Verstärker. Ich war anscheinend in der richtigen Wohnung. Auch die Mandoline war da, allerdings fehlte eine Saite. Eine Gitarre hing an der Wand. Ein Stimmwirbel fehlte aber die Zange lag auf dem Tisch. Das Gespräch verlief schleppend und ich musste Erwin, wie bereits am Telefon, alles aus der Nase ziehen.

Dann packte ich meine Dobro aus und fing an etwas zu spielen. Ein einfaches Stück, um warm zu werden. Das Zusammenspiel scheiterte jedoch daran, dass kein Instrument von Erwin spielbar war. Zumindest nicht auf Anhieb.

Als er dann seine Pedalsteel anschmiss, hatte ich schon fast alle Hoffnungen aufgegeben. Es war ein zweihälsiges Modell, mit 4 Pedalen und zwei Kniehebeln. An die Marke kann ich mich beim besten Willen nicht erinnern.

Erwin setzte sich auf den Klappstuhl aus Plastik und suchte nach den Fingerpicks. Die beiden Griffbretter der Steelgitarre und deren Zwischenraum waren völlig zugemüllt. Neben Münzen, Dreck und irgendwelchen Kleinteilen entdeckte ich abgeschnittene Fingernägel und ein gerissenes Gummiband. Schließlich hatte er seine Fingerpicks dazwischen gefunden. Der Steelbar lag auf der Fensterbank und er fing an zu spielen. Gar nicht mal schlecht. Die typischen Pedalsteelriffs und sogar einige Speedpickingläufe. Unterbrochen wurde das Ganze jedoch immer, indem Erwin das Instrument mit den Händen in Position brachte. Einer der vier Stahlfüße, auf denen das Instrument stand, war ersetzt worden durch die untere Hälfte einer abgesägten Krücke aus Aluminium. Diese war mit Heißkleber eingeklebt und gab immer dann nach, wenn Erwin mit den Knien eines der Kniepedale bediente. Dann sackte das Instrument zur einen oder anderen Seite weg und musste wieder aufgerichtet werden. So richtig flüssig war das Spiel nicht.

Als ich dann noch sah, dass einer der Bügel seiner Brille durch ein gelb, grün ummanteltes Drahtstück einer Starkstromleitung ersetzt worden war und ebenfalls mit Heißkleber an das Brillengestell geklebt war, dachte ich an „Vorsicht Kamera".

Nach dem Banjo, dass er am Telefon erwähnt hatte, mochte ich gar nicht mehr fragen. Tat es aber doch, mehr aus Verlegenheit. Er verschwand im Keller und es erschien mir wie eine Ewigkeit. Helga brachte mir noch ein Stück Kuchen, der wirklich lecker war und dann tauchte Erwin mit einem leicht angeschimmelten Koffer wieder auf.

Er öffnete den Koffer der ohnehin keine Verschlüsse hatte und ich traute meinen Augen nicht.

Ein Deroll Adams Modell mit Quicktunern. Ein Traum von Open Back Banjo das viele Oldtimefans dahinschmelzen ließ. Ein bisschen spackig und mit leichtem Flugrost an den Mechaniken, ansonsten, im Gegensatz zu allem anderen, in tadellosem Zustand.

Ich stimmte das Banjo kurz durch und war begeistert vom Klang. „Ich komm da irgendwie nicht so richtig mit klar. Ich wollte das immer schon mal gegen ein anderes Banjo tauschen, bin aber nie dazu gekommen", bemerkte Erwin.

Ich witterte einen super Deal und wollte mir nichts anmerken lassen. Gegen mein Banjo würde ich es nicht tauschen aber vielleicht gab es noch andere Möglichkeiten.

„Wollste das nicht verkaufen?"fragte ich. „Ach weiß nicht, nee, lieber tauschen". Erwin rückte aber auch nicht damit raus, was er als Tausch akzeptieren würde. Sonst hätte ich ihm ein Tauschobjekt besorgt, denn ich war absolut scharf auf das Teil. Ich befürchtete nur, dass er selbst nicht genau wusste, was er wollte und dann schleppte ich ein Banjo nach dem anderen an und er würde immer sagen: „Nee, weiß nicht, so richtig ist das auch nicht. Vielleicht doch lieber nicht". Ich hätte dann die Bude voll mit Banjos und dieser Traum liegt weiter bei Erwin im Keller. Also wenn, dann gegen Kohle und klare Verhältnisse. Aber Erwin lehnte ab.

Als mir klar wurde, dass da, zumindest im Moment, nichts zu machen war, entschloss ich mich zu fahren.

Es war klar, dass Erwin nicht in Frage kam aber ich wollte ihn auch nicht verärgern. Allein wegen dem Banjo schon nicht.

Auch wenn ich sein gesamtes Equipment, einschließlich Brille, in zwei Tagen auf Vordermann hätte bringen können, so wollte ich mir das nicht antun.

Ich redete etwas um den heißen Brei herum, so nach dem Motto: Müsste erstmal sehen wie es so wird und man sieht sich bestimmt und klar ich melde mich dann und so weiter.

Beim Abschied erwähnte Erwin noch, dass er Dienstags und Donnerstags schlecht proben könne, da er dann zur Therapie müsse.

Auf dem Rückweg im Auto wurde mir nochmal klar, wie schwierig es war, die richtigen Leute zu finden aber ich würde nicht lockerlassen.

Trotz mehrmaliger Versuche habe ich das Banjo nicht bekommen aber ein halbes Jahr später standen vier charmante, nette, witzige Musiker auf der Bühne und zeigten dem begeisterten Publikum was Rag-O-Billy Musik war.

Und ich sach noch: „Wennze wirklich was wills und dir dat gelingt, dann wird dat meistens auch wat".

Broskamp

„Genau so einen Verstärker hatte ich auch mal. Taugt aber nicht wirklich was, oder?".

Ich drehte mich um und vor mir stand ein Typ mit Lederhose, an der Seite geschnürt, Lederstiefel, einem Jeanshemd und einer ärmellosen Lederweste. Am Kragen saßen die Anstecker von einer Les Paul und einem Mini-Marshal Turm.

Oh nee, dachte ich. Nicht in der Pause. Ich hatte genug damit zu tun meine Instrumente nochmal nachzustimmen und wollte unbedingt eine rauchen gehen. Kann Oppermann das nicht machen. Hilfe suchend schaute ich mich um aber Oppermann war schon draußen.

„Mein ja nur, hab ja früher auch mal Mucke gemacht aber so richtig, weißte. Nicht auf soner kleinen Bühne. Mit PA und so".

„Und? Warum machste nich mehr", gab ich kurz zurück. „Kennst das doch. Frau, Job und die Blagen. Gab doch nur Ärger und Kohle muss auch kommen".

„Verstehe, geh mal eben eine rauchen, sehen uns", weg war ich. Solche Nasen gab's überall. Groß einen auf Rocker machen, aber nix dahinter.

Die Bemerkung, dass der kleine Amp nichts taugt hatte mich schon auf die Palme gebracht. Spinner, dachte ich. Konnte mir nicht vorstellen, dass der son Amp gehabt haben sollte. Das war eher der Marschal-Turm-Typ mit ner zwei Meter Effekt-Tretleiste, Turnschuhen, Stirnband und nem Frottee Armband. Was soll's. Is ja nicht mein Problem, dachte ich und da war die Pause auch schon zu Ende. Ich sah wie Raspe zu mir herübersah und auf seine Armbanduhr zeigte.

Ein Set noch und dann ist Feierabend. Reichte auch.

Wir waren in einer Kleinstadt südlich von Bremen. Von Bremen aus is ja fast alles südlich. Kneipenfest. Zehn Bands in zehn Kneipen. Es war bereits nach zwölf und der Drops war fast gelutscht.

Normalerweise wären wir die Strecke noch zurückgefahren, hatten aber das Hotelzimmer genommen, da Raspe am nächsten Morgen nach Hamburg wollte und sowieso über Nacht blieb. Da wollten wir ihn doch nicht so allein lassen. Einen besonderen Effekt hatte unsere Fürsorglichkeit jedoch nicht. Im Hotel gab's keinen Absacker mehr, da er eine leichte Erkältung spürte und am nächsten Tag lieber fit sein wollte und morgens beim Frühstück war er schon weg, da er mal wieder in aller Herrgottsfrühe aus dem Bett gefallen war.

So saßen Oppermann und ich allein beim Frühstück.

„Siehst scheiße aus", war sein erster Satz. „Danke, ich weiß. Hab schlecht gepennt heute Nacht". „Wieso, was war denn?" „Ach nix Bestimmtes. Dieser Typ mit der Schnürlederhose is mir auf den Wecker gegangen". „Ach der. Der Altrocker mit der Lederweste". „Genau, hab mich mit dem die ganze Nacht rumgeschlagen". „Und? Wer hat gewonnen?". „Rate mal". „Na dann geht's doch".

„War trotzdem nervig".

Ohne weiteren Kommentar setzte sich Oppermann bei der Abreise hinters Lenkrad und ließ mich noch ne Stunde pennen. Ist schon ne klasse Band, dachte ich.

Ohne dass ich etwas hätte ändern können hatte der Vogel mit seiner Lederhose plötzlich in meinem Hotelzimmer gestanden. Ich hatte Licht angemacht, noch etwas Fernseh geguckt und kaum hatte ich die Augen wieder geschlossen und mich hingelegt, erschien er wieder vor mir und laberte mich zu.

„Ich sach dir, das war richtig geil damals. Zwei Marshall Türme. Ein eigenes Schlagzeug Podest. Ich sach dir, das ging

ab damals. Nich son Pisselkram. Volle Kanne. Da flogen aber die Fetzen.

Und das Schärfste war, ob du's glaub's oder nich, wir waren richtig gut damals. Black Stream, schon mal gehört? Ham bei Black Sabbath Vorgruppe gemacht. Ich sach dir, da war wat los, damals".

Er hielt einen Moment inne und setzte sich auf die Bettkante. Ich wollte etwas sagen, aber mein Mund war wie zugeschnürt. So sehr ich mich auch anstrengte, ich bekam keinen Ton heraus. Unruhig wälzte ich mich hin und her, als er mit gesenkter Stimme weitersprach.

„Dann wurde Elvira schwanger, is halt so passiert. Der Alte hat richtig Druck gemacht. Ich sollte mir nen richtigen Job suchen, sonst würde er mich vorn Kadi schleppen und sonne Scheiße.

Wollte Elvira ja auch nicht verlieren und fühlte mich ja auch mitverantwortlich.

Zuerst ham wir das noch hingekriegt und ich bin weiter mit der Band auf Tour.

Dann hat mir ihr Alter diesen Job besorgt. Am Kreisbauamt. Was sollte ich denn machen? Wir hatten ja nicht mal ne eigene Wohnung. Elvira fing dann auch noch an, von wegen Zukunft und so.

Die Jungs ließen nicht lange mit sich spaßen. Entweder oder hieß es dann eines Tages als wieder was anstand".

Er sprang auf und beugte sich dicht über mich.

„Weiß nich ob du dir vorstellen kannst wie man sich fühlt wenn der Tourbus abrollt. Ohne dich.

Hab den ganzen Kram in den Keller gepackt. Konnte es nicht mehr sehen. Und das waren Top Teile. Ein komplettes Marshall Stack. Ne Golden Les Paul und jede Menge Zubehör. Bin damals extra nach Frankfurt gefahren zu Wolfgang Barde.

Der hatte immer die beste Ware und konnte alles besorgen. Alles auf einmal. Cash bezahlt mit der Erbschaft von Oma. Da stand damals auch dieser kleine Tweedamp rum wegen dem ich dich angequatscht hab. Fand den einfach klasse und hab ihn gleich mit in den Tourbus geladen. Mehr aus Spaß. Hab nicht viel dafür bezahlt aber wenn du mal vor so einem Marshal Stack gestanden hast, dann ist klar, dass diese kleinen Dinger nix wegreißen. Sieht zwar gut aus aber mehr auch nicht. War dann ja sowieso egal. Stand ja doch alles nur im Keller rum".

Er ging langsam durchs Zimmer und setzte sich auf die Fensterbank. Steckte sich ne Zigarette an und blies den Rauch ins Zimmer.

„Ein paar Jahre ging's dann auch ganz gut. Haben sogar ein kleines Reihenhaus gekauft. Zwar mit nem Arsch voll Schulden aber immerhin.

Auch mit meinem Sohn, Sven, lief es ganz gut, bis er anfing mit diesem Malte rumzuhängen.

Hab mich an den Wochenenden dann immer öfters mit irgendwelchen Typen getroffen. Nur so, um mal etwas Spaß zu haben. Elvira war ständig genervt. Keine Kohle, obwohl ich mir den Arsch wundmalocht habe. Sven baute eine Scheiße nach der anderen.

Dann hab ich Sabrina kennengelernt. Mehr durch Zufall, auf irgendsoner Party. Klar, zuerst hab ich sie etwas angebaggert, wie das so läuft. Aber dann war sie echt scharf auf mich. Ich hatte endlich wiedermal das Gefühl jemand zu sein, jemandem was zu bedeuten.

Ging natürlich nicht lange gut. Irgendwann flog die ganze Sache auf und dann ging die Achterbahn los.

Das war ein Gefühl, als wenn dich jemand wie so ein Crashtest Dummy auf die Bettkante schnallt und gegen die eigene Reihenhauswand ballern lässt".

Er ließ die geschlossene Faust in die andere Hand knallen, dass ich mich erschrak.

„Kennste nich, wa? Aber vorstellen kannste dir das vielleicht. Ich hatte die Faxen echt dick und zwar von allem. Von Elvira, von meinem Job und der ganzen Scheiße, in der ich steckte, einschließlich Sabrina, die sich in der Situation auch nicht als das große Los erwies.

Weißte was ich gemacht habe? Ich hab den ganzen Scheiß aus meinem Keller verkloppt. Mir ein Ticket gekauft und bin weg. Hawaii und Ruhe is, verstehste? Hat leider nur für drei Wochen gereicht dann war ich blank. Trotzdem, war klasse. Würd ich immer wieder machen.

Als ich dann zurück bin, habe ich erfahren, dass Sven im Knast is, wegen so ner Drogenscheiße. Bin dann zu Elvira zurück. Tat mir einfach Leid. Ham uns dann ausgesprochen und wolln es noch mal versuchen. So easy is das alles nun mal nich, verstehste?

Is nix mehr mit Mucke machen. Is alles weg. Das Einzige was ich noch behalten hab sind diese Klamotten, weil ich den Anzug vom Job einfach nicht mehr sehen kann. Wo der Tweed Amp geblieben ist weiß ich nicht. Ich hab ihn nicht gefunden damals als ich alles verbimmelt hab. Was soll's, weg is weg.

So, jetzt penn dich erstmal aus. Du bist ja ganz blass um die Nase. Hast ja ne ganz schöne Schramme auf der Stirn, sieht nich gut aus".

Weg war er, so unverhofft wie er gekommen war.

Als ich morgens aufwachte war ich schweißnass. Das Bett zerwühlt und mein Kopf dröhnte.

Erst nach der Dusche ging es etwas besser aber auch nur etwas, was Oppermann ja auch sofort beim Frühstück festgestellt hatte.

THE DEADHEADS

„Eye man, was spielst du da für'ne gequirlte Scheiße, man. Das ist irgendwie nich so heavy wie sonst, man. An der Stelle, wo ich diese Welle auf E mache kommt das irgendwie nicht rüber wenn du so abkackst. Also, ich komme von oben runter mit diesem geilen Lauf und...“Der Rest ging unter in dem ohrenbetäubenden Lärm einer 4x12er Marshall-Box mit Topteil, dessen Regler alle bis an den Anschlag gedreht waren. Sofort versuchte Ole den abgehackten Rhythmus aufzunehmen indem er mit dem dicken Ende seiner Schlagzeugstöcke mit aller Gewalt auf die Felle eindrosch. Die strähnigen Haare seiner linken Kopfhälfte klebten ihm in seinem schweißnassen Gesicht. Die rechte Kopfhälfte war kahl geschoren. Sven, der den plötzlichen Einsatz zunächst verpasst hatte, ließ sich mit seinem Bass auf die Knie fallen. Er hockte so auf dem alten, fleckigen Perserteppich zwischen leeren Bierdosen und Whiskey Flaschen. Sein Bass, dessen Gurt sich in der längsten Stellung befand und ihm im stehen schon bis an die Knien hing, rutschte ihm auf die Oberschenkel und knallte ebenfalls auf den Teppich. Er bearbeitete alle Saiten gleichzeitig und versuchte den gleichen Rhythmus wie die anderen zu erreichen.

Er hatte sich mit zwei Fingern einen Powercord rausgesucht, sodass alle vier Saiten seines Instruments seiner Meinung nach gut zu dem klangen, was Malte auf seiner Gitarre spielte. Schon nach kurzer Zeit waren alle im gleichen Beat und die Mauern des Proberaumes im Keller der alten, leer stehenden Fabrik dröhnten, dass die Fugen Risse bekamen.

Die Fenstergitter, die mit alten Decken zugehängt worden waren, rasselten dennoch im Druck der Schallwellen.

Malte ging einen Schritt nach vorn und schrie die letzte Phase des Weltuntergangs in das Mikrophon.

Die Textzeilen waren dem gleichen Rhythmus unterworfen und in kurze Stücke zerhackt.

Sie schaffte es nicht, die kleine Monitorbox obwohl sie bis in die letzten Leimnähte vibrierte und die Pappe des 12 Zoll Speakers bis zum zerreißen vor und zurückschnellte.

Der markerschütternde Schrei im Finale des Stückes war kaum wahrzunehmen, da sich gleichzeitig auch alle drei Instrumente im Finale befanden und das bedeutete, sie gaben alles was sie an Lautstärke zu bieten hatten.

Schließlich fiel auch Malte auf die Knie und schlug drei, viermal mit aller Gewalt in die Gitarrensaiten.

„Ey, das war obergeil", schrie er gegen den schrillen Pfeifton an, der sich zwischen Mikrophon und Lautsprecher aufbaute, nachdem er sich wieder aufgerappelt hatte.

„Wenn wir übermorgen auf dem Festival so drauf sind, machen wir sie alle fertig, man. Wir werden die anderen Schlapphengste einfach plattmachen. Sven, das war total cool, man, wie du mit dem Bass so reingegangen bist. Das kam echt obergeil, man."

„Deadheads forever", schrie Ole und ließ seine Stöcke auf die Becken seines Schlagzeugs krachen.

Sie beschlossen eine Pause zu machen und Sven fleezte sich in das alte Sofa an der Wand. Ole blieb an seinem Schlagzeug sitzen. Malte kramte eine gedrehte Zigarette aus einer kleinen Blechschachtel, die nicht nur nach Tabak roch. Er ließ sie rumgehen und Sven setzte zu einem kräftigen Schluck aus der noch halbvollen Jim Beam Flasche an.

„Reich mal rüber, man, oder willst du alles alleine saufen?"
„Könntest auch mal eine mitbringen oder glaubst du ich klau die Scheiße immer alleine für euch", brummte Sven. „Stell dich nicht so an. Außerdem habe ich die Letzte aus dem Vorrat von meinem Alten abgezogen." „Kunststück, bei dem was der säuft."

«Hört auf, man, im Supermarkt steht genug von dem Zeug. Dann machen wir morgen eben noch ne Tour vor der Probe damit wir richtig in Stimmung kommen."

„Das wird so geil wenn wir das Festival abräumen. Wir werden es denen schon zeigen. Die anderen Bands haben sowieso nix drauf, is doch klar man. Wenn wir mit „Dead To Hell"auffahren haben die nix mehr zu melden."

„Das Beste wäre wenn wir danach den ganzen Scheiß abfakkeln, so wie die Crashers das machen. Einfach Whiskey über den Amp und anstecken und vorher die scheiß Klampfe in den Amp gehauen. Das kommt voll gut."

„Klar man und woher kriegste dann nen neuen, du Penner?"
„Is doch egal man, Hauptsache das geht ab, man."

„Nee, mal im Ernst. Find ich total gut die Idee. Muss ja nicht der Marschall sein. Wir könnten ja irgendson Amp mit auf die Bühne schleppen. Son altes Scheißteil und anstecken, merkt doch keiner. Das kommt bestimmt prall rüber. Hat dein Alter nich noch irgendson Mist im Keller stehen. Der hat doch früher auch Mucke gemacht", wandte sich Ole an Sven.

„Da stehen son paar Kisten rum aber ich weiß nich. Hab sowieso schon Stress genug von wegen Schule und so. Wenn der das mitkriegt gibts Kloppe."

„Man, das ist für die Sache, man. Das bringt uns echt nach vorne. Der merkt das doch gar nicht. Der spielt doch sowieso nich mehr. Hast du doch erzählt."

„Trotzdem stellt der sich an mit den Dingern. Ist alles heilig und so. Hängen irgendwie Erinnerungen dran und son Quatsch. Er hat mir strengstens verboten auch nur ein Teil anzufassen. Klar war ich dran. Er hat aber bis jetzt nix gemerkt. Ist sogar ein Marshall dabei".

„Na also, sach ich doch." „Kann ja mal nachsehen", lenkte Sven schließlich ein.

Sie hatten alle Vorräte aufgetrunken und spielten in bester Laune noch zwei Nummern, die sie auf dem großen Festival der Independent Bands spielen wollten.

Das Festival wurde vom autonomen Block organisiert und stand unter dem Motto: "Vereint gegen die herrschende Gewalt".

Den Deadheads war das egal. Hauptsache ein Festival wo sie endlich zeigen konnten was sie drauf hatten und sie würden es denen zeigen. Das war so sicher wie die Armen in der Kirche.

Kohle gab's nich aber eine PA mit ordentlicher Lautstärke, frei saufen und Frikadellen.

Genug für heute. Sie ließen alles stehen und liegen. Das Licht brannte noch als Ole die Kette mit dem großen Vorhänge-schloss durch den Türriegel zog.

Malte hatte den weitesten Weg. Er musste fast quer durch die Stadt. An das sogenannte bessere Ende. Er trottete durch die Straßen und erreichte um halb drei nachts die Einfahrt zum Haus seiner Eltern.

Er latschte über den weißen Kiesweg der zu den Granitstufen führte mit der großen, weißen doppelflügeligen Haustür. Der Vorgarten war gepflegt und großzügig. Malte hasste diese spießige Gegend und spürte dieses beklemmende Gefühl, dass es jedesmal hatte wenn er nach Hause kam. Er hatte ständig Zoff mit seinen Eltern.

Sein Vater verdiente gut als Rechtsberater in einer großen Firma. Seine Mutter war Ärztin, arbeitete aber nicht mehr.

Allein die Tatsache, dass sein Alter die Kohle für seinen Verstärker lockergemacht hatte, als er ihm versprochen hatte vielleicht die Lehre als Landschafts und Gartenbauer doch noch zu Ende zu machen, hatte ihn dazu bewegen können weiter dort wohnen zu bleiben. Vorübergehend, wohlbemerkt. Niemals würde er bis an sein Lebensende Löcher buddeln und *irgendwelche Stauden, das Grüne immer schön nach oben, in den Boden stecken.*

Das konnte sein Alter sich abschminken. Er würde es ihm mit den Deadheads schon zeigen.

Die Tür fiel ins Schloss zurück und er trottete die Marmorstufen runter in den Keller.

Im seitlichen Wohnkeller, neben dem Fitnessraum seines Vaters, hatte er sein Reich.

Verdammt irgendjemand hatte seinen Papierkorb gelehrt und das Bett frisch bezogen. Konnte man ihn nicht einfach in Ruhe lassen?

Er warf sich mit Klamotten aufs Bett und versuchte zu schlafen obwohl ihm die Ohren immer noch klingelten von der Probe.

Sie trafen sich wie verabredet um fünf im Keller. Ole war als erster eingetroffen und hatte mit einem großen Stein die Eisentür verschrammt bis er endlich die Kette gesprengt hatte. Er hatte den Schlüssel vergessen. Er konnte die Vorwürfe der anderen entkräften indem er ihnen zwei Flaschen unter die Nase hielt, die er im Supermarkt um die Ecke mitgehen lassen hatte. „Sollte ich mit den Dingern etwa den ganzen Weg zurück laufen, oder was?"

Sie nahmen jeder einen großen Schluck und wollten gerade loslegen.

„Hey man, hätte ich fast vergessen. Wartet mal eben."

Sven rannte aus dem Übungsraum und hastete die Treppen hoch zu seinem Auto. Er war der Einzige der ein Auto hatte. Ein alter zerbeulter Kadett-Kombi den ihm sein Vater besorgt hatte. Er bezahlte ihm sogar die Versicherung unter der Bedingung, die Schule zu Ende zu machen.

Er holte einen kleinen braunen Verstärker aus dem Kofferraum und polterte zurück in den Übungsraum.

„Was ist das denn, ne Schreibmaschine? Du kannst doch gar nicht schreiben", lästerte Ole.

„Hab ich aus dem Keller von meinem Alten. Der fiel nicht so auf wenn er weg ist. Ich meine Hauptsache er brennt,"sagte er stolz.

„Ist nicht dein Ernst, oder? Den sieht man doch gar nicht auf der großen Bühne. Da kannst du ja gleich ein Teelicht aufstellen. Scheiße man."

„Was anderes konnte ich nicht besorgen, man", erwiderte Sven beleidigt. «Hättest dich ja selbst drum kümmern können, du Arsch."

„Och is der niedlich", alberte Malte. Da kriegt es mein Marschall ja richtig mit der Angst. Uaaaah, gleich beißt der. Gib mal her. Tut's der noch?" Er steckte das Kabel in eine Steckdose der alten Kabeltrommel und suchte den An/Aus Schalter. „Kuck dir das Scheißteil mal an. Hat nur einen Knopf. Nicht mal ne Klangregelung. Voll beschissen das Ding."

Der kleine Verstärker brummte leicht und Malte steckte sein Gitarrenkabel ein. Er drehte den Regler bis zum Anschlag und spielte Dead to Hell. Die anderen wollten sich totlachen und der kleine Amp zerrte so laut er konnte.

„Was ein Scheißteil und damit hat dein Alter früher gespielt und alte Leute erschreckt, oder was? Ich wette, der brennt nich mal."

Sie schlossen den Amp zum Spaß parallel an den Marschall, was ihm nicht gut tat. Nach einer Weile verloren sie die Lust und machten mit ihrem Equipment weiter.

Nachdem sie ihr Programm mehrfach durchgespielt hatten und immer unterschiedliche Versionen kreiert hatten, hingen sie auf dem alten Sofa rum und malten sich ihren großen Auftritt aus.

„Wenn wir Dead To Hell spielen stellen wir das Pissteil auf die Bühne und schütten ne Flasche Whiskey drüber und zünden

das Ding an. Vorher machen wir nen richtigen Hype daraus. Das wir Schluss machen mit den ewig gestrigen und so. Dann kriegt das Ganze noch mehr Gewicht. Das wird so geil, man. Dann haust du deine Gitarre von oben auf den Amp und dann kommt der Schrei."

„Wann spielen wir eigentlich?" „Um fünf. Um zwei fängt das Festival an. Vorher ist Soundcheck und so. Dann kommen nur so scheiß Bands und abends spielen Slimkiss aus Frankfurt." „Wir sind sowieso die krasseste Band, wetten." „Is sowieso klar, man" „Deadheads forever". Die zweite Flasche war auch leer.

Schließlich verabredeten sie sich um elf morgens um pünktlich zum Soundcheck vor Ort zu sein.

Als sie abhauen wollten mussten sie feststellen, dass Ole das Schloss ja aufgebrochen hatte und sie nicht wussten wie sie den Proberaum abschließen sollten. Reparieren konnte man die Kette vielleicht aber das Vorhängeschloss war noch verschlossen und der Schlüssel nicht da.

Letztendlich zogen sie die Tür ins Schloss und schlugen mit dem Stein den Türgriff ab. „Da kommt keiner rein", meinte Ole und sie kletterten in Svens Auto, der sich ausnahmsweise bereiterklärte sie mitzunehmen.

Der große Tag stand unter keinem guten Stern. Abgesehen davon, dass es in Strömen regnete, hatte Malte den üblichen Zoff mit seinen Eltern. Dem entging er indem er die Tür zuknallte und abhaute. Ole hatte die Kotzerei, weil er die ganze Nacht mit irgendwelchen Typen schlechtes Zeug geraucht hatte und Svens Karre wollte nicht anspringen.

Dann ging's doch noch und sie waren um halb zwölf am Proberaum. Die Tür war zu. „Mach auf", sagte Sven zu Ole, der sogar den Schlüssel in der Tasche hatte aber die Kette und das Vorhängeschloss lagen am Boden.

„Witzbold", gab Ole zurück. „Wer hat denn die beschissene Klinke abgeschlagen, du Wichser? Lass dir was einfallen,"maulte Malte ungehalten.

Sie holten das gesamte Bordwerkzeug aus Svens Auto und machten sich an der Tür zu schaffen. Mit vereinten Kräften, Wagenheber und Radkreuz sprang die Tür schließlich aus der Falle und der Muff bahnte sich einen Weg ins Freie.

Licht brannte und der kleine Amp war so heiß, dass sie ihn kaum anfassen konnten. Er war die ganze Nacht an und hatte am Marschall Amp gehangen. Die Spule des alten Elektro Dynamik Speakers hatte um halb vier morgens das zeitliche gesegnet und war durchgebrannt. Aber das interessierte keinen.

Sie kramten mühselig und unorganisiert ihre Brocken zusammen und verstauten die Sachen in Svens Kadett.

Er musste dreimal die Strecke fahren um alles in das Zelt hinter die Bühne zu bringen.

Die Bühne stand im Innenhof der alten Kettenfabrik und hatte die erwartete Größe.

Einige Männer in schwarzen T-Shirts mit der Aufschrift Crew waren damit beschäftigt die Bühne weiter vor dem anhaltenden Regen zu schützen und die Vorbereitungen für das Konzert zu treffen.

Ole war sichtlich nervös und lief aufgeregt herum. Malte versuchte Kontakt mit der Crew aufzunehmen, die ihn zwar ernstnahmen aber nicht ernst genug, um auf seine ständigen Fragen zu antworten oder sogar die Arbeit zu unterbrechen.

Es war eine eingespielte Mannschaft eines größeren PA Unternehmens die ihren Job nicht zum ersten Mal machten und die Verhaltensweisen von nervösen Musikern so gut kannten, dass sie in den Pausen ihre Späße darüber machten.

Gegen halb eins tauchte jemand von den Veranstaltern mit einer Liste auf und wies die Bands ein. Es gab einen Betreuer für die Bands, Schilder mit den Bandnamen die man sich umhängen konnte oder anstecken. Er zeigte ihnen das Cateringzelt wo sie sich aufhalten konnten und Getränke bereitstanden. Dort waren auch Mitglieder der anderen Bands, die bereits mit ihren Erfolgen anderer Auftritte prahlten.

Die Deadheads waren zwar viel zu spät aber da sich alles durch den Regen etwas verzögert hatte war es nicht weiter aufgefallen. Sie sollten als dritte zum Soundcheck dran sein und ihre Sachen hinter die Bühne stellen.

Langsam beruhigten sie sich und nach dem dritten Bier hörten auch die Pöbeleien untereinander auf, die auf die Nervosität zurückzuführen waren, ohne dass sie sich das jemals eingestanden hätten.

Die erste Band war eine Schülerband mit recht bescheidener Ausstattung und wurde von den anderen belächelt. Obwohl der Gitarrist wirklich gut war, wie der Soundcheck zeigte, nahm man sie nicht sonderlich ernst.

Als die Deadheads endlich dran waren zeigte sich wirkliche Professionalität. Maltes Gitarrenkabel hatte einen Wackelkontakt und Svens Bass war noch im Auto. Bis sie endlich herausgefunden hatten, dass Ole den Schlüssel hatte, war die vorgegebene Zeit für den Soundcheck rum.

Malte war sauer. Schließlich waren sie die Favoriten auf dem Festival, wenn man vom Topakt absah, der schon am Abend vorher seinen Soundcheck gemacht hatte und für den in der großen Pause die Bühne umgebaut werden sollte.

Er maulte die anderen an, von wegen zu blöd um zu kacken, trank aus Wut noch zwei Bier und fing schließlich Streit mit dem Trommler einer anderen Band an, der ihm angeblich seinen Platz weggenommen hätte.

Bevor er eins auf die Augen bekam zog Sven ihn aus dem Zelt und schleppte ihn zum Auto, wo er eine dreiviertel volle Flasche Jack Daniels gebunkert hatte.

Nach zehn Minuten war alles wieder beim alten mit „Dead-heads forever" und so und sogar Ole hatte sich wieder einge-funden nachdem er die letzte halbe Stunde auf einem Dixi-Klo verbracht hatte.

Langsam kamen sie in Stimmung. Der Innenhof füllte sich und sogar der Regen ließ nach.

Sie zogen grölend durch die Zuschauer und buhten die Band aus, die gerade spielte.

Die wiederum zeigten ihnen den Mittelfinger von der Bühne herunter, was ihnen einen gewaltigen Applaus einbrachte.

Es war viertel vor sechs als sie dran waren. Die Stimmung im Publikum war bereits in Alkoholphase zwei und alles schien bestens zu laufen.

Sie bestiegen die Bühne mit der Flasche Jack Daniels. Nahmen demonstrativ einen Schluck, hängten sich die Gitarren um und Ole sollte antrommeln. Was er auch tat und zwar doppelt so schnell wie sie es geprobt hatten. Schließlich sollte es heute drauf ankommen. Sie fanden den Rhythmus erst wieder als Ole nicht mehr so schnell konnte und vor Erschöpfung lang-samer wurde.

Der Mischer hatte etwa die Hälfte des Songs gebraucht um den Sound zu finden. Auf der Bühne war alles bis zum Anschlag aufgedreht, so dass Malte und Sven ,Ole, der sonst immer viel zu laut war, nicht mehr hören konnten.

Trotzdem war der Applaus beachtlich.

Das ermutigte die Deadheads zu weiteren Taten und nach einem weiten Schluck aus der Flasche ging es tatsächlich fast so wie geprobt. Malte behauptete später es sei sogar noch besser gewesen.

Ole trommelte blind oder besser gesagt taub bis er durch die Anweisung eines der Crew Mitglieder die anderen mit auf seinem Monitor bekam. Auch der Monitor von Sven und Malte wurde etwas differenzierter, sodass sie nach zwanzig Minuten nicht nur visuell sondern auch musikalisch gemeinsam auf der Bühne standen.

Sie hatten eine Dreiviertelstunde für ihren Auftritt und in der Schlussphase sollte ihr Song Dead To Hell und der kleine Amp kommen.

Noch zwei Stücke, die im Tempo in die richtige Richtung wiesen und dann war es soweit.

Malte hatte von der Whiskey Sauferei und den Scheinwerfern einen dermaßen trockenen Mund, dass er zwischendurch vier Bier runtergeschüttet hatte und mittlerweile merklich ins Wanken geriet.

Er holte den kleinen Amp von der Seite und torkelte damit an den vorderen Bühnenrand. Er lallte irgendwas von scheiß Past und No Future ins Mikro, rotze auf den Monitor obwohl er den Amp treffen wollte und schüttete den Rest der Whiskey Flasche über und neben den Amp.

Dann fing er an, seine Gitarre zu behämmern und sie starteten mit Dead To Hell aber irgendwie war es wirr und sie kamen nicht so zusammen wie bei den Proben. Das verunsicherte ihn etwas und er gab alles, was er hatte, um zu retten was zu retten war. In der Schlussphase kurz vor dem Schrei sollte der Amp brennen aber wer sollte ihn anzünden. Er musste doch diesen Riff spielen. Daran hatte niemand gedacht.

Schließlich ließ sich der Schrei nicht länger rauszögern und er brüllte ins Mikro. Dabei wollte er seine Gitarre mit voller Wucht senkrecht von oben auf den Amp schmettern aber der Gurt wurde ihm zum Verhängnis.

Er hatte vergessen den Gurt von der Schulter zu nehmen als er die Gitarre hochhob und niederkrachen lassen lies.

Er streifte den kleinen Amp vorne am Gitter, sodass er zur Seite kippte und die Wucht des Gurtes gab ihm einen Ruck am Hals, dass ihm die Knie wegsackten und er rückwärts auf den Bühnenboden knallte.

Das Publikum tobte und er blieb liegen. Sven und Ole brachten den Song zu Ende und Malte war zu betrunken um den Erfolg dieses spektakulären Auftritts wahrzunehmen.

Jemand trug ihn von der Bühne und die anderen trotteten sichtlich erschöpft hinterher.

Sven hatte auch seinen Bass im entscheidenen Moment auf die Bühne geworfen, wo er noch voll aufgedreht vor sich hindröhnte.

Die Deadheads verzogen sich ins Cateringzelt. Ole kotzte wiedermal und die anderen beiden sackten unter der Beachtung der anderen Musiker erschöpft ins Sofa.

Währenddessen machten sich die Helfer, die extra dafür eingeteilt worden waren, an ihrem Equipment zu schaffen. Sie waren angewiesen, die Gitarren und Verstärker mit äußerster Vorsicht zu behandeln da man wusste wie eigen Musiker mit ihren Instrumenten waren.

Sie schalteten die Verstärker ab, nicht ohne vorher die Lautstärke runterzudrehen. Stellten die Instrumente in Gitarrenständer, die einer anderen Band gehörten (die Deadheads hatten sowas nicht) und rollten sorgfältig die Kabel zusammen.

Das ganze Equipment wurde hinter die Bühne gebracht, wo die Bands es abholten. Auch der kleine Verstärker wurde dorthin gestellt. Er hatte die Attacke halbwegs überstanden und bis auf eine Macke unten am Tweedbezug am Frontgitter und ein paar äußerliche Whiskeyflecken nichts abbekommen. Innerlich hatte er jedoch in der Nacht vorher einigen Schaden genommen.

Er wurde jedoch nicht abgeholt, wie die anderen Teile, die um ihn herumstanden. Die Deadheads hatten ihn einfach nicht mehr beachtet oder schlichtweg vergessen.

Als nachts um halb drei der Abbau begann lagen die drei, völlig zu, im Proberaum und schliefen zwischen leeren Dosen und vollen Aschenbechern.

„Die Lichttrass muss runter, man. Schmeiß das Ding da weg bevor sich jemand auf die Fresse legt.“

„Weiß ich doch nicht wem das Teil gehört»

Einer der Bühnenbauer schnappte sich kurzerhand den tweed-farbenen Verstärker und stellte ihn in den Fußraum vor den Beifahrersitz seines Autos.

So war Frank Bauer unerwartet in den Besitz eines ihm unbekannten Verstärkers gekommen.

Home Recording, ein Fass ohne Boden

'half a century has just slipped awa...- half a century has just slipped awa...- half a century has just slipped awa...- half a century has just slipped awa...- half a century has just slipped awa...-'

Woher kam dieses verdammte Knacken? Irgendwo auf einer der Spuren knackte was und ich suchte verzweifelt nach der Ursache.

Ich saß vor meinem Mac, hatte Kopfhörer auf und lauschte dem Mix, der sich in einer Endlosschleife ständig wiederholte. Nacheinander mutete ich eine Spur nach der anderen bis das Knacken weg war.

Da war es. Es musste sich auf der Gesangsspur befinden. Immer wenn ich diese Spur dazuschaltete war das Knacken wieder da. Verdammt, entweder hatte der Röhrenpreamp oder der Wandler oder das Mikro selbst das verursacht und nun war es auf der Spur und nervte.

Jetzt konnte ich nur noch hoffen, dass es zwischen und nicht auf den Gesangssilben lag und eliminiert werden konnte . Sonst hätte das bedeutet, alles nochmal einsingen.

Glück gehabt. Im Editor sah ich den Impuls und konnte ihn genau zwischen zwei Silben herausschneiden, ohne dass man es hören würde.

Wieder die Endlosschleife mit allen Spuren und... sauber. Ich war zufrieden.

Wenn man das im Homerecording überhaupt jemals war. Es gab doch immer was, dass man hätte besser machen können und die Ohren wurden mit der Zeit immer größer. Bald würden sie unter dem Kopfhörer heraushängen.

Meine ersten Akkordfolgen auf der Gitarre hatte ich bereits mit einem Tonband aufgenommen und mir immer wieder angehört.

Dann ein zweites Tonband besorgt. Auf dem einen aufgenommen, abgespielt und dazu eine zweite Gitarre gespielt. Das wiederum mit dem anderen Tonband aufgenommen. Immer so weiter im Ping Pong Verfahren, bis außer einem Meeresrauschen fast nichts mehr zu hören war. Tolle Wurst.

Erst mit dem eingebauten Mikrophon des Tonbandes. Dann mit einem Uher Stereomikrophon... rauschhhhhh.

Irgendwann habe ich mir für eine Unsumme einen Taskam 4-Spur-Kassettenrekorder mit integriertem Mischpult gekauft.

Das hat einige Zeit gehalten aber auch kein zufriedenstellendes Ergebnis gebracht. Aber ich hatte ersteinmal Ruhe.

Hab dann das Ganze mehr oder weniger eingestellt, nicht ohne weiter ausgiebig Musik zu machen.

Bis mir ein Bekannter vor einigen Jahren Aufnahmen vorspielte, die er am Computer gemacht hatte. Das hätte er nicht tun sollen oder ich hätte nicht hinhören sollen. Alles einfach ignorieren, abwinken, nee lass ma.

Wenn ich das getan hätte, hätte ich bestimmt ein dickes Plus auf dem Konto und vielleicht sogar noch ein Sparbuch dazu.

Hab ich aber nicht, sondern...

Zunächst hab ich gedacht... boah, klingt geil. Dann... naja, könnte ich besser. Oder, hätte ich anders gespielt aber da war es schon zu spät.

Die Kette der nachfolgenden Anschaffungen wollte nicht abreißen und bringt mich auch heute noch oft in starke Gewissenskonflikte.

Als erstes, Programm gekauft. Sehr teuer. Dann festgestellt, dass der PC, (kein Mac), zu langsam war. Also leistungsstarken PC gekauft. Wieder sehr teuer. Dann Mikrophon gekauft, denn irgendwie musste ja alles in den PC gelangen. Auch nicht gerade billig.

Dann musste ich feststellen, dass die Auflösung meiner Boxen nicht reichte, um das gesamte Frequenzspektrum, das ich ja nun bearbeiten konnte, zu kontrollieren. Aktivmonitore gekauft. Preis wird verschwiegen.

Jetzt hätte Ende sein können. War aber nicht!

So richtig problemfrei lief das Ganze nicht auf dem PC und Freunde, die mit einem Mac arbeiteten hatten da weniger Probleme. Als meine Nerven die dauernden Ausfälle und Abstürze und vor allem, verlorenen Aufnahmen nicht mehr aushielten musste ein Mac an den Start. Das war sogar bezahlbar aber dafür wurde mir bewusst, dass der zum Programm gehörende Wandler eher unterste Schiene war. Bei einem guten Wandler gab es nach oben so gut wie keine Preisgrenze. Bei meinem Konto aber schon.

Was ist dir eine gute Aufnahme Wert? Ich meine, ein richtig klasse gespieltes Solo oder eine nahezu einmalige Gesangs-passage? Die Antwort gab mir der Kreditberater der Spar-kasse. Knapp und bündig und der war nicht einmal Musiker. Er kannte sich aber anscheinend gut aus in dem Geschäft.

Von dem ganzen Kleinkram wie Kabel, Adapter, Ständer, und Zubehör will ich gar nicht reden. Ein Fass ohne Boden.

Auch wenn die Abstände für neue Anschaffungen langsam größer werden bleibt das Fass unten offen.

Und dennoch!!

Ich habe in meinem ganzen Leben keine bessere Investition gemacht als mein kleines Homestudio.

Wo hätte man musikalische Zusammenhänge besser präsen-tiert bekommen als in der eigenen Unzulänglichkeit. Kurz und knapp. Klingt Scheiße und niemand anderes ist der Schuldige!

Denn letztendlich war es ja nichts anderes als eine Band, in der jeder Musiker genau das macht, was man ihm sagt und zwar ohne Wiederworte. Nicht, dass ich das angestrebt hätte aber hier war es nunmal so.

Das erste Stück, was ich aufgenommen hatte, damals noch in meinem Kellerraum, war ein einfacher, drei-Akkorde-Song den ich auf allen Instrumenten, die ich hatte, spielen konnte. Ich wollte ja nicht gleich nach den Sternen greifen, aber, dass ich so tief ins Klo greifen würde, hätte ich nicht gedacht.

Ich nahm eine Spur nach der anderen auf. Nahm immer ein anderes Instrument. Achtete darauf, dass alles gut gestimmt war. Versuchte schön in der Time zu bleiben und... Wiedergabe!

Was war das denn? Ich hatte auf allen Instrumenten das Gleiche gespielt und alles hoppelte auf dem gleichen Beat, parallel. Eine so beschissene Band hatte ich noch nicht gehört. Ok, es war der allererste Versuch, wenn man die ganz frühen Aufnahmen mit dem Kassettenrekorder, an die ich mich auch nicht mehr so erinnern kann, nicht berücksichtigt. Ich habe allerdings die alten Bänder noch und hatte immer schon mal vor, mir das mal wieder anzuhören. Doch dann hoffe ich zwischendurch immer, dass die Bänder ja vielleicht ne Zeit lang neben einem alten Speaker gelagert waren und unbrauchbar sein würden. Vielleicht bleibt mir dann vieles erspart. Sei's drum.

Mittlerweile waren die Ergebnisse von ganz anderer Qualität. Wie gesagt, eine bessere Schulung gab es nicht.

Mir wurde das Zusammenspiel der Instrumente deutlich. Das Ineinandergreifen der Grooves, die Frequenzbereiche und vor allem, dass das Ergebnis im Mix hörbar wurde und nicht in den einzelnen Spuren. Alles, was ein Instrument in der Band macht, muss auf das gemeinsame Klangbild ausgerichtet sein und nur so geht's.

Grundlagen wurden mir wie ein Spiegel vor die Ohren gehalten, könnte man sagen.

Lautstärke entsteht in der Summe und nicht in der Spur.

Weniger ist mehr, auch wenn das abgedroschen klingt aber es klingt dann eben.

Musik besteht auch aus dem Platz zwischen den Tönen.

Wie schwer, aber durchaus wichtig, es ist, einen Rhythmus klar, stabil und akzentuiert durchzuspielen.

Dynamik… Auch mal die Klappe halten.

Die Liste ließe sich unendlich fortsetzen und das Schöne war, dass man das alles lernen durfte ohne die Peinlichkeit, wenn jemand anders einen erst drauf hinweisen musste. Wenn man nicht ganz unkritisch sich selbst gegenüber war, kam die Einsicht mit der Löschtaste.

Auch die Einsicht, *shit in-shit out,* die Werner sich auf die Fahnen geschrieben hatte, hatte ich mittlerweile bedingungslos übernommen.

Wie bereits erwähnt, hatte ich mit allem im Keller angefangen. Ein schmaler, länglicher, gefliester Betonbunker mit einem kleinen Fenster.

Ich dachte, alles was ich da aufnehme könnte ich ja so schrauben, dass es gut klingt. Es gab ja Plugins, auf denen *warm wooden chamber stand.*

Falsch, ganz falsch. Ich hatte meine EQs verdreht wie nix Gutes und so klang es auch.

Erst als ich in den Dachboden umgezogen bin, wo die Instrumente an sich schon gut klangen, wurden die Aufnahmen besser. Ich brauchte nur noch wenig schrauben und alles klang recht natürlich.

Trotzdem ist die Löschtaste auf meiner Tastatur die Taste, die am meisten abgenutzt ist und darauf bin ich auch noch stolz. Selbstkritik ist nix Schlimmes.

Eigentlich sollte man immer eine Löschtaste bei sich haben.

Na kuck ma, geht doch

„Fränkiii, komm rein, Tass Kaff?", Werner streckte mir seine Hand entgegen als er die Tür öffnete.

„Kaffee? Immer, und? Wie siehts aus bei dir?" „Frag mich nicht. Bin seit Tagen dabei die Klamotten zu putzen. Zwei Endstufen sind mir abgeraucht am Wochenende und ob das Monitorpult einen mitbekommen hat weiß ich auch noch nicht". „Ach du Scheiße. Du warst bei dem Regen unterwegs? Sach nicht Open Air". „Klar Open Air. Wenn schon Scheiße, dann richtig. Da bringst du bares Geld mit. Ich weiß auch nicht warum ich das überhaupt noch mache. War ja alles gut und den Regen hätten wir schon überstanden, wenn wenigstens jeder seinen Job richtig machen würde. Als alles schon vorüber war und ich noch dachte, man, Schwein gehabt, fängt son dämlicher Bühnenbauer an, die Leinen zu lösen bevor die Bühne sauber ist. Kein Zeit, kein Zeit und? Das ganze Wasser schießt auf die Bühne. Nicht direkt ins Pult. Dann hätte ich den erschlagen aber gespritzt hat's wie Sau und die Amps, die aufm Boden standen, waren gleich hinüber. Vollidioten sach ich dir. Oh man". „Und jetzt?" "Na ja, mal sehen. Ein Glück ist nur, dass ich den Job komplett angeboten habe. Also mit Bühne. Das heißt, der Bühnenbauer kriegt sein Geld von mir und so hab ich wenigstens was in der Hand aber das nervt einfach. Ach komm lass erstmal ne Tasse Kaffee trinken. Und, bei Dir? Wie läuft's denn so"?

„Ach gut. Nee, wirklich gut. Kann echt nicht klagen". „Wie?, richtig gut? Nix krank, nix Schlechtes auch nicht wenigstens ein bisschen? Gib's doch gar nicht", gab Werner lachend zurück.

„Nee, wirklich alles Gut".

„Und worüber reden wir jetzt?", schaute Werner mich fragend an. Jetzt musste ich lachen. „Vielleicht über deinen

Job". „Oh nee, da lass lieber die Klappe halten. Ist auch ma ganz schön".

Nun, das meinte Werner nicht wirklich ernst und fügte gleich hinzu, „Weißte wen ich getroffen habe? Frank Bauer." "Wer ist Frank Bauer?" "Kennste doch, der Bühnenbauer, lange schwarze Haare, son Kreuz. Der beste Bühnenbauer den es je gab. Dem wäre die Scheiße am Wochenende nicht passiert, da kannste aber einen drauf lassen."

Ich wusste nicht, wen er meinte. Ich kannte keinen Frank Bauer aber Werner würde mich schon aufklären und so goss ich mir noch einen Kaffee ein und wartete ab. Lange brauchte ich nicht warten. Die Tasse war noch nicht voll, als Werner fortfuhr mit seinem Bericht.

„Ist ja leider immer noch nicht wieder im Geschäft aber lange dauert das nicht mehr. War ne ganze Zeit im Knast. Ist aber schon lange wieder draußen.""Wieso?", warf ich kurz ein, ohne dass das notwendig gewesen wäre.

"Den ham'se damals so richtig abgeledert. War gut im Geschäft und wirklich der Beste den ich kennengelernt habe. Dann sollte er dieses große Ding in der Arena machen damals. War mehr als eine Nummer zu groß für ihn aber weil's gut lief, dachte er, er könnte das stemmen. Hat dann zukaufen müssen, wie bescheuert. Anzahlen wollte er das mit zwei großen Gigs, die er sicher hatte und den Rest finanzieren. Das war Kamikaze pur. Ich glaube immernoch, dass er das geschafft hätte. Wenns einer geschafft hätte, dann Frank. Und dann ham'se ihn aus beiden Jobs gekickt. Weiß nicht wer da seine Finger drin hatte aber irgendjemand hat da was gedreht. Das ist sicher. Das ganze Kartenhaus brach zusammen und zu guter Letzt kam das Finanzamt und da ging nix mehr. Frank ist dann noch abgehauen als er merkte, dass er da nicht mehr rauskam aber an der Grenze ham'se ihn geschnappt. Anderthalb Jahre Knast und alles weg. Sein Lager da irgendwo bei Olpe wurde komplett beschlagnahmt. Jetzt hat er nicht mal mehr ne Schraube."

Meine Hand kreiste im Reflex über meine Narbe auf der Stirn. Mittlerweile war sie verblasst und ich spürte sie kaum noch. Nur manchmal erwischte ich mich, wie ich mit den Fingern über die Stelle rieb. Ich spürte ein leichtes pochen aber nur ganz schwach.

Schlimmer war, dass der Abstand zum Haaransatz sich ständig vergrößerte und ich hatte das Gefühl, dass mir fast täglich ein wichtiges Haupthaar wegbrach.

„Und? Was will er machen?, fragte ich.

„Was soll er schon machen. Bühnen bauen, was anderes kann er ja auch nicht", antwortete Werner.

„Außerdem hatte er sich damals eine Lichttrass auf den Oberarm tätowieren lassen", lachte Werner. „Was willste denn mit ner 4-Punkt Trass aufm Oberarm, die aussieht wie ne Leiter, anderes machen als Bühnen bauen? Vielleicht noch Fenster putzen."

„Erstmal darf er natürlich nichts offiziell machen, weil se ihm das sofort wieder wegnehmen würden aber Frank ist schon in den Startlöchern."

War ich eigentlich auch und nahm den letzten Schluck von meiner dritten Tasse Kaffee. „Werner, ich muss los, wollte ja auch nur kurz mal eben reinschauen und sehen wie's dir so geht. Außerdem haben wir heute Abend noch einen Job."

„Wo spielt ihr denn? Braucht ihr zufällig noch ne PA? Ich hätte da noch was."

„Nee, da nicht. Wir sind heute in der alten Seemühle. Da brauch'se keine PA."

"Inner Seemühle? Ach du Scheiße, die haben ja noch nicht mal ne Bühne."

"Nee, weiß ich. Soll auch draußen sein und wie ich hörte, wolln die einen alten Teppich auf den Rasen legen, auf dem wir spielen sollen. Ist aber ganz gemütlich da. Wird bestimmt gut. Kennst doch das Sprichwort…die Teppiche, die die Welt bedeuten."

„Dann kannste auch nicht runterfallen von der Bühne. Das hat was."

"Wie Kalle Mossmann? Wie geht's dem eigentlich?" Wir mussten beide lachen. Fast alle kannten die Story, wie Kalle damals seinen Abflug gemacht hat.

Wir waren mit ner ganzen Reihe von Bands unterwegs in Polen. Für wenig Geld und viel Spaß. Beim Abschusskonzert, als alle nochmal auf die Bühne kamen, vorgestellt wurden, sich verbeugten und die Bühne unter Applaus wieder verließen, war es passiert.

Die Bühne hatte den Aufgang von vorn. Etwa sechs Stufen und gut anderthalb Meter breit. Kalle kam auf die Bühne, spielte, wurde vorgestellt, spielte nochmal, verbeugte sich und knallte mit dem Kopf gegen das SM 58. Duuunng.

Dann wollte er die Bühne auf dem gleichen Weg verlassen, trat aber, warum auch immer, etwa fünfzig Zentimeter neben die Stufen und landete mit dem Gesicht zuerst vor die ersten Sitzreihen des Publikums. Notarzt, Unfallklinik, Knabberleiste weg.

„Sieht richtig gut aus mit der neuen Kauleiste. Alles schön gerade, nur ne kleine Narbe aber mit dem Vollbart geht's,"sagte ich. „Und er lacht jetzt auch viel öfter", fügte ich noch hinzu und zeigte Werner meine nicht ganz so geraden Beißerchen.

„Na dann viel Spaß heute Abend und immer schön aufm Teppich bleiben".

„Mach ich, tschau Werner, bis die Tage".

Ich fuhr direkt nach Hause und packte meine Sachen für den Job in mein Auto.

Als letztes holte ich den Tweed Amp aus dem Wohnzimmer, betrachtete ihn zufrieden, wickelte das Kabel auf und stülpte das Gehäuse, auf dem er gestanden hatte, über ihn. Als alles verstaut war ging ich duschen und zog mich um.

Es war noch früh und ich setzte mich auf die Terrasse in die Sonne. So liebte ich es. Keine Hektik und alles im Griff.

Kaffee hatte ich genug gehabt. Für Bier war's zu früh also tat's ein klares Wasser.

Ich war wirklich zufrieden. Schön, wenn man das so sagen kann.

Klar hatte ich Wünsche, denn die waren ja schließlich der Brennstoff für den Motor, der alles bewegt. Große und kleine und ich legte immer schön nach, damit sich was bewegte.

Aber zufrieden war ich, weil ich wunderbare Menschen kannte und weil ich die Musik hatte.

Musik, das waren ja nicht nur Töne. Das waren Geschichten, die gelebt wurden, die weiter erzählt wurden, die sich veränderten mit den Menschen, die sie erzählten. Und auch wenn die Geschichten sich veränderten und die Musik sich veränderte so war ich mir sicher, dass die Empfindungen die dahinter steckten vergleichbar waren. Auch das was man spürt, wenn man mit anderen zusammen Musik macht, haben andere auch schon so erlebt.

Das war ein Kreislauf.

Instrumente, die Teil der Geschichten waren.

Mit Ehrfurcht war ich erfüllt beim Anblick eines alten Instrumentes oder eben meines Verstärkers, dem man die vielen Geschichten und Schicksale ansah, die er begleitet hatte.

Vielleicht würden auch meine Instrumente eines Tages weitergereicht werden und andere Menschen begleiten.

Schön war es, diese Freude mit anderen zu teilen. Gemeinsam Musik zu machen, vor allem mit charmanten, netten und witzigen Musikern.

Diese Eigenschaften waren mir mittlerweile wichtiger als ein gutes Solo und das musste sich ja auch nicht gegenseitig ausschließen.

Daher freute ich mich auch so sehr auf den heutigen Abend. Wenn wir wieder mit vier charmanten, netten und witzigen Musikern auf der Bühne stehen würden auch wenn die nur aus einem abgetretenen Teppich bestand.

Auf geht's, dachte ich.

Musik ist ein weites Feld und das will beackert werden.
Sei der Pflug auch noch so stumpf.

ENDE